ROTBUCH KRIMI

Grant Michaels
ist in Boston geboren und lebt zur Zeit in San Francisco. Bei Rotbuch erschienen *Zum Sterben Schön* (Rotbuch Taschenbuch Krimi 88) und *Tödliche Trüffel* (Rotbuch Taschenbuch Krimi 97). Weitere Serientaten Stan Kraychiks sind in Vorbereitung.

Zu diesem Buch:
Es sieht so aus, als wäre Stan Kraychiks Pechsträhne in Liebesdingen endlich abgerissen, nachdem er das Herz des attraktiven Choreographen Rafik Panossian für sich gewonnen hat. Doch das junge Glück gerät in Schieflage, als der Gründer der Ballettcompagnie Max Harkey brutal ermordet wird und ihre junge Stardirigentin in Verdacht gerät. Stan soll bei der Entlastung der Dirigentin helfen und wird prompt rasend eifersüchtig, denn plötzlich hat sein Freund kaum mehr Zeit und offensichtlich etwas zu verbergen. Überall lauern Verdächtige in den Kulissen, junge Eleven, eine uralte und sehr diktatorische russische Ballettlehrerin, ein reicher Mäzen und nicht zuletzt der Geliebte höchstselbst. Zwischendrin muß Bostons führender Haarstylist noch ein paar wichtige Menschen frisieren und mit ansehen, wie seine vollreife Chefin Nicole eine Affäre mit dem umschwärmten, aber hoffnungslos heterosexuellen Detective Branco anknüpft. Umgeben von schwarzem Verrat, wie er meint, stürzt Stan sich mit zornigem Eifer, und nicht zuletzt in eigener Sache, in die Ermittlung.
»Witzig, spritzig, schlagfertig« *ran*

GRANT MICHAELS
DER MIT DEM TOD TANZT

Aus dem Amerikanischen
von Nora Matocza und Gerhard Falkner

Rotbuch Verlag

Originaltitel: Dead on your feet

Die Krimi-Reihe wird von
Gabriele Dietze herausgegeben
Umschlaggestaltung von
Michaela Booth
Herstellung: Das Herstellungsbüro, Hamburg
Satz: Druckerei Wagner, Nördlingen
Druck und Bindung: Druckerei Ebner Ulm
Printed in Germany

ISBN 3-88022-362-9

1. Darf ich bitten?

Ich glaube, mein Geliebter bringt mich um.

Zwar nicht im wörtlichen Sinne mit Messer oder Pistole oder Gift. Es handelt sich vielmehr um eine weitaus raffiniertere, aber unaufhaltsame Zerstörung des Lebens, das ich führte, bevor ich ihn kennenlernte. Nicht daß da viel zu zerstören gewesen wäre. Dieses Leben bestand hauptsächlich aus Arbeiten und Zu-Hause-Sein und Arbeiten und Zu-Hause-Sein, dem ganzen langweiligen Alltag eben, der nur hie und da von einem ruhigen Abend mit guten Freunden unterbrochen wurde oder ganz selten mal von einer wilden, ausgelassenen Nacht mit einer ganzen Gruppe von Typen, die loszogen und sich zusoffen und immer lauter wurden. Doch trotz der geduldigen Zuneigung meiner Freunde, trotz meines Berufs als Haarstylist, der ja pausenlos soziale Kontakte mit sich bringt, trotz der unerschütterlichen Liebe meiner Familie und der unbestimmbaren Liebe meiner Katze fühlte ich mich im Innersten einsam und sehnte mich nach einer anderen Art von Liebe. Jede fleischliche Lust hatte so lange geruht, daß sich meine unteren Regionen geradezu verwaist fühlten. Da tauchte Rafik auf – so heißt er, sein Name wird auf der zweiten Silbe betont und mit langem »i« gesprochen –, der mich ganz schnell von meiner Angst vor körperlicher Einsamkeit heilte. Diese Behandlung jedoch brachte andere Komplikationen mit sich.

Es war spät im März, an einem selten schönen Morgen mit blauem Himmel, dem ersten richtigen Frühlingstag. Die ganze Nacht hatte der Regen die Luft reingewaschen, sie war jetzt überaus lieblich. Das Bostoner Wetter hatte eben jenen kritischen Punkt überwunden, an dem wir Einheimischen beruhigt unsere Schals, Handschuhe und Winterstiefel wegpacken und ganz hinten im Schrank verstauen können, bis zum nächsten Winter, der allerdings in Neuengland nur ganze sechs Monate vom ersten Frühlingstag entfernt ist. Ich war gerade auf dem Weg zur Arbeit, zum

Salon Snips nämlich, der in einem superschicken Viertel liegt, am unteren Ende der Newbury Street, gleich neben dem Stadtpark und dem Ritz Carlton. Ich hatte noch etwas Zeit und wußte auch, daß für mich heute vormittag keine Kunden vorgemerkt waren. So beschloß ich kurzerhand, Rafik bei der Arbeit einen Überraschungsbesuch abzustatten, in den Studios des Boston City Ballet mitten in der Südstadt.

Rafik war in Montreal Tänzer gewesen, bis er sich vor fünf Jahren bei einem unschönen Probenunfall die Hüfte verletzte. Damals kannte ich ihn noch nicht, aber manchmal wünschte ich, ich hätte ihn schon gekannt, denn dann hätte ich ihn gesundpflegen können. Er war zu dem Zeitpunkt Ende zwanzig und stand mit seiner Karriere als Tänzer gerade am Anfang seiner Reifezeit, das heißt, am Anfang seiner besten Jahre. Aber da nahm sein Schicksal eine andere Wende, und zwar einfach nur deshalb, weil in dem Augenblick vor dem Studio ein alter Möbelwagen eine heftige Fehlzündung hatte und Rafik mitten in der Luft bei einem dreifachen Sprung seine kostbare Konzentration verlor und sich von der Schwerkraft überwältigen lassen mußte. Er kam also nach seinem komplizierten Sprung schlecht auf, knallte genau auf den Beckenkamm der rechten Hüfte und brach sich ganz sauber den Oberschenkelhalsknochen. Im täglichen Leben macht ihm diese Verletzung jetzt nicht mehr zu schaffen. Aber für einen klassischen Ballettänzer, dessen Körper ja jederzeit in der Lage sein muß, das Gleichgewicht notfalls nur durch drei oder vier Muskelfasern zu halten, bedeutete diese Art von Verletzung natürlich den Todesstoß. So wandte sich Rafik also der Choreographie und dem Ballettunterricht zu, um doch noch bei seiner Kunst bleiben zu können. Nach außen hin scheint er mit dieser Entscheidung ganz zufrieden zu sein, aber ich habe trotzdem das Gefühl, daß das Ganze in seinem Innern Narben hinterließ und seine gefühlsmäßige Entwicklung in manch einer Hinsicht hemmte, daß ein ganzer Bereich regelrecht taub wurde, als seine Bühnenkarriere genau in dem Moment, wo er unmittelbar vor der künstlerischen Reife stand, zu einem Ende kam. Vielleicht ist das einer der Gründe, warum er nach Boston ging, um woanders ein völlig neues Leben anzufangen. Mein Leben jedenfalls hat sich sehr verändert, seit er da ist.

Hier sinnierte ich also über Liebe und Kunst und Schicksal, hatte keine Nase für den Geruch der feuchten Erde, die nach Mutterschoß duftete, und kein Auge für all das spriessende Grün entlang des Gehsteigs oder für die Zweige in ihrem Gewölk zarter Knospen, blieb unberührt von all den fröhlichen Zeichen des Frühlings, die sich mir auf Schritt und Tritt offenbarten, als könne ich einfach nicht glauben, daß der Winter nun wirklich vorüber sei, und plötzlich stand ich vor den Toren des Boston City Ballet. Am Haupteingang parkte Rafiks Motorrad, dem ich den Spitznamen Big Red gegeben habe, teils wegen seiner Farbe, teils wegen der unvergeßlichen Erinnerungen an die Zeit, in der Rafik um mich warb und oft unangemeldet aufgetaucht war, in seiner Lederkluft und die große rote Maschine zwischen den muskulösen Schenkeln.

Auf seinen ausdrücklichen Wunsch hin besuche ich Rafik nur sehr selten in den Ballettstudios. Ihm scheint viel daran zu liegen, sein Privatleben, und eben auch mich, von der Ballettszene strikt getrennt zu halten. An diesem Frühlingsmorgen jedoch überkam mich stärker als sonst ein romantisches Gefühl, und ich wollte ihn sehen. Vielleicht hatte das warme Wetter nach der Winterruhe meine Lebenssäfte wieder in Zirkulation gebracht. Eines jedenfalls wußte ich: schon der geringste Hauch meines Liebsten würde mich heute morgen ganz schön in Fahrt bringen.

Ich stieß eine der schweren Glastüren mit dem Körper auf und betrat das Gebäude. Es war erst vor kurzem innen und außen vollständig renoviert und zu einem maßgebenden Beispiel sicheren architektonischen Stilempfindens im späten 20. Jahrhundert umgeformt worden. Bis in die kleinste Kleinigkeit war der Neuentwurf farblich abgestimmt, der hier gültigen Formensprache angepaßt und gekonnt eingefügt worden. Bestimmt hatte da jemand einen Computer benutzt, um ein so bruchloses, einheitliches Ergebnis zu erzielen. Was für ein Unterschied zu den Ballettstudios von früher, wo endlos lange Treppen mit unzähligen quietschenden Holzstufen in einen muffigen, alten Saal hinaufgeführt hatten. Dort hielt sich ein Gespür für die Vergangenheit, und die alten geheiligten Rituale lebten noch in den Sälen fort. Ich war mir nicht so ganz im klaren, auf welche Weise die modernisierten Räume des Boston City Ballet die darin arbeitenden Künstler beeinflußten. Wurde ihnen damit vielleicht die Seele aus der Vergangenheit herausgerissen, aus der langen Tradition herausgezerrt, die ihre Kunst schon immer bestimmt hatte, und in das heutige, computergesteuerte Umfeld hineingeschleudert?

Hier drinnen, in der nüchternen Eingangshalle begann eine andere Welt, eine, die vom Wechsel der Jahreszeiten nicht berührt wurde. Hier gab es nur offenen Raum und irdische Körper, die von keinem anderen Gefühl beseelt waren, als von der Suche nach der absoluten Schönheit, wie sie von der Musik katalysiert und von Anmut und Bewegung refraktiert wird – eine Art von märchenhaftem Farbfilm. Die Dame an der Rezeption erkannte mich als Rafiks Freund und teilte mir mit, daß die Profistunde, worunter man die Ballettklasse versteht, die den an den Aufführungen beteiligten Mitgliedern einer Balletttruppe vorbehalten ist, gleich eine kurze Pause machen und dann »in die Mitte« gehen werde.

Ich stieg die breite Treppe hinauf zu Saal A, der auch großer Saal genannt wurde und in dem die Profistunde immer stattfand. Noch bevor ich den Treppenabsatz erreichte, hörte ich durch die offene Saaltür den Klang eines Konzertflügels, der zwar ein wenig verstimmt war, aber doch in seinen musikalischen Sätzen anschwoll und abebbte wie Meereswogen. Und noch über dieses turbulente musikalische Drama hinweg hörte ich die durchdringende Stimme einer alten Frau.

»Sträääääääh-ken!«

Diesem bestialischen Geheul entnahm ich, daß Rafik heute die Profistunde nicht unterrichtete. Ich schaute durch die offene Tür nach drinnen. Die stratosphärische Decke erweckte Assoziationen an eine Kathedrale, oder vielleicht auch an eine Flugzeughalle. Von den Fenstern hoch oben in der Decke schnitten breite Bahnen von goldgelbem Sonnenlicht durch den gewaltigen Raum und hoben wie Bühnenscheinwerfer einzelne Tänzer hervor. Der Geruch von sauberem Schweiß vermischte sich mit dem stechenden Duft von zerriebenem Kollophonium auf dem unbehandelten Holzfußboden. Es war eine der umstrittensten Extravaganzen des Boston City Ballet gewesen, im renovierten großen Saal einen Hartholzboden verlegen zu lassen, anstatt sich für den billigeren, aber moderneren PVC-Belag zu entscheiden, wie er in den meisten anderen Studios und auch auf den Bühnen viel verwendet wurde. Rafik hatte einmal gesagt, daß man auf unbehandeltem Holz am besten tanze. Der Geruch und die Struktur der langen Dielen aus weißlichem Holz schienen eine Brücke zur Vergangenheit zu schlagen. Vielleicht war ja hier doch noch die Geschichte lebendig, sowohl im Fußboden als auch in den Bewegungen.

Momentan befanden sich ungefähr fünfundvierzig Tänzer im Saal, etwa zwei Drittel weiblichen und ein Drittel männlichen Geschlechts. Ihre Aufmachung reichte von klassisch schwarzen Trikots und weißen T-Shirts bei den Männern, rosa Trikots und schwarzen Obertrikots bei den Frauen, bis zu postmodern – schillernden Catsuits für beiderlei Geschlecht in irisierenden Farben, wie sie nirgendwo in der Natur zu finden sind, nicht einmal im tropischen Regenwald. Ein paar Tänzer trugen auch weite Baumwolltrainingsanzüge, die absichtlich zerrissen waren, um die Knie und Hüftgelenke, diese kritischen Punkte, zu entblößen, während wieder andere, und zwar die schamlosesten Exhibitionisten, hauchdünne Shorts aus hautengem Jersey zur Schau trugen, zusammen mit womöglich noch knapper sitzenden Oberteilen, und das alles war schweißdurchtränkt und zeigte die Muskelarbeit von Schultern, Rücken, Brust, Hintern und Schenkeln. Alles atmete eine raffinierte, vorgetäuschte Schlichtheit, die erotischer wirkte, als es tatsächliche Nacktheit vermocht hätte.

Madame Ekaterina Rubinskaya, die alte Ballettmeisterin des Boston City Ballet, erteilte Unterricht oder, besser gesagt, leitete die Show, denn Musik, Farbe und Raum wirkten zusammen und machten alles hier im Ballettsaal überlebensgroß wie in einem Spektakel auf Breitwand, in Technicolor und Quadrophonie. Ich hatte bereits die Bekanntschaft von Madame gemacht, gleich zu Anfang, als Rafik für die Truppe zu arbeiten begann, die alte Dame aber bisher noch nie in Aktion gesehen. Im Augenblick beaufsichtigte sie eine komplizierte Folge von Dehnübungen an der Stange, die letzte Übung, bevor es »in die Mitte« ging.

Madame Rubinskaya, oder Rubi, wie Rafik sie heimlich nannte, hielt eine biegsame, elastische Weidengerte in der Hand, während sie wie ein Feldmarschall zwischen den Tänzern herummarschierte, allzeit bereit, einem nicht durchgestreckten Knie oder einer hochgezogenen Schulter oder sonst einem von den Hunderten von Bändern und Muskeln, die man falsch halten konnte, einen leichten Schlag zu versetzen. Ihrem geschulten Auge entging keine einzige Bewegung hier in dieser riesigen Höhle von einem Saal. Selbst der Korrepetitor beobachtete sie aufmerksam, als könne sie auch ihm einen gut plazierten Schlag über die Knöchel verpassen, falls er sich einmal verspielte oder aus dem Takt kam. Auch mich bemerkte Madame sofort, als ich in der offenen Türe erschien. Sie kam auf mich zu, wobei sie weiterhin den Tänzern in einem Ton, der einem das Blut gerinnen lassen konnte, ihre Anweisungen zuschrie.

»Hoch! Allääs hoch! Ganz geradäää! Jaaa, supääääär!«

Das also war Kunst.

In der offenen Tür blieb sie stehen und sah mir ins Gesicht. Aus solcher Nähe war sie überraschend klein, und fast fühlte ich mich gegen meinen Willen zu ihr hinabgezogen. Ihr gesamter Torso – Büste, Taille und Hüften – war zu einer formlosen Einheit zusammengefaßt, sah aber trotz ihres Alters fest und kräftig aus. Ihr Gesicht glich einer prähistorischen Landschaft und war in einem vergeblichen Versuch, die Verwüstungen der Zeit zu verbergen, dick mit Puder bedeckt. Da sie aber sonst kein Make-up trug, versanken ihre Züge geradezu in der Maske. Einzig die Augen blieben weit offen und wachsam. Wir kamen uns plötzlich mit den Köpfen ganz nah, und ich roch die weiche Wolle ihrer weinroten Strickjacke. Sie flüsterte wie ein Verschwörer, aber obwohl in diesem Augenblick gerade eine wilde Tonfolge vom Flügel her kam, hörte ich sie ganz deutlich.

»Sie kommen wegen Rafik?« Ihr starker Akzent klang wie die schlechte Parodie eines russischen Spions.

Ich errötete und merkte, daß es mir tatsächlich die Sprache verschlagen hatte, etwas, was bei mir selten vorkommt. Ich äugte nervös nach der schlanken Weidengerte, die in ihrer Hand bebte und jede Sekunde zum Schlag bereit zu sein schien. Dann riß ich mich zu militärischer Haltung zusammen und brachte ein höfliches Lächeln zustande.

»Ja, wegen Rafik.«

Ihre Antwort war ein schlaues Grinsen, und sie flüsterte: »Dann ich werde heute ihn nicht morden.« Sie drehte sich abrupt um und kreischte: »Nooooochmallll!« woraufhin die Klaviermusik zu neuer Leidenschaftlichkeit anschwoll. Madame stolzierte wieder zurück zur Tanzfläche, und ich fühlte mich seltsam erleichtert, als hätte ich gerade einen Überraschungsangriff abgeschlagen. Wie hielten die Tänzer diese Art von Behandlung bloß Tag für Tag aus? Wenn Madame Rubinskayas Trainingsstil als typisch angesehen werden konnte, dann wurde hier ja weit mehr mißbraucht als nur Muskeln und Knochen. Vielleicht gehörte es einfach zur Tänzerexistenz, daß auch die Persönlichkeit bedingungslos preisgegeben wurde?

Nachdem nun also Madames bedrohliche kleine Rute wieder fort war, richtete ich mein Augenmerk von neuem auf die Vorgänge im Saal. Ich musterte all die Körper und sah, daß Rafik seine Dehnungsübungen sorgfältig an einer tragbaren Stange in der Mitte des Saals durchführte. Rafik hatte wie ein persischer Prinz feine dunkle Gesichtszüge, deren filigrane Vertrautheit eine der Freuden meines Lebens darstellt. Aber ich entdeckte in seinem Gesicht auch ein paar unvertraute Züge. Die Jahre und die Desillusionierung haben Rafiks Ausdruck bereits ihren Stempel aufgedrückt. Aber sein Körper ist noch immer geschmeidig. Wie eine Katze ist er langbeinig und mit allen vier Gliedern gleich geschickt. Beim Sex weiß ich manchmal nicht, ob er mich mit einer Hand oder einem Fuß oder einem Knie oder einem Ellbogen berührt. Und sein Mannesorgan ist wirklich wie ein fünftes Glied, eines, das eine unvergleichliche kinästhetische Muttersprache spricht. Er kann es sogar tanzen lassen – aber schließlich ist er ja Choreograph.

Um seine verletzte Hüfte nicht zu sehr zu belasten, hatte Rafik die Stange auf eine etwas niedrigere Stufe gestellt. Er ließ das gehobene Bein die Stange entlanggleiten und spreizte die Beine, so weit er konnte. Er behauptet ja, daß er früher einen perfekten Spagat hingekriegt habe – lässige 180 Grad – aber jetzt ist bei etwa 120 Grad Schluß. Aber ob er nun einen perfekten Spagat kann oder nicht, Rafik besitzt jedenfalls noch immer die geschmeidigen, durchgeformten Muskeln eines Startänzers. Und außerdem, was bringt einem schon ein perfekter Spagat im täglichen Leben?

Über die ganze weite Tanzfläche hinweg fing Rafik meinen bewundernden Blick auf und zwinkerte mir zu. Zwischen uns war alles in Ordnung. In meinem Schoß rührte es sich auch, zum Beweis, daß ich noch immer total verliebt war. Seit ich mit Rafik zusammen war, hatte ich eigentlich immer einen halben Ständer. Um mit dieser meiner neugewonnenen Hitzigkeit besser zurande zu kommen, hatte ich sogar ein neues Mantra entwickelt – »Bezwinge die Schwellung. Bezwinge die Schwellung« – aber es funktionierte fast nie. Bevor an diesem Morgen der schamlose Aufstand meiner Lenden jemandem hier im Saal auffallen konnte, lenkte ich meine Aufmerksamkeit von Rafik weg. Auf der anderen Seite der Stange, ihm zugewandt, übte ein junger Tänzer. Ich bemerkte sofort, daß sein Körper große Ähnlichkeit mit meinem hatte, obwohl an seinem natürlich kein Gramm Fett war. Dennoch erkannte ich an seinem Körperbau und an seiner Muskulatur, daß er genauso leicht wie ich zunehmen würde. Wenn er eines Tages zu tanzen aufhörte, würden ihn sofort an die zwölf Pfunde zusätzlich plagen, wie sie ja auch bei mir nicht von den Hüften zu kriegen sind. Im Moment allerdings sahen seine Arschbacken noch gut aus – voll und rund und fest. Seine Beine hätten von meinem Zwillingsbruder sein können, wenn es den gäbe. Im Verhältnis zum Körper waren sie ausgesprochen lang und außerdem muskulös, vor allem die Waden. Und genau wie ich hatte er kleine Füße, so breit wie ein Ziegelstein und mit angriffslustig hohem Rist. Dennoch gab es einen großen Unterschied zwischen meinem tanzenden Doppelgänger und mir. Bei ihm war die gesamte Muskulatur offensichtlich steinhart, während meine nur gerade angenehm fest ist. Ein wenig sehnsüchtig überlegte ich, ob mein Körper wohl wie der dieses jungen Tänzers aussehen würde, wenn ich ihm ein so extremes Training wie das Ballett aufgezwungen hätte. Doch ein plötzlicher Kläffer von Madame Rubinskaya riß mich aus meiner Träumerei, genau in dem Augenblick als die Musik aufhörte.

»Stange wäck!« befahl sie.

Vielleicht war ein durchtrainierter Körper doch nicht die Opfer wert, die es brauchte, um ihn zu erlangen und dann auch zu behalten.

Lange bevor ich Rafik kennengelernt hatte, wußte ich schon von anderen Freunden, die Tänzer waren, daß jede Ballettstunde immer aus zwei getrennten Teilen besteht: »an der Stange« und »in der Mitte«. An der Stange findet der erste Teil der Stunde statt, wo die Tänzer ihre Übungen an einem festen hölzernen Geländer durchführen, das eben Stange genannt wird. Diese Stange ist normalerweise fest an der Wand des Ballettsaals installiert, aber sie kann auch tragbar sein und steht dann frei im Raum. Durch die Übungen an der Stange wärmen die Tänzer ihre Muskeln auf und entwickeln Kraft. Die Mitte oder das *centre*, wenn Sie's unbedingt auf französisch haben wollen, findet dann auf der Tanzfläche selbst statt. Die Übungen in der Mitte ähneln dem richtigen Auftritt, denn dabei sind die Tänzer quer über die ganze Tanzfläche und durch den Raum unterwegs und müssen sich auf ihre eigene Sicherheit und Stärke verlassen können. Auch die Sprünge und Drehungen passieren hier, genauso wie die Stolperer und Stürze, die zum klassischen Ballett einfach mit dazugehören.

Rafik und der junge Tänzer wollten ihre tragbare Stange jetzt beiseite schaffen, aber eine weitere Tänzerin, eine geschmeidige Blondine, übte noch weiter an ihren Dehnungen. Während die Truppe zu einer kurzen Pause auseinanderging, wobei die meisten Tänzer den Saal verließen und mich in der Tür mit einer Art von pöbelhaftem Bewegungsdrang grob beiseite stießen, fuhr diese Tänzerin als einzige in ihren anmutigen Bewegungen fort und bog sich wie ein Schlangenmensch nach hinten, um sich mit graziös gehaltenem Handgelenk in der Kniekehle zu berühren. Rafik und der junge Tänzer sahen ihr voller Konzentration zu. Dann schauten sie sich an und ... hatte Rafik ihm da gerade zugezwinkert? Das konnte doch wohl nicht sein. Bestimmt war da nur wieder mal meine eigene Unsicherheit am Werk, die ein Blinzeln falsch auslegte und es mir schwer machte, zu glauben, daß jemand wie Rafik mich lieben könne. Sein Zwinkern war sicher vielmehr ein schmerzliches Gesichtverziehen aufgrund der vorangegangenen Dehnübungen gewesen. Aber dann sagte der junge Mann etwas, und Rafik antwortete mit einem breiten Lächeln und einer Bemerkung, die sowohl den jungen Mann als auch die Tänzerin zum Kichern brachte. Die Ballerina richtete sich aus ihrer zurückgebeugten Position auf und gab eine schlagfertige Antwort, woraufhin Rafik und der junge Tänzer laut lachten. Und zu meiner Schande muß ich gestehen, daß ich mich während dieser kurzen Episode die ganze Zeit ausgeschlossen fühlte und eifersüchtig auf ihre lockere, spielerische Kameradschaft war.

Madame Rubinskaya, die noch immer ihre kleine Weidengerte in der einen Hand hielt, blieb auf dem Weg nach draußen neben mir stehen. Sie blickte auf meine Füße hinab und hob ihren kühlen Blick dann wieder zu meinen Augen.

»Ist Gummi?« sagte sie vorwurfsvoll.

»Wie bitte?« antwortete ich.

»Ihre Schuhe ist Gummi?«

»Äh ... ja«, sagte ich und lächelte wieder gezwungen. Ich drehte einen Fuß nach oben, um ihr die schwammige weiche Sohle meiner Sportschuhe zu zeigen. Mit einem scharfen Nicken signalisierte sie ihre Zustimmung.

»Dann Sie können gehen in Saal.«

Nachdem sie mir diese Erlaubnis erteilt hatte, marschierte sie brüsk davon. Ich folgte ihr mit dem Blick durch die große helle Vorhalle. Sie blieb stehen und drehte sich etwas zur Seite, so daß ich sie im halben Profil sah. Jetzt klemmte sie sich die Weidenrute unter den Arm und zog ein Päckchen Zigaretten aus einer Tasche ihrer Wolljacke. Sie zündete sich eine an und inhalierte tief, während sie die Packung wieder einsteckte. Dann stieß sie eine umfangreiche Rauchwolke aus. Ich sah, daß sie die Zigarette zwischen Daumen und Zeigefinger hielt und sehr gekonnt von den Lippen pflückte wie einer der ganz harten Jungs in einem alten Film (ich hatte einmal John Garfield eine Kippe so halten sehen, die Hand schützend um die Zigarettenglut gewölbt). Madame zog das Stöckchen wieder unter dem Arm hervor, öffnete die Türe und verschwand dahinter. Nur eine blauweiße Rauchwolke blieb von ihr zurück.

Inzwischen hatten sich etliche Tänzer auf dem Teppichboden der Vorhalle niedergelassen. Einige lagen auf dem Bauch, die Beine weit auseinandergespreizt, einige auf dem

Rücken, die Beine gegen die Wand gestemmt, und die meisten hatten sich eine Zigarette angezündet, wie um Madames Beispiel zu folgen. Das waren nun also Exemplare der menschlichen Spezies mit einer bis zum Äußersten entwickelten Physis, und ausgerechnet die frönten einer der, wenn man den Gesundheitsministern glauben durfte, gefährlichsten Leidenschaften der Zivilisation. Sogar ich habe oft zu rauchen versucht, weil ich fand, daß das zu meinem Image als Haarstylist passen würde, aber es gelang einfach nicht. Ich brachte es nie bis zu dieser coolen, eleganten Gelassenheit, die man nur erreicht, wenn man eine Zigarette wirklich genießt. Ich mußte immer gleich husten und hatte Tränen in den Augen und bekam keine Luft mehr wie so ein übersensibles Muttersöhnchen.

Gerade als ich den großen Saal betreten wollte, kam Rafik zusammen mit dem jungen Tänzer heraus. Beide lächelten strahlend und glücklich. Als jedoch Rafik mich sah, verwandelte sich sein fröhliches Lächeln in einen Ausdruck der Überraschung und zwar durchaus nicht der freudigen. Der junge Tänzer, der mit ihm herausgetreten war, musterte mich argwöhnisch, ging dann beiseite, lies sich auf dem Teppichboden nieder und machte noch ein paar Dehnübungen. Rafik kam auf mich zu.

»Du bist nicht bei Arbeit?« sagte er mit seinem französischen Akzent.

»Der Tag ist so schön, daß ich an dich denken mußte.«

Rafik lächelte spöttisch. »Du bist *romantique*.«

»Du doch auch«, sagte ich und hoffte auf eine Umarmung oder eine Berührung.

Er schüttelte den Kopf. »*Non*. Momentan ich bin – wie sagt man? – *pragmatique*.«

»Vielleicht arbeitest du schon wieder zu viel.«

Er zuckte die Schultern. »Arbeit. Leben. Alles dasselbe.«

Sofort und auf der Stelle, in diesem Augenblick des schrecklichen Mißverstehens, wünschte ich, ich könnte Rafik an mich ziehen und ihn dazu bringen, mir zu sagen, das einzig Wichtige für ihn sei, daß ich ihn liebe, daß ich für immer bei ihm bleiben wolle, daß ich ihn aus dieser Fallgrube des Pragmatismus retten wolle, in der er immer tiefer versank. Aber er sprach als erster und raubte mir dadurch den günstigen Augenblick.

»Wir müssen ändern unsere Pläne für heute abend.«

Ich seufzte tief vor Enttäuschung. Rafik hatte schon zweimal ein »Jubiläumsfest« verschoben, mit dem wir unser erstes gemeinsames Jahr feiern wollten. Heute abend hätte der dritte Versuch sein sollen, und mir kam es allmählich so vor, als teile er meinen Enthusiasmus über unser Zusammensein nicht so völlig.

Er fuhr fort: »Ich habe wichtige Treffen mit Max Harkey. Er ist die Direktor –«

»Ich weiß, wer er ist.«

Meine Grobheit überraschte ihn. Mich selbst übrigens auch, aber ich mußte einfach seinem Charme widerstehen. Sonst würde ich nämlich auch die neuerliche Absage einfach nur so hinnehmen. Rafik sprach ruhig weiter.

»Ist Abendessen«, sagte er und fügte hinzu: »Du bist auch eingeladen.«

»Oh«, sagte ich voller Chagrin.

»Ist ganz geschäftlich. Vielleicht du hast keine Interesse.« (Rafik sprach das »vielleischt« aus.) »Die neue Dirigent für diese Saison ist da. Wir sprechen über die Musik für Frühjahrsprogramm.«

»Na schön, das macht mir ja nichts aus, solange ich mit dir zusammen bin.«

»Da wird gesprochen viel über Ballett. Du wirst dich langweilen.«

Da mochte etwas dran sein. Für einen Nichttänzer gibt es kaum etwas Langweiligeres, als mit Tänzern zusammen zu sein, die über das Tanzen sprechen. Sie faseln endlos über Muskeln und Bänder und Körperhaltung wie in einem Anatomie-Seminar. Wenn dagegen Friseure zusammen sind, gibt es zum Glück nichts als saftigen Klatsch, und zwar ausschließlich über Sex und Geld.

»Rafik, ich hör mir sogar das ganze Gerede übers Tanzen an, wenn ich dadurch verhindern kann, daß wir unsere Jahresfeier wieder verschieben müssen.«

»Du glaubst, ich bin nicht traurig davon? Ich möchte feiern, Stani, aber ich muß Arbeit machen.«

Geschickt hatte er meinen Kosenamen zu benutzen gewußt, der von meiner tschechischen Großmutter stammte. Rafik sprach ihn auch immer richtig aus, nämlich auf der zweiten Silbe betont. Bis heute haben mich nur drei Menschen bei diesem Namen genannt und alle immer genau dann, so kommt es mir jedenfalls vor, wenn sie etwas gegen mich durchsetzen wollten.

»Rafik, wäre es dir lieber, wenn ich nicht käme?«

Jetzt war es an Rafik, schwer zu seufzen, aber er seufzte nachsichtig. »Max Harkey hat extra dich eingeladen. Wir essen um acht bei ihm zu Hause. Er erwartet uns um halb acht.«

»Wo sollen wir uns treffen?«

»Bei Harkey.«

»Warum gehen wir denn nicht zusammen hin?«

Rafik preßte die Lippen zusammen und sagte dann: »Ich gehe gleich von Studio aus hin.«

»Dann komme ich eben hierher.«

»Geh du lieber allein hin«, sagte er fest.

Ich begriff nicht, warum er es so kompliziert machen mußte. War es denn zuviel verlangt, daß mein Liebhaber bei einer Einladung mit mir zusammen erschien? Nein wirklich, waren wir nun zusammen oder nicht? Ich zog den kleinen Notizblock hervor, den ich immer bei mir trage, fragte Rafik nach der Adresse und schrieb sie mir auf. Als ich gerade fertig war, erschien Madame Rubinskaya in der Eingangshalle, wo wir vor der Saaltür standen, um mit der Klasse weiterzuarbeiten.

Sie sagte zu Rafik: »Du machst Adagio?«

Rafik verneinte.

»Ist wichtigste Teil«, sagte sie und warf mir einen Blick zu, als halte ich ihn davon ab.

»Ich weiß, Madame«, sagte Rafik. »Aber ich muß vorbereiten Probe.«

Diesen Grund schien Madame zu akzeptieren. »Und ich muß vorbereiten deine Tänzer«, sagte sie, und damit betrat Madame wieder den großen Saal. Sofort begann ein eifriges Zigarettenausdrücken in der Eingangshalle. Dann waren mit einem Mal alle diese ausgestreckten, aufgespreizten, zusammengerollten oder verdrehten Tänzerkörper wieder auf den Beinen und in voller Konzentration im großen Saal. Während der Pause hatte Madame Rubinskaya ihre peitschenähnliche Gerte gegen einen kräftigen Spazierstock aus Ebenholz mit silberner Zwinge eingetauscht. Den Stock benutzte sie, um sich auf der Tanzfläche abzustützen, während sie die erste Schrittfolge des großen Adagios vorführte.

Von seinem Platz hier draußen neben mir beobachtete Rafik sie aufmerksam, während sie die zweiunddreißig Takte mächtiger Musik mit raumgreifenden Figuren und überraschenden Drehungen, seit jeher gültigen Schwebestellungen und geschmeidigen Schwüngen des Oberkörpers und der Arme füllte. Trotz ihres alten Körpers hatte Madame Rubinskaya Rafiks Aufmerksamkeit vollständig gefesselt. Er war so versunken in ihre Bewegungen, wie ich mir gewünscht hätte, daß er in meine Anwesenheit versunken wäre. Als Madame alle Schritte und Positionen vorgetanzt hatte, teilte sich die große Ballettklasse in Gruppen auf und führte das schwierige Adagio durch.

Rafik sagte: »Ich muß gehen. Ich habe Probe.«

»Kann ich zuschauen?«

Er wurde geradezu heftig in seiner Abwehr. »*Non*! Ich habe dir gesagt. Nicht diese Stück.«

Rafik hielt sein neuestes Werk vor mir vollkommen geheim. Seit ihm vor vielen Monaten die Idee dazu gekommen war, hatte er weder den Titel noch das Thema noch die Musik je mit mir besprochen. Ich würde mir also dieses choreographische Ereignis genau wie das übrige Publikum in ein paar Wochen bei der Premiere anschauen müssen.

Bis dahin würde ich geduldig und loyal warten, Rafiks Launen und Verzweiflungsmomente ertragen und ihn ununterbrochen bedingungslos lieben müssen, denn er war ja ein großer Künstler, der seine große Sache durchziehen mußte. Allerdings bin ich nun mal leider ein ganz gewöhnlicher Sterblicher. Ich hätte am liebsten einen Mann aus Fleisch und Blut zum Geliebten und nicht einen schöpferischen Dämon.

Rafik fuhr fort: »Heute ich arbeite mit Toni.«

»Tony?«

»Dirigent, von Italia.«

Tony? Konnte das wahr sein? Konnte meine alte Flamme Tony, der ehemalige Kirchenorganist und Chorleiter, der mittlerweile ein international anerkannter Operndirigent war, konnte er tatsächlich in Boston sein, um für das Ballett zu dirigieren? Aber warum hatte er mich dann nicht angerufen? Und warum funkelten Rafiks Augen bei der Erwähnung seines Namens?

»Ich kenne ihn«, sagte ich.

»Nicht ihn«, antwortete Rafik. »*Sie*«, sagte er mit Emphase, obwohl er doch offensichtlich das falsche Geschlecht gewählt hatte. Dann zeigte er hinter mich. Ich wandte mich um und schaute in die Richtung, die er angegeben hatte, in Erwartung eines anziehenden Mannes, wie mein Tony auf alle Fälle einer war. Aber statt dessen sah ich eine blühende und üppige rothaarige Frau auf uns zukommen. Sie war auf keinen Fall Tänzerin, bei diesem Körperbau und diesem Busen und diesen Hüften, und vor allem diesem Gang. Alles an ihr – das Haar, der Kopf, die Schultern, die Hüften, die Schenkel – alles bewegte sich fließend und wogend. Eine Tänzerin würde niemals so in ihrem eigenen Körper schwelgen. Der Körper einer Ballettänzerin war nämlich ein Mittel zu künstlerischem Ausdruck, während er dieser Frau hier offensichtlich zum Genuß diente – zu viel Genuß und großem Genuß.

Mein Verdacht, Rafik habe mit meinem ehemaligen Traummann zu tun, war also unbegründet, und ich kam mir recht dumm vor, daß ich an ihm gezweifelt hatte. Rafik stellte uns vor. Sie hieß Toni di Natale. Dann erklärte er ihr – ein bißchen zu leichthin, fand ich -, ich sei »ein Freund« und wolle gerade gehen. »Hier ist Ihr Hut, schade, daß Sie schon gehen müssen.«

Toni di Natale hielt mir ihre große Hand hin. »Guten Tag«, sagte sie mit rauchiger Stimme und ohne den geringsten Akzent.

»Hallo«, sagte ich und schüttelte ihr die Hand, die genau so groß und genau so stark wie meine war. »Man hört bei Ihnen ja gar nicht den Akzent des sonnigen Mittelmeers.«

Sie lächelte breit und erwiderte mit ihrer trockenen tiefen Alt-Stimme: »Ich bin in New York geboren, habe aber die meiste Zeit im Ausland verbracht. Wenn schon in einen Akzent«, sagte sie, und als sie weitersprach, änderte sich auch schon die Modulation ihrer Stimme, »dann falle ich gelegentlich ins Hoch-Britische.« Darauf lachte sie herzlich und schüttelte den Kopf und ruckte mit den Schultern und warf ihre Mähne von glänzendem rotem Haar zurück und das alles mit übertriebener Verspieltheit.

Ich antwortete: »Meine Freundin Nicole hat das auch manchmal – die britische Nummer.«

Rafik unterbrach uns und sagte zu ihr: »Wollen wir anfangen mit unsere Arbeit?«

»Klar«, antwortete Toni, aber ihre Hüften sagten viel mehr als diese einsilbige Antwort. Dann fragte sie mich: »Kommen Sie auch mit?«

Rafik fing ihre Frage ab, bevor ich selber antworten konnte. »Nein«, sagte er scharf.

Ich begriff auf einmal, wie einer Frau zumute sein mußte, deren Ehemann sich von einem anderen Mann vage erotisch angezogen fühlt und daraufhin anfängt, sie aus der Gesellschaft der beiden Männer auszugrenzen. Rafik war mein Geliebter, doch diese Frau hier versuchte ihn zu umgarnen und mochte damit sehr wohl Erfolg haben. Und jetzt versuchte *er*, *mich* davon auszuschließen. Die beiden gingen bereits mit einer Vertrautheit miteinander um, von der ich gedacht hatte, daß Rafik sie nur für mich habe. Einen kurzen Augenblick fragte ich mich, ob Rafik nicht am Ende bisexuell sei. Schließlich behauptete doch Ramon, der Knabe, der im Salon Snips für die Haarwäsche zuständig war, bisexuell zu sein. Der kam auch aus Paris, wo auch Rafik geboren war und bis zu seiner Übersiedelung nach Montreal gelebt hatte. Vielleicht war unter Francophonen Bisexualität stärker verbreitet?

Der ungemütliche Augenblick, der Rafiks harschem »Nein« folgte, wurde von der Stimme Madame Rubinskayas unterbrochen, die im großen Saal gellte. »Strähken, strähken, strääääähhken! Stehn! Ende!«

Die Musik hörte auf, und es herrschte Schweigen.

Toni di Natale bemerkte lässig: »Sie ist ein lebendes Fossil.«

Zu meiner Überraschung blickte Rafik sie finster an. »Ihre Familie war sehr geschätzt von Zar«, sagte er in getreulicher Verteidigung der alten Frau.

Toni antwortete fest: »Den Zaren gibt es nicht mehr. Die Welt der Kunst braucht jetzt Menschen wie dich.«

Blanker Flirt, der sich hinter Fakten und Schmeichelei verbarg.

Rafiks Brauen zogen sich in heftigem Unmut zusammen. Vielleicht ärgerte ihn ihre Lobhudelei? Oder spürte er wohl meine Befürchtung, daß sie den horizontalen Tango schon miteinander getanzt haben könnten?

»Hat mich gefreut, Sie kennenzulernen«, sagte Toni zu mir. Dann hängte sie sich bei Rafik ein und wandte sich ab, um mit ihm davonzugehen. In ihrem Schlepptau wirkte er fast hilflos, und dabei ist an Rafik doch weiß Gott nichts Hilfloses.

»Also dann bis heute abend bei dem Essen, ihr beiden!« platzte ich heraus.

Toni di Natale drehte sich noch einmal zu mir herum, in einem großen Schwung, für den sie Rafiks Körper als Angelpunkt benutzte. »Ach, Sie kommen auch hin?« fragte sie. »Wie reizend!« Aber ihre Begeisterung war unecht, wie alles andere an ihr bisher auch.

Rafik sagte, sie solle schon mal vorausgehen und in seinem kleinen Büro gleich am Ende der Vorhalle auf ihn warten; er werde in wenigen Minuten nachkommen. »Laß mich nicht zu lange warten«, sagte sie, »Ich hab noch Jet Lag.« Sie lachte geräuschvoll, und Rafik nickte ihr mit einem breiten Grinsen zu, das ich sehr gut aus der Zeit kannte, als er mich verführt hatte.

Toni di Natale ging also in Rafiks Büro und ließ uns beide vor dem großen Saal stehen. Rafik wartete, bis die Musik für das Adagio wieder einsetzte, dann sagte er zu mir: »Ich weiß, was du denkst.«

»Was denke ich denn?«

»Du denkst an Sex.«

»Stimmt. Vor allem an Sex mit mir, und wie lange es her ist, seit das zum letzten Mal passiert ist. Mir wäre ein bißchen mehr Interesse von deiner Seite gar nicht so unrecht. Wir sind schließlich zusammen, oder?«

Rafik sah mir fest in die Augen.

»Du verletzt mich mit solche Worte«, sagte er.

»Du fehlst mir halt, wenn du dich so in deine Arbeit vergräbst.«

»Es wird gehen vorüber.«

»Aber ich will dich jetzt.«

»Heute nacht, Stani. Ich verspreche. Nach Essen bei Max Harkey.«

Wieder der Kosename. Mir hat der Gedanke nie gefallen, mit jemandem, den ich liebe, eine Verabredung zum Sex zu treffen. Aber ich hatte Sehnsucht nach Rafik, und er schien seine Zuneigung überall zu versprühen, nur nicht zu Hause.

»Willst du immer noch, daß wir uns chez Harkey treffen?« fragte ich.

»Ja.«

Warum bestand er nur darauf, daß wir getrennt hingingen? Damit wir nicht als Paar auftraten? Oder wollte er mich nur wieder einmal dafür bestrafen, daß ich nicht mit ihm zusammenlebte?

»Also bis später«, sagte ich kühl.

Doch plötzlich, dort mitten in der Eingangshalle, umarmten wir uns, als wollten wir damit alle unsere verbalen Mißverständnisse Lügen strafen, und hielten uns eng und fest umschlungen. Ich lauschte auf seinen Atem, fühlte seine Lippen seitlich über meinen Hals streichen, sog seine Feuchte ein, nahm seinen Geruch in mich auf. Rafiks Haut verströmt einen wundersamen Duft – das lebhafte Zitrusaroma von Bergamotte, das kühle Grün von Klee, die scharfe, beißende Würze von Muskat, die Süße von Vanille – eine ganze Duftorgie, die es mir abverlangt, mit Lippen, Zunge und Zähnen an mich zu halten, wenn ich ihm nahe bin. Rafik diese paar Sekunden vor dem großen Saal des Boston City Ballet in den Armen zu halten, das brachte für mich die ganze Welt wieder in Ordnung. Da mag es hundertmal das Axiom geben, daß die elektrisierenden Kräfte zwischen zwei Körpern mit der Zeit nachlassen; wenn Rafik mir nur eine Maniküre geben würde, hätte ich währenddessen wahrscheinlich dreimal einen Orgasmus.

»Geh dich jetzt lieber mal umziehen«, flüsterte ich. »Ich möchte nicht, daß du dir in diesen verschwitzten Klamotten eine Erkältung holst.«

Ich verließ die Studios und machte mich auf den Weg zum Salon Snips, quer durch die Stadt. Das ganze eifersüchtige Getue, das ich uns beiden soeben zugemutet hatte, war mir jetzt doch sehr zuwider. Alles natürlich irrational, das wußte ich. Wenn nämlich Rafik mit irgendwem herumtändeln wollte – einem Tänzer oder einer Tänzerin, oder selbst Toni di Natale, was das betraf – so hatte er dazu doch in den Studios genug Zeit. Also mußte sein Vorschlag, daß wir getrennt zu Max Harkey gehen sollten, rein organisatorische Gründe haben und sonst gar nichts. Am besten, ich konzentrierte mich mit meinen Obsessionen auf Rafiks geheimnisvolle Choreographie – diese neue Arbeit, die er so gar nicht mit mir teilen wollte – und hörte auf, mich um seine Liebe zu grämen.

2. Mein Plätzchen in der Welt

Den Snips Salon in der Newbury Street gibt es seit dem Tage, da Nicole Albright ihn dort eröffnet hat. Von Anfang an ließ Nicole es nicht zur Kundschaft durchdringen, daß sie die Besitzerin des Ladens war. Statt dessen gab sie sich als die Maniküre des Salons aus, was die Kundinnen und Kunden irgendwie dazu bringt, offener mit ihr zu reden. Warum das so ist, weiß ich nicht genau, aber es ist so.

Im vergangenen Winter beförderte mich Nikki ganz offiziell zum Manager des Salons. Es handelt sich dabei allerdings hauptsächlich um eine Formsache, denn den Laden habe ich immer schon mit gemanagt. Doch neuerdings will sie noch weniger mit der Geschäftsführung zu tun haben, darum hat sie die Verwaltung zum größten Teil auf mich übertragen. Für mich war das nur von Vorteil, denn ich verdiene mehr und muß weniger Zeit im Laden verbringen. Wenn ich doch mal draußen arbeite, dann bediene ich nur die Kunden, die ich will – keine anonyme Laufkundschaft mehr, es sei denn, ich fände sie unwiderstehlich.

An diesem Vormittag segelte ich nach meinem Besuch in den Ballettstudios so gegen elf Uhr in den Laden. Meine Nasenflügel weiteten sich bei dem vertrauten scharfen Prickeln, als ich die Dämpfe der unzähligen, manchmal ganz schön giftigen Chemikalien einatmete, die wir zur Verschönerung unserer Kunden verwenden. Ich frage mich oft, ob Tausende von Schönheitssalons sich nicht in einer Art von olympischen Wettkampf mit diversen Schwerindustrien wie Erdöl oder Atomkraft messen, was die von ihnen hervorgerufenen ökologischen Schäden betrifft. Es stimmt zwar, daß die neueren Kosmetika wieder mehr auf Mutter Natur achten, aber vielen riecht man ihre

Destruktivität noch förmlich an. Vielleicht kann man als mildernden Umstand gelten lassen, daß die Friseure und Schönheitsfachleute ihre Nachlässigkeiten der Umwelt gegenüber im Namen der Schönheit begehen, sehr im Gegensatz zu den Energiekartellen. Oder kamen Sie sich schon mal besonders sexy vor, während Sie tankten? Oder hat Sie je ein makelloses Meltdown stimuliert?

Ich sah, daß Nicole eine Kundin manikürte. Sie blickte kurz auf und warf mir schnell einen prüfenden Blick aus ihren hellblauen Augen zu, über ihre randlose Vergrößerungsbrille hinweg wie eine stets wachsame Katze. Sie lächelte sanft und nickte mir zu, ohne dabei auch nur eine Sekunde mit den chirurgischen Schnitten ihrer Nagelhautschere aufzuhören. Nicole, die normalerweise ziemlich ungestüm ist, war neuerdings etwas zahmer, seit ihr jugendlicher Liebhaber Chaz nach Hollywood gegangen war, um dort im Medienrecht seine Millionen zu verdienen. Für mich war sein Abgang ein Segen, da ich ihn immer nur von seiner egomanen und unangenehmen Seite kennengelernt hatte. Außerdem traute ich ihm auch nicht, vielleicht, weil er so jung war, daß er ohne weiteres Nicoles Sohn hätte sein können. Sie ist fast fünfzig, und Chaz war noch nicht einmal dreißig, also auch noch etwas jünger als ich. Außerdem sah er großartig aus und hatte eine gute Figur und war abscheulich selbstsicher. Aber schließlich sind hübsche, gutgebaute Männer fast immer sehr von sich überzeugt, vielleicht, weil sie so selten die Zurückweisung erleben, die uns gewöhnliche Sterbliche so oft ereilt. Aber für Nicoles Libido war Chaz gut gewesen, auch wenn sein sexueller Besitzstand eine Kluft zwischen ihr und mir geschaffen hatte. Zum Glück war da Rafik aufgetaucht und hatte die leere Stelle in meinem Gefühlsleben, die ich während Nicoles Affaire mit Chaz so deutlich spürte, ausgefüllt. Aber sowie ihr juristischer Liebhaber entschwand, war wieder Nikki damit dran, eine Leere im Leben auffüllen zu müssen, und unser biestiges Große-Schwester-und-Kleiner-Bruder-Verhältnis ließ sich ohne weiteres wieder aufnehmen.

Um in mein Büro im hinteren Teil des Ladens zu gelangen, ging ich an Nicoles Manikürtischchen vorüber, auf dem sie immer ein Glas voller Nagelfeil-Papierchen zur Hand hat. Das erinnert mich jedesmal an den Nachmittag, an dem Rafik eins so erfinderisch an meinen zarteren Körperregionen ausprobierte.

»Tut mir leid, daß ich so spät dran bin, Herzchen«, sagte ich fröhlich.

»Wohl wieder mal an die Bettpfosten gefesselt gewesen, was?« antwortete sie, ohne ihren kühlen Blick von der knorrigen alten Hand abzuwenden, die sich in ihrem Griff wand.

»Ich war im Ballettstudio«, sagte ich.

Nicole antwortete darauf nicht, aber ihre ältere Kundin blickte auf und sprach mich mit zittriger Stimme an.

»Sind Sie Tänzer?«

Ich erkannte in ihr eine der Matronen, die ganz regelmäßig zu uns kamen und im Ritz Carlton eine Suite bewohnten. Das Haar von dieser hier war vor kurzem dem Zeitstil angepaßt und von silberblau zu silberblond umgefärbt worden. Das Färben hatte wahrscheinlich Ramon besorgt, unser ehemaliger Shamponeur, der, seit ich mich bereit erklärt hatte, Manager des Salons zu werden, zumindest teilzeitweise zum Stylisten aufgestiegen war. Was die Frage der alten Dame betraf, so hätte man glauben können, sie sei mit Blindheit geschlagen, da jeder Mensch, der sein Augenlicht und zumindest einen Rest Gehirn besaß, erkannt hätte, daß ich nicht wie ein Tänzer aussehe. Ich bin zwar ziemlich groß mit meinen einsachtundsiebzig und meinen langen Beinen, aber um meine Mitte herum trage ich einige Extrakilos spazieren, die einen Tänzer zur radikalen Entfettung, wenn nicht gar zum Selbstmord treiben würden. Zum Glück stört Rafik das Verhältnis von Fett und Muskeln mittschiffs bei mir überhaupt nicht. Vielleicht verschafft es ihm sogar einen perversen Kitzel, da die Eitelkeit bisher solch einen Schwachpunkt, wie ihn gewöhnliche Sterbliche haben, an seinem Körper nicht zuläßt. Oder vielleicht gilt auch hier einfach der Grundsatz, daß Gegensätze sich anziehen. Er ist dunkel und sehnig und stark behaart, und ich bin rosig und vollschlank.

»Nein, Ma'am«, sagte ich zu Nicoles ältlicher Kundin. »Ich nicht. Aber mein Mann.«

Sie schluckte ein wenig, als sei ihr die Idee, daß zwei Männer etwas zusammen haben könnten, bisher noch nie gekommen, nicht einmal hier bei Snips, einer der schwulen Hochburgen in dieser Prachtstadt von Massachusetts. Sie versuchte zwar, wie eine *moderne* gebildete Frau aufzutreten, aber ihr Denken war verkalkt wie nur je.

Nicole sagte: »Dein Büro wartet auf dich, Stanley.«

Sogar der Name, den ich sonst hier im Salon gehabt hatte, Vannos, war wie eine alte Maske von mir abgefallen, seit ich die Position des Managers angenommen hatte. Da ich also auf diese Weise entlassen war, begab ich mich in den kleinen Raum hinten am Laden, der vorher Lagerraum gewesen war und den Nicole in ein Büro umgewandelt hatte, in dem ich meinen Pflichten nachgehen konnte. Auf dem Weg dorthin sah ich Ramon, der glückstrahlend eine seiner neuen Kundinnen vollschwatzte. Er schenkte mir ein warmes Lächeln, als ich vorbeiging. Ramon war bedeutend freundlicher geworden, seit er begonnen hatte, selbst als Haardesigner zu arbeiten, und vor allem, seit er sein Trinkgeld direkt von den Kunden erhielt und nicht mehr von den anderen Friseuren. Doch trotz der neuen Fortschritte Ramons blieb meine eigene Kundenliste unantastbar, wie auch jeder Kunde, der ausdrücklich nach mir verlangte. Ramon würde sich seine Anhängerschaft selber aufbauen müssen wie jeder von uns zu Anfang.

Ich betrat das Büro und überschaute mein Reich. Der winzige Raum ist mit allem Notwendigen ausgestattet: einem luxuriösen mauvefarbenen Ledersessel, einer europäischen Kaffeemaschine, einem kleinen Kühlschrank, einem Telefon und dem üblichen Schreibtisch mit Computer. Weitere Accessoires sind: ein Sisalteppich und ein niedlicher, wenn auch unbenutzbarer kleiner Stuhl aus eloxiertem rosa Stahlrohr, dessen Sitz und Rückenlehne aus vielfarbigen schmalen Satinbändern geflochten sind. Alles das wirkt synergetisch zusammen und verleiht dem Raum eine entspannt urbane, besonders gemütliche, homosexuelle Atmosphäre.

Unter all dem Treibgut auf meinem Schreibtisch gibt es natürlich auch die verschiedenen gerahmten Fotos, die das Büro eines jeden guten Angestellten zieren: ein Farbfoto von meiner Mutter, wie sie beim sommerlichen Grillfest zu Hause in New Jersey hinter einem eisbeschlagenen Cocktailglas sitzt, im Hintergrund mein Vater, der vor lauter Rauchwolken, die von einem fleischbeladenen Grill aufsteigen, fast nicht zu sehen ist; eine sepiagetönte Studioaufnahme von meiner Schwester mit ihrem Gatten und ihren beiden Töchterchen, die wie die Prinzessinnen aussehen, eine Aufnahme, die den selbstzufriedenen bürgerlichen Lebensstil ausstrahlt, den sie so verzweifelt gesucht und offensichtlich auch gefunden haben; und schließlich eine Fotocollage von meiner Burmakatze namens Sugar Baby in den verschiedensten reizenden Posen aus den verschiedensten Phasen ihres idyllischen Zusammenlebens mit mir. Rafiks Bild steht nicht bei den anderen Familienfotos auf dem Computertisch, sondern hat einen Ehrenplatz ganz für sich allein. Auf der Innenseite meiner Bürotür habe ich ein lebensgroßes Poster festgepinnt, das nach einem Foto von ihm aus seinen glorreichen Tänzer-Tagen entstand und auf dem er in voller Größe zu sehen ist. Wann immer mich die Dramen und Intrigen im Salon zu sehr ablenken – und das passiert durchschnittlich einmal pro Tag – ziehe ich mich in mein Privatheiligtum zurück und lasse mich von dieser meiner Ikone in eine andere Welt entführen.

Nachdem ich mein Reich also inspiziert hatte, machte ich mich an mein morgendliches Ritual: Kaffeemaschine mit abgefülltem Quellwasser füllen; exzessiv viel frischgemahlenen Kaffee meiner bevorzugten Mischung einlöffeln; ein Stück von dem selbstgebackenen Kuchen, den mir meine Mutter jede Woche schickt, auf einen Teller legen;

den Computer einschalten; die Post sortieren und öffnen; – und weiter kam ich denn auch in den nächsten zehn Minuten nicht. Ich konnte einfach nicht anfangen. Ich öffnete das Fenster, das zu dem Durchgang auf der Rückseite des Salons hinausgeht und durch das ich immer das Wetter beobachte, was in Boston eine Vollzeitbeschäftigung sein kann. Ich dachte, etwas frische Luft könne mir vielleicht helfen, mich an die Arbeit zu machen, aber die kühle Brise brachte nur den Duft der jungen grünen Triebe von draußen herein, was mich von der langweiligen Schreibtischarbeit, die auf mich wartete, nur noch mehr ablenkte. Ich schenkte mir Kaffee ein und nahm eine große Gabel voll Mohnstrudel. Das Buttergebäck und die klebrigen schwarzen Samenkörnchen schmeckten heute wieder mal besonders gut.

Ich schloß die Bürotür und schaute versonnen auf das Poster von Rafik. Er stand neben einer Stange, einen Ellbogen darauf gestützt und den anderen auf der Hüfte. Seine klassische Tanzkleidung – weißes T-Shirt, schwarze Trikots, weiße Socken und weiße Glacélederballettschuhe – strafte seine suggestive Haltung Lügen. Sein Körpergewicht ruhte auf dem einen Bein, das andere war leicht gebeugt, was seinen Hüften einen einladenden Schwung verlieh. Den Kopf zur Seite gedreht, grinste er direkt in die Kamera. Dieser Blick war eine unverholene Einladung zur Sinneslust. Mein Herz schlug ein wenig schneller. Ich fragte mich, konnte das denn wahr sein? Waren Rafik und ich wirklich zusammen? Hatten wir uns tatsächlich kennengelernt und etwas miteinander angefangen? Warum hatte Rafik sich von allen verfügbaren Männern in Boston ausgerechnet mich ausgesucht? Er ist ein komplexer, fast barocker Typ, während ich einfach und direkt bin. Sein paradoxes Wesen umfaßt jugendliche Spontaneität, guruartige Weisheit und Toleranz, zwingende Kreativität, kriegerische Zerstörungslust, lustvolle Lebensfreude und sogar Verzweiflung. Er ist Dämon und Engel, Lehrer und Schüler, Liebender und Feind, Kind und Vater. Manchmal fürchte ich, daß ich gewöhnlicher Mensch die Möglichkeiten von so jemandem wie ihm nur einengen kann. Aber er behauptet, daß ich eine Leichtigkeit und einen Humor einbringe, die ihn erfrischen und beleben. Warum also nagt da dauernd irgend etwas in mir? Vielleicht sind die Gleichungen, die unsere Beziehung im Endeffekt erklären, ganz einfach: Rafik ist wunderbar, und ich bete ihn an; er verströmt seine kreative Eneregie, und ich gebe sie ihm wieder zurück; er lebt in der Tradition der großen Oper, und ich liefere ihm eine Seifenoper-Parodie davon.

Nicole öffnete die Türe und riß mich aus meinem Tagtraum.

»Wach auf, Herzchen.« Nikki trat öfter in mein Heiligtum, ohne anzuklopfen – eine verzeihliche Sünde, da ihr ja das Ganze gehört. Bei ihrer Größe von einsdreiundsechzig trug sie ein klassisches Rock-Blusen-Ensemble. Die langärmlige Seidenbluse war mit großen leuchtenden, schwarz umrandeten Farbfeldern bedruckt – blau, rot und gelb – wie bei einem Gemälde von Mondrian. Der dazu passende anthrazitgraue Kammgarn-Rock ließ ihre Hüften erstaunlich schlank erscheinen. Leider war »schlank« schon seit vielen Jahren nicht mehr das passende Beiwort für Nicole, seit sie nämlich die Pariser Laufstege verlassen und angefangen hatte, alles zu essen und zu trinken, was ihr schmeckt. Heute beschränkt sich ihre Vorstellung von körperlicher Bewegung und Gewichtskontrolle darauf, die paar Straßen bis zum Reformhaus zu laufen und eine Packung Reisgebäck zu kaufen. Dann knabbert sie davon vielleicht zwei oder drei, der Rest wird zu Vogelfutter, während sie sich eine Pizza kommen läßt. Zum Glück bewahrt sie ihr schneller Stoffwechsel davor, plump zu werden.

»Ich schlafe ja gar nicht«, sagte ich. »Ich verdaue.«

»Das machst du zu oft«, sagte sie. Ich bot ihr ein Stück von meinem Mohnstrudel an. Sie schüttelte den Kopf. »Du weißt doch, daß ich den ganzen Monat keine Süßigkeiten esse, aber der Kaffee da riecht ja himmlisch.«

»Näher ran an den Himmel kommt wahrscheinlich auch keiner von uns beiden«, sagte ich, während ich eine Tasse mit dem dampfend heißen Getränk füllte und einen Schuß Sahne dazugab, so wie sie es am liebsten mochte.

»Danke, Schätzchen«, sagte sie, nahm die Tasse und versuchte sich dann auf dem kleinen Stuhl niederzulassen. Sie runzelte die Stirn, zuckte kurz zurück, wand und drehte sich und fuhrwerkte mit den Hüften herum, um es sich auf dieser winzigen Sitzfläche aus schlüpfrigen Satinbändern einigermaßen bequem zu machen.

»Jetzt setz dich doch mal auf deinen Hintern und gib Ruhe, Herzchen.«

»Ein gräßliches Stühlchen«, sagte sie. »Ich muß unbedingt was anderes hier reinstellen.«

»Aber es ist doch das *objet piquant* des ganzen Zimmers.«

»Man kann aber nicht drauf sitzen.«

Wenn Nicole den Stuhl wirklich nicht gemocht hätte, hätte sie ihn bestimmt nicht gekauft. Wahrscheinlich wollte sie jetzt eben nur das behagliche Leder unter sich spüren, das gerade meinen Hintern umfing. Keine Chance.

Sie nippte an ihrem Kaffee und fragte mich: »Alles in Ordnung mit Rafik?«

»Na klar«, sagte ich glücklich. »Warum?«

»Weil du heute früh zu ihm gegangen bist.«

»Das wunderschöne Wetter gab mir den Gedanken ein, meinen Geliebten aufzusuchen.«

»Ihr habt also die Nacht nicht zusammen verbracht?«

»Es ist wirklich alles in Ordnung, Herzchen.«

Wir saßen eine kleine Weile still da, nippten an dem aromatischen Kaffee und atmeten die feuchte, würzige Luft ein, die durch das offene Fenster hereindrang. In einem der Sträucher draußen flatterte ein kleiner Vogel aufgeregt hin und her und piepste laut. Ausgerechnet das Friedliche an dieser Szene ging mir irgendwie auf die Nerven.

»Also gut, Herzchen. Du hast's erraten. Mit Rafik und mir läuft's wieder mal nicht so ganz richtig.«

»Bist du schon wieder eifersüchtig?«

Ich nickte. »Ich komme mir dabei so kindisch vor, daß ich mich richtig schäme.«

»Woran lag's diesmal?«

»Immer das Gleiche. Er hat wieder mal seine kreative Phase, und das bedeutet, daß wir nicht zusammen schlafen. Und da kommt eben meine ganze ewige Unsicherheit hoch, und ich bilde mir ein, daß er's mit jedem Knaben im Studio treibt, und dann merke ich, daß meine ganze Vorstellung von Liebe und Partnerschaft auf Sex beruht, und da finde ich mich widerlich.«

Nicole schüttelte den Kopf und schnalzte leise mit der Zunge.

»Stanley, warum zieht ihr eigentlich nicht zusammen? Worauf wartest du denn bloß?«

»Wir haben einfach zu unterschiedliche Vorstellungen vom häuslichen Leben. Seine ist halt die, die man im alten Europa von einer Ehe hat. Er erwartet die heimelige Bequemlichkeit und Sicherheit einer Ehefrau, die alles reibungslos in Gang hält. Und ich bin zwar, das weiß ich selber, nicht gerade die Männlichkeit in Person, aber das Heimchen für jemand anderen bin ich nun auch wieder nicht.«

»Aber da muß es doch einen Mittelweg geben.«

»Wir versuchen, drei oder vier Nächte pro Woche zusammen zu verbringen, doch trotzdem sagt er, daß es fürchterlich unpraktisch ist, getrennte Wohnungen zu haben. Ich dagegen glaube, daß gerade dieses Getrenntsein uns zusammenhält.«

»Wie denn das?«

»Ich möchte einfach nicht alles mitkriegen, was in seinem Leben so hinter den Kulissen abläuft.«

»Hast du Angst vor zuviel Intimität?«

»Fang bloß nicht mit so einem Psychoquatsch an, Herzchen.Ich möchte nur nicht eines schönen Tages heimkommen und ihn mit einem – äh – Gast vorfinden.«

»Aber Schätzchen, das klingt ja fast wie in viktorianischen Zeiten. Was wäre da schon dabei, solange er auf sicheren Sex und auf Diskretion achtet? Rafik liebt dich doch und würde garantiert nichts tun, was dich verletzen könnte. Ich hab das Gefühl, daß du von den Menschen einfach zuviel erwartest.«

»Das ist aber eine Platitüde, Nikki. Außerdem, über die Liebe zu räsonieren, das ist so, als versuche man mit den Schuhen zu fühlen. Aber das ist ohnehin alles bedeutungslos, weil ich schließlich nicht anders denken oder sein kann, als ich eben bin.«

»Was du bist, das ist nichts anderes als fatalistisch und bequem. Man kann doch sein Leben selbst bestimmen.«

»Herzchen, kein Mensch schafft sich seine eigene Realität selber, außer vielleicht, was Haarfarbe, Rocklänge oder Absatzhöhe betrifft. Sobald es an die Substanz geht, darum, was für Gefühle man hat und wie man handelt und auf andere reagiert, dann bestimmt meiner Meinung nach kein Mensch sehr viel selber. Alles genetisch bedingt. Samen trifft auf Ei, alles reiner Zufall, und dazu gehört eben auch, ob man dazu fähig ist, die sexuelle Untreue eines oder einer Geliebten zu ertragen oder darüber hinwegzusehen, oder aber nicht.«

»Stanley, bitte –«

»Das stimmt aber, Nikki. Mein Verstand weiß durchaus, daß Promiskuität, auch die meines Geliebten, im allgemeinen Chaos auf dieser Erde eigentlich überhaupt keine Bedeutung hat. Aber der romantischen Seite in mir geht es um Liebe und all die anderen irrationalen Dinge. Das heißt, in mir ist ein einziges Durcheinander, und zwar eins, das von meiner DNS gesteuert wird und nicht von irgendwelchen gelernten Reaktionen. Egal, was ich dagegen tun möchte oder zu tun versuche, mein Leben wurzelt nun einmal in slawischer Melancholie, und ich werde vielleicht, solange ich lebe, nie wirklich glücklich oder zufrieden sein.«

»Quatsch!« antwortete Nicole. »Du hast einfach zu viel freie Zeit, und deshalb jammerst du rum.«

»Vielleicht brauche ich nur mal wieder eine Leiche, um ein bißchen Ablenkung zu haben.«

Nicoles langbewimperte Augenlider öffneten sich bei dieser flapsigen Bemerkung ganz weit. »Man sollte meinen, daß du davon genug hast«, sagte sie. Dann schob sie mir ihre Tasse entgegen. »Tu mal was Nützliches und gieß da ein bißchen Cognac rein.«

»So früh am Tag?«

»Ich hab erst um ein Uhr wieder eine Kundin.«

»So viel hast du früher aber nie getrunken, als Chaz noch da war. Ich hoffe bloß, du greifst jetzt nicht zum Schnaps, um die verlorene Liebe leichter zu verschmerzen.«

»Seit wann hast du mir darüber Lektionen zu erteilen?«

»Du läßt mir ja mein Selbstmitleid auch nie durchgehen.«

»Schätzchen, bevor du Rafik kennengelernt hast, habe ich ohne jedes Urteil dein Langzeit-Leiden und deine Düsterkeit erduldet. Kann ich da nicht jetzt im Gegenzug ein bißchen Mitgefühl erwarten?«

Da hatte sie recht. Vor meinem jetzigen Schmierentheaterleben des Zweifels hatte ich ein Schmierentheaterleben der Frustration verbracht. Und Nicole hatte alle diese ermüdenden Episoden mitgemacht und auch die ewigen Wiederholungen.

»Touché, Herzchen«, sagte ich und holte den feinen Champagner-Cognac aus einem verschlossenen Hängeschrank. Ich goß ihr ein paar Schluck des bernsteinfarbenen Elixiers in den Kaffee. Falls dann ihre Ein-Uhr-Kundin auch nur diskret auf einen leichten Cognacgeruch anspielte, würde Nikki ihr vielleicht auch einen Schluck anbieten.

Das Telefon auf meinem Schreibtisch läutete. Es war die Empfangsdame, die mir mitteilte, daß jemand vorbeigekommen sei und nach Vannos frage.

»Vannos arbeitet nicht mehr hier«, sagte ich.

»Er kommt aber auf Empfehlung«, antwortete die Empfangsdame.

Wer das auch sein mochte, ich mußte ihn mir wenigstens mal anschauen. Die beste Methode, sich die Kundenkartei exklusiv zu halten, besteht darin, neue Kunden nur auf Empfehlung anzunehmen. Ich ließ Nicole im Büro zurück und ging hinaus in den Laden. Am Schreibtisch der Empfangsdame erwartete mich ein großer, sehr männlich wirkender Mann in den späten Vierzigern mit einem Kopf voll dichter graumelierter Haare und einem ebensolchen Schnurrbart. Er sah ganz besonders maskulin aus. Er trug ganz gewöhnliche Jeans, die jedoch makellos sauber waren und so scharfe Bügelfalten besaßen, daß man sich an ihnen hätte tödlich verletzen können, wenn er sich damit zu schnell bewegte. Die glänzenden schwarzen Kalbslederstiefel und die Gürtelschnalle aus massivem Silber zeigten, daß ihn dieses sorgfältig auf lässig abgestimmte Aussehen lockere 1000 Dollar gekostet haben mußte.

Ich stellte mich vor.

Er antwortete: »Sie sind mir wärmstens empfohlen worden.« Seine Stimme wirkte bei einem so großen Mann mit so breiten Schultern seltsam dünn und atemlos.

»Womit kann ich Ihnen dienen?« fragte ich.

Er trat näher. »Ich möchte mal ausprobieren, wie mir blond steht«, sagte er mit einem leisen Kichern. »Donaldson sagt, daß Sie in puncto Farbe wahre Wunder vollbringen.«

Einen Moment lang schwieg ich. Donaldson – nicht Don, nicht Donny, nicht einmal Donald, sondern Donaldson – war ein langjähriger Kunde von mir, dessen Leben als Aufgeblondeter durch alle Stadien von hell, heller, am hellsten gegangen war. Donaldson war zudem ein extrem femininer Dekorateur, dessen flatterige Maniriertheit sogar eine brünstige, entflammte Eintagsfliege niedergemacht hätte. Ich trat einen Schritt zurück und blickte den gutaussehenden Mann, der da vor mir stand, scharf und sachlich an. Ich habe eine besondere Vorliebe für diesen breitgebauten, maskulinen Typus, wie er durch ein paar glückliche Umstände immer wieder mal aus dem Spiel der Gene entsteht. Dann versuchte ich ihn mir in blond vorzustellen. Aber selbst meinem erfahrenen Auge mißlang das. Diesen

Mann blond zu machen, das mochte ja einer anderen Facette seiner Persönlichkeit entsprechen, würde aber das Bild von ihm ruinieren, das ich im Augenblick vor mir hatte und das mir zufällig gefiel.

»Tut mir leid«, sagte ich. »Das kann ich nicht.«

»Was soll denn das heißen?« fragte er. »Donaldson hat gesagt, daß Sie alles können.«

»Rein technisch gesehen schon, aber ich finde Ihr Haar nun mal schön, so wie es jetzt ist.«

»So grau?« sagte er. Seine Stimme wurde etwas schrill. »Das läßt mich aber zu alt aussehen.«

»Ich würde die Farbe nicht anrühren. Sie ist super.«

Der Mann war offensichtlich nicht überzeugt. »Ich bezahle ja dafür«, warf er ein.

»Davon bin ich überzeugt, aber ich werde Ihr Haar jedenfalls nicht färben. Es wäre mir aber ein Vergnügen, es in Form zu bringen –«

»Nein«, unterbrach er mich. »Ich möchte blond werden. Kann mir jemand anderes da weiterhelfen?«

Ich schwieg und überlegte, wie ich ihn hätte umstimmen können, aber dann wurde mir klar, daß es hoffnungslos war. »Ich werde Ihnen Ramon herschicken«, sagte ich mürrisch.

Anderthalb Stunden später war der Mann blond. Ramon hatte ihm auch noch den Schnurrbart abrasiert, so daß seine pferdeartige Oberlippe jetzt zu sehen war, was seine Gesichtszüge lang, hängend, fast traurig erscheinen ließ. Ich stecke zwar selber drin in dem Geschäft mit der Schönheit und der Künstlichkeit, aber ich komme niemals der Natur in die Quere, nur weil jemand den albernen Drang hat, jünger aussehen zu müssen.

Der Tag ging weiter. Ich beendete meine Büroarbeit und hatte selbst auch noch ein paar Kunden. Aber als Nicole und ich schlossen, war ich schon wieder unruhig geworden, vielleicht aufgrund einer Vorahnung bezüglich des vor mir liegenden Abends. Etwas gedrückter Stimmung ging ich nach Hause, um mich sehr sorgfältig vorzubereiten.

Mein Zuhause ist eine geräumige Zweizimmerwohnung in der Marlborough Street. Ich wohne im obersten Stockwerk, was ein etwas zweifelhaftes Vergnügen ist. Einerseits ist es dort oben ruhig, hell und luftig. Andererseits gibt es im Hause keinen Lift. Da ich gute Beine habe, sind die vier Treppen für mich normalerweise keine Belastung, aber manchmal überlege ich mir doch, ob ich nicht umziehen sollte. Dann aber bedenke ich wieder all das, was ich verlieren würde, wenn ich auszöge: der Mietpreis ist gebunden, und wir Mieter halten fest zusammen. Deswegen ist es gut möglich, daß ich für immer da bleibe. Außerdem wohne ich hier weit oberhalb von allem Straßenlärm, und ich sehe sogar den Fluß. Dazu muß man zwar aus dem Badezimmerfenster schauen, aber immerhin.

Ich machte die Türe auf und wurde von Sugar Baby begrüßt, deren kurzes karamellbraunes Fell dieselbe Farbe wie Rohrzucker hat. Ich nahm sie auf den Arm und sprach zärtlich mit ihr, während ich den Anrufbeantworter abhörte, auf dem aber heute nichts gespeichert war. Dann trug ich ihren kleinen schnurrenden Katzenkörper in die Küche hinüber, wo sich, wenn ich alleine bin, der größte Teil meines häuslichen Lebens abspielt. Dort esse ich, telefoniere, sehe fern und lese sogar. Vielleicht ist das einfach ein Überbleibsel meiner Erziehung, denn ich bin in einer Arbeiterfamilie in New Jersey aufgewachsen. Das Wohnzimmer blieb damals Gästen und besonderen Gelegenheiten vorbehalten. Und bei mir ist das jetzt immer noch so.

Nachdem ich meine Post geöffnet und mir einen eiskalten Martini gemixt hatte, der nach Winterende mein bevorzugtes Trankopfer darstellt, standen mir zwei große Entscheidungen bevor. Erstens die Frage, was für ein Abendessen ich Sugar Baby servieren sollte. Ich beschloß, ihr die Entscheidung selbst zu überlassen, indem ich fünf verschiedene Dosen vor ihr aufbaute und zu jeder die passenden verführerischen Töne von mir gab. Mit Sicherheit war dieses kleine Intermezzo vom Gin inspiriert worden. Die bei weitem enthusiastischste Antwort in Sugar Babys gutturaler Stimmführung erhielt eine Nierchen-Schinkenspeck-Kombination, die mein Lieblingsmädel denn auch zum Abendessen bekam. Ich hoffte nur, daß das Menü bei Max Harkey mit mehr Sorgfalt ausgewählt würde.

Die zweite und schwierigere Entscheidung war, was ich anziehen sollte. Wie sollte ich mich dieser Meute von Tänzern und zugehörigen Groupies präsentieren, die ja die körperbewußtesten aller höherentwickelten Primaten waren? Sollte ich versuchen, mich als schlanken Menschen unter sie zu mischen, was bedeuten würde, daß ich ganz in Schwarz erscheinen müßte, wie übrigens auch mit Sicherheit die meisten von ihnen? Aber das könnte zu gesucht wirken. Außerdem war der Versuch, schlank auszusehen, bei meiner fülligen, gesunden Figur von vornherein weitgehend zum Scheitern verurteilt. Vielleicht sollte ich mich eher als außenstehenden Bewunderer darstellen, was ich ja im übrigen auch tatsächlich war. Diese Wahl würde es mir auch gestatten, alles aus meinem Kleiderschrank zu tragen, was noch paßte. Ich beschloß, während des Duschens darüber zu meditieren.

Nach sorgfältigem Abschrubben unter feinem dampfendem Strahl mit französischer Farnseife war mein Körper rosig und frisch. Ich goß mir noch einen Cocktail ein, den ich beim Trockenwerden genoß. Irgendwann sah ich mich dabei plötzlich im Schlafzimmerspiegel. Mein Körper ist nicht übel, wenn auch nicht gerade wie der eines Pornostars oder Fotomodells. Also, was fand Rafik daran wohl am anziehendsten? Gefiel ihm vielleicht mein kantiges, männliches Kinn oder die vollen Lippen, die von einem hängenden roten Schnurrbart gerahmt werden, der zu meinem kupferfarbenen Haar paßt? Oder die grünen Augen? Das breite dämliche Grinsen? Es sind wahrscheinlich meine von Natur aus guten Beine und Füße, die die Anerkennung seines Tänzerauges finden. Und meine robuste Kehrseite. Und vielleicht auch meine *équipage*, die viel Profil und Proportion und Nettigkeit besitzt, wenn sie auch nicht von riesiger Dimension ist. Allerdings kann es natürlich auch sein, daß Rafik vor allem meine schöne Seele liebt.

Ich zuckte die Schultern über dieses weitere unenträtselte Geheimnis der Liebe und ging daran, mein Outfit zusammenzustellen. Und zwar entschied ich mich für ein Baumwollhemd mit breiten Streifen in türkis, purpur und gold – alles Komplementärfarben zu meinem kurzen roten Haar. Dazu wählte ich anthrazitfarbene Köperhosen mit Bügelfalte. Weiche schwarze Wildlederschuhe umschlossen bequem meine Füße. Dank meiner langen slawischen Glieder und der zwei Martinis sah dieses ganze Paket Stan Kraychik da in meinem Schlafzimmerspiegel gar nicht so übel aus. Als Duft wählte ich ein italienisches Eau de Cologne, dessen Pinienaroma mich an einen Polizisten erinnerte, den ich mal gekannt hatte – und der so hetero gewesen war, wie man überhaupt nur sein kann. Ein Spritzer von diesem Zeug an meinem Hals – das war das Äußerste an Nähe zu ihm, was ich erreichen konnte.

So sorgfältig geduscht und gekleidet machte ich mich also zu Fuß auf den Weg in den Abend dieses herrlichen Frühlingstages, und zwar wieder in Richtung South End, diesmal zu Max Harkeys Wohnung, wo ich meinen geliebten Rafik und seine ungezügelte animalische Anziehungskraft wiederfinden würde.

3. Dinner um acht

Max Harkey wohnte oben auf einem vierstöckigen Backsteinhaus, das das Appleton hieß. Das Gebäude war in der großen Zeit des Bostoner Wohnungsbauprogramms entkernt und verschwenderisch instandgesetzt worden, zu einer Zeit, als man einerseits Slumgebäude wahllos und überstürzt unter Denkmalschutz stellte und sie andererseits gedankenlos ihrer Geschichte beraubte und umformte, neu aufbaute und umwertete. Dieses einstmals historisch bedeutende Gebäude protzte jetzt mit einer architektonischen Verunstaltung – einem gläsernen Penthaus, das ihm aufs Dach gesetzt worden war. Eben dieses überhaupt nicht zum Stil der Zeit passende Supergebilde war Max Harkeys Wohnung – und wahrscheinlich auch genau das richtige Heim für den umstrittenenen Direktor des Boston City Ballet. Die ursprünglichen vier Stockwerke des Gebäudes bewohnten gewöhnlichere Sterbliche, obwohl alle meine Freunde, die mit Innenarchitektur zu tun haben, steif und fest behaupten, daß im Appleton auch jede andere Wohnung der Traum eines Innenarchitekten sei. Das Haus liegt angenehmerweise nur zwei Blocks vom Bostoner Kulturzentrum entfernt in einer schmalen Sackstraße, die Appleton Mews heißt, was auf die zahlreichen ausgebauten Kutscherhäuschen anspielt, die entlang dieser Straße liegen. Auch von Station D, dem Hauptquartier der Bostoner Polizei, ist es nur ein paar Blocks entfernt.

Kurz vor acht kam ich dort an, pünktlich, wie es gerade Mode war. Ich bemerkte, daß Big Red vor dem Gebäude auf dem Gehsteig geparkt war, und fühlte, wie sich meine linke Brustwarze zusammenzog. Schon komisch, was ein Liebessymbol so alles fertigbringt.

Ich betrat die Eingangshalle und drückte auf den Klingelknopf vom fünften Stock. Innerhalb von Sekunden kam eine Stimme mit einem sehr angenehmen leichten Akzent über die Gegensprechanlage. »Wer ist da, bitte?«

»Stan Kraychik.«

Es gab eine lange Pause, bevor er weiterfragte: »Wie war Ihr Name, bitte?«

»Stan Kraychik. Ich gehöre zu Rafik Panossian.«

Nach einer weiteren Pause ertönte der Türöffner, und ich trat ein. Hoffentlich würde ich nicht auch noch einen Paß und ein Visum brauchen, um in dieses Penthaus zu gelangen. Ich entdeckte den Aufzug, einen kleinen Würfel, der mit Ahorn getäfelt war. Drinnen drückte ich auf den Knopf mit der Aufschrift PH, was offensichtlich Penthaus heißen sollte. Trotzdem kam mir diese Bezeichnung für eine Wohnung im fünften Stock, die auf das Dach eines alten Ziegelhauses geklebt war, etwas übertrieben vor. Wäre sie im 45. Stockwerk gewesen, dann vielleicht. Aber ich wohne schließlich auch im 5. Stock, und ich habe meine Wohnung ganz bestimmt noch nie als Penthaus aufgefaßt.

Die Aufzugstüre schloß sich mit einem gehauchten Wuuuusch, und der winzige Raum glitt lautlos empor, ohne das geringste Geräusch einer Mechanik und ohne Vibration. Der Name des Herstellers, der über den Liftknöpfen auf einem Metallschildchen eingraviert stand, erklärte diese seltsame Lautlosigkeit. Der Aufzug war von der HydraLift GmbH aus Liverpool, England, gebaut worden. Er arbeitete offenbar mit Hydraulik anstelle von Motoren und Seilzügen und Kabeln. Jetzt hielt er elegant und schwang nur gerade noch eine Sekunde nach, bevor die unter Druck stehende Flüssigkeit völlig zum Stillstand kam, beinahe wie bei einem Wasserbett. Die Tür öffnete sich auf ein Vestibül, in dem der Duft von getrockneten Gewürzen und von Wollteppichen schwebte. Auf einer schwarzlackierten Konsole stand eine große Vase mit Winterkirscheästen und drei langen Eukalyptuszweigen, und daneben eine bleiverglaste Art-Deco-Lampe, die dem kleinen Raum eine weiche rosa Tönung gab. Ich sah mich in einem großen Spiegel mit einem grünspanfarben, eingelassenen Holzrahmen, und ich kam mir reich vor.

Die Türe zu Max Harkeys Wohnung schwang auf und ließ all den Lärm und das Stimmengewirr einer beginnenden Party herausdringen. Ein kleiner, stämmiger junger Mann mit bräunlicher Haut und kühnen blaugrauen Augen trat in die Türe und begrüßte mich.

»Sie sind Stan?« sagte er.

Ich nickte. Mir war klar, daß er eine Menge bezahlt haben mußte, um sich das Haar aufblonden und dauerwellen zu lassen, und es stand ihm.

Er sagte: »Ich heiße Rico.« Sein kaum merklicher Akzent wirkte sehr anziehend. »Kommen Sie bitte herein?« sagte er, als stellte er eine Frage.

»Wo sind Sie her?« fragte ich.

»Aus Brasilien.«

Ich betrat Max Harkeys Wohnung und war augenblicklich von einer Welt der Kunst umgeben. Den größten Teil der Wand mir gegenüber in der großen Diele bedeckte ein Bild von David Hockney, einer seiner berühmten Swimmingpools. Rico bat mich in den Salon, wo sich auch die anderen Gäste befanden. Auf dem Weg dorthin kam ich an einer kleinen Nische vorbei, in der zwei Arbeiten ausgestellt waren, ein Paar römischer Krieger in Bronze, etwa 75 cm hoch. Die Männer standen wie zum Kampf bereit mit ihren bebuschten Helmen und gezückten Waffen, aber sie hätten auch genausogut zum Geschlechtsverkehr bereit sein können, mit ihrem stark gewölbten Rücken und ihrem entblößten, festen und muskulösen Hintern.

Ich ging weiter zum Salon. Trotz all der wild redenden und trinkenden und plappernden Menschen dort drinnen wurde meine Aufmerksamkeit von einem riesigen Bösendorfer Flügel in Anspruch genommen, der glänzend schwarz und so groß wie ein Wohnwagen war. Er thronte königlich zwischen einigen freistehenden Plastiken, deren bemerkenswerteste eine große Skulptur in Rosenholz war – ein stilisierter Tänzer, vornehm und zurückhaltend gearbeitet und vielleicht von dem jungen Max Harkey selbst inspiriert. Eine vage Erinnerung an einen Kunstgeschichtskurs an der Schule rief mir den Namen Ivan Mĕstrovíc ins Gedächtnis, vielleicht, weil dieser Bildhauer auch Slave war. Dann wanderten meine Augen zu einer riesigen Leinwand von Morris Louis an der am weitesten entfernten Wand. Max Harkeys Wohnung war ja verdammt nochmal das reinste Museum, und die Gäste merkten das offenbar gar nicht.

Ein auffallender Mann, Anfang fünfzig, mit kantigem Gesicht und einer silbernen Löwenmähne kam auf mich zu. Das Grübchen in seinem Kinn sah so filmstarmäßig aus, daß ich mich unwillkürlich fragte, ob es natürlich sei. An Kinn und Hals schmiegte sich die Haut noch jugendlich straff um Muskeln und Knochen. Seine blauen Augen senkten sich mit kaltem, fast drohendem Blick in die meinen.

»Sie müssen doch Stan sein«, sagte er und streckte die Hand aus. »Ich bin Max Harkey.«

Ich schüttelte ihm die Hand und erwiderte: »Vielen Dank für die Einladung.«

»Wurde aber auch Zeit«, sagte er. »Ich kenne Rafik so gut, da muß ich doch endlich auch seine bessere Hälfte kennenlernen.«

Er stellte den großzügigen Gastgeber perfekt dar, auch die aufgesetzte Ehrlichkeit vergaß er nicht hinzuzufügen.

Nun führte er mich an die Bar, wo Rico bereits angefangen hatte, Drinks zu mixen. Der kleine Kerl war ja wirklich fix. Ich bestellte einen Martini, und während Rico ihn zubereitete, kam einer der anderen Gäste auf mich zu. Max Harkey stellte ihn als Marshall Zander vor, seinen langjährigen Freund und einen der größten Sponsoren des Boston City Ballet. Marshall Zander schien etwa gleich alt wie Max Harkey zu sein, hatte aber dünnes braunes Haar, das vermutlich weitgehend verschwunden sein würde, noch ehe es in ein distinguiertes Grau überzugehen vermochte. Sein Körper wirkte schwerfällig und unbeholfen, und jede Art von Bewegung schien ihm ungewohnt. Auf alle Fälle war er niemals Tänzer gewesen. Obwohl er offensichtlich teure Kleidung trug, wirkte sie an ihm unelegant und saß nicht gut. Er sah aus wie ein großer, schlaffer Hund – einer mit einem erlesenen Stammbaum, der aber keinerlei Anmut besitzt.

»Was hat Sie denn hierher verschlagen?« fragte er mich, was einem Gast gegenüber eine etwas merkwürdige Frage war. Vielleicht wußte er nicht, daß ich mit Rafik zusammen war, oder aber es war ihm egal, oder er versuchte nur auf seine ungeschickte Weise, nett zu mir zu sein.

»Ich bin mit Rafik da«, antwortete ich.

»Ah«, sagte er ohne Interesse und wandte seine Aufmerksamkeit Rico zu, der mir in diesem Moment meinen

Martini hinstellte. Er lud mich mit einer Geste ein, das Glas zu nehmen, und das tat ich denn auch. Dann nahm ich einen Schluck. Der Martini war perfekt – supertrocken und mit einem Hauch Zitronenschalearoma.

Max Harkey stellte mich daraufhin Madame Rubinskaya vor, die ich ja schon heute morgen im Ballettstudio gesehen hatte. Madame war in einem geräumigen Sessel aus samtigem azurblauem Mohair untergebracht. Sie hatte die Beine so gestellt, daß man ihre Waden und Knöchel und Füße sah, die trotz ihres Alters wunderbar waren. Sie nahm abwechselnd einen Zug aus einer langen elfenbeinfarbenen Zigarettenspitze und einen Schluck von einem Getränk, das wie süßer Wermut auf Eis aussah. Als Max Harkey mich vorstellte, rang sich die alte Dame ein Lächeln ab.

»Sehr erfreut«, sagte sie, wobei sie ihr »r« in zwei Silben aussprach. Sie bot mir ihre Hand und blickte dabei auf einen Punkt unterhalb meines Gesichts. »Wir kennen uns bereits.«

Ich nahm ihre Hand, ungewiß, ob ich sie küssen, schütteln oder einfach nur halten sollte. Sie war erstaunlich fest und schön, auch stark, ohne den geringsten Anflug von Arthritis. Die Fingernägel waren mit gedämpft rotem Nagellack äußerst sorgfältig lackiert, wobei oberhalb der Nagelhaut blasse Halbmonde hervorschauten. Mit ihrem Gesicht hingegen stand es anders. Madame hatte für diese Gelegenheit eine chaotische Mischung von Make-up aufgelegt, vermutlich ihren Abend-Look, der wohl ein bißchen europäischen Glamour herbeizaubern sollte, sie statt dessen aber aussehen ließ wie eine Porzellanpuppe, die einen Blitzkrieg überstanden hat. Gegenüber der harten Maske von heute vormittag stellt das kaum eine Verbesserung dar, und in einem schwachen Moment des ästhetischen Mitgefühls hätte ich ihr fast ein kostenloses Make-up bei Snips angeboten. Aber ich bemerkte gerade noch rechtzeitig, was für ein Unsinn das gewesen wäre, und sagte nichts. Ich drückte ihr freundlich die Hand und ließ sie dann los. Sie legte sie wieder auf die Armlehne des

Sessels, und ich bemerkte, wie sie die Handfläche sehr dezent an dem weichen, plüschigen Stoff abwischte. Vielleicht war das ein nervöser Reflex. Oder vielleicht hatte sie auch Angst, sich anzustecken.

In diesem Augenblick spürte ich, wie sich ein warmer Arm um meine Taille schlang, und wußte, daß Rafik da war. Ich drehte mich um und schaute ihm direkt in sein schönes Gesicht. Was für ein Glück, ihn zu lieben!

»Hallo!« sagte ich.

»Endlich du bist da«, sagte er. »Ich hatte Sorge.«

Er dachte also an mich!

»Meine Garderobe auszuwählen hat länger gedauert, als ich dachte«, sagte ich. Ich blickte mich rasch im Raum um und sah, daß außer mir und Marshall Zander alle Gäste Schwarz trugen. Natürlich gab es bei den Accessoires die erstaunlichsten Farbblitze, aber die allgemeine Grundfarbe des Abends war, wie ich vorausgesehen hatte – Schwarz in Schwarz.

An Rafiks anderem Arm hing Toni di Natale, die Dirigentin, die ich ebenfalls heute morgen im Ballettstudio gesehen hatte. Selbst Tonis Farbwahl bewies, daß sie wirklich zu dieser Gruppe gehörte. Sie trug eine langärmlige, graue Seidenbluse und einen formellen Abendrock aus schwarzem Wollcrêpe. Ihre Konzession an die Farbe war der Seidenschal in den unterschiedlichsten Blau- und Purpurtönen, den sie lose um den Kragen ihrer Bluse geknotet trug.

»Wie schön, daß ich Sie wiedersehe«, sagte sie mit betonter Freundlichkeit. Ganz offensichtlich benutzte sie heute abend ihr hochgestochenes Britisch. Theatralisch warf Toni di Natale jetzt ihre üppige rote Mähne zurück. Diese Geste war mir bereits zu vertraut, wie etwa ein entnervender Tic. Vielleicht machte sie das sehr oft, wenn sie dirigierte – auf dem Podium ... oder im Bett. Ich fragte mich, ob sie mir gegenüber nur aus Berechnung so freundlich war, um ihre Chancen bei Rafik zu erhöhen. Es wäre schließlich nicht das erste Mal, daß man den einen Partner bezaubert, um besser an den anderen heranzukommen.

»Was für ein hübscher Schal«, erwiderte ich mit derselben spöttischen Vertrautheit, wobei der Schal allerdings tatsächlich wunderschön war.

Sie lächelte mir breit zu und zog Rafik dann mit sich zu der Fensterfront auf der anderen Seite des Raumes. Rafik blinzelte mir noch zu. »Bis später«, sagte er, während Toni ihn davonführte.

So von ihnen zurückgelassen antwortete ich sanft: »Ich rechne fest damit.« Ich dachte wieder an sein Versprechen, zur Feier des Jahrestags, der ja schon vorüber war, die Nacht mit mir zu verbringen. Es sah nicht sehr hoffnungsvoll aus.

Max Harkey tauchte wieder auf und flüsterte mir zu: »Großartiger junger Mann.«

»Wem sagen Sie das«, erwiderte ich. Ich war mir nicht sicher, ob mich Toni di Natales Flirt mit meinem Liebhaber vielleicht deshalb so nervte, weil sie die Art von Frau war, die ich möglicherweise auch gewesen wäre, wäre ich eine Frau. Wenn man die geheimen eigenen Fehler bei jemand anderem sieht, kann das leicht zu einer ganz irrationalen Abneigung führen.

Zu den übrigen Gästen gehörten auch zwei Tänzer aus der Ballettklasse, die ich heute morgen gesehen hatte, die beiden, die mit Rafik an derselben Stange gearbeitet hatten – der junge Mann, dessen Körper einer überaus idealisierten Inkarnation von mir glich, und die blonde Tänzerin, die mit ihren Übungen weitergemacht hatte, als alle anderen Tänzer den Saal verließen. Heute abend standen sie beisammen und wirkten unzertrennlich. Was sie tranken, sah aus wie pures Mineralwasser. Ich fragte Max Harkey nach ihnen.

»Der Junge heißt Scott Molloy«, sagte er, »und das Mädchen Alissa Kortland.«

Ich wußte, daß die Begriffe »Junge« und »Mädchen« überall in der Ballettwelt oft und ohne Herabsetzung gebraucht wurden, aber jetzt bei Max Harkey klangen sie trotzdem abwertend. »Ich habe beide schon auf der Bühne gesehen«, sagte ich, »aber ich hätte sie nicht wiedererkannt.«

»So eine Aufführung bringt oft Aspekte der Persönlichkeit zutage, die in der Ballettklasse oder im normalen Leben gar nicht in Erscheinung treten«, entgegnete Max Harkey. »Am Ende des heutigen Abends wissen Sie vielleicht sogar mehr über sie, als Ihnen lieb ist.« Er lachte kurz. »Sie sitzen nämlich beim Essen zwischen den beiden.« Dann fügte er hinzu, als spräche er mit sich selbst: »Erstaunlich, wie sehr Ihnen Scott Molloy vom Körpertypus her ähnelt.«

Ich dachte: Sie meinen wohl, abgesehen vom Schwimmgürtel. Manchmal frage ich mich, ob ich nicht einfach mein Übergewicht loswerden – das heißt, mich auf meinen *eigentlichen* körperlichen Zustand bringen – und eine Klinik »Abnehmen in zwölf Schritten« aufmachen sollte.

Plötzlich hörten wir alle, wie die reichen dunklen Klänge des Konzertflügels den großen Empfangsraum füllten. Der einzige Gast, dem ich formell noch nicht vorgestellt worden war, hatte sich an den gewaltigen »Bösendorfer« gesetzt und mit einem überwältigenden Musikstück begonnen, das wie ein musikalischer Aperitif die Luft förmlich zum Prickeln brachte.

»Jason Sears«, flüsterte Max Harkey. »Brillantes Talent. Erst vor kurzem mit Maestra di Natale aus London gekommen. Er hofft, daß er sich Zugang zur Bostoner Konzertszene verschaffen kann.«

Der Pianist war für mich eine Überraschung. Als ich ihn zu Anfang unter den Gästen erblickt hatte, nahm ich an, er sei Model und nur zur Dekoration eingeladen worden, so phantastisch gut sah er aus und ebenso waren seine Manieren. Daß Jason Sears auch noch Virtuose war, schien fast überflüssig. Seine Finger flogen über die Tasten und setzten sie förmlich in Brand in einer Tour de Force, die eine musikalische Klimax nach der anderen hervorrief. Das Stück war so unverfroren romantisch, daß mir aufgrund seiner Sentimentalität ganz leichtsinnig zumute wurde. Und doch lag in der schamlosen Leidenschaftlichkeit der Musik etwas, das mir zutiefst zusagte, woran ich glauben und dem ich verfallen wollte, das zuzulassen ich aber zu gehemmt war. Ich schaute zu Rafik hinüber und sah, daß auch er sich von der Musik mitreißen ließ und auf jeden Takt sogar körperlich reagierte. Neben ihm hörte Toni di Natale zu, wobei sie die analytische Sachlichkeit eines Jurymitglieds bei einem Klavierwettbewerb an den Tag legte. Währenddessen lehnte Marshall Zander an der Bar, rauchte eine Zigarette und trank seinen Schnaps. Sein ausdrucksloses Gesicht schien für den Rausch der Noten unzugänglich, und ich mußte wohl doch meinen ersten Eindruck von ihm revidieren. Ich stellte fest, daß er eher einem höher entwickelten Primaten als einem Hunde ähnelte. Vielleicht war er sogar mit diesen brutalen Kerlen aus der Familie Kong verwandt.

Etwas entfernt standen Scott Molloy und Alissa Kortland nebeneinander, noch immer mit ihrem Mineralwasser und in eifrigem Geflüster, ohne auf Jason Sears fulminante Darbietung zu achten. Da bemerkte ich, daß Madame Rubinskaya den Raum verlassen hatte, ebenso wie Rico, der Hausangestellte. Dieser junge Mann war ja entschieden schnell. Die alte Dame allerdings auch.

Fünf Minuten und einige tausend Noten später beendete Jason Sears das Stück mit einem gewaltigen Aufbrausen von dröhnenden Akkorden. Er ließ die letzten Töne noch ein paar endlose Sekunden lang in der Luft stehen, bevor er die Saiten zum Verstummen brachte. Es dauerte eine kleine Weile, ehe wir alle wieder richtig zu uns kamen. Dann aber brach ein Applaus los, der fast genausolang dauerte wie das kurze Stück selbst. Als die Begeisterung und die Ovationen sich gelegt hatten, tauchte Rico, der Hausangestellte wieder auf und verkündete, das Essen sei angerichtet.

Jason Sears trat auf Max Harkey zu und entschuldigte sich, daß er nicht zum Essen bleiben könne, da er morgen in aller Frühe einen Flug habe.

»Außerdem«, sagte er, »habe ich ein entsetzliches Jet-Lag.«

Max Harkey erwiderte: »Davon hat man während Ihres Spiels jedenfalls nichts gemerkt.«

»Alles nur eine Frage der Technik«, sagte der Pianist. Er verabschiedete sich von uns allen im allgemeinen und dann von Toni di Natale im besonderen, die immer noch an Rafiks Arm hing. »Bis später dann im Hotel«, sagte er und musterte Rafik mißtrauisch.

Ich fragte mich, worin dieser erstaunliche junge Löwe wohl noch so brilliant sein mochte. Es hätte mich nicht weiter überrascht, von überragenden Leistungen auf dem Gebiet der Differentialgleichung zu hören. Eigentlich konnte es bei diesem Supermann nur noch den einen Superlativ geben, und unwillkürlich glitten meine Augen hinab zu jenem Bereich der Anatomie, wo der oberflächlichste Maßstab, an dem man einen Mann messen kann, sichtbar werden mochte. Doch der Fall seiner Bügelfaltenhosen verbarg alles.

Toni di Natale sagte zu ihm: »Leg dich schon mal hin, Jason.« Dann fügte sie hinzu, als wolle sie damit ihre offensichtliche Unterkühltheit kompensieren: »Der Liszt ging heute abend ja sehr gut.«

»Danke«, sagte er, aber sein Grinsen deutete mehr auf Verärgerung als auf Dankbarkeit. Dann ging er schnell.

Wir übrigen begaben uns ins Speisezimmer. Der Tisch war ein Monolith aus geöltem Mahagoni, der auf sechs massiven viereckigen Füßen ruhte. Dutzende von Kerzen in zwei außerordentlich fein gearbeiteten Leuchtern tauchten den Raum in ein warmes Licht und ließen die Gedecke aus Porzellan, Silber und Kristall sanft erglänzen und zu der anheimelnden Atmosphäre im Raum beitragen. Da mußte jemand bei Tiffany & Co die Lager geplündert haben.

Wir nahmen den Tischkarten nach unsere Plätze ein – es waren handgeschriebene Kärtchen mit einem florentinischen Rahmen aus Marmorgrün und Blattgold. Max Harkey saß an der einen Stirnseite und Madame Rubinskaya an der anderen. An den Längsseiten saßen, von Max Harkeys

Tischende ausgehend, Marshall Zander, dann Toni di Natale, und dann Rafik an Madame Rubinskayas Ende. Auf der anderen Seite Alissa Kortland, dann meine Person und schließlich Scott Molloy, wiederum neben Madame Rubinskaya.

Scott Molloy bat mich leise, mit ihm den Platz zu tauschen, damit er und Alissa Kortland nebeneinander sitzen könnten. Doch ich war davon überzeugt, daß Max Harkey die Sitzordnung genauso sorgfältig choreographiert hatte wie sonst die Verteilung seiner Tänzer auf der Bühne. Deshalb antwortete ich Scott Molloy: »Oh, nicht nötig, vielen Dank.«

Max Harkey bemerkte unser Geflüster und fragte: »Irgendwas nicht in Ordnung?«

Einen peinlichen Augenblick lang fanden weder Scott Molloy noch ich eine Antwort. Dann sagte ich: »Oh nein, keineswegs«, und nahm Platz. Scott Molloy setzte sich ebenfalls, wandte sich aber ganz leicht von mir ab, so daß er mehr zu Madame Rubinskaya gekehrt saß. Max Harkey runzelte wegen dieser kleinen Störung ganz leicht die Stirn, sagte aber nichts mehr dazu. Das Essen begann endlich.

Rico bediente uns, und seine Fähigkeit, wie von Zauberhand zu verschwinden und wieder aufzutauchen, wurde bei den acht Gästen wirklich auf die Probe gestellt. Als ersten Gang gab es eine kalte Suppe, die sahnig rosa und süß und sauer gleichzeitig war. Ich machte eine Bemerkung darüber, teils, um mein Unwohlsein in dieser Gesellschaft etwas zu mildern, teils, um Max Harkeys Küche zu loben.

»Ganz köstlich«, sagte ich.

»Ist nur Borschtsch«, sagte Madame Rubinskaya mit einem leichten Achselzucken, als wolle sie zeigen, wie nichtig meine Bemerkung sei.

»Mousseline de Borschtsch«, verbesserte Max Harkey und zwinkerte Madame Rubinskaya zu.

»Mousseline«, wiederholte Madame Rubinskaya mit einem winzigen Lächeln und Nicken an Max Harkeys Adresse.

»Das ist nämlich ihr Rezept«, sagte Max Harkey, nun an alle gewandt. »Und außerdem ein ganz großes Geheimnis.«

Plötzlich lobten auch alle anderen am Tisch Madames hervorragende Suppe. Ich mußte mit ansehen, wie Rafik und Toni di Natale ihre Löffel hinlegten und Madame applaudierten und sich ganz offen zulächelten. Ihre Bewegungen harmonierten mit derselben natürlichen Leichtigkeit wie die von Geschwistern oder von Liebenden. Links und rechts von mir imitierten Alissa Kortland und Scott Molloy ihre Bewegungen genauestens und fielen mit in den Applaus ein. Indessen nahm Madame Rubinskaya das allgemeine Lob mit strenger Herzlichkeit entgegen. Mein ursprüngliches und aufrichtiges, wenn auch simples Kompliment war völlig überproportional aufgeblasen worden, und ich kam mir wie ein Kürbis vor.

Als wir dann alle wieder dabei waren, die kühle rosa Kreation zu löffeln und zu schlucken, sagte Marshall Zander plötzlich: »Und was treiben Sie, Stan?« Er sprach ein bißchen zu laut und mußte sich offenbar auch bemühen, deutlich zu sprechen, da er schon zu viel getrunken hatte, aber natürlich gelang es ihm damit, jedermanns Aufmerksamkeit wieder auf mich zu lenken. Ich wartete, bis alle vor Spannung den Löffel still hielten, bevor ich mit der Antwort herausrückte.

»Ich verbrenne Haare.«

»Wie bitte?« sagte Marshall Zander.

»Ich bin Haardesigner«, antwortete ich. »In der Newbury Street.«

Rafik warf noch ein: »Er ist sehr gut.«

Toni di Natale stieß Rafik spielerisch mit der Schulter an. »Das kann ich mir denken«, sagte sie. Dann fragte sie mich mit ihrem dick aufgetragenen blasierten britischen Akzent: »Meins ist verdammt schwer hinzukriegen. Würden Sie's einmal versuchen?« Und schon wieder warf sie mit ihrer einstudierten Bewegung ihre wogenden roten Fransen zurück. Ich hatte Toni di Natale bereits gründlich satt.

»Und bei mir auch?« fügte Alissa Kortland hinzu, wobei sie Toni di Natales accent du jour unverfroren imitierte.

»Und bei mir?« fügte auch Marshall Zander mit glasigem, verschwommenen Blick hinzu.

»Und bei mir bitte nicht«, sagte Scott Molloy und runzelte die Stirn.

»Es wäre mir ein Vergnügen, Sie alle bedienen zu dürfen«, sagte ich. Einige kicherten höflich bei diesem double entendre, aber das Thema meiner Karriere war damit allgemein beendet, ebenso wie jede weitere Einbeziehung meiner Person in die Unterhaltung. Das Gespräch wandte sich nun schnell dem Klatsch aus der Welt des Tanzes zu, worüber ich wenig wußte und noch weniger zu wissen begehrte. Der einzige andere Anwesende, der sich nicht am Gespräch beteiligte, war Marshall Zander, der mich über den Tisch hinweg anglotzte und seinen Durst inzwischen mit Max Harkeys exzellentem Wein stillte. Ich wollte ihn auf keinen Fall durch ein freundliches Gespräch ermutigen, deshalb saß ich einfach nur still da und hörte zu und beobachtete alle anderen.

Das Gespräch konzentrierte sich auf das tänzerische Geschehen in New York, im Vergleich zu dem Boston offensichtlich tiefste Provinz war. Es ging um nichts als Tänzer und neue Aufführungen, wer was mit wem tat, sowohl auf der Bühne als auch hinter den Kulissen, wer wirklich gut war und wer eine völlige Flasche. Aber trotz der klugen Bemerkungen klangen die Worte eigentlich alle seltsam leer, als spielten die Gäste einander nur fertige Kassetten vor und prahlten mit ihren verbalen Pirouetten. Während ihres prätentiösen Geplappers beobachtete ich ihre Gesichter, die entschieden mehr verrieten als ihre Worte. Toni di Natale war offensichtlich völlig verknallt in Rafik, der sich ganz dem Gespräch über das Tanzen hingab. Ich sah, daß sie fasziniert war von Rafiks Mund und seinen Bewegungen beim Sprechen. Ich wußte auch ganz genau, was sie dachte – wie diese Lippen schmecken und sich anfühlen würden, und was sie wohl alles konnten. Ich merkte, wie ich selber den

Mund meines Liebhabers beobachtete und anschließend wieder Toni di Natales Betörtheit. Als ich mich schließlich weiter am Tisch umschaute, entdeckte ich, wie Max Harkey und Alissa Kortland unwahrscheinliche Blicke tauschten, die bei beiden Verlangen und Hingabe verrieten. Dann stellte ich zu meinem Entsetzen fest, daß Marshall Zander mich auf die gleiche Art anstierte. Unsere Augen trafen sich und ruhten kurz ineinander, und ich dachte: Nein!

In diesem Augenblick betrat Rico das Speisezimmer und trug eine Platte aus venetianischem Glas auf seinen starken jungen Armen herein. Auf dem großen Glasteller war eine eßbare Kuppel aufgebaut, geformt aus saftigen, im Ofen überbackenen Filets. Umrahmt von Spargelspitzen, karamelisierten Zwiebeln und geschmorten Endivien, ruhte sie auf einem Bett von breiten flachen Nudeln. Ein schmales Stück der Fleischkuppel war herausgeschnitten und flach hingelegt, um die Füllung, eine Pâté mit Pistazien, zu zeigen.

Max Harkey sagte: »Wir müssen Madame dankbar sein, daß sie uns an einem weiteren Schatz teilhaben läßt – *Escalopes de Veau* Rubinski.«

Madame Rubinskaya entgegnete: »Der Koch von Zar machte das für mein Großmutter. War sie liebste Ballerina von Zar.«

»Brava! Brava!« sagte Marshall Zander und applaudierte laut. Alle am Tisch fielen mit ein. Dann stand Marshall auch noch auf, während er weiterklatschte, und hielt uns andere durch Gesten an, das auch zu tun. Aber wir blieben sitzen, denn wir wollten eigentlich jetzt nur essen und nicht in dem Theaterstück fortfahren, zu dem das Diner irgendwann geworden war.

Als der Beifall aufhörte, fügte Madame Rubinskaya gequält hinzu: »Sie sollten statt dessen geben Ovationen für Rico. Er sucht ganze Vormittag, um zu kriegen Kalbfleisch. Dann er macht alles genau wie ich sage. Keine Fragen. Ich denke, er vielleicht wäre auch gute Tänzer.« Sie lachte ein wenig über ihren eigenen Witz. Rico lächelte dankbar an der Anrichte, wo er das Kalbfleisch zerteilte und auf unsere Teller legte.

Das Essen ging in großem Stil weiter, mit noch mehreren Gängen, zu denen unter anderem ein butteriger *gratin* von zerteilten Artischocken gehörte und *duxelles*, ein Sorbet, sowie ein Salat. Dazu gab es französische und kalifornische Weine. Alle waren ausgezeichnete Jahrgänge und spielten eine wichtige Rolle bei diesem kulinarischen Ereignis, eine, die weit über die eines einfachen Getränkes hinausging – zumindest hieß es so.

Doch trotz der feinen Atmosphäre, trotz des außergewöhnlich guten Essens und der großartigen Weine, trotz des phantastischen Ambientes fühlte ich mich keineswegs wohl, vor allem, da ich ständig vor Augen hatte, wie Toni di Natale und Rafik mir gegenüber beisammensaßen. Daß sie einander dauernd Bemerkungen zuflüsterten, war schon schlimm genug, aber die eigentliche Prüfung kam für mich, als ich versuchen mußte, Tonis lüsternes Grinsen zu übersehen, als sie Rafik die bootförmige Sauciere mit der sahnigen Dillsauce reichte, die ganz milchweiß und dickflüssig und suggestiv aussah.

Die einzigen Augenblicke komischer Erleichterung schuf mir Rico, der Hausangestellte, indem er auf eine so direkte und spielerische Weise mit mir flirtete, daß es mich an die kurze Romanze erinnerte, die ich einmal mit einem jungen Balinesen gehabt hatte. Das war eine simplere Art von Liebe gewesen als die, die ich jetzt mit Rafik teilte – der irgendwann einmal doch bemerkte, daß Rico immer noch an meiner Schulter lehnte, obwohl er den Teller längst mustergültig vor mir plaziert hatte.

Rafik sagte: »Ich glaube, Rico mag Stan.«

Auf diese harmlose Neckerei antwortete ich zu schnell und zu laut, bevor noch mein Überich meine Worte überprüfen und zensieren konnte.

»Na und? Was geht's dich an?« sagte ich.

Augenblicklich schwiegen alle still, offenbar begierig, öffentlich einen privaten Streit mitzuerleben.

»Wie bitte?« fragte Rafik, als habe er mich nicht richtig verstanden.

»Du flirtest doch schon den ganzen Abend mit Toni.«

Sofort nahm Toni ihre Hand von dort weg, wo sie liebevoll geruht hatte, nämlich auf Rafiks Unterarm.

»Sei doch nicht kindisch, Stani«, sagte er, und in offensichtlichem Trotz legte er Toni di Natales Hand wieder auf seinen Arm und tätschelte sie da vertraulich. Das machte mir aber nicht halb soviel aus wie die Tatsache, daß er mich so gefühllos vor allen anderen bei meinem Kosenamen genannt hatte. Er wußte, daß mich das provozieren mußte. Rafik versuchte also absichtlich, mich zu verletzen. Nicole hatte nicht recht gehabt. Aber jetzt war weder der Zeitpunkt noch der Ort, um ihn nach den Gründen dafür zu fragen. Also ließ ich es einstweilen dabei bewenden. Statt dessen bat ich Rico noch um etwas Wein, und ich ließ es mir angelegen sein, seinen Arm zu nehmen und zärtlich festzuhalten, als ich ihn danach fragte, und dann gleich noch einmal, als er mir das Glas auffüllte. Das Spiel von Rafik konnten wir zwei auch spielen.

Der kurze, gereizte Wortwechsel zwischen uns hatte am Tisch sehr unterschiedliche Reaktionen ausgelöst. Marshall Zander schien sich darüber ungeheuer zu freuen, als würde mich so ein kleiner Streit für ihn verfügbarer machen. Max Harkey sah gelangweilt aus, als seien homosexuelle Streitigkeiten ein unangenehmer, wenn auch unumgänglicher Bestandteil der Ballettwelt. Scott Molloy war außerordentlich an unserer Kabbelei von Mann zu Mann interessiert, während Alissa Kortland Scott Molloys Interesse mit aufmerksamem, abwägendem Auge verfolgte. Toni di Natale schien sich über den ganzen Vorgang zu amüsieren, und Madame Rubinskaya stand völlig darüber, unnahbar und ohne überhaupt darauf zu achten, als sei eine solche Ungeschicklichkeit wie die unsere in wahrhaft feiner Gesellschaft völlig undenkbar.

Das Essen wurde in einer Atmosphäre der Geistesverwandtschaft fortgesetzt, die mir aber gezwungen und voller Argwohn schien. Als wir endlich fertig waren und wie betäubt um die große Tafel saßen, erschien Rico wieder im genau richtigen Moment und trug geräuschlos die Teller ab.

Max Harkey sagte: »Bevor wir nun im Salon das Dessert einnehmen, habe ich einiges zum Frühjahrsprogramm anzukündigen.« Seine Stimme klang geradezu päpstlich, als er fortfuhr: »Wie ja alle wissen, oder jedenfalls die meisten« – hier blickte er mich höflich an – »komme ich gerade aus London zurück, und ich bin sehr froh, daß ich gute Nachrichten mitbringen konnte.«

Die allgemeine Erleichterung im Raum war geradezu greifbar, als sei ein drohendes Unheil gerade noch abgewendet worden und jeder könne wieder normal atmen. Doch da trat Rico ein. Sein sonst so übermütiges und lebhaftes Gesicht wirkte betroffen. Er beugte sich zu Max Harkey hinab und flüsterte ihm etwas ins Ohr. Daraufhin entschuldigte sich Max Harkey, er müsse in einem anderen Teil des Penthauses ein Telefongespräch entgegennehmen. Als er fort war, wich auch eine seltsame beklemmende Spannung aus dem Raum.

»Puh!« sagte Scott Molloy. »Als er das Frühjahrsprogramm erwähnte, war ich überzeugt, daß gleich die Axt niedersausen würde.«

»Was meinst du denn damit?« fragte Alissa Kortland.

»Ich habe gehört, er wolle unser neues Stück mit Rafik absetzen.«

Alissa Kortland fing an: »Doch nicht *uomo gio* ...«

»Bitte!« unterbrach sie Rafik. »Sprich doch hier nicht über mein Arbeit.« Er warf mir einen kurzen verärgerten Blick zu. Dann fragte er Scott Molloy: »Hat Mr. Harkey irgend etwas gesagt, wovon ich nicht weiß?«

Scott sagte: »Ich habe seine Reaktion während unserer Proben gesehen. Ich kann mir nicht vorstellen, daß ihm dein Thema gefällt.« Bei dieser Bemerkung versuchte Marshall Zander ohne Erfolg, ein Lachen zu unterdrücken. Scott Molloy sah ihn finster an und fuhr fort: »Wahrscheinlich ist Mr.Harkey in diesen Dingen doch sehr konservativ.«

Da brach Marshall Zander in ein Gelächter aus, das überhaupt nicht mehr aufhören wollte, bis er keine Luft mehr bekam und zu husten anfing. Darauf verfiel er in eine ganze Reihe von gurgelnden, schnaufenden und schlukkenden Geräuschen. Als er sich schließlich wieder erholt hatte, nahm er einen tiefen Zug von dem vorzüglichen Rotwein und sagte zu Scott Molloy: »Also Sie sind mir ja einer, mein Kleiner. Nein sowas.« Dann schüttelte er den Kopf, als könne er die letzten Worte des Tänzers einfach nicht fassen.

Rafik setzte das ursprüngliche Gespräch fort, als sei es gar nicht durch diesen fast medizinischen Notfall unterbrochen worden. »Ich glaube, Mr. Harkey würde mir sagen, wenn hätte er sein Meinung geändert.«

»Sei da bloß nicht so sicher«, entgegnete Alissa Kortland. »Er ist bekannt dafür, daß er ein Programm notfalls auch noch am Premierenabend ändert. Bei ihm und seinen Launen ist einfach alles möglich.« Und wie um ihre Bemerkung zu bestärken, schmollte sie wie ein Kind, das kein Eis bekommt. Madame Rubinskaya sagte scharf: »Genug jetzt, ihr alle! Wenn Sie nicht können sagen ihm in Gesicht, sagen Sie gar nicht.«

Marshall Zander erwiderte mit weinschwerer Zunge: »Die Geschdapo had geschbrochen.«

Madame Rubinskaya blickte ihn verärgert an. Ich erwartete fast, daß Marshall Zander der alten Dame die Zunge herausstrecken würde, aber das tat er denn doch nicht.

Toni di Natale sagte: »Ich finde es schon sehr eigenartig, daß ihr ihn alle wie den Daddy behandelt.« Ihr britischer Akzent ließ sie inzwischen völlig im Stich. »Und sobald er draußen ist, fallt ihr über ihn her wie so eine Horde ungezogener Kinder.«

Außer mir, dachte ich, wobei mir schon sehr schwindelig war. Ich bat Rico um noch ein letztes Glas Wein. Rafik sah mich an und schüttelte ganz leicht den Kopf, ein diskreter Hinweis für mich, daß ich aufhören solle zu trinken. Ich hob ihm mein leeres Glas entgegen, als wolle ich einen Toast ausbringen, einen Toast auf unseren gegenseitigen Starrsinn.

Toni di Natale fuhr fort: »Nach allem, was ich erlebt habe, ist Max vollkommen zugänglich. All unsere bisherige Zusammenarbeit war ehrlich, geradeheraus und erwachsen.«

»Na ja, in diesem Fall«, sagte Alissa Kortland, wobei sie noch immer Toni di Natales affektierte Sprechweise nachahmte, »sind Sie mit ihm ja offenbar über das väterliche Stadium hinaus.«

»Was?« sagte eine völlig entgeisterte Toni.

Alissa erwiderte: »Ich sehe doch, wie er Sie anschaut, und Sie ihn.«

»Meine Liebe, wir haben eine rein geschäftliche Beziehung.«

»Dann geht's also nur darum, wer wen bezahlt, oder?« sagte Alissa.

Toni di Natale antwortete leichthin: »Aber Alissa, ich glaube gar, Sie sind eifersüchtig?«

»Sollte ich denn?«

Toni di Natale kicherte. »Sie dummes Ding! Zwischen Max und mir ist überhaupt nichts.«

Madame Rubinskaya sagte: »Schluß jetzt! Ist Schande, so zu reden.«

»Schande über euch ganze verdammte Brut!« sagte ich und stürzte mein Glas Wein hinunter.

Rafik sagte: »Für dich jetzt nichts mehr.«

Ich warf ihm eine Kußhand zu.

Toni di Natale sagte: »Nur zu Ihrer Information, Alissa, ich bin mit Jason Sears verlobt.«

»Und warum flirten Sie dann so mit meinem Liebhaber?« fragte ich.

Toni di Natale warf ihr rotes Haar zurück und antwortete fröhlich: »Weil Rafik so anbetungswürdig ist, und weil es Spaß macht. Kein Grund zur Sorge, Stani.«

Ich entgegnete entschieden: »Ich heiße Stan.«

Madame Rubinskaya schüttelte vor lauter Verachtung den Kopf.

Als Max Harkey an den Tisch zurückkehrte, war sein Gesicht aschfahl. Er setzte sich und starrte ein paar beängstigende Minuten lang in die Luft, bevor er sprach. Das Telefongespräch hatte ihn offenbar sehr verstört, und jeder am Tisch harrte seiner Worte, als sei er das Delphische Orakel.

»Wie ich vor dieser unglückseligen Unterbrechung schon sagte, hatte ich gute Nachrichten für alle. Als ich in London war, gelang es mir, die *assoluta* meiner Wahl für das Frühjahrsprogramm zu gewinnen.« Max Harkey sah Madame Rubinskaya am anderen Ende der Tafel in die Augen. Er fuhr fort: »Mireille Rubinskaya, Madames Großnichte, sollte bei uns die Titelrolle unserer Neubearbeitung des *Phoenix* tanzen.«

Madame Rubinskayas warmes Lächeln brach schnell zusammen und verwandelte sich in ein verwirrtes Stirnrunzeln. »Was heißt 'sollte', Maxi?«

Max Harkey antwortete: »Es tut mir leid, aber ich habe eine schlechte Nachricht. Das eben war ein Anruf aus London. Unsere liebe Mireille hat sich heute nachmittag bei den Proben verletzt.«

»*Bozhe*!« sagte Madame. »Wie ist passiert?«

Max Harkey schüttelte in tiefem Bedauern den Kopf. »Ihr Tänzer...« begann er, mußte sich dann aber erst noch einmal sammeln, bevor er weitersprechen konnte. »Sieht so aus, als habe sie eine Hebung schlecht vorbereitet, und, also, jedenfalls konnte er sie nicht heben. Sie fiel direkt aufs Knie.«

Ich sah, daß Rafik vor Mitgefühl für die Tänzerin und ihre Verletzung zusammenschauderte.

Madame Rubinskaya sagte: »Ich werde gleich sie anrufen.«

»Das geht nicht«, sagte Max Harkey. »Es ist zu spät.«

»Zu spät?« sagte sie in steigender Beunruhigung.

»Ich meine, von der Zeit her«, erwiderte er.

»Warum denn?« hielt sie dagegen. »Sie haben angerufen dich jetzt.«

»In London ist es ja schon fünf Stunden später. Mireille ruht jetzt. Sie haben mit dem Anruf bis nach der Operation gewartet, um alles vollständig berichten zu können. Du kannst Mireille morgen anrufen.«

»Wie konnte nur passieren?« sagte Madame Rubinskaya.

Max Harkey antwortete traurig: »Sowas passiert eben, das weißt du doch selber.«

Madame entgegnete: »Neues Ballett ist nicht gut. Ist zu schnell.«

Rafik fragte Max Harkey: »Wird sie können wieder tanzen?«

Er antwortete sehr ernst: »Es sieht nicht sehr gut aus. Sie wird wohl mindestens vier Monate aussetzen müssen. Aber eines gibt immerhin Anlaß zu Hoffnung. Die Bänder sind alle unverletzt.« Dann fügte er wie im Selbstgespräch hinzu: »Gott sei Dank hat sie auch nicht das ...«, da kam er wieder zu sich, » ... hat sie sonst nichts verletzt.«

»Das war's dann ja wohl mit der Neuinszenierung des *Phoenix*«, sagte Marshall Zander.

Toni di Natale fügte hinzu: »Ich nehme an, ich kann es mir unter diesen Umständen sparen, eine neue Partitur einzustudieren. Vielleicht kann ich mich statt dessen ein bißchen amüsieren.«

»Sie rohes Biest!« sagte Alissa Kortland.

»Ach, hören Sie doch auf, Alissa«, sagte Toni di Natale. »Sie kennen das Mädchen ja nicht einmal.«

»Es ist trotzdem ein Unglück, wenn sich ein Kollege oder eine Kollegin verletzt hat, egal wer«, sagte Alissa.

»Es freut mich, zu sehen, daß du betroffen bist, Alissa«, sagte Max Harkey. »Denn ich möchte mit der Aufführung genauso weitermachen wie geplant. Nur wirst jetzt du die Titelrolle tanzen.«

»Was!« sagte Alissa Kortland voller Erstaunen.

Max Harkey blickte über den langen Tisch hinweg Madame Rubinskaya fest an. Dann nickte er, wobei er die alte Dame nicht aus den Augen ließ, und sagte: »Ja, Alissa, du wirst den *Phoenix* tanzen.«

Madame Rubinskaya stieß entsetzt hervor: »Nein! Es kann nicht sein.«

Alle am Tisch wandten sich ihr zu.

»Oh doch«, sagte Max Harkey.

»Du weißt doch, Maxi. Du weißt sehr gut. Diese Rolle ist nur allein für Mireille. Sie kann nicht sein für andere Tänzerin. Du weißt die Vertrag. Er sagt, nur allein für Mireille. Und du hast versprochen.«

»Mir tut die Nachricht von ihrer Verletzung mehr weh, als sich irgend jemand hier vorstellen kann. Für mich ist es ein persönlicher Schlag.«

»Ach was, Max«, sagte Marshall Zander. »Es ist schließlich verdammt nochmal ihr Knie und nicht deins.«

Max Harkey erwiderte: »Ich fürchte, es geht hier um viel mehr als nur um Mireilles Knie. Trotzdem wird das Programm fortgeführt wie geplant. Der *Phoenix* wird gemacht.«

»Das du kannst nicht tun, Maxi«, sagte Madame Rubinskaya gewichtig.

»Oh doch, ich kann«, entgegnete er.

»Du weißt doch. Du hast versprochen!« sagte sie.

»Ich weiß, daß das Versprechen nicht ohne Bedingungen war. Die Umstände haben sich geändert, folglich gilt die ursprüngliche Vereinbarung nicht mehr.«

»Wie? Wie!« Die alte Frau kreischte fast.

Max Harkey sprach zu ihr mit der ruhigen Selbstsicherheit eines Sohnes, der seine Mutter unter Kontrolle hat. »Bitte, Ekaterina, nicht hier.«

Madame Rubinskaya und Max Harkey schauten sich an. Sie sprachen nicht. Diese aberwitzige Kraftprobe dauerte zwanzig unerträgliche Sekunden lang. Dann schob Madame ihren Stuhl zurück und stand auf.

»Bitte entschuldigen Sie mich«, sagte sie still. »Sie alle. Bin ich sehr müde jetzt.«

Sie stand vom Tisch auf und verließ die Wohnung, ohne auch nur ihren Mantel mitzunehmen.

Mit überlegener Diplomatie, als sei Madame Rubinskaya nur eben zur Toilette gegangen, sagte Max Harkey zu den verbliebenen Gästen: »Wollen wir uns jetzt in den Salon zurückziehen und den Nachtisch zu uns nehmen?«

Als wir uns von unseren Stühlen erhoben und dem Salon zuwandten, wo diese Farce von Förmlichkeit offenbar weitergehen sollte, beugte ich mich zu Alissa Kortland hinüber und flüsterte: »Das ist doch genau wie in *Die roten Schuhe*. Eine Tänzerin geht unter, aber die Show geht weiter.«

»Sie sind einfach gräßlich«, sagte sie und ging Arm in Arm mit Scott Molloy davon.

Die Martinis und die vielen Gläser Wein, die ich den ganzen Abend über zu mir genommen hatte, forderten jetzt ihren Tribut, und zwar sowohl, was mein Benehmen, als auch, was meine Blase betraf. Bevor ich also mit den übrigen Gästen den Salon betrat, durchstreifte ich Max Harkeys teure Wohnung auf der Suche nach einer Toilette. Ich fand eine auf halber Strecke in einem langen Korridor, ziemlich weit entfernt von den anderen Gästen. Doch gerade, als ich mich erleichtern wollte, hörte ich zwei Leute laut streiten. Es waren Max Harkey und Marshall Zander. Ihre Stimmen kamen aus dem Fenster eines nebenan liegenden Zimmers, das auf denselben Luftschacht hinaus ging wie die Toilette. Mit äußerster Konzentration hielt ich meinen Strahl zurück, um das laute Plätschern zu vermeiden. Beschwipst wie ich war, wollte ich die beiden Männer belauschen, und ich konnte gerade noch rechtzeitig das Wasserlassen zurückhalten.

Marshall Zander drohte, das Ballett nicht länger zu unterstützen, falls Max sich entschloß, Rafiks neues Werk abzusetzen, dessen Name *Uomo giocoso* war. (So hieß es also!) Max führte ins Feld, daß er, Max, für die Kunst zuständig sei und Marshall fürs Geld, und daß Marshall sich also gefälligst um seine eigenen Angelegenheiten kümmern solle. Marshall verlangte zu wissen, was Max gegen Rafik habe.

Max antwortete: »Wenn er sich mir bedingungslos unterwirft, kann Rafik alles haben, was er will.«

»Du liebst ihn also«, wimmerte Marshall Zander pathetisch.

»Sei doch nicht albern, Marshall. Rafik muß nur fügsam gemacht werden.«

Einen schrecklichen Augenblick lang fragte ich mich, ob das am Ende stimmte. Sollte ich mir Rafik fügsam machen?

»Diese Aufgabe hast du nun dir selber gestellt«, sagte Marshall Zander. »Und du bist ja auch sicher der Beste darin, Leute niederzumachen.«

»Wirst du das denn nie überwinden, daß ich dich damals abgewiesen habe, Marshall? Daß ich trotz deiner großartigen sexuellen Hingebungsfähigkeit und deines nie so richtig fließenden Treuhand-Fonds ganz bewußt immer die Jugend und Schönheit meiner Mädchen der Intelligenz und Ergebenheit vorgezogen habe, die du mir zu bieten hättest? An sich müßtest du es doch besser als jeder andere wissen, daß ich ein vollkommen normales Sexualverhalten habe. Es muß dich doch wahnsinnig machen, Rafik so heißblütig zu sehen, genau so, wie du es ja liebst, und dann festzustellen, daß er es mit einem Friseur treibt, ausgerechnet. Hah!«

Da hörte ich plötzlich einen lauten Krach – wie von etwas Großem, das an die Wand geschmettert wird und zersplittert. Der Lärm hatte mich erschreckt und ließ mich ein ganz kleines bißchen nachgeben, gerade nur so viel, daß ich den winzigen Muskel lockerließ, der meinen Sturzbach bis jetzt aufgehalten hatte. Und da schoß denn auch alles auf einmal heraus und stürzte wie ein Wasserfall laut rauschend ins Becken. Als ich fertig war, schwiegen die beiden Männer. Warteten sie darauf, daß ich die Spülung zog? War einer verletzt worden? Bewußtlos? Oder gar tot? Einen Augenblick blieb ich noch reglos stehen. Endlich sprach Max Harkey.

»Diese Vase hat mehr als einen Monatslohn gekostet, Marshall.«

»Dann schreib sie doch zu deinen Spesen, Max, zusammen mit deinen Huren und den Kleiderschränken, die du ihnen füllst.«

»Jetzt reicht es aber. Du langweilst mich.«

»Das werden wir schon sehen, wie sehr du dich langweilst, wenn die nächste Aufsichtsratssitzung des Treuhand-Fonds stattfindet.«

»Du kannst mir nicht drohen, Marshall. Die Company hat ihre Stiftung jetzt ganz fest in der Hand, und zwar dank deines Einsatzes. Du hättest das nicht so gut regeln sollen.«

»Das besprechen wir später, Max.«

»Ganz wie du wünschst. Unsere Gäste warten.«

Ich sah, daß in ihrem Zimmer das Licht ausging, also zog ich die Spülung, wusch mir die Hände und kehrte auf die sogenannte Party zurück.

Als ich wieder in den großen Salon kam, hatten sich alle anderen schon gesetzt, und zwar annähernd in einem Halbkreis, wie es die Verteilung der teuren Möbel eben vorgab. Auf dem langen Sofa saß Marshall Zander allein. Das Sofa war von zwei dick gepolsterten Sesseln flankiert; auf dem einen saß Max Harkey und auf dem anderen Rafik, während sich Toni di Natale auf der zugehörigen Ottomane dicht vor seinen Beinen räkelte. Diesem Arrangement gegenüber hatten sich Scott Molloy und Alissa Kortland zusammen auf einer *chaise d'amour* niedergelassen. Die einzigen noch zur Verfügung stehenden Sitzgelegenheiten waren einige wenig vertrauenerweckende Stühle, die allesamt nicht sehr behaglich aussahen, während ich doch das Gefühl hatte, im Augenblick jede Menge Trost und Behaglichkeit zu brauchen. Aber wenn ich nicht Toni di Natale bitten wollte, mir ihren Platz bei meinem Geliebten abzutreten, und auch nicht mit Marshall Zander das Sofa teilen wollte, hatte ich keine andere Wahl, als einen dieser harten Stühle mit der geraden Rückenlehne einzunehmen.

Rico hatte einen kleinen Servierwagen hereingeschoben, der die verschiedensten Nachspeisen trug: eine Silberschale mit Mousse au chocolat; einen nicht gedeckten Apfelkuchen mit warmer Karamelsauce; frische Aprikosen, Trauben, Birnen und Kiwis; und schließlich zwei Käse. Außerdem standen auch heiße Getränke und Nachtisch-Liköre mit auf dem Wagen. Falls das Boston City Ballet jemals seine Tore schließen sollte, konnte Max Harkey – oder vielmehr sein Hausangestellter Rico – ohne weiteres ein Feinkost-Restaurant eröffnen.

Rafik sprach gerade mit Max Harkey.

»Kann es sein, daß Madame wird streichen den *Phoenix* aus die Programm?«

»Sie wird sich ganz bestimmt meiner Meinung anschließen«, antwortete Max Harkey. »Machen Sie sich darüber keine Sorgen.«

»Ich mache nicht«, sagte Rafik. »Ich mache Sorgen um mein Stück in die Programm.«

Max Harkey zog eine Braue hoch. »Wir werden schon sehen«, sagte er.

Rafik fuhr fort: »Ich brauche Alissa in mein Stück, und es ist zu viel für sie, zu tanzen beide Rollen in die selbe Programm.«

Max Harkey biß die Zähne zusammen. »Ich sagte, wir werden sehen.«

Marshall Zander sagte: »Ich glaube, da fällt die Wahl nicht schwer, nämlich, ob man nun etwas Altes auffrischen oder lieber etwas Neues bringen will. Und du weißt ja, wozu ich tendiere, Max.«

»Ja, allerdings«, sagte der andere.

Marshall Zander fuhr fort: »Neues zu bringen, das ist für mich der Hauptgrund, warum ich diese Company unterstütze.«

»Es reicht, Marshall.«

»Du hast vorhin der alten Dame das Wort verboten, Max, und jetzt verbietest du mir das Wort. Wer kommt als nächstes dran? Der Aufsichtsrat der Treuhandstiftung?«

»Du solltest vielleicht nach Hause gehen, Marshall. Du scheinst müde zu sein.«

»Aber ich habe meinen Nachtisch ja noch gar nicht gegessen. Du wirst mir doch nicht deine erlesene Gastfreundschaft vorenthalten, Max? Nach allem, was ich für dich und die Company getan habe?«

»Ist dieses kleinliche Gezänk eigentlich wirklich notwendig?« fragte Toni di Natale. »Können wir das Programm nicht ohne diese ganzen persönlichen Konflikte diskutieren?«

Scott Molloy sagte: »Aber es *ist* doch alles persönlich. Wie soll man das dann vermeiden?«

Alissa Kortland fügte hinzu, als wären alle die Zwischenbemerkungen gar nicht gefallen: »Ich glaube schon, daß ich die beiden Rollen in demselben Programm tanzen könnte. Es wäre genauso, wie wenn man Odette und Odile tanzt.«

Rafik antwortete rasch: »Nein. Dazu sie sind zu anstrengend. Jede Rolle würde verlieren durch das andere.«

Max Harkey fügte hinzu: »Außerdem, meine liebe Alissa, bist du noch nicht einmal annähernd in der Lage, die beiden Schwäne zu geben.«

»Und dazu werde ich auch nie kommen, wenn du mich weiter so einschränkst.«

»Alissa, ich habe dir doch gesagt, daß du den *Phoenix* tanzen wirst, und die Einschränkung dabei liegt sicherlich nicht in der Rolle.«

Alissa Kortland errötete und sagte nichts mehr.

Indessen fragte ich mich, wo eigentlich die simpelsten Anstandsformen abgeblieben waren. Zuerst stritten der künstlerische Direktor und der wichtigste Sponsor der Ballettcompany ganz offen über sehr private Dinge. Und diese ihre Offenherzigkeit steckte offenbar an, denn jetzt gaben auch die Tänzer ihre offenherzige, wenn auch völlig unmaßgebliche Meinung zum Besten. Ich überlegte, ob ich nicht vielleicht auch mit meiner Stimme ein bißchen zu dem allgemeinen Aufruhr beitragen sollte?

»Welches Stück würde denn mehr Zuschauer anziehen?« platzte ich heraus.

Sämtliche Köpfe drehten sich voller Erstaunen zu mir herum.

Marshall Zander sagte: »Also, das ist auch mal ein interessanter Gesichtspunkt! Die Zuschauer.«

Ich wandte mich an Rafik: »Nicht, daß deine Arbeit nicht hervorragend wäre, Liebster. Aber wenn nur eins der beiden Ballette im Programm bleiben kann, solltest du da nicht auch an den Geschmack des Publikums denken?«

Toni di Natale wich ein wenig von Rafik zurück, als fühle sie seinen aufsteigenden Zorn.

Rafik sah mich finster an. »Meine Arbeit ist nicht praktisch und nicht politisch. Sie ist persönlich. Wenn du wüßtest etwas über diese Arbeit, du würdest nicht sagen sowas.«

»Aber ich weiß nichts darüber, stimmt's? Und wer ist daran schuld? Du hast mir gegenüber daraus bisher ein großes Geheimnis gemacht. Was soll ich also denken?«

»Solltest du still sein, wenn du weißt nichts darüber«, sagte Rafik.

Scott Molloy fügte hinzu: »Rafik hat recht. Sie wissen gar nicht, wovon Sie reden.«

»Ja, aber warum ist es denn so ein Geheimnis?«

Rafik gab mir die Antwort. »Manchmal eine Kunstwerk muß ganz in eine persönliche Bereich reif werden, ohne daß sehen andere dabei zu.«

»Ach, jetzt bin ich also schon ›andere‹?« sagte ich. »Bei dir klingt das alles so schrecklich mysthisch, Rafik, und dabei ist es wahrscheinlich nichts anderes als Selbstbeweihräucherung. So hochgestochene Kunst ist sowieso meistens nur die reine Eitelkeit.« Mein Gott, was redete ich da bloß zusammen? Ich wußte doch, wie intensiv Rafik an seiner Choreographie arbeitete. Ich wollte ihm ja auch nur sagen, wie sehr ich ihn liebte, aber statt dessen machte ich grobe kritische Bemerkungen über seine Kunst, ja vielleicht sogar über sein Leben.

Rafik entgegnete: »Eitelkeit ist, womit du hast zu tun in Schönheitssalon!«

»Zumindest richte ich meine kreative Energie auf andere und nicht auf mich selbst.«

»Und warum?« fragte Rafik. »Wofür? Für größere Trinkgeld. Das ist Eitelkeit.«

Oh Gott, ich war ja völlig betrunken. Wie konnte ich bloß so betrunken sein und so abscheulich denken und daherreden und dabei doch noch bemerken, daß ich betrunken war? Ich biß mir auf die Lippen und kämpfte mit Tränen der Enttäuschung. Da war ich hier unter lauter intelligenten, kreativen Menschen, und noch dazu mit meinem Geliebten zusammen, und dabei benahm ich mich wie der letzte Flegel. Ich war ganz offensichtlich völlig außerstande, die passende Maske aufzusetzen. Jetzt gab es nur noch eines, um diesem selbstverschuldeten Übel zu entfliehen: ich mußte noch etwas trinken. Ich stand von meiner Strafbank auf und bat Rico, mir vom stärksten Likör einen Doppelten einzuschenken.

Dann hob ich mein Glas der ganzen Gruppe entgegen. »Auf die Kunst also und die Trinkgelder!«

Ich schüttete den sirupartigen Likör in einem Zug hinunter. Dann entschuldigte ich mich und verließ die Party. Rafik unternahm nichts. Er sagte nichts, er stand nicht auf, er versuchte nicht, mich zurückzuhalten. Ausgerechnet Toni di Natale brachte mich hinaus.

»Ich werde Ihnen ein Taxi rufen«, sagte sie.

»Ich lauf' wohl besser, wenn ich in so'm Zustand bin«, nuschelte ich. »Verbrennt wenigstens 'n bißchen was davon. Bring'n Sie mich nur hier 'raus.«

Beim Hinausgehen bemerkte ich noch einmal, was für gigantische Ausmaße Max Harkeys Flügel hatte, auch wenn ich ihn jetzt ziemlich verschwommen sah. Auf dem Notenständer lag flach eine Partitur in buntem Umschlag, die fast die Größe einer Tageszeitung hatte.

»Wassndas?« fragte ich sie.

»Die Partitur zum *Phoenix*«, sagte sie und fügte dann

melancholisch hinzu: »Mit der Musik hat der ganze Streit angefangen.«

Zu meiner Überraschung umarmte sie mich dann. Vielleicht war das noch ein Relikt aus ihrer italienischen Erziehung. Sie flüsterte in mein betrunkenes Ohr: »Sie sind ein glücklicher Mann, daß Sie Rafik haben.« Ihre Worte und ihr warmer Atem ließen mein Ohr erglühen. »Er ist sehr, sehr sexy.«

Ich spürte, wie sich meine Brustwarzen zusammenzogen, was bei mir ein sicheres Zeichen starker Emotionen ist. »Das scheint ja wirklich jeder zu finden«, sagte ich.

Rico kam mit meinem Mantel. Er lächelte mir sehr freundlich zu, aber ich war zu betrunken und zu sehr in mich versunken, um das noch würdigen zu können.

Draußen auf der Straße sah ich Big Red stehen und brach darüber fast in Tränen aus. Aber ich biß mir innen auf die Lippe und preßte den Nasenrücken mit den Fingern fest zusammen, um die Tränen zurückzuhalten. Ich hatte nicht die geringste Lust, daß man mich tränenüberströmt nach Hause torkeln sah wie irgendsoeine abgeblitzte Tunte. Als ich heimkam, war ich über alles Vorgefallene sehr bestürzt. Irgendwie hatte ich heute abend meinen Traum von Liebe umgebracht. Wie hatte das bloß geschehen können? Was für Dämonen lauerten da in mir, um so etwas zustande zu bringen? Ich stolperte ins Bett, und da, als mir nämlich auch wieder einfiel, daß heute ja endlich das Jubiläum mit meinem Liebsten hätte stattfinden sollen, brach ich nun doch zusammen und schluchzte und heulte ins Kissen. Nicht einmal Sugar Baby legte sich heute nacht zu mir.

4. Singing in the rain

Am nächsten Morgen riß mich das Telefon aus meinem Schönheitsschlaf wie ein Atombombenalarm. Sein gequältes elektronisches Quäken verursachte einen dumpfen, unbestimmten Druck in meinem Hinterkopf. So übel, wie mir war, konnte ich mich nur an die ungeheuren Mengen und Arten von Alkohol und Essen erinnern, die ich vor wenigen Stunden zu mir genommen hatte. Ganz erschlagen hoffte ich, der Anrufer sei Rafik, der sich dringend für seinen Part bei dem schrecklichen Streit von gestern abend entschuldigen wolle. Mehrmals war ich in der Nacht erschrocken und ängstlich und angespannt aufgewacht. Ich war sogar mehrmals so weit gegangen, seine Nummer zu wählen, aber dann siegte jedesmal die Vernunft, und ich legte auf, bevor es bei ihm läutete. Denn schließlich, was würde ich machen, wenn er nicht zu Hause war? Das wäre ja sogar noch schlimmer als die Qual der Gewissensbisse. Also versuchte ich mir die ganze lange einsame Nacht hindurch einzureden, daß wir uns ganz bald wahnsinnig entschuldigen und einander vergeben würden. Und gleich wäre wieder alles beim alten.

Das Telefon läutete noch immer. Ich griff ungeschickt danach und ließ den Hörer fallen, der denn auch zufällig Sugar Baby traf, die irgendwann heute nacht doch noch geruht hatte, sich auf dem leeren Kissen neben dem meinen niederzulassen – auf Rafiks Platz. Aus ihrem Katzenschlaf gerissen, schoß sie vom Kissen hoch, sprang über meinen Kopf, landete auf dem Kelim, der bei mir im Schlafzimmer liegt, und schlingerte davon. Ich nahm den Hörer ans Ohr, aber bevor ich mich überhaupt melden konnte, hörte ich Rafik aufgeregt mit seinem starken französischen Akzent sprechen.

»Stani«, sagte er, »ist große Probleme. Max Harkey ist tot!«

Als erstes glaubte ich, Rafik versuche einen Trick, um mich abzulenken und meine Zuneigung zurückzugewinnen. Falls das aber tatsächlich einer sein sollte, so war er jedenfalls seiner blühenden Einbildungskraft unwürdig. Andererseits mochte es auch an unserer kulturellen Unterschiedlichkeit liegen, daß ich seinen Scherz flau fand, während er vielleicht eine gewisse francophone Subtilität besaß, die ich noch immer nicht zu würdigen verstand. Aber vor allem fragte ich – zur Hölle mit Max Harkey – was ist denn nun mit *uns*? Tut dir das von gestern abend nicht leid? Hast du schon vergessen, wie sehr du mir wehgetan hast?

»Stani?« sagte er unsicher, als fürchte er, das Telefon funktioniere nicht und die Verbindung sei gar nicht zustande gekommen.

»Ich bin dran«, sagte ich kalt und dachte mir: Und bisher hast du jedenfalls noch nichts von dem gesagt, was ich hören möchte.

»Stani, finde ich ihn so. Ist schrecklich!«

»Wo bist du?«

»In seine Wohnung.«

Ich versuchte meinen unscharfen Blick auf den Wecker zu richten. Dort war nur ein einziger Zeiger sichtbar, der nach unten wies. Es mußte also 6:30 sein.

»Was machst du denn um diese Zeit dort?«

Es war still in der Leitung. Als ich ein paar Sekunden auf seine Antwort gewartet hatte, spürte ich, wie sich der Druck in meinem Hinterkopf nach vorn in die Schläfen verlagerte. Dann überlief mich ganz unerwartet eine Welle von Übelkeit, und ich fühlte, wie mir auf der Stirn der kalte Schweiß ausbrach. Wie in einer Vision sah ich jedes einzelne gottverdammte Glas Alkohol vor mir, das ich gestern abend getrunken hatte. Alle zusammen wirbelten sie in einer schwindelerregenden Kurve vor meinem geistigen Auge vorbei, angefangen von den ersten Martinis in meiner Wohnung über die weiteren Cocktails bei Max Harkey bis zu den zahlreichen Gläsern Wein beim Essen und schließlich dem Schwenker Likör hinterher. Das alles kam mir jetzt wieder mit übelkeitserregender Klarheit. Ach, wenn ich nur bewußtlos werden könnte! Ich wollte nichts anderes als den Hörer auflegen und wieder einschlafen. Vielleicht würden sich dann alle Mißlichkeiten von gestern abend – vor allem meine betrunkene Streitsucht – in einen Traum auflösen. Dann könnte ich später wieder in einer strahlenden neuen Welt aufwachen, wo es nichts als blauen Himmel und singende Vögelchen gab. Dieser Gedanke gefiel mir so gut, daß ich darüber fast wieder einnickte.

»Stani?« sagte Rafik.

Ich kehrte in die Gegenwart zurück, zu der unerfreulichen Überlegung, was Rafik um halb sieben Uhr früh in Max Harkeys Wohnung zu tun hatte. Irgendwo erinnerte ich mich, Max Harkey sagen gehört zu haben, daß Rafik fügsam gemacht werden müsse. War diese Kraftprobe etwa heute nacht inszeniert worden, und hatte sie dann im Tod des Mannes gegipfelt? Ich ging Rafik direkt an.

»Hast du die Nacht mit ihm verbracht?« sagte ich.

»Wie du kannst fragen solche Sache?« schrie er. Ein heftiger Schmerz rammte sich in mein geschwollenes Hirn. »Stani, seine Blut ist überall.«

Die neue Anspannung in Rafiks Stimme sagte mir, daß er am Ende vielleicht doch keine Witze machte. Ich setzte mich im Bett auf. Sugar Baby muß meine Bestürzung gemerkt haben, denn sie sprang wieder aufs Bett zurück und kuschelte sich an meinen Schenkel. Ich stützte die Stirn in meine freie Hand.

»Sag mir genau, was passiert ist, Rafik.«

»Ich dir sage, er ist tot.«

Wenn er die Wahrheit sagte, gab es für ihn jetzt nur eines. Ich war selber schon in genau derselben Situation gewesen, mit einer Leiche vor mir. Damals hatte ich geglaubt, ich würde das Richtige tun, wenn ich verantwortungsbewußt handelte und die Polizei rief, aber ich bin eben ein Typ, der nur schwer lernt.

»Rafik, wenn Max Harkey wirklich tot ist –«

»Er ist, Stani. Kannst du glauben mir.«

»Dann mußt du jetzt genau tun, was ich dir sage.«

»Aber Stani –«

»Kein aber, Rafik. Hör mir nur zu und tu's dann. Als erstes wischst du von allem, was du dort angerührt hast, deine Fingerabdrücke ab. *Von allem*. Verstanden? Und dann verschwindest du von dort. Sofort! Ich warte hier auf dich.«

»Das ich kann nicht tun, Stani.«

»Und warum nicht?«

»Die Polizei ist schon hier«, sagte der Meister der schrittweisen Enthüllung. »Sie wissen nicht, daß ich rufe dich an. Sie stellen mir viele Fragen. Kommst du her? Bitte?«

Ich schwieg, weil ich momentan nicht wußte, was ich tun oder sagen sollte. Wenn ich in Max Harkeys Wohnung auftauchte, könnte das auch die Dinge eher schwieriger gestalten, vor allem, wo die Polizei dort war. In der Leitung war es still, während ich überlegte. Als Rafik wieder sprach, vernahm ich einen neuen Ton in seiner Stimme, eine ganz gerissene Modulation, kryptisch und doch sehr musikalisch, eine Art Ohrenfängerei, die sich aus dem jahrtausendealten Erbe der Gene des Mittleren Ostens herausdestilliert hatte und aus den Milliarden von Tricks, die clevere Haremsjungen anwendeten, um sich schmerzhafte Strafen oder gar die Kastration zu ersparen.

»Stani«, sagte er, »das mit gestern abend tut mir leid. Ich habe nicht so gemeint.« Seine Worte strömten wie dunkle Töne aus einer Panflöte, und ihre exotische Färbung machte mich völlig hilflos. »Ich liebe dich. Ich werde aufhören mit meine Arbeit. Ich werde verlassen das Ballett.«

Nach unserer Krise hatte ich mir eine dramatischere Wiederversöhnung erhofft, ein Ereignis, das nicht nur so am Telefon ablief, sondern wo Rafik zerknirscht und reuevoll an meiner Schwelle stand. Auch wenn es drei Uhr früh wäre, würde er um Verzeihung bitten und mir gestatten, ihm zu zeigen, wie sehr und wie gerne ich verzeihen konnte. Doch statt dessen versuchte mich Rafik gerade dazu zu bringen, ihn aus einer üblen Situation mit der Polizei zu retten, noch dazu in der Wohnung des Mannes, mit dem er sehr wohl eine ultimative Konfrontation erlebt haben konnte und der jetzt tot war.

»Okay, Rafik. Schmeiß deinen Job noch nicht hin. Bin schon unterwegs.«

Ich legte auf und stieg aus dem Bett. Schon drehte ich die

Dusche auf, aber dann kam ich zu der Einsicht, daß die momentane Situation meine üblichen morgendlichen Verrichtungen doch wohl ausschloß. Statt dessen wusch ich mir das Gesicht mit kaltem Wasser, zog frische Kleidung an und war binnen weniger Minuten fertig. Als ich die Türe öffnete, bemerkte ich, daß Sugar Baby mir mit großen verwirrten Augen nachschaute. »Jawohl, meine Süße«, sagte ich zu ihr, »ich gehe jetzt, ohne dich gefüttert zu haben.«

Von meiner Wohnung kommt man in fünfzehn bis zwanzig Minuten zu Max Harkeys Penthaus, wenn man rasch geht. Ein Taxi zu finden hätte genausolange gedauert, deshalb entschied ich mich für die slawische Fortbewegungsart. Die Sonne war noch nicht aufgegangen und die Luft im Freien dunstig und grau. Das Pflaster fühlte sich durch die Ledersohlen meiner alten Schuhe hindurch feucht und kalt an. Die letzten Überbleibsel des gestrigen Exzesses rannen mir immer noch durch die Adern und beeinträchtigten meine Wahrnehmung und meinen gleichmäßigen Schritt. Ich zwang meine Beine, sich schneller zu bewegen, weil ich dachte, diese Körperübung werde möglicherweise das Gift des Alkohols wegbrennen, und vielleicht auch den Zweifel, der in mir nagte.

Doch trotz meines verwirrten Kopfes waren mir zwei Tatsachen vollkommen klar: Rafik brauchte mich, und ich wollte ihm helfen. Doch diese letzte Komplikation in dem Melodrama *Leben mit Rafik* durchschrillte jetzt mein Inneres. Bevor ich ihn kennenlernte, hatte ich Sex und Liebe engstens verbunden. Beischlaf war für mich fast ein spiritueller Akt, eine Erfahrung, die zwei Seelen miteinander teilten, erhaben und heilig. Aber Rafik erweiterte meinen Begriff von Erhabenheit. Seine kräftige Gestalt und seine vier geschmeidigen Glieder sangen mit derselben echten und natürlichen Leichtigkeit, mit der ein geborener Musiker das absolute Gehör besitzt, nur hat Rafiks Art des Körpergesangs eher mit der Jagd als mit der Dichtkunst zu tun. Wenn er seinen feinen Körper durch den Raum bewegt, umgeht er alles, was sich ihm in den Weg stellt, und wenn er dann die Witterung seiner Beute aufgenommen hat, brennt es bei ihm lichterloh, wie bei einem weißglühenden Magnesiumband.

Auch noch nach einem Jahr ist der Sex mit Rafik so befriedigend und überraschend, daß ich mir überhaupt nicht vorstellen kann, es jemals wieder mit einem anderen zu treiben. Trotzdem bestehe ich allerdings auf sicherem Sex. Das ärgert Rafik, der den Blutuntersuchungen von uns beiden völlig vertraut und der auch schwört, daß er einzig und allein mit mir Sex habe und immer haben werde. Aber allein die Idee der Monogamie ist noch kein Beweis von Liebe, ebensowenig wie unsicherer Sex. Die Kondome sind ein ständiger Streitpunkt zwischen uns.

Der Glamour von Max Harkeys Adresse, der sich gestern abend so glänzend gezeigt hatte, war jetzt verdunkelt von mehreren Polizeifahrzeugen und einem Rettungswagen, die die schmale Fahrbahn und den Gehsteig auf der gesamten Länge der Appleton Mews blockiert hatten. Blinklichter rotierten, und die laufenden Motoren dröhnten, als wären sie zur sofortigen Abfahrt bereit. Da die Appleton Mews eine Sackstraße war, brauchte man sich nicht um den Verkehr zu kümmern, und zu dieser frühen Morgenstunde waren Autos noch besonders unwahrscheinlich. Trotzdem standen ein paar Polizisten herum, um gegebenenfalls jeden, der in die stille Straße einbiegen wollte, zurückzuweisen. Am anderen Ende der Mews stand das Appleton selbst, das normalerweise so fein und respektabel wirkte, jetzt aber von Polizeiabsperrungen eingeschnürt war. Die grellen Neonbänder ließen das Gebäude irgendwie ein bißchen wie eine in Ungnade gefallene Grande Dame erscheinen.

Vor dem Appleton parkte ein Wagen, den ich sofort erkannte, ein altes Alfa Romeo Coupé Marke »Giulia Sprint Veloce«. Ich wußte, daß dieser Klassiker von einem Sportwagen dem Detective Lieutenant Vito Branco vom Bostoner Polizeidepartement gehörte. Branco mußte vor kurzem eine Gehaltsaufbesserung bekommen haben, denn der dunkelgrüne Lack des Alfa war sachgerecht restauriert worden.

Ebenfalls hier draußen stand Big Red, und zwar an genau derselben Stelle wie gestern abend. Hatte Rafik die Nacht hier verbracht? Das Motorrad verursachte mir im Moment weder steife Brustwarzen noch Tränen. Ich ging auf den Haupteingang des Appleton zu, wo drei weitere Polizisten die Türe unter dem großen Marmorbogen bewachten. Ich erklärte ihnen, daß ich einen Freund drinnen habe und um die Erlaubnis bitte, eintreten zu dürfen. Ich kroch nicht geradezu vor ihnen, aber die Erfahrungen der Vergangenheit haben mich gelehrt, daß Höflichkeit nie schadet, wenn man etwas von der Polizei will. Der eine Polizist überprüfte meinen Ausweis und willigte ein, mich in Max Harkeys Wohnung hinaufzubringen. Wir gingen nach drinnen und betraten den kleinen holzverkleideten Aufzug. Während wir dann nach oben fuhren, schwiegen der Polizist und ich ganz unbeholfen, aber wir musterten einander verstohlen. Er sah aus wie eine wandelnde Ausstellung von Attribute der Autorität: Revolver und Halfter, Handschellen, Walky-Talky, Stiefel mit Lederschlaufe, breiter Ledergürtel mit schwerer Chromschnalle. Obwohl er angespannt geradeaus zu blicken versuchte, glitten seine Augen immer wieder zu mir herüber, schossen aber auch gleich wieder weg, als betrachte er nur die Täfelung aus eingeöltem Ahorn vor sich. Aber ich merkte ganz genau, wie er mich taxierte, und trotz all meiner bemerkenswerten Männlichkeit hätte ich genausogut vorne und hinten eine Werbetafel an mir tragen können, auf der geschrieben stand: »SCHWULER«. Vielleicht entnervte das den armen Kerl so sehr. Allerdings scheint meine Sexualität immer nur die ganz wilden Machos aus dem Gleichgewicht zu bringen.

Die Tür des Aufzugs öffnete sich auf das kleine Vestibül, das direkt mit Max Harkeys Wohnung verbunden war. Das begräbnismäßig graue Licht, das hier herrschte, ließ mich aufblicken, und ich sah ein Oberlicht in der Decke, das ich gestern nicht bemerkt hatte. Die Sicherheitstür zur großen Eingangshalle des Penthauses stand weit offen, und der Polizist ließ mich ein. An dieser Stelle hatte gestern abend eine gesellschaftliche Zusammenkunft stattgefunden, deren Regeln mir nicht so ganz klar wurden, was mich jedoch nicht gehindert hatte, sie zu durchbrechen. Heute morgen jedoch benutzten die Polizisten ihre ganz eigene Art von Regeln, nämlich diejenigen, die aus jeder Situation ein Pandämonium machen.

Als ich das weitläufige Penthaus betrat, sah ich als erstes Max Harkey, der zusammengesunken an seinem großen Flügel saß. Fast konnte man meinen, er spiele auf dem Instrument und vertiefe sich gerade in eine besonders bewegende Passage, den Kopf bis zu den Tasten hinabgebeugt, wie um die Seele des Instruments zu belauschen. Nur daß Max Harkey eben tot war. Der Perserteppich zu seinen Füßen hatte sich mit einem riesigen dunklen Flecken vollgesaugt, und das war Blut, wie ich sehr wohl wußte.

Da erschien die kräftige Gestalt von Detective Lieutenant Vito Branco. Er bemerkte mich nicht, als er sich Max Harkeys Leiche näherte und sich hinhockte, um sie genauestens zu untersuchen. Er hatte mir den Rücken zugekehrt und verstellte mir den Blick auf den Toten, aber für den Bruchteil einer Sekunde erblickte ich eine riesige glänzende Wunde in Max Harkeys Schoß, die noch rot und wie lebendig war. Von dort, wo ich stand, sah es aus, als sei er kastriert worden. Ich mußte mich abwenden, mir heftig auf die Lippen beißen und dann ein paar Mal tief durchatmen, um die Übelkeit zu unterdrücken. Es wäre unpassend gewesen, mich hier vor den Polizisten zu übergeben. Nach wenigen Augenblicken ließ denn auch der kalte Schweiß wieder nach, und ich konnte meine Aufmerksamkeit von neuem dem Toten zuwenden. Lieutenant Branco beschäftigte sich noch immer mit der Leiche, und zwar mit einem solchen Interesse, daß es sich vom rein Klinischen her fast nicht rechtfertigen ließ. Bestürzten ihn die Wunden genausosehr wie mich? Obwohl Branco jünger war als Max Harkey, erkannte er vielleicht auch die Ähnlichkeiten zwischen ihnen beiden. Der Ermordete war von ähnlichem Körperbau wie Branco, über einsachzig groß, mit denselben breiten Schultern und kräftigen Lenden. Er besaß sogar ähnlich ausgeprägte Kiefer- und Backenknochen und ähnlich wohlgeformte Nasenflügel und Lippen. Bei unserem Zusammentreffen gestern abend war mir nicht aufgefallen, daß Max Harkey noch einen so muskulösen Körper besaß. Branco widmete sich jetzt den blutverschmierten Beinen des Opfers, die von dem seidenen Bademantel, der von der Taille abwärts offenstand, nicht im geringsten verhüllt wurden. Diese Glieder waren offensichtlich kraftvoll und doch elegant, fast königlich. Seltsamerweise machte mich das viele Blut daran traurig. Ich versuchte, mir Brancos mächtige Beine vorzustellen, um wieviel massiger seine Muskeln wohl waren, und daß seine Haut vermutlich rauh und behaart war, nicht glatt wie bei Max Harkey. Mit großer Erleichterung sah ich, daß in seinem Schoß noch alles intakt war. Was also hatte Brancos Aufmerksamkeit so sehr gefesselt? Hatte ihn sein Machotum dazu verleitet, Vergleiche anzustellen? Gab es am Ende Grund zu Neid? Der Lieutenant wandte seinen Blick rasch von den leblosen Organen ab, und ich fragte mich, ob ich mir diese ganze kleine Szene nicht vielleicht nur eingebildet hatte, vor allem, da ich ja immer gleich an Sex denke und meine Hirnrinde dazu bringe – sie gleichsam damit elektrisiere – Perversionen auch dort zu sehen, wo gar keine sind.

Ich näherte mich dem Flügel. Wenn man von dem Blut absah, hätten Max Harkeys Beine genausogut aus blassem blaugrauem Marmor gehauen sein können. Da sah ich die Wunden aus der Nähe – ein sauberer tiefer Schnitt an der Innenseite eines jeden Schenkels, direkt in die Schlagadern. Max Harkey war verblutet.

Branco erhob sich rasch und stützte sich auf den Flügel. Er schloß die Augen, als müsse er sich von der Untersuchung erholen. Kam das nur davon, daß er zu schnell aufgestanden war? Oder hatte Branco einen Schwächeanfall? Machten ihm bestimmte Morde mehr zu schaffen als andere? War es außer mir jemandem aufgefallen, daß er sich so lange für die Beine des Toten interessiert hatte? Nichts davon wäre jedenfalls ein ausreichender Grund, sich so für die entblößte Nacktheit eines anziehenden männlichen Körpers zu interessieren, wie tot er auch sein mochte. Mit finsterem Gesicht hob Branco die Augen, und noch immer sah er mich nicht. Ich dagegen machte mich wieder vertraut mit all den dunklen männlichen Zügen, die dieser Polizeibeamte mit meinem Liebhaber gemein hatte, und dann auch mit den Millionen von Feinheiten, in denen sich die beiden gutaussehenden Männer unterschieden. Branco runzelte die Stirn, und er unterdrückte ein Aufstoßen. Es schien ein unangenehmer Morgen für ihn zu sein.

Branco sagte scharf zu seinem Sergeant: »Packen Sie ihn in einen Sack.«

Der Sergeant antwortete: »Der Polizeiarzt hat seinen Bericht noch nicht gemacht, Sir.«

Branco fauchte: »Dann machen Sie jedenfalls den Sack bereit, verdammt nochmal!«

Der Sergeant zuckte bei Brancos Befehl unmerklich zusammen, dann zeigte er auf mich und sagte: »Und was ist mit dem da, Lieutenant?«

Branco wandte sich mir zu und starrte mich eine ganze Weile ungläubig an, bevor er sagte: »Was machen denn Sie hier?«

»Mein Freund hat mich angerufen.«

»Sind Sie da mit verwickelt?«

»Nein, aber –«

Branco kläffte seinem Sergeanten eine weitere Frage zu. »Wo sind die Zeugen?«

Die Zeugen? Wer war denn sonst noch da? Und wo steckte Rafik?

Die Antwort des Sergeanten bestand darin, daß er mit dem Kopf scharf in Richtung Küche ruckte. Branco wandte sich von mir ab und ging mit festen Schritten auf die Schwingtür zu, die zur Küche des Penthauses führte. An der Schwingtür blieb er noch einmal stehen und drehte sich zu uns um. Er zeigte auf mich und sagte: »Lassen Sie ihn unten warten.« Dann stieß er die Türe auf. Eigentlich hätte ein Strahl Morgensonne aus der Küchentür blitzen sollen, aber statt dessen drang nur die graue Eintönigkeit eines regnerischen Märzmorgens heraus.

Trotz Brancos Befehl, mich von der Örtlichkeit zu entfernen, fragte ich den Sergeanten, ob ich Rafik sehen könne. Der Sergeant blickte durch mich hindurch und sagte: »Sie haben doch gehört, was der Mann gesagt hat.« Es hatte keinen Sinn, sich dem Unvermeidlichen zu widersetzen, deshalb ließ ich mich also aus Max Harkeys Wohnung und hinunter ins Erdgeschoß komplimentieren, um nach Brancos Gutdünken draußen zu warten. Als ich durch den Haupteingang hinausging, bemerkte ich, daß das Schloß aufgebrochen worden war. Die Beamten hier draußen beobachteten mich mißtrauisch; vielleicht hofften sie, ich würde etwas tun, wodurch sie sich in eine große Aktion hineinsteigern könnten, damit sie sich wie wirkliche Bullen benehmen konnten. Ich trat beiseite und stellte mich zu Big Red, als könnten das Motorrad und ich uns gegenseitig trösten. Feine Tröpfchen aus der nebligen Luft waren auf den lackierten Metallteilen des Motorrads und den schweren Chromleisten kondensiert. In dem schwachen Licht des Morgens verbreitete Big Red so etwas wie ein heiliges Leuchten, das mich mit seiner schützenden Aura umhüllte. Wie oft hatte ich mich doch an Rafiks Körper festgehalten, wenn ich hinter ihm auf diesem Motorrad saß, bei unseren phantastischen und romantischen Fahrten ins Blaue. Big Red gehörte für mich zur Familie.

Plötzlich quäkten die Sprechfunkgeräte der Polypen laut und brachten alle drei in Bewegung. Die Schwuchtel und das Motorrad waren auf einmal kleine Fische, jetzt, wo sie vom Boss dort oben einen Befehl bekamen. Ein paar Minuten später kamen zwei Polizeioffiziere aus dem Gebäude, und mit ihnen eine große Überraschung: zwischen sich führten sie Toni di Natale – in Handschellen. Lieutenant Branco folgte. Toni di Natale sah verwirrt und zerzaust aus, als habe man sie ganz unvermutet ertappt. Ich stellte fest, daß sie noch immer dieselbe Kleidung trug wie gestern abend. Sie warf einen Blick zu mir herüber. Unsere Augen trafen sich, und sie senkte den Blick und sah schuldbewußt drein. Ich fragte mich, warum. Hatte sie Max Harkey ermordet? Hatte sie mit Rafik geschlafen? Oder vielleicht beides? Aber sie so zu sehen – diese selbstsichere Frau, die plötzlich so verletzlich und der brutalen Gewalt der beiden Riesenkerle ausgeliefert war – also, das brachte einfach in mir eine Saite zum Klingen, und ich stellte fest, daß sie mir leid tat.

Die Bullen stießen die junge Frau auf den Rücksitz eines Streifenwagens und fuhren davon. Branco kam zu der Stelle herüber, wo ich neben Big Red stand.

»Gehört die Ihnen?« sagte er mit beifälligem Blick.

»Meinem Liebhaber.«

»Hmpf«, machte der Polizeioffizier.

Ich sagte: »Ich würde gerne erfahren, wo er ist.«

Branco entgegnete: »Könnten Sie mir vielleicht sagen, was Sie eigentlich hier wollen?«

»Rafik hat mich angerufen.«

Branco spannte die Backenmuskeln an und preßte die Lippen zusammen, wodurch er ihnen ihre ganze sinnliche Fülle nahm. Seine Brauen zogen sich zusammen. »Dann sind Sie sind also ein Zubehör?«

»Ich *kreiiere* Schönheit, Lieutenant. Ich bin kein Accessoir.«

Branco verzog die Mundwinkel zur Andeutung eines Lächelns, während seine blaugrauen Augen jedoch ihre stählerne Härte behielten. »Immer noch derselbe Klugscheißer, was, Kraychik?«

»Wenn man mich dazu provoziert, schon, Lieutenant.«

Da geschah etwas Seltsames. Das Gesicht des Lieutenants wurde ein wenig weicher, und er sah mir direkt in die Augen, als wolle er sich einen Augenblick lang als Mensch zeigen und nicht als Bulle. »Wie kommen Sie denn zur Zeit mit Ihrem Freund klar?« sagte er.

Ich staunte. Was kümmerte Branco denn mein Privatleben? Er war Polyp und hetero, und ich Friseur und schwul. Was konnte es in seinem Reich der moralischen Mehrheit schon bedeuten, wie ich mich durch's Leben schlug? Oder suchte er nur nach Indizien?

»Könnte besser gehen«, sagte ich. Aber sofort bereute ich meine ehrliche Antwort. »Wie läuft's denn bei *Ihnen* so?« fragte ich und machte dabei ganz auf Kumpel.

Branco antwortete nicht, sondern warf statt dessen den Kopf zurück und schob das Kinn vor. »Bis später dann«, sagte er. Dann stieg er in seinen Alfa und fuhr davon.

Kurz nach diesem Gespräch gab es noch eine weitere Überraschung. Aus dem Haupteingang des Appleton trat völlig ohne polizeiliche Bewachung Marshall Zander heraus.

»Ich bildete mir ein, Sie oben gesehen zu haben«, sagte er. »Was führt Sie hierher?«

»Dasselbe könnte ich Sie fragen«, antwortete ich.

Er lächelte selbstzufrieden. »Stimmt«, sagte er. »Der Unterschied ist nur, daß ich es Ihnen sagen werde. Max rief mich in aller Frühe an. Offenbar war bei ihm jemand eingebrochen und bedrohte ihn. Er klang ganz schön schlimm, deshalb rief ich die Polizei an und kam auch selber gleich 'rüber.«

»Hat er die Polizei nicht selber angerufen?«

»Ich weiß nicht«, sagte Marshall Zander. »Max brauchte jedenfalls Hilfe, und zwar schnell. Ich stellte ihm keine Fragen. Ich handelte.«

»Hat Max Ihnen gesagt, wer ihn angegriffen hat?«

»Er war schon ... verschieden ... als ich hier ankam.«

»Ich meine, als er Sie anrief. Hat er Ihnen nicht einen Hinweis gegeben, wer es war?«

»Nein«, sagte er. »Ich erwähnte ja schon, er klang entsetzlich. Voller Angst. Ich kam gar nicht auf die Idee, ihn irgend etwas zu fragen, sondern versuchte nur so schnell wie möglich hierherzukommen. Jetzt wünschte ich, ich hätte gefragt. Dann hätten wir seinen Mörder vielleicht schon.«

In dem Augenblick bemerkte ich, daß sich Marshall Zanders braune Augen mit Tränen füllten. Er verlor auf einmal die Fassung. Das hatte ich schon öfter erlebt, daß manche Leute im Angesicht des Schreckens und auch noch eine ganze Weile danach eine Fassade von Stärke aufrechterhalten, die sie dann ganz plötzlich verlieren, sobald die Zuschauer verschwunden sind, was in diesem Falle die Polizei war. Sein Kinn zitterte, während er sprach.

»Wissen Sie übrigens, wer noch bei ihm oben war?«

Ich schüttelte den Kopf.

»Natürlich wissen Sie's«, sagte er. »Was hatten die dort oben bloß verloren. Ist es Ihnen nicht auch ein Rätsel, was Ihr Liebhaber und diese Frau dort oben gemacht haben? Sie waren nämlich schon dort, als die Polizei kam, ist Ihnen das klar?«

»Das heißt gar nichts«, sagte ich kühl, aber seine Worte machten mich vor Zweifel fast wahnsinnig.

»Wer hat ihm das bloß angetan?« fragte Marshall Zander. »Max, Max!« winselte er, und dann brach er ganz zusammen und schluchzte grotesk und keuchend.

Wieder einmal begriff ich, warum ich als Therapeut keinen Erfolg gehabt hatte. Ich konnte die Krämpfe und die Häßlichkeit von anderer Leute Qual, egal ob echt oder gespielt, einfach nicht ertragen. Ich wollte immer alles auf der Stelle und um jeden Preis wieder in Ordnung bringen, selbst wenn das bedeutete, daß ich diese Qual selbst auf mich nahm. Und diese Haltung zerstört den Helfenden binnen kurzem. Ein guter Therapeut braucht eine distanzierte, rein klinische Art des Mitgefühls, ich dagegen war dazu verdammt, mich immer gleich für andere aufopfern zu wollen. Um zu überleben, hatte ich nur eine Chance: ich mußte die ganze Sache sausen lassen, die Couch des Analytikers den Experten überlassen und meine Wunderheilungen in Zukunft am Frisierstuhl vornehmen.

Von Marshall Zanders Zusammenbruch unberührt, wünschte ich mir in meinem kalten Herzen nur, daß er zu weinen aufhörte und wegginge. Ich wollte mit ihm oder mit Max Harkeys Tod nichts zu tun haben. Ich wollte nicht einmal hier sein. Ich wollte nur wissen, ob es Rafik gut gehe, und das hatte ich bisher noch nicht herausgefunden. Wo war er bloß?

Nachdem Marshall Zander noch ein paar Minuten theatralisch geschluchzt hatte, beruhigte er sich wieder. Er keuchte mit flachen schnellen Atemzügen wie ein blind herumwuselndes unbesonnenes Tierchen, das wie durch ein Wunder seinem Verfolger entkommen ist. Aber als er sich wieder gefaßt hatte, verdunkelten sich seine Augen und blickten gemein, und die nächsten Worte, die er sprach, waren voller Gift.

»Wenn Ihr Liebhaber damit irgendwas zu tun hat, dann gnade ihm Gott, er wird dafür büßen müssen.«

Aber seine Drohung klang hohl, als habe er seine Gefühle in einem Schauspielkurs gelernt. An ihm war nichts zu fürchten, höchstens zu bemitleiden. Er drehte sich um und ging die Appleton Mews hinunter und davon. Ich sah ihm nach, wie er sich bewegte, wie sein schlaksiger Gang eine wahllose Abfolge von asynchronem Schlingern und Vorwärtsstürzen war, weil die Glieder sich orratisch bewegten, ohne vom Gehirn einen Befehl empfangen zu haben und ohne seinem Schritt eine klare Form zu geben. Marshall Zanders Generosität dem Ballett gegenüber war vielleicht nur seine Art von Kompensation für fehlende körperliche Schönheit und Ausgewogenheit. Er blieb bei einem funkelnagelneuen deutschen Cabriolet stehen und stieg ein. Der schlanke, langgestreckte, niedrige Zweisitzer paßte überhaupt nicht zu dem Mann, dem er gehörte. Auch er war wohl eine Art Kompensation für das, was Zander an körperlichen Eigenschaften fehlte. Ich hätte schwören können, daß er eine schreckliche Kindheit gehabt hatte, daß er von den Gleichaltrigen gnadenlos drangsaliert wurde, und ich überlegte mit ein wenig Mitleid, was für ein

Mensch denn nun eigentlich in diesem formlosen, weichlichen Körper stecke.

Wie um alle Unbill, die diesen Morgen bisher ausgezeichnet hatte, zu vertreiben, erschien endlich Rafik im Eingangsportal des Appleton. Die dunstige Luft schien sich rings um ihn her zu klären, aber das bildete ich mir wohl nur ein. Wenn überhaupt, dann hätte sich die Luft ja eher verdunkeln müssen, als er kam, da die Zweifel in mir nur immer weiter wuchsen, zunächst einmal schon darüber, daß er überhaupt hier war. Ich brachte ein besorgtes kleines Lächeln und ein Winken zustande, und er erwiderte diese Gesten ermattet, während er die Treppe herunterstieg und auf mich zukam, wo ich da neben Big Red stand. Da breitete ich die Arme aus, und er warf sich hinein. So standen wir eine ganze Weile in der regnerischen Luft und umarmten und wiegten einander, als wären wir die vom Schicksal bestimmten Liebenden in einem englischen Film aus den vierziger Jahren.

»Es war schrecklich«, sagte er, und während er sprach, kitzelte er mein kaltes Ohr mit seinen warmen Lippen.

Ich sagte darauf: »Was hattest du denn dort oben zu tun?«

»Max hat angerufen mich, zu Hilfe.«

»Wann?«

»Ich weiß nicht welche Zeit. Er war so schwach, daß ich erkannte ihn fast nicht.«

»Rafik, hat er dir gesagt, wer ihn angegriffen hatte?«

»Nein. Er sagt, er ist verletzt, und hat er die Polizei gerufen, und bitte ich soll kommen gleich.«

Für einen Schwerverletzten hatte Max Harkey aber eine Menge Anrufe getätigt.

»Warum hat er gerade dich angerufen, Rafik?«

Er zog sich sofort von mir zurück. Seine Augen glühten. »Was du denkst?« fragte er. Ich spürte, daß mein Gesicht rot wurde, und mußte die Augen von ihm abwenden. Er schüttelte mich leicht. »Stani, sage mir, was du denkst.«

Ich hielt meine Augen gesenkt und sagte: »Was hatte Toni di Natale hier zu suchen?« Daß meine Stimme so schwach klang, widerte mich an. Rafik antwortete nicht, also schaute ich ihm in die Augen, um eine Antwort zu kriegen. Ich hatte schließlich ein Recht, informiert zu werden, oder? »War sie schon da?« fragte ich. »Oder ist sie mit dir gekommen?« Ich versuchte, direkt und stark zu sein, dabei fühlte ich mich wie ein ängstliches Rehkitz auf der Flucht – und zwar nur wegen der verwirrenden Macht von Rafiks warmem Körper neben dem meinen.

Er schwieg immer noch.

»Es wirkt verdächtig«, sagte ich.

»Für dich alles ist verdächtig, was ich tue.«

»Nein...« sagte ich, aber an seinen Worten war unglücklicherweise was dran.

Rafik drehte sich um und ging von mir weg.

»Nimmst du nicht das Motorrad?« fragte ich.

»Es springt nicht an«, sagte er und ging weiter.

Das erklärte zumindest, warum Big Red die Nacht über auf dem Trottoir vor Max Harkeys Wohnhaus gestanden hatte. Ich holte Rafik ein und ging schweigend neben ihm her. Die kalte feuchte Luft schien den Mißklang noch zu verstärken, den ich wieder einmal zwischen uns gesetzt hatte. Am vorderen Ende der Appleton Mews wandte er sich in Richtung auf seine Wohnung.

»Kannst du mir eine Tasse Kaffee machen?« fragte ich.

Er sah mich an, das ganze Gesicht traurig und zornig zu gleicher Zeit, seine Stirn wirkte beinahe wie geschwollen, als könne sie die widersprüchlichen Geheimnisse, die dahinter tobten, nicht halten.

»Ja«, sagte er mit einem entwaffneten Seufzer und einem kleinen Schulterzucken.

Wortlos gingen wir über die feuchten Gehsteige bis zu seiner Wohnung. Rafik hatte ein paar Blocks vom Ballettstudio entfernt eine Einzimmerwohnung. Das alte Ziegelsteingebäude war völlig verwahrlost, und Rafiks persönliche Domäne innerhalb seiner vier Wände erinnerte an das Lager eines wilden Tieres. Sie war übersät mit den eigenartigen Abfällen des alleinlebenden Künstlers und durchtränkt von seinen wilden exotischen Ausdünstungen. Die Wohnung war so klein, daß man sich im Bad auf der Stelle drehen mußte wie auf dem Laufsteg bei einer Modenschau, um die Türe hinter sich schließen zu können. Er hielt zwar alles so ziemlich sauber, aber es war hoffnungslos überfüllt und unaufgeräumt, und manchmal fragte ich mich, ob Rafik nicht nur deshalb mit mir zusammenziehen wollte, weil ich den Haushalt besser führte – was in diesem Fall nicht viel heißen wollte.

Drinnen warfen wir unsere Jacken ab, und ich setzte mich auf sein Bett. Er begann mit der Zeremonie, in der winzigen Schiffsküche türkischen Kaffee zuzubereiten, wobei er zuerst kaltes Wasser und dann das puderige Kaffeepulver in einen langstieligen Messingtopf abmaß, der *Ibrik* genannt wurde. Ich wußte zwar, daß J. S. Bach eine »Kaffeekantate« geschrieben hatte, aber keine Musik ließe sich mit Rafiks arglosen Improvisationen am Herd vergleichen. Ich war hingerissen von seiner natürlichen Anmut, den geschmeidigen Bewegungen von Arm und Schulter, wenn er den Topf auf die Flamme schob und wieder herunternahm, der Neigung des Kopfes, wenn er das braune Elixir beobachtete, wie es aufschäumte und dann wieder unter den Topfrand absank, und dem Schwung von Hüften und Körper, wenn er das Gewicht von einem Bein auf das andere verlagerte. Während Rafik auf diese Weise eine simple Hausarbeit in eine religiöse Erfahrung umschuf, merkte ich, daß ich ihm nur auf eine einzige Art und Weise zeigen konnte, daß mir wirklich was an ihm lag, und ich ihn mehr denn je wollte. Ich stand von meinem Stuhl auf und ging zu ihm hinüber, wie er da an dem winzigen Herd stand, alle Aufmerksamkeit auf den kleinen Topf gerichtet. Von hinten schlang ich die Arme um seine schlanke Taille und kuschelte mich an seinen starken Rücken und seinen besonders festen Hintern. Sein sauberer männlicher Geruch ließ mich vor Lust und Verlangen und auch einer gewissen Unsicherheit erbeben.

»Was...?« sagte er, während er mit dem Kaffee weitermachte.

»Vielleicht brauchen wir jetzt gar keinen Kaffee.«

Durch den steifen Baumwollstoff seines Hemdes ertastete ich seine Brustwarzen und zog sachte daran. Normalerweise ist ihm das ein deutliches Signal für das, was ich will. Aber Rafik fuhr mit der Zubereitung des Kaffees fort, als sei er ganz allein und ziemlich wunschlos in seinem kleinen Zimmer. Meine Hände wanderten verstohlen weiter abwärts über seinen straffen Bauch und schlichen sich durch die kurzen Abstände zwischen den Hemdenknöpfen an der Knopfleiste nach drinnen. Ich machte zwei davon auf und vergrub meine Hände in dem lockigen Haar auf seiner Brust. Ich ergriff kleine Büschel davon und zog erst sanft, dann ein wenig fester daran, dann nahm ich sein bepelztes Fleisch in die Hände und massierte es in kleinen, kreisenden Bewegungen.

Doch Rafik widmete sich weiterhin der Kunst des türkischen Kaffees.

Meine Linke wanderte über seinen Gürtel hinunter zur Vorderseite seiner Hosen, wo ich entdeckte, daß ein zauberhafter Körperteil bei ihm bereits stärker geworden war und kräftig gegen den Stoff drängte. Meiner war auch schon hart und feucht, aber das ist er sowieso immer, sobald ich Rafik berühre.

»Ich liebe dich«, flüsterte ich ihm ins Ohr.

»Und ich liebe dich«, sagte er. »Darum ich mache Kaffee.«

»Legen wir uns doch hin.«

»Wir müssen reden.«

Wirklich? Hatte ich nicht soeben alles Wesentliche gesagt?

»Rafik, schalt jetzt den Kaffee aus.«

»Nein. Du setz dich. Ich werde bringen Kaffee.«

»Ich möchte jetzt gar keinen Kaffee mehr.«

Er lächelte ganz leicht auf diese wissende Art, die bedeutete, daß er im Moment die Oberhand hatte. Er sagte: »Aber ich.«

Das wirkte. Mein eigenes Liebesbarometer sackte sofort

in sich zusammen, und ich ging weg und setzte mich, wie er mich angewiesen hatte. Ich hatte das unangenehme Gefühl, daß seine Weigerung, jetzt Sex zu haben, diesmal nichts mit der üblichen Erschöpfung des Choreographen zu tun hatte, die ihn in letzter Zeit geplagt hatte. Rafiks stattlicher Pimmel log nie. Er hatte ganz offensichtlich die Aufmerksamkeit genossen, die ich ihm gegeben hatte. Nein, der Grund, warum er an diesem Morgen mit mir keinen Sex haben wollte, war die schiere Verweigerung.

Im nächsten Moment fragte ich, ohne auf meine Worte zu achten, vielleicht verzweifelt, in der Hoffnung, meine schlimmsten Ängste zu beschwichtigen: »Hast du was mit Toni di Natale?«

Er drehte sich am Herd herum und stieß ein kleines erschöpftes Lachen aus. »Du bist sehr alberne Mann«, sagte er.

»Oder hast du was mit dem zu tun, was passiert ist?«

Ganz plötzlich knallte er den *Ibrik* heftig auf die Herdplatte, verschüttete dabei Kaffee und brachte die Gasflamme unter dem kleinen Topf zum Spucken und Flackern.

»Wie du kannst so etwas denken?« schrie er. »Behandelt mich die Polizei mit größere Respekt als mein Geliebter.«

»Es tut mir leid, Rafik.«

»Nein, es tut dir nicht. Du denkst nur an dir selbst. Du kommst hierher und du willst Sex. Du versuchst nicht zu trösten mich. Du siehst nicht, was ich habe für Schwierigkeiten.«

»Oh doch, doch.«

»Alles was du machst, ist mir anklagen.«

»Doch nur, weil ich die Tatsachen nicht kenne. Du hältst Dinge von mir fern, also denke ich, du verheimlichst mir etwas.«

»Ich dir sage alles, was ist wichtig für dich.«

»Aber ich möchte überhaupt alles wissen.«

»Du verlangst zu viel.«

»Rafik, was verheimlichst du mir?«

Er wandte sich von mir ab und lehnte sich an den Herd. So stand er bewegungslos da, bis ich merkte, daß er leise weinte. Ich ging wieder zu ihm, nahm ihn von hinten fest in die Arme, wiegte ihn.

»Es tut mir leid«, sagte ich und küßte ihn auf den Nacken. »Ich bin ein selbstsüchtiges Arschloch.«

Seine Antwort kam nur geflüstert. »Ich glaube, du solltest gehen jetzt.«

»Wirfst du mich 'raus?«

Er drehte sich um, sah mich an und nickte traurig. »Bitte geh.«

»Kein Kaffee?«

Er schüttelte den Kopf. »Ich möchte allein sein.«

Ganz toll, Stanley. Dein Geliebter hat gerade einen mörderischen Horror hinter sich, und anstatt ihn zu trösten, quälst du ihn noch mit einem weiteren Verhör, das auf deinen melodramatischen Ansichten von Treue und unerwiderter Liebe beruht. Vielleicht verdiente ich es wirklich nicht, einen Liebsten zu haben, wenn das alles war, was ich in einer Krise zustande brachte. Damals, als ich noch allein war, war ich ein Muster an Stabilität und Verständnis gewesen. Jetzt, wo ich liebte, war ich gräßlich und schwach und auf das bedingungslose Wohlwollen meines Partners angewiesen, gleichgültig, unter welchen Umständen. Und schlimmer noch, ich bildete mir ein, daß alles, was er vor mir zurückhielt – eine Geschichte, ein Satz, eine Silbe – sich später als noch ein Grund, mich zu verlassen, entpuppen würde. Die ungeheuere Anziehung, die uns ursprünglich verband, faserte auf, und egal, was ich tat, um sie wieder zu flicken – es wurde nur schlimmer.

Ich bot ihm an, heute abend für ihn ein Essen zu kochen, weil ich mir vorstellte, daß wir diese Unannehmlichkeiten objektiver betrachten könnten, wenn wir uns beide etwas beruhigt hatten. Er war einverstanden. Dann ließ ich ihn mit seinem türkischen Kaffee allein und ging unter einem undurchdringlich grauen Himmel zu meiner Wohnung. Während dieses düsteren Heimmarsches fühlte ich auf einmal eine seltsame und unerwartete Hoffnung in mir aufsteigen, als müsse sich nach dem gemütlichen Essen heute abend – ich würde ihm natürlich alle seine Lieblingsspeisen kochen – alles wieder vollständig einrenken. Ich würde meine Liebe zu Rafik kulinarisch ausdrücken, und das würde alle die Probleme lösen, die durch Streitigkeiten und Mord verursacht worden waren, genau so, wie es die Sonne ja auch immer wieder schafft, durch die dunkelsten, undurchdringlichsten Wolken zu brechen.

Und im Lotto würde ich heute auch noch gewinnen.

5. Wen liebt er denn nun eigentlich?

Als ich nach Hause kam, war es fast halb zehn, wodurch ich gerade noch Zeit genug hatte, Sugar Baby zu füttern, rasch mein morgendliches KDR durchzuziehen (das heißt kacken, duschen, rasieren) und dann zum Snips aufzubrechen. Offiziell arbeite ich im Salon von zehn bis sechs, aber ich glaube, vom ersten Tag an habe ich dort noch nicht einmal die reguläre Arbeitszeit eingehalten. Im Ganzen gesehen arbeite ich allerdings mehr Stunden, als ich bezahlt bekomme, was einer der Gründe ist, warum Nicole meine vielen außerplanmäßigen An- und Abwesenheiten toleriert. Sie weiß, daß mein Schuldbewußtsein mich immer dazu zwingen wird, zusätzliche Zeit zu arbeiten, um alles Versäumte mehr als wiedergutzumachen. Ein weiterer Grund, warum sie es mit mir aushält, ist meine beispielhaft gute Arbeit, auch wenn meine Arbeitsweise das nicht ist.

Als ich zum Salon aufbrach, hatte sich die Luft aufgeklärt, und die dichte Wolkendecke war durchscheinend geworden wie Perlmutt. Alles paßte für eine romantische Lösung mit Rafik heute abend. Ich kam beim Snips an und stellte fest, daß Nicole gerade frei war, also lud ich sie zu einer Tasse Kaffee in mein Büro ein, wo ich ihr die beunruhigenden neuesten Ereignisse zu erzählen gedachte. Das erste, was ich bemerkte, war eine Veränderung in meinem Büro, nämlich ein neues Teil – ein bildschöner Lehnstuhl aus rosa Korbgeflecht mit Kissen aus meerschaumgrünem Chintz. Nicole sah, daß ich ihn bewundernd anblickte. Wortlos begann ich Kaffee zu machen.

»Und?« fragte sie.

»Ich wußte gar nicht, daß man bei Talbot auch Möbel kriegt.«

Nicole ließ ihre üppigen Hüften in meinen Lederthron plumpsen und tätschelte die Kissen des feinen neuen Möbelstücks. »Er ist ziemlich bequem, Schätzchen. Überzeug' dich selber.«

»Für einen Zwerg aus Nantucket vielleicht. Was hast du denn mit dem anderen gemacht?«

Nicole lächelte strahlend und zirpte: »Den habe ich Ramon geschenkt. Der Arme hat solche Mühe, sich seine neue Wohnung einzurichten.«

»Er steckt bis über beide Ohren in Schulden«, erwiderte ich. Ramon war vor kurzem in eine riesige Dreizimmerwohnung umgezogen mit Balkon und ungehinderter Sicht auf den Fluß. Sie lag weit über seinen finanziellen Möglichkeiten, jedenfalls über denen, die er auf traditionelle Weise verdiente.

Nicole fragte spöttisch: »Hast du noch nie bis über beide Ohren dringesteckt?«

»Nur in der Liebe, Herzchen. Niemals in Schulden.«

Während der Kaffee durchlief, erzählte ich Nicole alles, was vorgefallen war, von dem Fest gestern abend bis zu der schrecklichen Entdeckung von Max Harkeys Leiche heute morgen.

»Oh nein, nicht schon wieder«, sagte sie, als ich fertig war. »Wage es ja nicht, dich da wieder einzumischen. Du weißt, daß das nur zu Schwierigkeiten führt.«

»Keine Angst, Nikki. Ich hab genug damit zu tun, meine Liebesgeschichte im richtigen Fahrwasser zu halten. Das hat jetzt absoluten Vorrang. Was den Mord betrifft, werde ich natürlich mit der Polizei zusammenarbeiten, aber die Miß Marple spiele ich nie wieder.«

»Gut. Und wann zieht jetzt Rafik bei dir ein?«

»Nikki, ich hab dir doch schon gesagt, daß das für uns keine Lösung ist.«

»Was hast du dann vor? Du kannst doch nicht so weitermachen, Stanley, daß ihr getrennt wohnt und du von ihm erwartest, daß er das akzeptiert. Er ist ein Mann, der ein Zuhause will.«

»Und eine Frau.«

»Da gibt's Schlimmeres.«

»Würdest du das machen?«

Nicole schwieg einen Moment, bevor sie antwortete. »Warum nicht, wenn's im Bett gut läuft oder wenn er droht, mich sonst zu verlassen.«

»Also, im Bett ist zur Zeit null, Herzchen. Und Rafik droht nicht, er handelt.«

»Stanley, verlier' ihn bloß nicht.«

»Ist das meine Entscheidung?«

»Allerdings. *Stand by your man.*«

»Klingt das nicht nach einem Liedertext, Herzchen? Steht mein Mann denn zu mir?«

»Im Augenblick braucht er dich. Das hast du ja zumindest zugegeben. Er hat eine Menge Streß. Kostet dich das denn so viel Überwindung, ihm jetzt eine Quelle des Trostes zu sein, ihm, der dich so liebt?«

»Irgendwie ist das aber auch unfair, daß ich ihn verhätscheln soll, aber nichts dafür zurückkriege.«

»Schätzchen, du klingst ja schon wie diese lächerlichen Leute, die um jeden Aspekt ihres Lebens schachern. Hier handelt es sich um Liebe. Liebe ist einfach. Paß auf, antworte mir mal nur mit ja oder nein. Überleg' nicht erst, antworte mir nur schnell. Möchtest du Rafik in deinem Leben?«

»Ja.«

»Möchtest du ihm jetzt helfen?«

»Ja, natürlich.«

»Gibt es irgend etwas, das das verhindern könnte? Ich meine einen wirklichen Grund, wie einen Ozean oder eine Behinderung oder fehlendes Geld.«

Ich wand mich. »Nein.«

»Dann mußt du tun, was notwendig ist, um ihm zu helfen.«

»Und wenn ich nichts dafür zurückkriege?«

»Was soll man dafür zurückkriegen? Stanley, wenn Liebe für dich bedeutet, daß man etwas zurückkriegt, dann solltest du das alles ganz schnell sein lassen und Finanzplanung studieren.«

Die Kaffeemaschine stieß ihren letzten Strahl heißen Wassers aus, was bedeutete, daß jetzt Kaffeezeit war. Ich rührte um, damit sich der stärkere Kaffee unten mit dem dünneren oben vermischte, und goß uns dann beiden ein Haferl ein. Nicole zog ihre Zigarettendose hervor und machte sie auf, und es kam eine Reihe von pastellfarbenen Stengeln mit goldenem Mundstück zum Vorschein, eine Mischung, die ihr ein benachbarter Tabakhändler zusammenstellte. Nach all meinen vergeblichen Versuchen zu rauchen, wußte sie genug, so daß sie mir keine anbot, aber sie zündete sich eine an und inhalierte den ersten tiefen Zug mit einem strahlenden Blick des reinsten Vergnügens. Ich für mein Teil wählte ein Stück Himbeerkuchen aus dem Kuchenpaket, das mir meine Mutter geschickt hatte. Nicole drohte mir mit dem Finger.

»Kalorien, Schätzchen. Mindestens fünfhundert.«

»Liebst du mich, liebst du auch meine Hüften, Herzchen.«

Das Telephon auf meinem Schreibtisch klingelte. Die Empfangsdame hatte mir jemanden anzukündigen, einen gewissen Lieutenant Branco vom Bostoner Polizeidepartement. Ich sagte ihr, daß ich sofort hinauskommen werde.

»Ich muß gehen, Herzchen. Mister Mittelmeer ist da.«

Nicole sah mich verdutzt an.

»Der Polyp, Herzchen. Lieutenant Branco. Groß, dunkel, gutaussehend, single. Erinnerst du dich?«

Nicoles Antwort kam plötzlich sehr animiert. »Und ob!« sagte sie. Dann rollte sie, die normalerweise ihren guten Tabak nicht vergeudet, das kleine Aschestück heikel von ihrer Zigarette ab und stupfte sie sorgfältig aus. Sie löschte eine Zigarette nie, indem sie sie ausdrückte, womit man ja normalerweise den Schaft verbiegt oder bricht und einen zerknautschten, verkohlten Stummel hinterläßt. Sogar der Abfall in Nicoles Aschenbecher zeigte, daß Rauchen für sie ein künstlerisches Erlebnis war.

Sie stand auf und schritt lebhaft zur Bürotür. »Also gehen wir, Schätzchen«, sagte sie ungeduldig.

Wir kehrten gemeinsam in den Laden zurück. Ich blickte über den ganzen Wirrwar hinweg, über die Waschbecken und Frisierstühle, die Haarschnipsel und Clips, und suchte mit den Augen das Empfangspult am Vordereingang. Und tatsächlich, da stand Lieutenant Branco, dieser italienische Hengst, in all seiner Glorie. Er sah aus, als sei er von all der Aktivität hier im Salon fast verwirrt, als sei seine Schönheit so natürlich und selbstverständlich, daß er gar nicht fassen könne, daß sie für niedriger ausgestattete Menschenwesen an einem bestimmten Ort geschaffen und ihnen aufgetragen werden müsse. Merkte er überhaupt, wie sehr er gesegnet war von den Architekten und Bildhauern des körperlichen Schicksals? Andererseits, wie hätte ihm das entgehen sollen?

Nicole eilte dahin, und ich hatte Mühe, an ihrer Seite zu bleiben, ohne in Trab zu fallen.

»Du hast ja heute wieder mal einen Gang drauf wie seinerzeit auf dem Laufsteg, was, Herzchen?«

»Ich mag eben die Polizei nicht warten lassen.«

»Äh, Nikki, ich glaube, er möchte mich verhören und nicht dich.«

»Ich will ihm ja auch nur Guten Tag sagen.«

»Wozu dann dieser Spurt?«

Nicole kam ein paar Sekunden vor mir bei Lieutenant Branco an, was ihr gerade genügte, um ihn als erste zu begrüßen.

»Sie waren ja ewig nicht mehr hier, Lieutenant«, sagte sie und streckte die Hand aus.

»Hatte furchtbar viel zu tun … Miß Albright, stimmt's?« Branco ergriff Nicoles Hand und schüttelte sie leicht.

»Stimmt, Lieutenant. Aber sagen Sie doch bitte Nicole zu mir.«

»Ich bin geschäftlich hier«, antwortete der Polizist.

»In Bezug auf Stanley, ja. Aber ich habe doch sicher nichts damit zu tun?«

»Nicht das Geringste, Ma'am.«

»Dann also, Lieutenant, sagen Sie bitte Nicole zu mir.«

Brancos Augen leuchteten auf. »Ein andermal sicher. Aber jetzt möchte ich mit Stan sprechen.«

Daß er meinen Namen aussprach, versetzte meinem Herzen einen kleinen Stoß, wie früher auch. Wenn Branco meinen Vornamen gebrauchte, war ich für ihn vielleicht doch mehr als nur so ein Zeuge oder Verdächtiger, der seinem Fall dienen konnte. Manchmal versuchte ich mir vorzustellen, wie es wohl wäre, mit ihm in einer engeren Beziehung zu stehen, die über das Verhältnis Polizist und hetero hier – Friseur und schwul dort hinausging, was ja seine allgemein sichtbaren Grenzen hatte. Aber für heute genügte es mir schon, ihn wieder Stan zu mir sagen zu hören.

Nicole fuhr fort: »Er gehört ganz Ihnen, Lieutenant. Aber gehen Sie bitte nicht, ohne sich von mir zu verabschieden.« Ihr Tonfall und das unterdrückte mädchenhafte Kichern, das folgte, zeigten, daß Nicole nichts Gutes im Sinn hatte.

Als sie an mir vorbeiging, murmelte ich sotto voce: »Man sieht dir genau an, worauf du aus bist, Herzchen.«

Sie ging davon, selbstsichere Anmut in jedem Schritt, trotz der zehn Zentimeter hohen Absätze ihrer Stöckelschuhe. Auch bemerkte ich einen gewissen Extra-Pepp im Schwung ihrer festen, üppigen Hüften. Dann sah ich, daß Branco ihrem Abgang mit größtem Interesse folgte, als finde er diese erneuerte Bekanntschaft mit Nicole auf ganz ungeschäftsmäßige Art und Weise anregend.

»Wir können uns in meinem Büro unterhalten, Lieutenant«, sagte ich und brach damit den Bann.

»Gut.«

Ich führte ihn wieder in mein Büro und bot ihm einen Kaffee an. Der frisch zubereitete Trank hatte den kleinen Raum mit einem angenehmen Aroma erfüllt, aber Branco lehnte mein Angebot ab. Seinem müden Gesichtsausdruck nach hätte er zwar, wie mir schien, eine Tasse Kaffee dringend gewollt und auch gebraucht, aber wenn er auch nur die geringste Gastfreundschaft von mir angenommen hätte, hätte das wohl den Ernst seines Besuches untergraben können, der ja schließlich ein polizeiliches Verhör war.

Branco schlug vor, daß wir uns setzten, ließ aber über die Verteilung der Sitzplätze keine Zweifel aufkommen. Er lagerte sich auf meinen Schreibtisch, das eine lange Bein auf den Boden gestemmt, das andere frei über der Tischkante baumelnd. Die Schärfe seiner Bügelfalten verhüllte nur unzureichend die Prallheit seiner Schenkel unter dem Stoff. Und seine schwarzen Schuhe, hochglanzpoliert und von seinen Füßen erwärmt, verströmten einen einladenden Ledergeruch. Daß Branco sich dort plaziert hatte, verwehrte mir jeden Gebrauch meines bequemen Schreibtischsessels, also fand ich mich damit ab, mich in den fragilen, neuen Korbstuhl zu setzen. Er knarzte und bog sich durch, um meine gut proportionierte Kehrseite in sich aufzunehmen, und auch als ich schon saß, sackte er noch weiter durch und wackelte unsicher. Ich hoffte nur, er werde nicht etwa zusammenbrechen. Also thronte Branco über mir, wobei meine Augenhöhe etwa auf seiner Gürtellinie lag. Der Sessel mochte ja etwas eng sein, aber die Aussicht hätte gar nicht besser sein können.

»Ich nehme an, Sie haben mit Ihrem Freund gesprochen«, sagte er.

»Mit welchem, Lieutenant?«

»Ihrem Liebhaber. Dem, der heute früh die Leiche gefunden hat.«

»Sie meinen Rafik? Mit dem rede ich oft.«

»Dann wissen Sie ja, daß er in diese Sache verwickelt ist.«

»Davon hat er mir nichts gesagt.«

Branco grunzte und sagte dann rundweg: »Also, jedenfalls ist er das.«

»Und was wollen Sie jetzt von mir?«

»Ich möchte, daß Sie mir sagen, was Sie darüber wissen.«

»Lieutenant, ich weiß gar nichts.«

»Dann reden Sie einfach. Erzählen Sie mir eine Geschichte. Vielleicht werden Sie überrascht sein, was dabei herauskommt.«

»Irgendeine Geschichte?«

»Fangen Sie mit heute früh an. Wieso sind Sie in Max Harkeys Wohnung aufgetaucht?«

»Rafik hat mich angerufen.«

»Und wann?«

»Um halb sieben.«

»Sie waren also nicht zusammen?«

Ich bewegte mich etwas, und der Stuhl knarzte. »Nein«, sagte ich.

»Haben Sie seinen Anruf erwartet?«

»Nein.«

»Ruft er Sie öfters um diese Zeit an?«

»Nein, nie.«

»Sehen Sie?« sagte Branco triumphierend. »Jetzt haben Sie mir schon einiges gesagt, was ich nicht wußte.«

Ich fragte mich, was ich so Bedeutendes gesagt haben mochte.

Er fuhr fort. »Wußten Sie, daß Rafik mit Toni di Natale zusammen war, als er anrief?«

»Er sagte mir nur, Max Harkey sei tot und die Polizei sei da.«

»Sie wußten also nicht, daß er mit dieser Frau zusammen war, der Dirigentin?«

»Nein.«

Branco schwieg, als wolle er das Aroma des Kaffees einatmen. Dann fragte er: »Warum waren Sie diese Nacht nicht zusammen?«

»Lieutenant, ich wüßte nicht, was Sie das angeht?«

»Geben Sie mir nur einfach Antwort. Es ist ja eine simple, direkte Frage. Warum haben Sie die letzte Nacht nicht mit Rafik Panossian verbracht?«

Ich verstand zwar nicht, warum das wichtig sein sollte, aber andererseits hatte ich auch nichts zu verbergen. Eigentlich wollte ich Branco sogar alles über mein Leben erzählen, einschließlich meiner Liebesprobleme.

»Okay, Lieutenant. Ich glaube zwar, daß Sie das alles sowieso schon wissen, aber bitte: Ich war gestern abend mit Rafik zu einem Abendessen eingeladen. Es fand in der Wohnung von Max Harkey statt. Rafik flirtete die ganze Zeit mit Toni di Natale. Es wurde immer ernster, und ich wurde eifersüchtig. Sehr eifersüchtig. Ich trank zu viel und konnte nicht mehr damit aufhören. Ich habe mich wirklich zum Narren gemacht, möglicherweise hat das auch die anderen Gäste verärgert oder amüsiert. Dann stolperte ich nach Hause und verbrachte den Rest der Nacht allein.«

Branco grunzte wieder.

Ich sagte: »Wenn Sie wollen, kann ich auch noch dazusagen, daß ich mich in den Schlaf geweint habe. Das ist mir schon sehr lange nicht mehr passiert. Vielleicht ist das ja für den Fall auch von Bedeutung.«

»Ich werde es mir notieren«, sagte der Polizeibeamte. Dann schnupperte er wieder in die Luft und sagte: »Vielleicht nehme ich nun doch eine Tasse Kaffee, wenn es nicht zu viel Mühe macht.«

»Keineswegs«, sagte ich. Doch als ich mich aus meinem Stuhl erheben wollte, merkte ich, daß er mich fest in seinem Korbgeflecht-Griff hatte. Ich mußte gegen die Seitenlehnen drücken, um sie aufzuspreizen. Das dünne Korbgeflecht ächzte leicht und knackte dann, als es sich gegen den Druck meiner Hände zur Wehr setzte. Endlich war ich frei. Kaum war ich aus dem gemeinen Stuhl draußen, gab ich ihm einen kräftigen Tritt, damit er mal sah, wer hier der Boss war. Ich entdeckte ein Lächeln auf Brancos Gesicht. Schwuler Clown gibt straightem Polizisten eine Vorstellung. Fand er mich lächerlich, oder amüsierte er sich wirklich?

Ich goß ihm ein Haferl Kaffee ein. Gerade als ich ihn fragen wollte, ob er Milch und Zucker wolle, sagte er: »Ich nehme ihn schwarz, danke.« Ich reichte ihm die Tasse, und dabei geschah es: seine Finger streiften die meinen. Es war gar nichts, überhaupt keine Absicht, reiner Zufall. Aber mich überraschte vor allem, wie warm seine Finger waren, sogar bei dieser so überaus kurzen, leichten Berührung. Und was mich auch überraschte, war, daß mein Herz einen mir wohlbekannten kleinen Sprung tat und ich jenes lebhafte Prickeln verspürte, von dem ich geglaubt hatte, daß es mir nur bei Rafik passiere.

»Macht's Ihnen was aus, wenn ich die Jacke ablege?« sagte der Polizeibeamte.

»Hier drin wird's manchmal etwas warm«, antwortete ich und öffnete eines der Fenster. Währenddessen zog Branco seinen Sportmantel aus und legte ihn über den großen Ledersessel. Das kleine Büro füllte sich rasch mit seinem Duft, einer berauschenden Mischung von wildem Balsam und sauberer gestärkter Baumwolle. Das paßte gut zu dem Kaffeegeruch.

Ich setzte mich jetzt auch auf den Schreibtisch, Branco gegenüber – ich hatte genug von dem lächerlichen Korbstuhl – und nahm die gleiche Pose ein wie er. Er trank von seinem Kaffee und nickte anerkennend. Ich kam mir wie ein braver Junge vor. Dann war er aber gleich wieder ganz Polizist.

»Wußten Sie denn, daß Ihr Liebhaber die Nacht mit Toni di Natale verbracht hat?«

Ich schwieg, während sich in meinem Magen ein Knoten bildete.

Branco sagte: »Ich sehe es Ihnen an, daß Sie das nicht wußten. Tut mir leid, daß Sie es so erfahren haben.«

»Das spielt für mich überhaupt keine Rolle«, sagte ich mit vernünftigen Worten und einem Herzen, das log.

»Sie haben vorhin zugegeben, daß Sie extrem eifersüchtig waren.«

»Das war etwas anderes.«

»Inwiefern?«

»Da ging es um Liebe. Aber ich kann mir nicht vorstellen, was das alles mit Max Harkeys Tod zu tun haben sollte.«

»Vielleicht gar nichts. Aber es kann auch sein, daß Sie mich mit Ihrer Eifersucht angelogen haben, obwohl Sie momentan sehr überzeugend wirken.«

»Entschuldigen Sie, daß ich Gefühle habe.«

»Wissen Sie, ich glaube, Sie brauchen gar nicht eifersüchtig zu sein. Ich glaube, es ist gut möglich, daß Toni di Natale dieses Verbrechen vorher geplant hatte und Ihren Liebhaber jetzt nur als Alibi benützt.«

»Aber das ist doch absurd, Lieutenant.«

»Ich versuche nur festzustellen, wie weit Sie in den Mord verwickelt sind.«

»Ich habe nichts damit zu tun.«

»Aber wenn Ihr Liebhaber ein Helfershelfer dabei ist, sagt mir der gesunde Menschenverstand, daß Sie auch mit drinhängen.«

»Warum buchten Sie uns dann nicht beide ein?«

Branco nippte an seinem Kaffee. »Schmeckt super«, sagte er. Dann schaute er mir direkt in die Augen, als er weitersprach: »Der Grund, warum ich weder Sie noch Ihren Liebhaber einbuchte, Kraychik, ist der, daß ich nicht den leisesten Beweis gegen einen von Ihnen in Händen habe.«

Jetzt war ich also wieder Kraychik, ganz geschäftlich von Mann zu Mann.

»Und was war Toni di Natales Motiv?«

»Das wissen wir noch nicht. Was wir allerdings wissen, ist, daß Max Harkey gerade mit ihr gebrochen hatte.«

Sie hatten also *tatsächlich* was miteinander gehabt. Ich erinnerte mich an den kurzen, aber häßlichen Wortwechsel zwischen Toni di Natale und Alissa Kortland abends an Max Harkeys Tisch, und an all die Anspielungen auf Sex.

Branco fuhr fort: »Aber was mir seltsam vorkommt ist,

daß sie die ganze Nacht mit Ihrem Freund verbracht haben will.«

»Vielen Dank, daß Sie mir die Schlagzeilen noch einmal reinreiben, Lieutenant.« Machte es ihm Spaß, mich zu quälen?

Branco sprach weiter. »Schauen Sie, an dem Alibi muß ja was faul sein. Warum sollte wohl eine attraktive Frau die Nacht mit einem Homosexuellen verbringen? Das klingt doch – also ich weiß nicht recht – irgendwie unglaubwürdig. Und Sie sagen mir jetzt, Sie seien nicht eifersüchtig. Das finde ich komisch. Sie sagten, gestern abend auf der Party seien Sie eifersüchtig gewesen. Sie behaupten sogar, daß Sie eine regelrechte Szene gemacht haben, eine bühnenreife Vorstellung. Daß Sie sogar Zeugen haben, die das bestätigen würden. Aber das ist doch Unsinn, daß man am Abend eifersüchtig ist und am nächsten Tag dann plötzlich nicht mehr. Können Sie mir folgen?«

Wenn man von meiner Eifersucht mal absah, hatte Branco keinen Grund anzunehmen, daß Frauen Rafik nicht attraktiv fanden, egal, ob er nun schwul war oder nicht. Zu meinem Dilemma gehörte ja gerade, daß es sehr wahrscheinlich war, daß Rafik und Toni di Natale *tatsächlich* die Nacht zusammen verbracht hatten, und ganz bestimmt auch noch mit größtem Genuß. Und jetzt versuchte Branco mir klarzumachen, daß das Ganze als Alibi geplant war, um sie – und mich – von jedem Verdacht in Bezug auf den Mord an Max Harkey zu befreien. Das war doch verrückt. Was versuchte Branco eigentlich zu beweisen? Worauf war er aus? Dann begriff ich plötzlich mit schmerzhafter Klarheit, was in meinem kleinen Büro vor sich gegangen war. Lieutenant Branco hatte mich die ganze Zeit manipuliert, hatte mit mir gespielt, genauso, wie es Rafik oft tat. Ich spürte, daß ich rot wurde. Alle beide hatten dieselbe Macht über mich, die Macht, mich vergessen zu lassen, wer ich war, und etwas Nützliches für sie zu sein, wie ein Bauer im Schachspiel, oder etwas Amüsantes, wie ein Spielzeug, aber jedenfalls gehorsam und verfügbar. Ich haßte mich dafür, daß ich so schwach war. Ich erkannte, was da gespielt wurde, und es brachte mich in Rage. Mir fiel die seltsame Befriedigung auf Brancos Gesicht wieder ein, als er heute morgen Toni di Natale verhaftet hatte. Es war höchste Zeit, ihm mal zu sagen, wie ich das alles sah, und da würde er jedenfalls nichts Nettes zu hören bekommen.

»Lieutenant, meiner Ansicht nach liegen Sie eventuell mit Ihrer ganzen Geschichte falsch. Ich sag' Ihnen jetzt mal meine Version der Sache, über die Sie ein bißchen nachdenken können. Sie haben Toni di Natale eingebuchtet, weil Sie das heiß fanden. Und jetzt kriegen Sie kalte Füße, weil sie mit einem schwulen Mann geschlafen haben könnte. Und dann sähen Sie alt aus.«

Brancos Gesicht wurde starr. Während langer stiller Augenblicke bewegte sich nichts in dem kleinen Raum. Wir atmeten beide nicht. Wir blinzelten nicht. Der ferne Verkehrslärm, der durch das offene Fenster drang, kam einem jetzt dröhnend laut vor. Dann stieß die Kaffeemaschine einen letzten geräuschvollen Dampfstrahl aus, als wolle sie damit eine Zäsur machen. Darauf sprach Branco.

»Es ist natürlich immer sehr unangenehm, wenn man erfährt, daß man dem Menschen, den man liebt, nicht alles bedeutet.«

Nach seiner Bemerkung bedauerte ich, was ich gesagt hatte. Ich wollte ihm heimzahlen, daß er mich verletzt hatte, wollte mich gegen seinen Angriff wehren. Aber er hatte meine pubertäre Phrasendrescherei durchschaut. Er hatte die wahre Botschaft hinter meinen Worten verstanden, nämlich die, daß die Nachricht von Rafiks Untreue mich tödlich verletzt hatte.

Branco trank seinen Kaffee aus und stand auf. »Wir sprechen uns noch«, sagte er. Er zog seinen Sportmantel an und machte die Türe auf. Dann drehte er sich noch einmal um und sagte: »Der Kaffee war ausgezeichnet.« Darauf ging er aus meinem Büro und verließ den Laden.

6. Du weißt doch gar nicht, was Liebe ist

Ursprünglich hatte ich vorgehabt, Rafik zum Abendessen eins seiner Lieblingsgerichte zu kochen: in Butter und Olivenöl geschmorte Hühnerbrüstchen mit frischem Rosmarin und gehackten Tomaten, überbacken mit einer dünnen Scheibe Montrachet-Käse. Ja, ich setzte darauf, daß das Essen uns wiederversöhnen würde. Aber dieses Mahl hatte ich geplant, bevor ich von Rafiks *nuit d'amour* mit Toni di Natale erfuhr. Jetzt war es mir ein Leichtes, auf tiefgekühlte Appetithappen und eine Calzone mit drei Käsesorten aus einer nahen Pizzeria umzudisponieren. Das war ja auch kein schlechtes Essen, aber es verblaßte doch im Vergleich zu meiner ursprünglichen Menüidee, die von Liebe inspiriert gewesen war. Und es wäre auch ein großer Unterschied zwischen diesen Fertiggerichten und dem kulinarischen Festessen bei Max Harkey, das erst 24 Stunden vorher stattgefunden hatte. Eine Zeitlang überlegte ich mir sogar, ob ich nicht alles lauwarm auftragen sollte, vor allem, als ich im Geiste die Ratschläge meiner Tante Letta hörte:

Niemals einem Mann ein warmes Essen kochen, wenn er etwas mit einer anderen Frau hatte. Niemals!

Wer hätte gedacht, daß ein Homosexueller jemals mit dieser Art von Ehelogik zu kämpfen hätte? Aber ich wurde doch milder gestimmt, während ich in der Küche werkelte, die tiefgefrorenen Appetithappen auf ein Kuchenblech legte und meinen Schlachtplan entwickelte. Und zwar geschah das, als ich zufällig einmal auf die Türe meines Kühlschranks schaute. Da sind Fotos und Postkarten und Magneten dran – manche erotisch, manche komisch, eben lauter Kleinigkeiten, die mir gefallen. Diese Sammlung ist mit der Zeit für mich einfach unsichtbar geworden, wie das bei den Sachen an Kühlschranktüren ja allgemein so ist, besonders bei denen, wo draufsteht: »Hast du jetzt wirklich Hunger?« oder, noch direkter: »NEIN!«

Was zu mir durchdrang, war ein Schnappschuß von Rafik und mir während unserer ersten gemeinsamen Hochzeitsreise. Wir hatten das Wochenende in Maine verbracht, und auf dem Foto waren wir am Strand zu sehen. Ein Passant hatte es für uns aufgenommen. So sehr Rafik und ich uns körperlich unterschieden, das Foto hätte als Beweis dafür hergenommen werden können, daß wir zusammengehörten. Da standen wir und umarmten uns wie zwei junge Kameraden im weißen Schaum der Brandung. Wir sahen so begeistert aus, daß ich fast wieder die Wellen hörte und die kalten Meerwassertropfen spürte, die von Rafik auf mich fielen, und die Sonne und das Salz auf seinem Unterarm schmeckte, den er mir um den Hals gelegt hatte. Eigentlich war es das reine Cliché, dieser Schnappschuß von zwei total verliebten Männern am Strand. Jeder Mann, der jemals einen Geliebten hatte, besitzt wahrscheinlich ein ganz ähnliches Foto. Fast ärgerte ich mich, daß es eine so starke Wirkung auf mich hatte. Aber genausogut wußte ich, daß ich genau *das* wieder so wollte. Ich wollte wieder so freudevolle Zeiten erleben wie damals, als das Zusammensein noch so einfach war, weil wir voneinander restlos verzaubert waren.

Während ich Salat machte, fragte ich mich, wie mein Leben wohl werden würde, wenn sich die Dinge diesmal nicht wieder einrenkten, und wir uns trennten. Mit sinkendem Mut erinnerte ich mich an mein Leben vor Rafik, wie ich versucht hatte, stark zu sein, um die Einsamkeit zu ertragen. Natürlich hatte ich verschiedene, rein praktische Methoden versucht, die Leere zu füllen – ich hatte Anzeigen aufgegeben und beantwortet, Verabredungen mit Unbekannten getroffen, die »verheiratete« Freunde von mir arrangierten, war zu Country-Western-Tanzabenden gegangen, Bridgeclubs beigetreten und hatte Bingo Partys besucht – aber das Ergebnis war gewöhnlich völlige Unvereinbarkeit oder gar schroffe Zurückweisung. Der Gedanke, mir mein soziales Umfeld selber zu schaffen, wirkte zunächst wie eine ganz vernünftige Lösung, war aber in Wirklichkeit so romantisch wie ein Job bei der Müllabfuhr. Um also meine ständig wachsende Frustration zu bewältigen, hatte ich mir eine ganz besondere Strategie aufgebaut, eine, die sich ausschließlich an den schönen Seiten des Lebens orientierte: Immer nur frohe Gedanken, Kopf hoch, nur zu, hilf dir selbst, dann hilft dir Gott, cha-cha-cha. Die Frage war nur, wohin führte mich eigentlich all meine temperamentvolle, unabhängige, positive, vorwärts gerichtete Aktivität?

Da erschien Rafik mit seiner Aura von Gefahr und hatte mich sofort erobert. Jede Sekunde mit ihm schickte einen Splitter meines vorigen Lebens in den hintersten Winkel meines Gedächtnisses oder gleich in die Vergessenheit. Und alles, was ich so verlor, schuf Raum für Neues – neue Gefühle, neue Eindrücke, neue Hochstimmung oder auch Zweifel. Aber daß diese erfrischenden neuen Erfahrungen so auf dem Vormarsch waren, hatte seltsamerweise auch die Nebenwirkung, daß meine alte Unabhängigkeit schwand, das Selbstvertrauen, das meine Stärke geworden war. Gelegentlich ertappte ich mich sogar bei dem Wunsch, Rafik möge, selbstsicher wie er war, für uns den Kurs unseres gemeinsamen Lebens bestimmen, genauso wie er auf geradezu magische Art die Qualen meiner körperlichen Bedürfnisse ausgelöscht hatte. Ich wußte, daß es für diese unterwürfige Haltung zahlreiche Fachbegriffe gab – Übertragung, Abhängigkeit, Fehlverhalten, Sadomasochismus, Liebe – aber tief im Herzen wußte ich auch, daß es die Tatsache, daß man sich einem anderen Menschen unterwarf, schon länger gab als sowohl die klassische als auch die New Age Psychologie mit ihren zugehörigen Etiketten. Schau'n Sie sich doch nur mal die Opern an, wenn Sie mir nicht glauben. So waren also Rafik und ich, aus welchem Grund auch immer, sei es bewußte Wahl, sei es unentrinnbares Schicksal, auf das engste verbunden, und es gab kein Zurück.

Die Türglocke riß mich aus meinen schlimmen Träumereien. Ich bemerkte erst jetzt, was ich getan hatte. Ich war so weit fertig gewesen, bis auf die Zwiebeln. Eigentlich hatte ich vorgehabt, papierdünne Ringe zu schneiden und auf den Salat zu geben, aber statt dessen hatte ich alles zu einem Brei von winzigen, nicht einmal reiskorngroßen Schnipseln zusammengeschnitten. Kein Wunder, daß mir die Tränen herunterliefen.

Vorsicht, warnte ich mich, sonst schafft er es mit seinem Charme, dich davon zu überzeugen, daß er einzig dir zuliebe mit Toni di Natale geschlafen hat, und daß er jetzt von dir erwartet, daß du ihm auch einen Gefallen tust. Sei stark, Stanley. Aber meine Versuche, mich künstlich gefeit zu machen, schwanden dahin, als ich die Tür öffnete und ihn da stehen sah. Als sei sein leibhaftiger Anblick noch nicht genug – müde von der Arbeit, in etwas schlaffer Haltung, mit erschöpftem Lächeln, die Augen aber strahlend wie immer – als sei das alles nicht mehr als genug, um mich zu erweichen, hatte dieser Schurke mir auch noch Blumen mitgebracht, und noch dazu meine Lieblingsblumen – einen ganzen Arm Feuerlilien. Was sollte ich machen? Wie hätte ich ihm böse sein können, wenn er so bei mir ankam?

Er trat ein, und wir umarmten uns. Ich spürte, daß er von mir Zärtlichkeit brauchte, genau das, was ich ihm heute morgen zu geben versäumt hatte. Ich hatte ja an mir selbst schon diese Tortur eines Polizeiverhörs erlebt, und wenn ich da einen Geliebten gehabt hätte, hätte ich auch gewollt, daß er mich tröstet und mir hilft, das Ganze zu vergessen. Und Rafik hatte ich das nicht gegeben. Also nahm ich mir vor, sämtliche Fehler, die der eine oder der andere von uns letzthin gemacht hatte, zu vergeben und zu vergessen. Doch da merkte ich, daß ich schon dachte wie ein Sonntagschullehrer.

Ich sagte ihm ins Ohr: »Du riechst aber gut.«

Rafik sagte: »Ich hab' in Studio noch geduscht.« Er schnupperte in die Luft. »Da bäckt doch etwas.«

Also wollte er im Endeffekt doch eine Frau! Aber na ja, was hätte ich auch sonst mit meinem Leben groß anfangen sollen?

»Ich bin im Laden zu spät losgekommen, um ein richtiges Essen zu kochen«, sagte ich, »aber ein bißchen was habe ich schon im Ofen.« Ich achtete darauf, mich nicht zu entschuldigen, nicht gleich nachzugeben, und doch spürte ich einen Stich von Schuldbewußtsein, daß ich ihm nicht eigenhändig eine richtige Mahlzeit zubereitet hatte.

Sugar Baby begrüßte ihn enthusiastisch wie immer, indem sie ihm beide Vorderpfoten um ein Bein legte und ihre Wangen dagegenstieß. Rafik ließ mich los und kniete sich hin, um auf einer Höhe mit ihr zu sein. Er hielt die Hand mit nach unten weisender Handfläche vor ihr aus, ungefähr fünfzehn Zentimeter über dem Boden, und sie sprang prompt darüber. Er hob die Hand ein paar Zentimeter höher, und sie sprang wieder. Das ging so weiter, bis seine Hand so hoch war, daß sich Sugar Baby auf keinen Sprung mehr einlassen wollte, woraufhin sie sich einfach hinwarf und auf dem Teppich wälzte, während er ihren seidigen Bauch kraulte. Dieses Kunststück hatte Rafik ihr beigebracht, kurz nachdem wir uns kennengelernt hatten, und bis jetzt machte Sugar Baby es nur bei ihm.

Wir tranken im Wohnzimmer Cocktails, was ja doch so aussah, als sei heute etwas Besonderes, obwohl ich noch nicht so recht wußte, worauf es hinauslief. Ich servierte die warme Vorspeise, nämlich kleine Teigtaschen mit verschiedenen Füllungen – Pilzragout, gehacktem Spinat und Kräuterkäse. In Armenien heißen sie *beoreg* – was etwa wie »börr-egg« ausgesprochen wird, mit stark gerollten »r«s. Rafik biß glücklich in eines hinein, und goldgelbe gebutterte Krümel von diesem Nomadengebäck fielen ihm von den Lippen auf den Teller.

»Schmeckt gut«, sagte er. »Aber deine sind besser.«

»Das hast du mir ja schließlich beigebracht«, antwortete ich mit einem bescheidenen Schulterzucken.

Nach und nach setzte sich die häusliche Harmonie wieder in ihr Recht. Deshalb kam ich auf etwas zu sprechen, was ich Rafik bisher vorenthalten hatte, denn schließlich war ich ja jetzt wieder die ergebene Ehefrau, die sich ständig um die Karriere ihres Mannes kümmert.

»Gestern abend bei Max Harkey habe ich zufällig einen

Streit mit angehört, von dem du meiner Ansicht nach wissen solltest.«

»Zwischen welche Leute?« sagte er und nahm sich das nächste *beoreg*.

»Max Harkey und Marshall Zander.«

»Mmmmmmh ...«

»Es ging um deine Arbeit.«

»Ach ja? Dann erzähle mir.«

»Max schien unerbittlich daran festzuhalten, sie aus dem Programm zu streichen.«

»Was heißt das, ›unerbittlich‹?«

»Entschlossen. Nicht davon abzubringen.«

»Unerbittlich«, sagte er mit französischem Akzent. Dann zuckte er die Schultern und seufzte. »Was hat jetzt für Bedeutung? Es wird nicht sein.«

»Das stimmt nicht, mein Heißgeliebter. Marshall Zander schien genauso unerbittlich entschlossen, deine neue Arbeit im Programm zu behalten.«

»Hah!« sagte Rafik. »Warum dann er hat gesagt die Polizei solche Sachen über mich? Er sagt, ich habe gemordet Max Harkey, weil meine neue Arbeit wird nicht gezeigt. Also die Polizei fragt mich, ob das ist wahr.«

»Du wußtest also davon?«

»Von Polizei, ja. Aber warum Marshall lügt bei ihnen über mich? Warum er haßt mich?«

Vielleicht ist das kein Haß, dachte ich, sondern das genaue Gegenteil.

»Zum Glück hat die Polizei ihm nicht geglaubt, Rafik. Sie haben Toni eingelocht und nicht dich.« Aber ich erinnerte mich auch daran, daß Branco heute nachmittag im Laden das Wort »Helfershelfer« gebraucht hatte.

Rafik sagte: »Die Polizei weiß, daß Max sie hat verlassen wegen eine andere. Deshalb sie denken, sie hat ihn dafür getötet.« Er schüttelte bestürzt den Kopf.

»Marshall Zander hat mir erzählt, daß du und Toni, als die Polizei kam, zusammen im Schlafzimmer wart.«

Rafik sah mich traurig an. »Wir nicht haben gewußt, was

tun wegen Max. Wir kommen dort, wir finden ihn so. Wir haben gehabt Angst.«

Ich stand auf, um nach der Calzone in der Backröhre zu sehen. Als ich aus dem Wohnzimmer ging, sagte ich: »Ich hoffe jedenfalls, daß du in der Sache nicht mit drinhängst.«

Rafik kam mir in die Küche nach. »Wegen irgend etwas du glaubst mir nicht, Stani.«

Ich kniete mich vor die offene Backröhre. »Aber nein«, sagte ich.

»Was ist geschehen?«

»Ich sag' dir doch, gar nichts. Ich wollte auch überhaupt nicht davon anfangen.«

»Hat jemand gesagt etwas?«

Ich schloß die Röhre wieder und stand auf, um ihm ins Gesicht zu sehen. »Die Polizei.«

»Was haben sie gesagt?«

»Es ging um dich und Toni.«

»Was?« sagte er mit einem betörenden, knabenhaften Lächeln und mit zu mir geöffneten, flehentlich erhobenen Händen. Vielleicht hätte ich, wenn er Demut und Unschuld nicht derartig dick aufgetragen hätte, die Sache auf sich beruhen lassen. So jedoch ließ Rafiks plötzliche Schauspielerei eine rote Fahne in mir hochgehen, und ich merkte sofort, daß er mir etwas verheimlichte.

»Also gut dann, Liebster. Sag mir, was gestern abend nach der Party weiter passiert ist.«

»Ich bin gegangen nach Hause, natürlich.«

»Bist du, natürlich. Warst du allein?«

Rafik schwieg. »Warum du fragst das?«

»Gib mir einfach nur eine Antwort, du Licht meiner Seele. Hast du letzte Nacht allein geschlafen?«

»Ja, habe ich«, sagte er matt.

Ich nahm die Teller aus dem Schrank und achtete darauf, daß ich dabei die Türe zuschlug. Dann knallte ich die Teller geräuschvoll auf die Tischplatte. Aber das beste war, wie ich das Besteck herausholte. Wissen Sie überhaupt, wieviel Lärm man machen kann, wenn man Messer und

Gabeln aus einem Besteckkasten holt? Falls ich jetzt der Auseinandersetzung, die ich hatte vermeiden wollen, ins Auge schauen mußte, dann sollte, so schien es, die ganze Küche vibrieren, so gewaltig war mein Ärger.

»Rafik, ich habe von der Polizei gehört, daß du und Toni die Nacht zusammen verbracht habt, daß du ihr Alibi bist.«

»So?« sagte er kühl. »Hast du noch nie die Nacht mit einer Frau verbracht?«

So ein schlauer Fuchs! »Nicht, wenn ich schon einen Liebhaber hatte. Und du hast doch gerade gesagt, daß du allein geschlafen hast.«

»Ich habe. Es ist nicht, was du denkst. Wir haben nicht geschlafen miteinander.«

»Rafik, ich kenn' doch dein Zimmer. Da gibt es ein Bett und einen Stuhl und einen Tisch.«

»Stani, glaube mir. Ich spreche nur mit ihr. Sie hat gebrochene Herz von Max. Du weißt, ich kann nicht ignorieren gebrochene Herz. Was wenn ich ignoriere dich? Wo wären wir jetzt?«

Vorsicht! Wachsam bleiben! Gib nicht acht auf das, was dieser anziehende Mann in deiner Küche sagt, um dich zu verwirren. Aber dann dachte ich an Clark Gable und Colette Colbert, und an das aufgehängte Bettuch, das in dem winzigen Hotelzimmer die Keuschheit aufrechterhalten hatte, und ich fragte mich, ob Rafik nicht am Ende doch die Wahrheit sprach.

Rafik fuhr fort: »Ich sehe von deine Augen, daß du möchtest mir glauben.«

»Sagen wir lieber, ich möchte dir lieber nicht glauben.«

Ich schaltete die Backröhre aus, und wir gingen wieder ins Wohnzimmer, um unsere Cocktails auszutrinken. Sugar Baby sprang Rafik auf den Schoß und stupste seine Hand an, um ein wenig Zuwendung zu bekommen. Die treue Ergebenheit meines eigenen Haustiers war umgeschwenkt. Ich beobachtete, wie sie ihn schamlos um Liebe anbettelte. Sie war von Rafik hingerissen. Vielleicht war das für mich ein extra Anschauungsunterricht.

Rafik sagte: »Vielleicht du solltest gehen mit andere Männer, damit du bist in Frieden mit mir.«

Mein Herz fing plötzlich an zu rasen, und in meinem Magen entstand ein Knoten.

»Ich will keine anderen Männer.«

»Vielleicht du lügst dich selber an.«

»Bei mir geht zwar einiges ziemlich durcheinander, Rafik, aber in dieser Hinsicht bin ich mir sicher. Ich will keine anderen Männer.« Aber kaum hatte ich das gesagt, erinnerte ich mich an das Herzklopfen, das ich heute vormittag gehabt hatte, als ich mit Lieutenant Branco in meinem kleinen Büro saß, und wie seine Berührung und sein Duft in mir eine ganz unerwartet starke Reaktion hervorriefen.

»Stani, ich werde reden ernst mit dir jetzt.«

Ich spürte, daß ich zu zittern anfing. »Nein, Rafik. Das ist nicht nötig.«

Aber er hob die Hand, um mich zum Schweigen zu bringen. »Es ist Zeit für Reden. Ich denke viel nach davon. Ich weiß, daß meine Arbeit macht oft ein Problem bei uns. So ich denke, du solltest vielleicht mich verlassen.«

»Nein!«

»Ich möchte nicht, aber du bist so unglücklich.«

»Ich bin nicht unglücklich. Ich bin halt nun einmal so.«

Es schockierte mich, Rafik über unsere Beziehung, über unsere Liebe reden zu hören, als sei das etwas, was man nach Belieben ein- und ausschalten könne. Was sollte ich jetzt also tun? Wollte er mich nicht mehr in seinem Leben? Solche Hindernisse im Reich der Liebe waren für mich offenbar zu kompliziert, zu gewollt. Aber schließlich bin ich auch nur Friseur. Rafik dagegen stand unter Mordverdacht, als wir uns kennenlernten.

»Rafik, das ist absurd. Ich möchte dich nicht verlieren.«

»Dann wir sollten zusammenziehen«, sagte er und grinste zufrieden.

»Ich hab dir doch schon öfter gesagt, ich kann nicht mit dir zusammenziehen, bevor nicht alle Gründe dagegen ausgeräumt sind.«

»Wir sollten sein zusammen.«

»Ich kenne dich noch nicht so gut.«

»Wie du kannst sagen so? Es ist mehr als ein Jahr.«

»Na gut. Sagen wir mal, wir ziehen zusammen, und dann kriegst du plötzlich ein unwiderstehliches Verlangen, mit jemandem zusammenzusein, während ich zu Hause auf dich warte. Oder noch schlimmer, was wäre, wenn du ihn in unser Bett mitgenommen hättest, und dann würden die Kissen nach ihm riechen. Deswegen kann ich nicht mit dir zusammenziehen.«

Nach dieser meiner Tirade war ein paar Minuten lang nur noch Sugar Babys lautes rhythmisches Schnurren auf Rafiks Schoß im Wohnzimmer zu hören. Sie reagierte immer auf starke Energieströme.

Rafik sagte leise: »Ich will mit niemand andere Sex haben.«

»Wie lange wird das dauern? Es muß ja irgendwann zu Ende gehen. Du wirst meiner müde werden und fremdgehen.«

»Was heißt das, ›fremdgehen‹?«

»Mit anderen Männern Sex haben.«

Er stieß heftig an die Kante des Kaffeetischs und ließ alles darauf wackeln. Der Lärm schreckte Sugar Baby auf, und sie sprang von seinem Schoß und schlingerte aus dem Wohnzimmer.

»Ich dir sage, Stani, ich werde niemals tun das!«

»Bei Danny hast du's doch auch getan.«

»Das war anders.«

»Es war dasselbe, was du jetzt auch willst – zwei Männer, die zusammenleben und behaupten, einander zu lieben.«

»Danny hat nicht geliebt mich. Ich war für ihn Dekoration, allen anderen zu zeigen.«

Faßte ich Rafik auch so auf? War meine Vergötterung nur eine Art von Dekoration? Ich wußte, daß das nicht stimmte.

»Rafik, ich möchte ja, daß wir zusammenziehen. Für mich ist das ein schöner Traum, den ich täglich träume. Ich könnte nur den Schmerz nicht ertragen, wenn es nicht klappen würde.« Ich spürte, daß sich meine Augen mit Tränen füllten, aber auf keinen Fall würde ich tatsächlich laut zu weinen anfangen, nicht, wenn Rafik da war.

»Es wird klappen, Stani. Ich werde immer dasein für dich.«

»Der letzte Mann, der mir das gesagt hat, verschwand zwei Tage nach unserem ersten Streit.«

»Dann er war ein schwaches Mann.«

»Er gab mir an allem die Schuld.«

»Ich werde niemals dir geben die Schuld an irgend etwas.«

»Er belog mich, lauter schöne Lügen, die ich glaubte.«

»Ich werde niemals lügen zu dir.«

»Das hat er auch gesagt.«

»Stani, du mußt mir glauben.«

»Das möchte ich ja, Rafik.«

»Wie kann ich dir beweisen?«

Ich zuckte mutlos die Schultern. »Ich weiß nicht. Was ich aber weiß, ist, daß ich dich in meinem Leben haben will, solange auch nur eine Zelle meines Körpers noch Bewußtsein hat. Aber ich muß glauben können, daß du das auch willst. Es ist einfach, zu sagen ›ich liebe dich, ich liebe dich, ich liebe dich‹, und es ist genauso einfach, den Namen von jemandem zu vergessen.«

»Ich werde machen, daß du glaubst mir.«

Die Küchenuhr schrillte. Ich sah Rafik an. Seine Augen blickten mir warm entgegen, und sein Gesicht lächelte ruhig. Warum kamen bei ihm die Gefühle immer so sicher, so ruhig, so männlich, während sie sich bei mir drohend auftürmten wie ein Vulkan und zu groß für mich schienen. Doch trotz all meines leidenschaftlichen Gelärmes kam ich mir minderwertiger vor.

»Jetzt essen wir erst mal«, sagte ich.

In meinem kleinen Eßzimmer aßen wir Calzone und Salat. Wir sprachen lange nicht, als fürchteten wir uns beide, noch etwas über den Mord an Max Harkey oder über Toni di Natale zu sagen. Aber schließlich, was sonst zerrüttete denn momentan unser Leben? Ja sicher nicht der Winterschlußverkauf bei Bloomindale's.

Rafik sprach als erster. »Toni hätte nicht gekonnt zu tun, was die Polizei sagt.«

»Warum nicht?«

»Sie ist eine große Künstlerin. Sie könnte nicht töten jemand.«

»Wenn ich mich recht erinnere, lebte Floria Tosca nur für die Kunst und für die Liebe, und trotzdem hat sie's ganz gut hingekriegt, den Scarpia niederzumetzeln.«

»Das ist nur Oper«, sagte er.

War es meine Aufgabe, Rafik zu sagen, daß das auch sein Leben war?

»Was kann man da jetzt machen?« sagte ich. »Toni hat einen sehr guten Anwalt.«

Rafik legte seine Hand auf meine und sah mich mit seinen süßen karamellbraunen Augen fest an. »Vielleicht du kannst für sie helfen?«

»Was?«

»Du weißt noch, wie du früher geholfen hast für mich?«

»Ich möchte mich nicht wieder einmischen.«

»Was würde sein, wenn du hättest nicht geholfen damals für mich? Ich wäre vielleicht in Gefängnis.«

»Rafik, ich kann für sie doch gar nichts tun.«

»Wenn du liebst mich, Stani, dann du hilfst für sie.«

Hübsches Ultimatum. Da fielen mir Nicoles Worte von heute morgen wieder ein: Steh zu deinem Mann. Na denn, was soll man da machen, wenn einem die zwei engsten Freunde, die man hat, sagen, wie man das in die Tat umsetzen soll? In meinem Kopf erhob sich ein Wirbelsturm, und meine große Frage war, warum Rafik so viel an dieser Frau lag. Brauchte ich vielleicht diese Art von Stimulation, um mich lebendig zu fühlen, um stark zu sein, um mein besseres Ich wieder die Oberhand gewinnen zu lassen? Ich dachte ja eigentlich, daß die treibenden Kräfte in meinem Leben Romantik und Sicherheit waren, aber offensichtlich spornte mich Blutdurst viel mehr an. Vielleicht war mehr Macho in mir, als ich dachte.

Sobald ich der Sache einmal ins Auge geblickt hatte, kam die Antwort schnell und leicht: ich würde helfen. Aber nicht, um Rafik einen Gefallen zu tun. So selbstlos war ich nun auch wieder nicht. Ich hatte ein anderes Motiv. Ich würde es um meines eigenen Seelenfriedens willen tun, denn wenn Toni frei von Schuld dastand und Rafik wählen konnte, würde ich ja endlich herausfinden, ob seine Liebe zu mir echt oder vergänglich war, und was er wirklich wollte – Mann oder Frau.

»Okay«, sagte ich. »Ich werd' sehen, was ich tun kann.«

»Oh, Stani, *merci*, *merci*!«

»Küss' mir jetzt nicht die Hände, sondern sag mir bitte mal eines.«

»Alles. Was du willst hören.«

»Willst du mich verlieren?«

Sogar bei dem Kerzenlicht sah ich, wie er blaß wurde.

»Es wird nicht geschehen! Ich werde beschützen dich.«

»Rafik, ich weiß deine Ritterlichkeit sehr zu schätzen, aber ich spreche jetzt gar nicht von einer körperlichen Gefahr.« Doch als ich das sagte, erkannte ich mit einem kleinen Schauder, daß diese ganze lächerliche Mission tatsächlich in jedem Augenblick für mich tödlich ausgehen konnte. Schließlich lief der Mörder noch frei herum.

»Ich meinte«, sagte ich und schluckte trocken, »wenn Toni freikommt, wird deine Beziehung zu ihr sich vielleicht dazu entwickeln, daß sie mich ausschließt.«

Rafik sah verwirrt aus. »Ich verstehe nicht.«

»Kann sein, daß du mich verläßt, Rafik.«

Das nächste Wort sprach er aus wie einen heiligen Eid.

»Niemals.«

Mir begann das Herz heftig zu klopfen, es klang mir in den Ohren, in Hals und Kopf spürte ich Druck, und zudem sah ich Punkte in dem warmen Licht.

»Bis zu Tod«, fügte er hinzu.

Vielleicht hatte Rafik nur meinen Glauben an ihn festigen wollen, aber irgendwie war es ihm statt dessen gelungen, mir ganz unerwartet einen tödlichen Schrecken einzujagen, wie er da vor mir saß, die scharfen Kanten seines Gesichts von dem flackernden Licht beleuchtet, und so feierlich sprach.

»Möchtest du Nachtisch?« fragte ich. Essen, Essen, Essen. In einem schlimmen Moment mußte immer Essen als Retter kommen. Fast wie bei den Engländern mit ihrem ewigen Tee.

Rafik schüttelte den Kopf. »Gehen wir in Bett.«

Als wir ins Schlafzimmer kamen, hatte sich Sugar Baby schon zwischen den Kissen am Kopfende des Betts niedergelassen. Rafik stieß mich auf die weichgepolsterte Decke.

»Jetzt ich werde dir zeigen, wie sehr ich liebe dich«, sagte er.

»Ziehen wir uns aus.«

»Nein«, sagte er. »Du wirst liegen still, und ich werde dich lieben.«

»Aber-?«

»Schschsch ...«

Und so fing er also an.

Er knöpfte mir das Hemd auf und schob sein Gesicht hinein, leckte mir über die Haut, suchte sich einen Weg in eine Achselhöhle, zog mit den Lippen an den Haaren dort. (Deshalb *muß* man einfach eine Alternative zu den giftigen Deodorants finden.) Währenddessen waren seine cleveren Hände schon damit beschäftigt, andere Knöpfe und Schnallen aufzumachen. Ich hatte das Hemd immer noch an, während er sich wieder auf meine Brust zurück wühlte, zwischendurch an einer Brustwarze knabberte und dann weiter nach unten glitt, wo die lustvollen Regionen liegen.

Mit seiner stahlharten Nase stieß Rafik in meine Unterhosen vor und stöberte dort eine Weile herum. Als er wieder hervorkam, fühlte ich, wie er Unterhose und Hose mit den Zähnen packte. Dann schüttelte er den Kopf wie ein Tier und zog und zerrte mit dem Kiefer, bis er mir beides vom Leib gezogen hatte, ohne auch nur einmal die Hände zu Hilfe zu nehmen. Oh, wie angenehm war die kühle Luft auf der Haut!

Der zweite Teil begann bei meinen Füßen, wo er mit Zunge und Lippen alle zehn Zehen liebkoste und dann kundig mit spitzer Zunge Linien über alle Oberflächen meiner Füße zog, vor allem über die Sohlen. (Zum Glück hatte ich vorher geduscht.) Dann stieg Rafik höher herauf und blieb zu einem ausgiebigen Knabbern an meinen Waden hängen, gleichzeitig drehte er seinen Körper so, daß seine Erektion weiter an meinen Füßen herumspielen konnte und sich sogar zwischen meine Zehen schob und einen kleinen Extrafick stieß. Wie kann ein Penis nur so geschickt sein?

Endlich fanden Rafiks Lippen ihren Weg zu meinen Schenkeln, wo er eine Weile blieb. Lippen und Zunge und Zähne unterhielten sich frei mit dem zarten Fleisch auf der Innenseite meiner Schenkel, während sein harter Schwanz noch immer mit meinen Zehen spielte. Er leckte und kaute und drückte nur wenige Millimeter von der eigentlichen Goldader entfernt, blies seinen heißen Atem darüber, spielte außen herum, kam aber kein einziges Mal wirklich mit der Außenstation meiner Sexualität in Kontakt. Diese Qual ließ meine Rute in wilder Vorwegnahme pulsieren und tröpfeln, begierig auf seine Lippen und seine Zunge, begierig auf das, wozu es anscheinend überhaupt nicht mehr kommen wollte.

Ich fragte mich: Treibt es ein Helfershelfer auf diese Art und Weise? Dann fragte ich mich: Warum fällt es mir so leicht, ihn für schuldig zu halten und nicht für unschuldig? Aber schließlich überließ ich mich nur noch der puren Einfachheit dessen, was er tat, was er ausdrückte, wie er da arglos einen tiefen verlorenen Teil von mir mit einem kühnen und präsenten Teil von sich ansprach – einer Hand, einer Lippe, einer Schulter, einem Schenkel, egal was. Es wurde ihm zurückgegeben mit elektrischen Entladungen, mit kleinen Funken, die größer wurden und so hell wie kleine Blitze und meine Muskeln schnell zittern und dann beben und schließlich wild und unkontrolliert schütteln ließen. Und als Rafik meinen Körper erst mal in diesen Zustand kleiner Elektroschocks gebracht hatte, spielte er damit, improvisierte, suchte sich einen Weg durch die Wellen und Strudel der Lust und zwang meine Lungen zu ganzen Kaskaden von Seufzern und zitterndem Stöhnen vor lauter Staunen und Lust. Ich hörte mich sagen: »Du liebst mich doch. Du liebst mich doch.« Und unmittelbar bevor ich von der Erde entschwebte, bemerkte ich noch, daß dieser Satz geklaut war.

So ungefähr neun Tage später, als das Drama seinen Lauf genommen und ich das Bewußtsein wiedererlangt hatte, rieb Rafik mir den Bauch sanft mit einem Handtuch ab. Rein physisch hatte ich mich völlig verausgabt, und doch empfand ich etwas Seltsames, ein unbestimmtes Gefühl der Fülle, als sei ich jetzt vollständiger als vor dem Sex. Vielleicht war das das Nachglühen. Doch dann bemerkte ich, daß ich trotz Rafiks olympiadereifen Handhabungen gar nicht gekommen war. Und obwohl er meinen Bauch mit seinem Erguß überströmt hatte, hatte ich meinen für gewöhnlich reichlichen Orgasmus verinnerlicht und einbehalten. Also, so wunderbar unser Sex auch gewesen sein mochte, so kommt man als Mann ja normalerweise nicht, und einen Moment beunruhigte mich das auch. Raubte mir Rafik jetzt auch noch die genitale Lust? Und was kam dann? Vielleicht keine Erektion mehr? Oder hatte er mich endlich weit über die mageren Gefühle, die so ein baumelndes Anhängsel bereiten kann, hinausgeführt in die höheren Ekstasen der Seele?

»Ich habe ja gar nichts für dich getan«, sagte ich.

»Du hast mich tun lassen das für dich«, antwortete Rafik, als sei es für ihn Lust genug, meinen Körper zu verzaubern. »Und du machst schon Liebe mit mir, wie du hast gesagt, du wirst helfen Toni.«

In der Wärme seiner Gegenwart und dem tiefen Schnurren Sugar Babys, die zu unseren Köpfen lag, fragte ich mich, war das nun Liebe?

Später in der Nacht wachte ich ruhig auf. Im Mondlicht sah ich, wie Rafik und Sugar Baby zusammen atmeten, immer zwei Atemzüge von ihr auf einen von ihm. Es war mir unbegreiflich, wie Rafik es schaffte, die gelegentlichen Schrecknisse des Lebens in schöpferische Kräfte umzuschaffen. Wie konnte ein Mensch nach so einem Tag, wie er ihn gehabt hatte, nur solche Dinge im Bett vollbringen? Bei unserem Liebesspiel war er inspiriert und nicht erschöpft gewesen. Es lag etwas beunruhigend Göttliches in der Art und Weise, wie er den Schutt der Welt, mit dem er täglich zu tun hatte, verwandeln konnte. Vielleicht war es letztendlich das, was den Künstler vom normalen Sterblichen trennte: der gewöhnliche Mensch widersteht den alltäglichen Umständen oder ignoriert sie oder flieht vor ihnen, während der Künstler sie packt, egal, wie sie gerade sein mögen, und etwas daraus zu machen sucht.

Ich beschloß, mir meinen künstlerischen Liebhaber zum Vorbild zu nehmen. Auch ich würde die Umstände, nämlich die von Max Harkeys Tod, als eine Gelegenheit nehmen, mich selber mit Haut und Haaren einzubringen, bis ich den Mörder gefunden hatte. Das wäre dann speziell meine künstlerische Schöpfung. Und mit dieser Entscheidung fand ich für den Augenblick inneren Frieden.

7. Für den, den ich liebe

Am nächsten Morgen sollte Rafik im Ballettstudio die Profiklasse unterrichten, deshalb standen wir beide früh auf. Während er duschte und die Wohnung mit dem dampfenden Duft von wildem Farn erfüllte, machte ich für uns das Frühstück, und zwar zu den Klängen eines alten Fanny-Brice-Songs, der genau das Bild häuslichen Glücks beschrieb, das wir im Augenblick abgaben. Der ganze Unterschied war nur, daß ich für Rafik kein »warmes Essen« zubereitete, sondern französischen Toast. Während ich mich in der kleinen Küche bewegte, mitsang und die Hüften und Schultern im raschen Takt der Musik schwang, beobachtete mich Sugar Baby müde von einem der hohen Stühle aus.

Ich hatte gerade alles auf der Tischplatte, als Rafik eintrat, noch ganz gerötet und feucht und sauber rasiert, mit einem weißen Baumwollhemd, das ihm über die Khakihosen hing, und dicken weißen Socken an den Füßen. (Rafik setzte sich nie mit nacktem Oberkörper zu Tisch.) Mit seiner adlerschnabelscharfen Nase sog er prüfend die Luft in der Küche ein, die ich schon mit den angenehmen Morgendüften von Kaffee und knusprigem Toastbrot hatte erfüllen können.

»Köstlich«, sagte er nach einem tiefen Atemzug.

Aber für meine Nase war der Duft noch viel anziehender, den Rafik in die Küche gebracht hatte mit seiner saubergeschrubbten Haut und dem feuchten Haar, das nach wilden Waldpflanzen roch. Ich streckte ihm die Arme entgegen, und wir umhalsten uns wie zwei Jungfrauen, die gerade die erste Nacht miteinander verbracht haben.

Sugar Baby sah uns so umschlungen dastehen. Sie drehte ihr Katzengesicht erst so, dann so und sagte dann: »Gwau?« Obwohl mein Mädchen einen etwas beschränkten Wortschatz besitzt, kann sie sich doch immer verständlich machen, so wie jetzt: Wann fütterst du mich?

Beim Frühstück sagte ich zu Rafik, ich müsse mit verschiedenen Leuten vom Boston City Ballet reden, vor allem mit denen, die vorgestern abend bei Max Harkeys Essen dabeigewesen seien, falls ich irgendwelche Fortschritte bei meiner Aufgabe machen wollte, Toni di Natale aus dem Gefängnis zu holen. Rafik willigte ein, mir zu helfen, so gut er konnte. Aber dann fügte er doch hinzu: »Du wirst sein diskret, natürlich.«

Das versprach ich ihm ... zu versuchen allerdings nur. Wir beendeten das Frühstück, und Rafik ging los zum BCB. Und ich, wie immer die verantwortungsvolle Ehefrau, wusch das Geschirr, dann machte ich mich fertig, um dem Tag entgegenzutreten – nachdem ich meine Lieblingskatze gefüttert hatte.

Als ich im Snips ankam, nahm ich Nicole mit ins Büro und brachte sie auf den neuesten Stand der Ereignisse. Wie immer reagierte sie kühl.

»Ich bin dagegen.«

Ich zuckte die Schultern. »Aber ich muß es tun, Herzchen.«

»Wie kommst du nur auf die Idee, daß du, wenn du dich in einen Mordfall einmischst, deine romantischen Probleme lösen kannst – noch dazu, nachdem du sie dir selber geschaffen hast, wie ich hinzufügen möchte?«

»Es ist das Einzige, womit ich mich Rafiks Liebe versichern kann.«

Sie schüttelte verächtlich den Kopf.

Ich fuhr fort: »Gestern nacht haben wir zusammen geschlafen, Nikki.«

»Und?«

»Es war seltsam, fast beängstigend.«

Nicole sagte: »Vielleicht solltest du das mal so einem Briefonkel bei der Zeitung schreiben. Macht ja sonst auch jeder.«

»Nein, Nikki. Diesmal war es ganz anders. Ich habe mehr gefühlt als je zuvor.«

»Scheiße! Was denn?«

»Kann ich nicht erklären. Eine Art Verlagerung.«

»Stanley, wovon redest du denn da? Verlagerung, wohin?«

»Überallhin. Nirgends.«

Sie schüttelte bedauernd den Kopf. »Mein Lieber, du solltest einfach froh sein, daß dein Liebhaber dich immer noch so in Fahrt bringen kann, anstatt zu analysieren, was da geschehen ist.«

»Herzchen, ich sag' dir doch, das war diesmal ganz was anderes. Ich bin nicht mal gekommen, jedenfalls nicht so wie sonst. Es war, als würde alles nur in mir passieren und nicht wirklich körperlich.«

»Soll das heißen, daß du jetzt verstehst, wie eine Frau empfindet?«

»Nein, da ja die Frauen inzwischen das Ejakulieren gelernt haben. Was ich mich frage, ist nur, ob Rafik und ich jetzt endlich unsere Körper transzendiert haben, um eine höhere Art von Sex zu erleben, eine, die nur noch in der Seele stattfindet. Haben wir am Ende die Grenzen der körperlichen Liebe überwunden?«

Nicole nahm ein paar Schluck von ihrem sahnegekrönten Kaffee.

»Schätzchen, nimm's mir nicht übel, aber ich weiß wirklich nicht, wovon du sprichst. Wenn du nicht weißt, was du Rafik gegenüber für Gefühle hast, solltest du vielleicht lieber mal in dir selber nachforschen, anstatt diesen Test zwischen ihm und dieser Frau zu veranstalten. Du setzt ja deine ganze Zukunft darauf, ob er dieses kleine Quiz, das du dir da ganz eigenmächtig ausgedacht hast, besteht oder nicht.«

»Das stimmt nicht, Nikki. Ich muß einfach wissen, ob Rafik mich für die Liebe will – so wie ich bin – und zwar bedingungslos. Oder ob ich für ihn nur ein Spielzeug bin. Ich weiß, perfekt bin ich nicht. Meistens bin ich nicht einmal intelligent. Aber ich hab das Gefühl, daß sich mir hier eine winzige Gelegenheit bietet, doch mal ein Stückchen Wahrheit über mein Leben zu erfahren.«

»Mir scheint es ein Kartenhaus zu sein.«

»Vielleicht«, sagte ich mit einem traurigen kleinen Seufzer. »Aber nur zu deiner Information, ich verspreche, daß ich es immerhin für Rafik baue.«

Ohne auf meinen blöden Witz zu achten, sagte Nicole: »Und nur zu deiner Information, ich denke, daß du ins Verderben rennst.«

»Sei's drum.«

»Und wie steht's mit deiner Arbeit hier im Salon?«

»Die Büroarbeit mach' ich eh schon großenteils nach meiner Arbeitszeit.«

»Dann hast du ja tatsächlich schon alles berechnet.«

»Wohl kaum«, sagte ich.

Nicole trank ihren Kaffee aus, stand auf und ging zur Tür. Sie drehte sich noch einmal zu mir um und sagte: »Wahrscheinlich soll ich dir jetzt als deine Freundin bei deiner Gralssuche auch noch Hilfe anbieten.«

»Danke, Herzchen.«

Sie schüttelte zweifelnd den Kopf. »Also dann, viel Glück«, sagte sie und schloß die Türe.

Ich erledigte die dringendsten Arbeiten, die auf meinem Schreibtisch lagen, und verließ ein paar Stunden später den Salon. Als ich zu den Studios des Boston City Ballet kam, sah ich, daß die Polizei hier gerade mit ihrer Arbeit fertig war und das Gebäude verließ. Ich trat durch den Haupteingang, wo mich Lieutenant Branco sah und zu sich hinüberwinkte.

»Sie sehen heute aber fidel aus«, sagte er. »Dann muß also bei Ihnen zu Hause wieder alles in Ordnung sein.« Darauf hob er eine Augenbraue, wie um seine einfache Bemerkung mit einem Fragezeichen zu versehen.

»Ja, alles bestens, Lieutenant«, erwiderte ich mit einer kleinen Schärfe in der Stimme, um Brancos allwissender Attitude und seinem polypenmäßigen Scharfblick in Hinsicht auf mein Privatleben zu kontern.

Er sprach: »Ich würde mich gerne mal ein bißchen mit Ihnen auf dem Revier unterhalten, wenn Sie Gelegenheit haben.«

Eine so zwanglose Einladung von einem Mann der Polizei zu einem Verhör ist ja nicht gerade das Übliche, deshalb fragte ich mich sofort, was er wohl mit mir vorhabe.

»Im Moment hätte ich gerade ein bißchen Zeit«, sagte ich.

Branco entgegnete: »Aber ich nicht. Eilt nicht so sehr, aber kommen Sie trotzdem bald mal.«

Ich lief die breite Treppe zur großen Eingangshalle hinauf, wobei ich mit meinen starken slawischen Beinen immer zwei Stufen auf einmal nahm. Droben sah ich Tänzer und Arbeiter in kleinen Gruppen in der weiten Halle mit der Lichtkuppel herumstehen. Trotz des allgemeinen Gewirrs von Stimmen hörte ich eine mit ihrem unverkennbar schrillen Staccato alle anderen übertönen. Und dann sah ich auch Madame Rubinskaya nervös mit einem jungen Mann reden, der schweißdurchtränkte Übungskleidung trug, auf dem Boden saß, Kaffee trank und ein hartes Ei aß – also offenbar ein Tänzer.

»*Bozhe*!« murmelte die alte Frau, zu ihm gewandt. »Sie fragen zu viel Fragen. Zu viel. Zu viel.«

Madame Rubinskayas ewiges Genörgel mußte den jungen Mann schon ganz schön ermüdet haben, denn er sah mir mit hoffnungsvollen Augen entgegen, als könne ich ihn vielleicht davor retten, die alte Dame weiter bei Laune halten zu müssen. Auch Madame hatte meine Ankunft gespürt, sei es, weil der junge Mann zu mir schaute, sei es, weil sie die physische Energie meines Herannahens fühlte, jedenfalls drehte sie sich um und blickte mich mit ihren wässrigen blaßblauen Augen an.

»Endlich Sie kommen«, sagte sie mit großer Erleichterung. »Rafik sagt, Sie wollen helfen uns, *Gott sei Dank*.«

»Hoffentlich kann ich das auch«, sagte ich.

»Sie müssen«, sagte sie, wobei sie ihre Stimme zu einem hühnerhaften Gackern erhob. »Polizei hat viele Fragen aber kein einzige Antwort. Ich will wissen, wer hat das angetan Maxi. Wer kann sein eine solche Monster?« Madame warf den Kopf zurück und hob bei geschlossenen Augen und geöffnetem Mund das Handgelenk zur Stirn in einem pantomimischen Klischee aus dem Melodrama des 19. Jahrhunderts. Sie jammerte in einem leise abfallenden Glissando, das in einem kleinen Keuchen endete. Ich weiß nicht, was sie mit diesen Gesten bewirken wollte, aber in mir riefen sie keinerlei Sympathie und nicht einmal ein unterdrücktes Lächeln hervor. Statt dessen weckten sie einen unbestimmten Verdacht, und ich fragte mich, was sie wohl verbergen mochte. Ich erinnerte mich an den Abend der Party, als sie und Max Harkey ganz offen eine Meinungsverschiedenheit über den Programmwechsel gehabt hatten, den er in Bezug auf ihre junge Nichte vorgeschlagen hatte. Madame hatte nach diesem Vorfall abrupt das Fest verlassen. Sie hatte behauptet, müde zu sein, aber sie war ganz offensichtlich eher wütend als erschöpft. Konnte diese kleine Meinungsverschiedenheit vor so vielen Zeugen die alte Dame dazu gebracht haben, Max Harkey umzubringen? Sehr unwahrscheinlich. Dazu war das doch nicht wichtig genug. Da durchbrach wieder ihre Stimme meine abschweifenden Gedanken.

»So«, sagte sie. Ich sah, daß sie ihre Fassung wiedergewonnen hatte, vielleicht, weil ihre antiquierte Schauspielerei so wenig Anklang bei mir gefunden hatte. »Rafik probt gerade.« Sie zeigte auf einen breiten, mit Teppichboden belegten Korridor vor der großen Eingangshalle. »Sie werden ihn finden dort.« Ich wollte ihr gerade erklären, daß ich gar nicht zu Rafik wollte, aber sie hatte sich schon abgewandt und ging in die entgegengesetzte Richtung davon. Ich stand dumm da und überlegte mir, wie ich sie wieder zurückholen könnte, aber mir fiel nichts ein. An Miss Marple war offenbar eine Lobotomie vorgenommen worden.

Obwohl ich also ursprünglich nicht vorgehabt hatte, Rafik aufzusuchen, ging ich jetzt in die Richtung, die Madame Rubinskaya mir angezeigt hatte. Vielleicht würde mich der Anblick meines Geliebten zu erfolgreicheren Nachforschungsmethoden inspirieren, damit ich doch noch Perry Mason, meinem eigentlichen Helden, nacheifern konnte. Nebenbei würde ich, wenn ich mich denn so weit erniedrigen wollte, vielleicht sogar einen Blick auf die neue Choreographie werfen können, mit der Rafik so heimlich tat. Und tatsächlich, einer der Vorhänge, die normalerweise die hohen Fenster vor dem Probenraum verdeckten, war nicht ganz geschlossen. Ein ungefähr zwanzig Zentimeter breiter Spalt stand offen und erlaubte mir, unbemerkt hineinzuschauen.

Rafik zeigte gerade Scott Molloy und Alissa Kortland ein paar komplizierte Bewegungen. Die beiden Tänzer trugen Catsuits und Trikots, Rafik dagegen noch immer sein

Hemd und die Khakihosen. Ich beobachtete, wie er die Luft mit seinen starken Armen und Beinen und seinem Rumpf formte, sie mit derselben Liebe und Überzeugung modellierte wie ein meisterhafter Bildhauer. Jede Bewegung und jede Geste, die er machte, schien über die Grenzen seines Körpers hinauszuschießen und bis in die Unendlichkeit zu reichen. Er bewegte sich so, wie es ihm seine Traumwelt eingab; wenn er auf die Grenzen traf, die die reale Welt ihm setzte, fror er seine Bewegung jedesmal ein und erklärte den beiden Tänzern seine Absicht. Sie nickten zustimmend und ahmten Rafiks Bewegungen im Kleinen nach. Danach kehrte Rafik in seine ätherische Welt zurück und machte sich wieder daran, den Raum um sich herum neu zu definieren. In der Kunst schöpferisch tätig zu sein, das war offenbar ein ständiges Pendeln zwischen göttlicher Kraft und der irdischen Antwort darauf.

Das Irdische allerdings hatte seine Tücken – zum Beispiel in Scott Molloys Körper. Da er erst Anfang zwanzig war, befand sich sein gesamtes Bindegewebssystem – Muskeln, Sehnen, Bänder – am Punkt der allerhöchsten Elastizität, die ein Erwachsener nur haben konnte. Gleichgültig, wie hoch er sprang oder wie oft er sich in einer Pirouette drehte, wenn er seine Bewegung beendet hatte und auf den Boden zurückkam, gab es bei ihm kein Nachvibrieren und keinen Laut außer dem seiner Gymnastikschuhe aus Ziegenleder, die sich mit seinen biegsamen Füßen wieder dem Boden anschmiegten. Neben dem jüngeren Mann fiel Rafiks körperliche Reife besonders auf. Seine Muskeln hatten sich auf die Proportionen eines Mannes eingespielt, während bei Scott Molloy noch kein völliges Gleichgewicht herrschte zwischen den extrem ausgebildeten Schenkeln, Waden und Hinterbacken und dem schlanken, knabenhaften Rumpf. Das verlieh ihm eine seltsame Verletzlichkeit, so als sei er noch nicht ganz erwachsen, solle jetzt aber Erwachsenes mit seinem Körper tun. Und wenn Rafik Scott Molloy sagte, was er zu tun habe, gehorchte er, ohne mit der Wimper zu zucken.

Alissa Kortlands Gesicht war schön, aber ausdruckslos, wie aus Marmor gehauen. Das wirkte gleichzeitig anziehend und beunruhigend. Ihr Körper war weder mädchenhaft noch fraulich; aufgrund irgendwelcher genetischer Abirrungen sah sie aus wie ein exotischer geschlechtsloser Humanoid, der dazu ausgebildet worden war, Ballett aufzuführen. Solange sie ruhig dastand und Rafik zusah, wirkte sie unbeholfen und fast grotesk. Aber sobald Alissa Kortland ihren Körper in Bewegung oder in Pose setzte, wurde aus ihr eine lebende Skulptur, atemberaubend und faszinierend, mit Linien, wie sie kein gewöhnlicher Sterblicher je erträumen konnte. Sie war eine Tänzerinnen-Maschine, deren virtuoser Maschinist Rafik war.

Rafik hier mit diesen beiden seltenen Exemplaren des *Homo sapiens* Kunst schaffen zu sehen, das brachte mich dazu, über meine eigene Arbeit im Salon nachzudenken. Obwohl die natürlich eine andere Art von Schönheit verfolgte, wirkte sie doch sehr banal, verglichen mit Rafiks Versuchen, die reinste Ausdrucksform zu schaffen. Diesen gewaltigen Unterschied in unserer Arbeit habe ich zu akzeptieren versucht, was ich aber nicht verstehen kann, ist, warum jeder schöpferische Akt einen so hohen Preis von dem Menschen verlangt, der ihn ausführt. Meine Arbeit ist auch kreativ, aber bei mir bedeutet ein größeres Projekt, daß ich ein paar Stunden lang konzentriert arbeite, und dann ist es vorbei. Ich bin zufrieden, der Kunde ist zufrieden, der Nächste bitte. Für Rafik dagegen kann es Monate dauern, eine Choreographie zu schaffen – oft viele lange, teilweise deprimierende Monate – und doch ist das fertige Werk dann eine Abfolge von Stellungen und Bewegungen, die, so großartig ausdrucksstark oder entzückend leichtherzig sie auch sein mögen, auf der Bühne vielleicht gerade zehn oder zwölf Minuten dauern. Und die gefühlsmäßige Distanz, die während dieser dunklen Monate des schöpferischen Tuns auftritt, beeinträchtigt mich oft schwer, vor allem, da Rafik als Kunstschaffender ein solcher Gegensatz zu dem anderen Rafik ist – dem großzügigen, schelmischen

Liebhaber, dem Mann, der einmal am Vierten Juli als echter Patriot die Nationalhymne summte, während er meine Hoden im Mund rollte.

Mit dieser glücklichen Erinnerung kehrte ich dem Übungsraum den Rücken und ging in die große Eingangshalle zurück. Da ich dazu einen anderen Gang benutzte, machte ich auf dem Weg eine unerwartete Entdeckung: Zu den neuen Studios gehörte jetzt auch ein perfekt ausgestatteter Fitness-Raum mit Sprossenleitern, Ski-Simulatoren und Standfahrrädern; Hanteln, Gewichten und Nautilus-Maschinen sowie der zugehörigen Spiegelwand. Ich überlegte mir, ob die Visionen, die Künstler wie Rafik in sich trugen, am Ende etwa von einer Fitnessclub-Mentalität besiegt würden? Würden sich die Ideale des Balletts in punkto Form und Bewegung zu etwas entwickeln, das nur noch die athletische Leistung eines Bodybuilders, eines hochgetrimmten Exhibitionisten war, die dann als Kunst verkauft wurde? Daß der Fitness-Raum leer war, bot ein wenig Hoffnung, daß die Kunst doch noch jenseits der Sportclubs existierte.

Auf dem Weg nach draußen durchquerte ich gerade die Haupteingangshalle, bereits etwas mutlos, da ich so gar nicht vorangekommen war, als ich plötzlich jemanden rufen hörte: »Hallo!«

Es war Marshall Zander.

»Na, wie geht's Ihnen denn heute?« sagte er.

»Wie's einem halt nach dem gestrigen Tag so geht.«

Er nickte, als verstehe er mich vollkommen. »Kaum zu glauben, daß das alles wirklich passiert ist.« Er sah entspannt und erholt aus, und ich machte eine Bemerkung darüber. Er lächelte strahlend und entgegnete: »Alles unecht. Ich nehme Medikamente. Anders kann ich mit dieser Katastrophe überhaupt nicht fertig werden. Wenn die Zeit dafür gekommen ist, werde ich mich mit meinem Schmerz auseinandersetzen.«

»Manchmal ist es am besten, sich den Gefühlen dann zu überlassen, wenn sie da sind.«

»Das würde ich wahrscheinlich nicht überleben«, sagte er mit heiterem Lachen.

Ich weiß ja nicht, was ihm sein Doktor da verschrieben hatte, aber es wirkte jedenfalls. Im Gegensatz zu der weinerlichen Hysterie und den anklagenden Ausbrüchen von gestern früh schien Marshall Zander heute so pflegeleicht wie ein Urlauber, der gerade von einer paradiesischen Insel zurückkommt. Entweder es lag an den Medikamenten, oder aber der Mann hatte gar keine Gefühle, denen er sich stellen oder ergeben oder widersetzen hätte müssen.

Er fragte mich: »Sind Sie hier, um Rafik zu besuchen?«

»Nein«, sagte ich. »Ich bin da, um etwas mehr über Max' Tod herauszufinden.«

Sekundenlang kniff er die Augen zusammen, dann blinzelte er mehrmals, wie um ein Stäubchen Besorgnis zu vertreiben, das nicht einmal seine Drogen abblocken konnten.

»Dann arbeiten Sie also für die Polizei?« sagte er mit einem kleinen vagen Lachen.

»Nicht für, aber auch nicht gegen«, sagte ich. »Ergänzend.«

»Aha«, sagte er und nickte anerkennend. »Na dann viel Glück. Leider kann ich mich nicht länger mit Ihnen unterhalten – muß zu einer Direktorenkonferenz – so etwas wie eine Sondersitzung. Vielleicht sieht man sich wieder mal.«

»Ganz bestimmt«, sagte ich.

Marshall Zander wollte mich gerade verlassen, fügte dann aber noch hinzu: »Übrigens, das mit gestern ...«

»Ja?«

»Ich fürchte, ich habe mich Ihnen gegenüber schlecht benommen und Sachen gesagt, die ich gar nicht so gemeint habe.«

»In solchen Extremsituationen passiert das eben manchmal.«

»Trotzdem, ich wollte Rafik nicht hineinziehen. Er ist Ihnen sehr ergeben.«

»Ich hoffe es.«

»Ich glaube eigentlich auch gar nicht, daß er etwas mit Antonia hat. Sie wissen doch, wen ich meine?«

Ich nickte.

Er sagte: »Das war vermutlich nichts als Panik und Konfusion.«

Ich nickte wieder.

»Ich will damit sagen, ich habe die beiden nicht wirklich miteinander beobachtet, obwohl sie schuldbewußt aussahen, als ich kam. Andererseits aber habe ich mir das alles vielleicht auch nur eingebildet.«

»Max Harkeys Leiche allerdings nicht«, sagte ich, in der Hoffnung, Marshall Zanders tablettengesättigte geistige Leere zu durchbrechen. Ich wollte ihn herausfordern, sich dem Tod seines Freundes zu stellen, anstatt davor wegzulaufen. Gibt es nicht im Leben Momente, wo man den Schmerz annehmen muß und ihn nicht einfach ignorieren darf? Dennoch erfindet man phantastische Mittel für die Psyche, um sich vor solchen Schrecknissen zu schützen, wie dem, daß man einen Menschen, den man zu lieben vorgibt, entblößt und verblutet auffindet.

Marshall Zander schauderte. Dann sah ich auf seinem Gesicht einen Schmerz, den nicht einmal seine Holzhammer-Narkotika unterdrücken konnten. Wahrscheinlich hatte ich es geschafft, ihn seine Gefühle spüren zu lassen, ob das nun gut für einen von uns war oder nicht.

In diesem Moment trat Scott Molloy in die Eingangshalle. Er trug hautenge Jeans und ein riesiges Baumwollhemd, das vorn offen stand und das Oberteil seines Catsuits zeigte, der von den Anstrengungen während der Probe mit Rafik noch feucht war. Der enganliegende Baumwolldrillich, der seine Beine und Hinterbacken umschloß, und das lose Baumwollhemd um seinen Körper half, seine knabenhafte Statur in die richtige Proportion zu bringen. Jetzt sah er wie ein junger Mann aus, und zwar wie ein sehr begehrenswerter junger Mann. Als Marshall Zander Scott sah, fing er sich rasch wieder.

»Da kommt jemand, bei dem wäre ich an Ihrer Stelle

vorsichtig«, sagte er mit einem mißtrauischen Blick auf Scott.

»Er ist doch ein recht ordentlicher Tänzer«, sagte ich, denn ich hoffte, mein vorgetäuschter Mangel an Interesse würde ihn dazu ermutigen, sich über diese seine Bemerkung noch etwas auszulassen. Und es klappte auch.

»Scott würde niemals zugeben, daß er in Max verliebt war«, sagte er. »Dabei war es für Max und mich so offensichtlich, daß wir uns oft darüber amüsiert haben – beide aus ganz verschiedenen Gründen natürlich.«

»Wie meinen Sie das?« sagte ich auf gut Glück.

Marshall Zander lächelte ein melancholisches, kleines Lächeln. »Max war heterosexuell. Ich bin's nicht. Und Scott steckt ganz tief in prekären moralistischen Zweifeln. Es ist schlimm, wenn das jemandem passiert. Das ganze Umfeld wird auch mit in die Schwierigkeiten hineingezogen.«

Ich fühlte, daß ich vor Verlegenheit errötete. Die Worte Marshall Zanders erinnerten mich an meine eigenen schrecklichen Unsicherheiten, und seine einfache klare Einsicht erweckte in mir den Gedanken, daß vielleicht doch mehr an ihm dran war als nur seine unkoordinierte Trottelhaftigkeit.

»Ich muß ja zu dieser Konferenz«, sagte er plötzlich. Und weg war er.

Und wieder stand ich da wie angewurzelt und sah zu, wie Marshall Zander in die eine Richtung davonging und Scott Molloy in die andere. Ich ergriff die Gelegenheit und folgte dem engbekleideten Hintern des jungen Tänzers hinaus in die Sonne des frühen Nachmittags.

Ich holte Scott Molloy ein und ging neben ihm her.

»Kann ich Sie zu einem Kaffee einladen?« fragte ich.

»Ich trinke keinen Kaffee«, sagte er mit finsterem Ausdruck, der auf seinem milchweißen jungen Gesicht ganz seltsam aussah.

Ich merkte, daß er seinen Schritt beschleunigte.

»Dann eben Tee«, bot ich an. »Milch, Punsch, Whiskey, egal was.«

Er blieb abrupt stehen und sah mich an.

»Was wollen Sie denn von mir?« sagte er.

Ich vertiefte mich in den Anblick seines festen, muskulösen Körpers, dessen Wirkung durch die engen Jeans und das lose Hemd noch gesteigert wurde. Schon wieder mußte ich einfach feststellen, wie sehr wir uns vom Körpertypus her ähnelten, obwohl wir sicher kein einziges Maß gleich hatten. Bemerkte Rafik diese grundsätzliche Ähnlichkeit eigentlich auch?

»Sie haben Max Harkey gekannt«, sagte ich nach ein paar Sekunden.

»Das haben viele Leute.«

»Aber ich versuche jetzt zu helfen.«

Er schnaubte höhnisch. »Wegen dem Grund red' ich noch lange nicht mit Ihnen. Kümmern Sie sich doch um Ihren eigenen Kram.«

Ich fühlte mich nicht einmal veranlaßt, seine Grammatik zu korrigieren; längst hatte ich meinen missionarischen Eifer aufgegeben, die Masse mit ihrem Kauderwelsch den richtigen Gebrauch der Fälle zu lehren. Was mich verblüffte, war, daß der junge Tänzer unbedingt den zornigen jungen Mann geben wollte. Ich nahm an, daß seine Feindseligkeit, wie das ja meistens so ist, aus Angst erwuchs. Aber wovor? Vor mir? Vor den Schwulen allgemein? Oder war es etwas Tieferes? Angst davor, entlarvt zu werden? Wenn ich ihn dazu bringen wollte, daß er mit mir sprach, mußte ich mehr Einfühlungsvermögen zeigen.

»Ich hab' Sie bei den Proben gesehen«, sagte ich. »Ich finde, Sie tanzen wirklich ganz ausgezeichnet.«

Er zog die Lider in Abwehr zusammen. »Ich pfeif' auf Ihre Meinung über mein Tanzen.«

»Ich mein's aber ernst«, fuhr ich fort. »Wenn auch *Sie mich* nicht mögen, mir gefällt, wie Sie tanzen.«

Das schien ihn ein wenig zu entwaffnen.

»Und Rafik auch«, fügte ich hinzu, obwohl er darüber nie gesprochen hatte.

»Wirklich?« entgegnete Scott Molloy.

»Ist das nicht offensichtlich? Er setzt Sie in seinem neuen Stück ein.«

Ich sah, daß meine Worte Haarrisse in seinemWiderstand gegen mich hervorriefen. Das gehässige Liderzusammenziehen ließ bereits nach, ein sicheres Zeichen dafür, daß er jetzt eher aufnehmen wollte, daß er mich trotz seiner Antipathie über sich sprechen hören wollte.

Er sagte: »Von Rafik höre ich nie, was er denkt.«

»So ist er nun einmal«, erwiderte ich. »Aber er hält sehr viel von Ihnen. Und ich muß es schließlich wissen.« Diese dicken Lügen tropften mir wie Speichel von den Lippen, und ich verspürte den Drang, mir den Mund abzuwischen.

Als würde er damit ein Geständnis machen, gab Scott Molloy leise zu: »Für Rafik zu arbeiten ist ganz schön schwierig.«

Dem antwortete ich mit einem warmen, verständnisvollen Blick. »Für ihn gibt's eben nichts als Perfektion.«

Scott ließ sich zu einem kleinen Lächeln hinreißen. »Für Sie muß es ja auch ganz schön schwierig sein.« Wie um sich deutlicher auszudrücken, fügte er dann linkisch hinzu: »Ich meine, wo Sie doch mit ihm und all diesen ...« Seine Stimme versiegte.

»Er ist eine ständige Herausforderung«, sagte ich. Diesmal log ich nicht.

Scott sagte: »Gilt Ihre Einladung noch?« Es gelang ihm trotz seiner vorgetäuschten kühlen Gleichgültigkeit nicht, seinen Eifer zu verbergen, von mir weitere Lobeshymnen zu hören, die ich etwa noch bereithielt – oder eben erfand.

»Natürlich«, sagte ich, wobei ich versuchte, mein kleines Triumphgefühl darüber zu verbergen, daß ich ihn für den Augenblick ‘rumgekriegt hatte.

Wir gingen zu einem Straßencafé gleich in der Nähe der Studios und setzten uns an einen Tisch unter einen großen farbigen Sonnenschirm. Eigentlich sollte man ja denken, daß mit Einbruch des warmen Wetters wir Bostoner nichts Dringenderes zu tun hätten, als uns in die Sonne zu setzen, aber Scott und ich, die wir beide helle Haut hatten, wollten in den schützenden Schatten. Ich bestellte einen doppelten Espresso, und Scott nahm eine aufgeschäumte Milch mit Mandelsirup.

»Wann haben Sie zu tanzen angefangen?« fragte ich, um sein Vertrauen noch weiter zu gewinnen. Wie die meisten darstellenden Künstler sprechen auch Tänzer sehr gerne über ihr Lieblingsthema – sich selbst.

Scott Molloy versuchte noch einmal ein Lächeln der Selbstverleugnung und scheiterte wieder, aber allein für sein Bemühen hätte er eine Eins mit Stern verdient. Dann blickte er fort, wie in weite Ferne, und begann die Geschichte »Wie ich Tänzer wurde«.

»Ich war zwölf«, sagte er. »Aber es lief alles ganz schön beschissen bei mir. Mein Vater war abgehauen. Meine Mutter hatte zwei Jobs gleichzeitig. Ich stand schon ganz auf eigenen Füßen, aber mir war’s oft langweilig, und mit den anderen Jungs mochte ich eigentlich auch nie was machen.« Er blickte mich über den Tisch hinweg mit ehrlichen Augen an. »Ich hatte aber eine Freundin«, fügte er an. »Sie ging immer zum Ballettunterricht, und einmal fragte sie mich, ob ich nicht mitkommen wolle. Das habe ich dann gemacht, und von da an war alles ganz anders.«

»Was heißt das?«

»Ich weiß, es klingt komisch, aber als ich die Ballettschule betrat, wußte ich vom ersten Augenblick an, daß ich da mein Leben verbringen wollte. Die Lehrerin meiner Freundin muß das auch bemerkt haben, denn sie bot mir auf der Stelle an, daß ich kostenlos Unterricht bekommen könne, ›auf Kosten des Hauses‹, wie sie sagte. Am nächsten Tag war ich wieder dort.«

»Und der Rest ist Geschichte«, fügte ich hinzu.

Unsere Getränke kamen, und Scott erzählte weiter.

»Die Ballettschule wurde ein zweites Heim für mich, ein Ort, an dem ich die verschiedensten Rollen spielen konnte und schöne Sachen machen, ohne dafür gleich als Memme zu gelten.« Er tat noch einmal so, als lächle er unschuldig. »Und mit den Mädels lief auch einiges.«

»Ganz abgesehen davon, wie Ihr Körper von diesem Training profitierte.«

Sein Lächeln wuchs an zu einem offenen Grinsen. »Ja, der hat sich ganz gut entwickelt, nicht wahr?« sagte er, wobei seine Unbescheidenheit endlich durchbrach. »Das Komische ist ja«, fuhr er fort, »daß die meisten Mädels, wie ich feststellte, ganz schön hart waren und nicht weich, wie ich es mir immer bei Tänzerinnen vorgestellt hatte. Aber darauf bin ich dann bloß noch mehr eingestiegen.«

Und großartige Rollenvorbilder für unterdrücktes eigenes Schwulsein.

Ich hatte von Freunden schon ganz ähnliche Geschichten über die Anfänge von Tänzern gehört. Von allen künstlerischen Disziplinen scheint der Tanz die meisten sozialen Außenseiter anzuziehen. Vielleicht macht das Gruppengefühl einer Ballettklasse diese sensiblen einsamen Seelen so besonders an. Tanzen lernt man normalerweise mit anderen zusammen, was eine besondere Art von Gemeinschaft hervorbringt, eine Ersatzfamilie, die sogar auch dann weiter funktioniert, wenn Tragödien eintreten. Vater ist gestern gestorben; Probe heute um zwölf.

»So sind Sie also jetzt glücklich«, sagte ich, ohne genau zu wissen, was ich damit meinte.

Scott antwortete: »Ich glaube schon. Allerdings hätte ich nichts dagegen, wenn ich mehr Auftritte haben könnte und größere Rollen. Max hat mich immer ziemlich eingeschränkt.« Er verstummte, dann sagte er: »Wahrscheinlich sollte ich so etwas jetzt gar nicht mehr über ihn sagen.«

»Durch den Tod wird der Mensch nicht besser oder schlechter, als er im Leben war«, verlautbarte Erzbischof Stanley.

»Wenigstens habe ich jetzt diese große Rolle in Rafiks Ballett, und das ist auch sicher.« Er verstummte wieder, und diesmal errötete er über das ganze Gesicht. »Na ja, jedenfalls«, sagte er, »ist das was anderes, als Krawatten zu verkaufen.« Er gluckste. »Hab' ich allerdings nie gemacht. Ich habe bis jetzt noch nie etwas anderes gemacht, als zu tanzen. Und ich weiß auch nicht, was ich machen würde, wenn ich jemals damit aufhören müßte.«

So interessant Scott Molloys Biographie vom menschlichen Standpunkt her auch sein mochte, klang sie doch irgendwie wie eine einstudierte Rolle, eine traurige Geschichte, die er sich vor langer Zeit zurechtgelegt hatte, um sie bei passender Gelegenheit zum besten zu geben. Und außerdem war sie auch wie ein Schild, hinter dem er sich verstecken konnte. Aber ich hatte das Gefühl, daß er diesen Schild wie einen Köder benutzte, um mich abzulenken, während er klammheimlich den Spieß umdrehte, so daß er mich beobachten konnte. Trotz all seiner treuherzigen Bemühungen, mir in die Augen zu schauen, merkte ich, daß sein Blick immer wieder über mich hinschoß, als wolle er eine geologische Übersicht über das Terrain meines Körpers geben. Da hatte ich versucht, über ihn etwas herauszufinden, und statt dessen kam ich mir beobachtet vor. Gedankenverloren drehte ich meine Tasse auf der Tischplatte, wozu ich die Daumen und Mittelfinger benutzte. Scott Molloy bestätigte meinen Verdacht, indem er diese Bewegung analysierte und dann ganz genau nachmachte, als probe er gerade, eine Darstellung von mir zu geben.

Ich fragte ihn unvermittelt: »Wer, glauben Sie, hat Max Harkey umgebracht?«

Der junge Tänzer fuhr auf. »Also darum geht es? Nicht um mich und meine Tanzerei, sondern um Max?«

Ich nickte. »Das habe ich Ihnen aber von Anfang an gesagt.«

Er schaute sauer. »Immer und immer nur Max Harkey«, sagte er.

»Vielleicht hatten Sie für ihn ganz andere Gefühle, als Sie jetzt zugeben.«

Scott lachte schallend bei meiner Bemerkung.

»Wenn Sie eine Tunte brauchen, dann müssen Sie sich an Marshall Zander halten. Das ist nämlich derjenige, der schon sein Leben lang Max durch die ganze Welt nachjagt. Mich gab es noch gar nicht, als die sich kennengelernt haben.«

»Was Sie allerdings aus der Jagd nicht ausschließt.«

Er stieß plötzlich heftig gegen seinen Milchbecher und verschüttete dadurch einiges auf die Tischplatte. Er wischte mit seinem Taschentuch darüber und sagte: »Ich weiß doch schließlich, was ich für Max oder auch jeden anderen Mann empfinde. Keine Ahnung, wer Sie auf die Idee gebracht hat, daß ich schwul sei, aber Sie sollten nicht alles glauben, was die Leute Ihnen so erzählen.«

»Gilt das auch für das, was Sie mir erzählen?«

»Also hören Sie mal, ich weiß nicht, wer Max umgebracht hat, aber wenn Sie auf Motive aus sind, sollten Sie vielleicht mal mit Alissa reden.«

»Ist sie nicht Ihre Partnerin?«

Er zog eine Grimasse. »Klar ist sie meine Partnerin, aber nur auf der Bühne. Das Übrige hat sie für Max reserviert.«

Ich blickte ihn fragend an, um ihn zum Weitersprechen zu animieren.

Er lächelte zynisch. »Sie war seine Geliebte. Sagen Sie bloß, Sie wußten das nicht. Sie angelte ihn sich, kaum daß sie hier war, diese Nymphe aus Südkalifornien mit den goldenen Haaren.«

»Sie hören sich an wie ein abgewiesener Freier.«

Scott Molloy stieß den Unterkiefer vor. »Ich weiß schon, daß Sie das nicht glauben können, aber es gibt einfach auch Männer, die lieber Frauen mögen.«

Ich ignorierte seinen Spott und drang weiter in ihn.

»Glauben Sie, daß Alissa etwas mit dem Mord zu tun hatte?«

Zunächst schien Scott meine Frage von sich zu weisen, als wolle er anständig sein und Alissa Kortland nicht in etwas hineinziehen. Aber dann siegte sein Drang, sich selbst zu entlasten. Er beugte sich auf dem Stuhl vor und legte die Unterarme auf die Kante des Kaffeetischs. Dann flüsterte er wie ein Verschwörer.

»Alissa ist eine allesverschlingende Hexe. Sie saugt sich all ihre Kraft aus den Menschen, die um sie sind.«

Dieses Urteil paßte nicht so ganz zu dem Mädchen, mit dem Scott Molloy an dem Abend von Max Harkeys Einladung gekichert und geflirtet hatte.

Er fuhr fort: »Wenn wir zusammen arbeiten, zieht sie alle Energie aus mir. Sie macht es einem schwer zu tanzen. Manchmal denke ich, straight zu sein, das bedeutet, daß man sich von jemandem wie Alissa angezogen fühlt und dann benutzt und fallengelassen wird.«

Es war doch seltsam, daß er über sein Sexualleben mit so kühler Logik sprach.

Er fuhr fort: »Manchmal überlege ich, ob nicht Männer, die straight sind, trotzdem mit anderen Männern Sex haben sollten, nur um sich ihre Männlichkeit zu bewahren.« Dieses Wort sprach er langsam und genießerisch aus. »Ich will damit sagen«, sprach er, »daß ich mich immer, wenn ich mit einer Frau Sex habe, ein kleines bißchen mit ihr identifiziere. Ich möchte gerne wissen, welche Erfahrung sie mit mir macht, wie es ist, einen Mann in sich drin zu haben. Und so lange das so ist, wird immer ein Teil von mir ganz genau wie die Frau sein, mit der ich gerade zusammen bin. Aber mit einem Mann wäre es immer alles hundertprozentig männlich.«

Die Worte des jungen Tänzers erinnerten mich an meine eigene obsessive Betroffenheit über Rafiks Bisexualität. Auf der anderen Seite aber sprach Scott Molloys perverse Theorie eine Seite in mir an, die sich schon immer mehr dafür interessiert hatte, warum die Menschen bestimmte Dinge tun, als dafür, was sie tatsächlich tun.

»Das klingt, als wären Sie sich selber nicht so ganz sicher«, äußerte ich.

»Oh doch, bin ich«, sagte er schnell. »Für mich gibt es auf jeden Fall nur Frauen. Ich denke höchstens mal drüber nach, wie es mit einem Mann wohl wäre.«

Mein Platz im Reich der Sexualität war offensichtlich der einer Beziehung von Mann zu Mann, und ich stellte fest, daß ich erleichtert war, weil ich mich trotz aller sexuellen Frustration, die ich vor Rafik auch erlebt haben mochte, niemals hinter einer Fassade der Heterosexualität versteckt und dabei aber über die Alternativen nachgedacht hatte. Aber die jüngste Zurückweisung hatte Scott Molloy gegen die Frau eingenommen, die zu begehren er vorgab. Ihm hatte es nicht genügt, ihre Beziehung auf ihrer beider einander ergänzende Tanzstile und Körperformen zu gründen. Er hatte sich beweisen müssen, indem er sie auch sexuell besaß, und das war ihm nicht gelungen. Ich war mir nicht sicher, wieviel von seinem Zorn tatsächlich daher kam, daß er Alissa Kortland an Max Harkey verloren hatte, und wieviel vielmehr von seiner Blindheit den eigenen unterdrückten Bedürfnissen gegenüber, ob die nun absichtlich oder unbewußt war.

»Und die Scheiße ist«, fuhr er fort, »daß Alissa Max nur wegen ihrer Karriere verführt hat. Ich weiß, daß sie ihn nicht ausstehen konnte.«

Begriffe aus meinem alten Leitfaden für Psychologen schossen mir durch den Kopf: Repression, Projektion, Übertragung.

Ich schaute auf die Uhr. »Vielen Dank«, sagte ich. »Sie haben mir wirklich sehr geholfen.«

»Mehr wollen Sie nicht wissen?« fragte er, so niedergeschlagen, als habe ihm eben sein Psychiater gesagt, daß die Zeit um sei.

»Ich würde schrecklich gerne, aber ich muß wieder zur Arbeit.«

Das war an diesem Vormittag das zweite Mal, daß ich ihm die Wahrheit gesagt hatte. Aufgebaut von Koffein, Zucker und aussichtsreichen Hinweisen, stand ich vom Tisch auf und kehrte zu Snips zurück.

Auf dem Weg bemerkte ich, daß ich nur ganz wenige Blocks von Sation D entfernt war, dem Polizei-Hauptquartier. Mir fiel ein, daß Lieutenant Branco mit mir hatte sprechen wollen, und obwohl er gebeten hatte, ich solle erst anrufen, beschloß ich, unangemeldet vorbeizuschauen.

Brancos polizeiliches Zuhause war früher ein kleineres Revier mitten in der Südstadt gewesen. Aber aus dem kleinen und wunderschönen Granitbau war nach der Restaurierung eine echte Sehenswürdigkeit der Stadt geworden. Man hatte das Gebäude so liebevoll und stilgerecht renoviert, daß es anschließend sofort unter Denkmalschutz gestellt wurde und nunmehr der Polizeiverwaltung vorbehalten blieb. Auf diese Weise konnte es sich seinen neuen Glanz auch bewahren.

Jetzt gab es keine dreckigen, verlausten Gauner mehr in den heiligen Hallen der Station D.

Im Hauptquartier hatte ich Glück, jedenfalls schien es mir so. Denn Branco war nicht nur da, sondern auch frei. Ich stieß die schwere Eichentür auf, auf deren Milchglasscheibe sein Name stand. Sein Büro war klein, aber peinlich sauber. Zur Begrüßung stellte er mir eine Frage.

»Zu Hause alles in Ordnung?«

»So weit schon«, antwortete ich.

»Gut. Setzen Sie sich. Kaffee?«

Obwohl der vorhin genossene *espresso doppio* bereits ganze Gigavolts von Energie durch mein Nervensystem schickte und eine angespannte Hirntätigkeit verursachte, wie sie die Auge-Hand-Koordination sogar bei einem großem Künstler hätte stören können – die Art von Hyperenergie, die auf die Bitte eines Kunden nach »Ein bißchen in Form bringen« eine radikale Veränderung an ihm vornimmt, wie man sie, jedenfalls außerhalb von Gefängnissen, kaum je beobachten kann – trotz dieses Rausches also konnte ich Brancos atypische Gastfreundlichkeit wohl kaum zurückweisen.

»Gerne«, sagte ich. Dann fragte ich noch, um den Angriff einer weiteren Dosis Koffein auf meinen Magen etwas zu dämpfen: »Könnte ich etwas Sahne haben?«

»Sie werden ihn schwarz trinken müssen«, sagte der Polizeibeamte, während er einen Pappbecher mit braunem Schlamm füllte und mir reichte. Bei diesem Mann gab es keine fein gerösteten und sorgfältig zusammengestellten Arabica. Das Zeug hier war vom Supermarkt und hatte mindestens eine Stunde lang auf der Heizplatte vor sich hingeköchelt.

»Ich habe mir etwas überlegt«, sagte Branco. »Ich weiß ja, daß wir nicht oft der gleichen Meinung sind.«

Ich schwenkte den Pappbecher, wie um das dampfende Gebräu darin abkühlen zu lassen. Ich hatte nicht die geringste Lust, es zu probieren.

»Aber diesmal werde ich Sie nicht hindern«, sagte er.

»Haben Sie das denn schon jemals, Lieutenant?«

Er schob ein wenig den Kopf vor. »Früher habe ich Ihnen öfter befohlen, sich aus diesen Dingen 'rauszuhalten – nicht, daß Sie je auf mich gehört hätten.«

Ich bewegte Kopf und Schultern ein wenig, als würde ich gerade eine coole lateinamerikanische Musik genießen, die nur für mich hörbar war.

»Aber diesmal gebe ich Ihnen Grünes Licht. Sie können sich nach Herzenslust einmischen.«

»Habe ich dazu jemals Ihre Erlaubnis gebraucht?«

»Eigentlich nicht. Ich wollte Ihnen nur sagen, wo ich stehe.«

»War es das, worüber Sie mit mir sprechen wollten?«

Branco nickte.

Ich traute ihm nicht einen Moment.

»Warum?« sagte ich.

»Ist das nicht offensichtlich?«

Der lateinamerikanische Rhythmus in meinem Kopf

ging in etwas Schlagzeugmäßigeres über, eher wie die Opfertrommeln in *Le Sacre du Printemps.*

Branco fuhr fort: »Bisher haben Sie immer einen mir entgegengesetzten Standpunkt eingenommen. Und trotz allem, was dabei zwischen uns geschehen ist, hat das die endgültige Lösung des Falles nie beeinträchtigt.«

»Lieutenant, wollen Sie mich etwa um Mithilfe bitten?«

»Keineswegs. Aber ich möchte Sie auch nicht einschränken.«

Nachdenklich hob ich den Pappbecher an den Mund und ließ die schmuddelige Flüssigkeit meine Lippen berühren. Sie war bitter und glühendheiß, aber seltsamerweise nicht eklig. Ich sah, daß Branco meine Reaktion beobachtete.

»Nicht so gut wie Ihrer«, sagte er.

»Stimmt«, antwortete ich mit einem Grinsen. »Und wo wir heute schon so kameradschaftlich zusammen sind, kann ich Sie etwas fragen?«

Branco schwankte einen Augenblick, als habe er Angst, was für ein Geheimnis ich wohl wissen wollen würde, aber er erlangte schnell wieder sein cooles Machotum.

»Was?« sagte er und sah meiner bevorstehenden Frage männlich entgegen.

»Könnte ich Ihre Akte über Toni di Natale einsehen?«

Sein Gesicht zeigte deutlich Erleichterung.

»Offiziell nicht. Aber ich kann Ihnen sagen, was drin steht.«

»Dann schießen Sie mal los.«

Branco verzog seinen großen sinnlichen Mund zu einem Lächeln.

»Sie provozieren mich zu gerne, was, Kraychik?«

»Bilden Sie sich darauf bloß nichts ein, Lieutenant. Bei meiner Katze mach' ich das genauso.«

Der männliche Italiener runzelte die Stirn; offensichtlich gefiel es ihm gar nicht, mit anderen Haustieren verglichen zu werden.

»Also?« sagte ich. »Was haben Sie über Toni di Natale alles herausgefunden?«

»Würden Sie mir vielleicht sagen, warum Sie daran so interessiert sind?«

»Ich versuche, bei mir zu Hause eine Rechnung zu begleichen.«

Branco verzog einen Mundwinkel zu einem schiefen Lächeln. Dann lehnte er sich in seinem Sessel zurück, verschränkte die Hände hinter dem Kopf und streckte sich genüßlich, wie ein großer zufriedener Tiger, der gleich eine Runde Gazellenhaschen spielen gehen wird.

»Wir haben den Verdacht, daß Miss di Natale das Verbrechen begangen hat, um sich vor Verleumdung zu schützen.«

»Verleumdung durch wen?«

Branco lächelte. »Wir gehen davon aus, daß Max Harkey in sie verliebt war, aber sie war mit jemand anderem zusammen, vielleicht sogar mit Ihrem Freund.«

»Sie denken also, daß sie Max Harkey umgebracht hat, weil er in sie verliebt war, während sie hinter Rafik her war?«

Branco hob eine seiner großen Hände. »Wollen Sie's jetzt hören oder nicht?«

»Entschuldigung«, sagte ich. »Entschuldigung.« Ich hielt mich zurück. Aber mir fiel ein, wie offen Toni di Natale an dem Abend der Einladung mit Rafik geflirtet hatte. Doch Max Harkey hatte nicht ausgesehen, als berühre ihn das. War das von ihm nur gut gespielt gewesen, oder hatte es ihn wirklich nicht gekümmert?

Branco fuhr fort: »Ein Mann wie Max Harkey konnte eine solche Demütigung nicht ertragen. Er würde sich rächen müssen. Also beschloß er, ihren Vertrag mit dem Ballett wieder zu lösen – einen sehr lukrativen Vertrag, nebenbei bemerkt – und sie darüber hinaus in der gesamten Welt der Kunst zu diskreditieren, so daß sie vielleicht nie wieder würde arbeiten können.«

Mir kam es vor, als hätte Branco mich abschließend fragen müssen: Was stimmt an dieser Theorie nicht?

»Lieutenant, erstens mal: es war unmöglich, Max Harkey

zu demütigen. Er war ein Mensch, der andere benützte und dann wegwarf. Das war bei ihm alles sehr einfach.«

»Manchmal sind solche großen, wichtigen Leute aber sehr verletzlich unter ihrer Oberfläche.«

»Manchmal schon. Aber nach allem, was ich über Max Harkey weiß, war an ihm nichts Verletzliches, und zuallerletzt sein Ego. Und außerdem, so wenig ich über Toni di Natale weiß, so ist sie doch zu klug, um jemanden wegen Geld zu ermorden.«

»Was hätte sie sonst tun können?« fragte Branco.

»Sie hätte sich etwas anderes einfallen lassen, hätte vielleicht Max Harkey in eine Art freundschaftliche Verbindung hineingeschmeichelt. Aber sie hätte ihn nicht getötet.«

»Woher wollen Sie das wissen?«

Fast hätte ich geantwortet: »Weil Rafik es sagt«, aber mir kam der Verdacht, daß das Branco nicht überzeugen würde. Statt dessen sprach ich: »Wahrscheinlich, weil sie Künstlerin ist. So etwas macht ein Künstler einfach nicht.« Wenn Rafik das mir gegenüber so ausgedrückt hätte, hätte ich es als Unsinn abgetan. Und hier salbaderte ich es doch tatsächlich Branco vor, der stumm wie ein Stein dasaß.

»Wenn es geht«, sagte ich, »würde ich sie gerne sehen.«

»Kein Problem«, sagte er.

»Würden Sie das also arrangieren?«

»Nicht nötig. Wir haben sie vor einer halben Stunde entlassen.«

»Sie haben was?!«

Brancos Mund öffnete sich zu einem vollen Grinsen. »Sie ist wieder draußen«, sagte er. »Frei wie der Wind.«

»Aber Sie haben sie doch wegen Mordes festgehalten. Wer hat die Kaution gestellt?«

»Von wegen Kaution«, entgegnete er. »Wir haben sie nur zum Verhör festgehalten. Wir besitzen keine ausreichenden Gründe für eine Anklage, bisher jedenfalls noch nicht.«

»Sie haben mich ja ganz schön drangekriegt!«

»Ich habe Ihnen die Tatsachen erzählt, wie ich sie weiß. Sie haben daraus gefolgert, was Sie wollten.«

»Wissen Sie, wo sie ist?«

»Das müßten Sie doch eigentlich besser wissen.«

Ich setzte meinen Becher Kaffee auf Brancos Schreibtischplatte hart ab. Er war noch immer voll, jetzt allerdings lauwarm, und auf seiner Oberfläche bildete sich eine ölige, regenbogenfarbige Schicht. Ich stand auf.

»Ich glaube, daraufhin ist jetzt zwischen uns alles wieder, wie es immer war.«

»Das kann sich schnell ändern«, sagte er enigmatisch.

Als ich sein Büro verließ, blieb immer noch eine Frage offen: Warum war Branco so freundlich gewesen und hatte mich doch so getäuscht?

Ich rief Nicole im Laden an und erklärte ihr, daß ich gleich hinkommen würde. Als ich ihr erzählte, daß ich gerade Branco gesehen habe, sagte sie strahlend: »Und, wie geht's ihm denn heute?«

»Sehr komisch«, entgegnete ich, bevor mir auffiel, daß auch ihre Frage ausgesprochen komisch war.

»Sehr gut«, sagte sie.

Dann legte sie wie üblich auf, ohne sich zu verabschieden. Hoffentlich finde ich eines Tages eine Erklärung für diese seltsame Angewohnheit. Aber für den Augenblick blieb nur die eine Frage offen: Warum hatte sie nicht geschimpft, daß ich nicht zur Arbeit erschienen war?

Ich kehrte zu Snips auf demselben Weg zurück, den ich gekommen war, und kam daher wieder an dem Straßencafé in der Nähe der Ballettstudios vorbei. Zu meiner Überraschung saß Scott Molloy noch immer an dem Tisch, an dem wir uns unterhalten hatten. Aber jetzt war Alissa Kortland bei ihm. Sie wirkten beide wie in die Falle geraten und schienen sich miteinander keineswegs wohlzufühlen. Scott erblickte mich zufällig, während ich auf sie zuging. In Sekundenschnelle stand er auf und floh vom Tisch. Nicht gerade ein feiner Abgang. Als ich hinkam, fragte ich Alissa Kortland, ob ich mich zu ihr setzen dürfe.

»Bitte sehr«, sagte sie, verborgen wie sie war hinter ihrer riesigen undurchsichtigen Sonnenbrille und ihrem breitkrempigen Leinenhut. Ihr blondes Haar hatte sie größtenteils unter dem Hut aufgesteckt, aber soviel ich sah, war dieser seltene, gleichmäßige Platinton tatsächlich ihre natürliche Haarfarbe.

»Scott hat mir gerade erzählt, worauf Sie aus sind«, sagte sie. »Also kann ich Ihnen genausogut die ganze Fragerei ersparen und Ihnen einfach meine Version von der ganzen Sache erzählen.«

»Danke«, sagte ich. Aber mir war klar, daß man einer so leicht gewährten Mitarbeit wie der ihren nicht trauen konnte. Ein Kellner erschien an unserem Tisch. Alissa bestellte »noch einen«, und der Kellner bestätigte pflichtschuldig ihren Kaffee Borgia. Nach meiner bisher eingenommenen Dosis Koffein wäre ein Glas Limonade eine kluge Wahl gewesen, aber das hätte so aussehen können, als sei ich ein etwas verweichlichter Typ, der nicht einmal die legalen Drogen vertrug. Deshalb bestellte ich ein echt männliches Getränk – einen doppelten Espresso.

Nun zündete sich Alissa Kortland eine Zigarette an und begann ihre Geschichte, wie es die besten Erzähler tun: in medias res.

»Ich war Max Harkeys Geliebte, aber es dauerte nicht lange.«

»Wodurch ging es zu Ende?«

»Wodurch wohl? Durch eine andere.«

»Toni di Natale?«

»Sieht wohl so aus«, sagte sie.

»Hat Sie das sehr verletzt?«

»Ich habe es nicht aus Liebe gemacht.«

»Waren Sie dann also verärgert?«

Sie erlaubte sich ein winziges Lächeln, aber ihre Augen blieben von den dunklen Gläsern ihrer Sonnenbrille versiegelt.

»Ich hoffte«, sagte sie, »auf eine materielle Anerkennung für geleistete Dienste, wenn schon sonst nichts.«

»Und wie hat er Sie als Tänzerin behandelt?«

»Na wie wohl? Ich war für ihn nur ein Vehikel für seine schöpferischen Spleens. Aber wir sind nie was anderes. Die Zuschauer sehen in einer Tänzerin eine Märchenfigur, eine Prinzessin aus einer verzauberten Welt. Aber in Wirklichkeit sind wir nur neurotische, ausgelaugte Athleten – eigentlich eher Schlangenmenschen –, die springen und herumwirbeln und auf den Zehenspitzen Zirkustricks aufführen.«

»Ist es mit Rafik auch so?«

Erneut ein Lächeln, diesmal ein spielerisches, aber keine Antwort. Unser Kaffee kam. Ihr Kaffee Borgia war extravagant mit seinem Duft nach Orangen und bitterer Schokolade und seinem *crème-fraiche*-Häubchen. Mein Espresso war pur, unverdünnt und aromatisch. Ein Getränk für Männer, wie gesagt.

Ich sagte: »Bei Ihnen klingt das, als wäre Tanzen eine schreckliche Tortur.«

Sie nahm einen Schluck Kaffee. Dann tupfte sie sich einen hauchdünnen Sahnerand mit einem zarten Taschentüchlein von den Lippen, sittsam wie ein feines Fräulein. Diese Geste hatte sie ganz bestimmt gründlich einstudiert.

»Die Illusion von Glamour ist die ganze Qual wert«, sagte sie.

»Wie stehen Sie zu Scott Molloy?«

»Er verdient die Goldmedaille als der größte uneingestandene Schwule der ganzen Ballettwelt.«

Sie wartete auf meine Reaktion, mit der ich allerdings sehr zurückhielt. Mich cool aufführen konnte ich auch.

Sie sprach weiter: »Nachdem Scott jahrelang versucht hatte, Max' Aufmerksamkeit zu erregen, kam ich hier an, und Max machte mich sofort zu seiner Geliebten. Da war natürlich bei Scott die Hölle los. Er beschuldigte Max, daß er ihn unfair behandle – und noch dazu vor den anderen Tänzern, mitten in der Stunde.«

»Wie haben die darauf reagiert?«

Alissa zuckte die Schultern. »Beim Ballett geht's nicht demokratisch zu. Alle waren klug genug, den Mund zu halten. Aber Scott hörte einfach nicht mehr auf, er drohte Max sogar, er solle die Tänzer ab sofort gerecht behandeln. Es war schockierend, vor allem für Max, nehme ich an. Der hatte nie vermutet, daß Scott für irgend jemanden etwas empfinden könne, am allerwenigsten für ihn, und da drohte Scott ihm plötzlich die schlimmsten Dinge an, wenn Max ihn nicht auch liebte.«

»So offen kam das 'raus? Hat Scott von Max Harkey wirklich verlangt, daß der ihn lieben solle?«

»Natürlich nicht.« Sie nippte an ihrem Kaffee und sagte dann: »Sie sind ja fast genauso doof wie er.«

»Sie mögen Scott nicht so wahnsinnig gern, oder?«

»Er ist albern. Er hat keine Ziele im Leben. Er wollte Max eigentlich zum Vater. Das finde ich gelinde gesprochen abstoßend. Meiner Ansicht nach ist es besser, wenn man niemanden braucht, auch keine Vaterfiguren. Für den Anfang sind die ja ganz nützlich, aber dann sollte man besser lernen, ohne sie auszukommen.«

»Wenn Sie Scott so wenig leiden mögen, warum sind Sie dann noch mit ihm befreundet?«

Sie drehte ihren Kopf, als wolle sie, daß ich ihr Profil bewunderte, anstatt dumme Fragen zu stellen. In der Tat *war* sie wunderschön.

»Durch Scott kann ich meine Schwächen besser im Griff behalten; er ist wie ein Barometer für Charakterschwächen.« Sie wandte mir wieder das Gesicht zu. »Sie wundern sich wohl, daß ich zugeben kann, daß ich Fehler habe? Wissen Sie, ich mache mir über nichts Illusionen, auch nicht über meine Mängel. Scott ist für mich ein Spiegel, der mir zeigt, wann mein Denken oder Handeln nicht so ganz auf der Höhe ist.«

Alissa Kortland stellte die ehrlichen Gefühle so perfekt dar, daß es fast überzeugend wirkte. Kein Wunder, daß die Kritiker von ihr begeistert waren. Aber ich führte ihre kühle Logik noch einen Schritt weiter und stellte fest, daß sie ein unbedingtes Interesse daran hatte, Scott Molloy in der Gewalt zu behalten und seine vorgebliche Heterosexualität zu unterstützen. Durch ihn konnte sie ihre eigene Kraft künstlich aufbauen. Scott hatte mir gegenüber zugegeben, daß Alissa als Partnerin beim Tanzen alle Energie aus ihm heraussauge wie ein Succubus.

»Berührt Sie denn gar nichts?« fragte ich, wobei es mir nicht gelang, jeden Rest Moralismus aus meiner Stimme zu verbannen.

Wie auf's Stichwort nahm sie die Sonnenbrille ab.

»Ich hab durch meine Familie genug von dieser ganzen behütenden und begütigenden Gefühlsduselei abgekriegt. Alles, was sie tun, was sie hochhalten – Umwelt, Gesundheit, Menschenliebe, die ganzen New-Age-Klischees – alles Scheiße. Es gibt kein Vorher und kein Nachher. Nur ein Jetzt. Und ich möchte ein großes Stück vom Kuchen abkriegen. Darum bin ich aus dieser Tyrannei in Kalifornien ausgebrochen.«

Die ganze Welt haben wollen und in Boston, Massachusetts enden.

Trotz völlig anderer Umstände ähnelte Alissa Kortlands »Ausbruch aus der Tyrannei« sehr dem Werdegang Scott Molloys.

Ich trank meinen Espresso aus und stand auf.

»Ich muß zur Arbeit«, sagte ich. »Vielleicht können wir ein andermal weitersprechen.«

So wie vorhin Scott Molloy schien jetzt auch Alissa Kortland darüber zu staunen, daß ich unser offenherziges Gespräch über Kunst und Leben und Liebe und vor allem über *sie* so einfach abbrechen konnte, noch dazu wegen etwas so Profanem wie meinem Job.

9. Die mißratene Zarin

Als ich wieder im Salon Snips angeflattert kam – mit Fehlzündungen an allen Nervenenden wegen der Überdosis Koffein – war es schon nach drei Uhr. Zum Glück stand für mich nur noch ein Kunde auf der Liste, aber erst später, kurz vor Ladenschluß. Bis dahin wären meine Augäpfel und Finger bestimmt wieder in einem normaleren Zustand von Hyperaktivität. Und in der Zwischenzeit könnte ich ein bißchen von der anderen Arbeit nachholen, die ich wegen meiner nachmittäglichen Streiche vernachlässigt hatte. Ich bereitete mich schon darauf vor, Nicole das alles zu erklären und mein Herumstreunen zu entschuldigen, aber seltsamerweise schien sie meine Abwesenheit während fast des ganzen Tages kalt zu lassen.

Als sie zu mir ins Büro kam, erzählte ich alles, was passiert war. Ich beendete die lange Erklärung mit einer Portion dramatischer Ironie.

»Also jetzt stell dir mal vor, Herzchen, das Einzige, was ich nach all dem Herumgerenne herausfinde, ist, daß Toni di Natale schon frei ist.«

»Ach tatsächlich?« sagte Nicole ziemlich desinteressiert.

»Branco hatte sie am Nachmittag entlassen.«

Nicole berichtigte mich. »Du meinst wohl Lieutenant Branco.«

»Eben denselben«, erwiderte ich. »So, und wo Toni jetzt frei ist, kann ich mich ja wohl wieder um Heim und Herd kümmern anstatt um Max Harkeys Mord.«

»Ja, vermutlich«, sagte sie geistesabwesend. Dann stand sie auf und nahm Mantel und Tasche. »Ich mache heute etwas früher Schluß, Stanley. Ich möchte noch ein paar Kleinigkeiten erledigen, bevor ich heimgehe.«

»Hast heute abend wohl eine wichtige Verabredung?«

Nicole lächelte geheimnisvoll. »Stimmt, mein Lieber.«

»Erzähl doch.«

»Kümmere du dich hier ums Geschäft, Schätzchen. Bis morgen.«

Nicole war schon fast zur Tür draußen, als sie sich nochmal umdrehte und sagte: »Und könntest du morgen früh aufsperren? Ich komm' vielleicht ein bißchen später.«

»Klar, Herzchen.« Dann fügte ich mit einem Grinsen hinzu: »Amüsier' dich gut.«

»Oh ja, bestimmt.«

Später erschien mein Kunde Garrett Wade. Garrett hatte es als Kabarettist unter dem Namen Miss Püppi zu beachtlicher, wenn auch begrenzter Berühmtheit gebracht. Seit neuestem jedoch hatte er die Glitzerkleider und Pumps gegen Nadelstreifen und Schuhe, »Richelieu«, getauscht, und seine Bühne war jetzt der Gerichtssaal, wo er sich schnell einen Namen zu schaffen begann als fähiger, wenn auch schockierender Verteidiger. Garrett führte das Gespräch wie so ein Talkshow-Flittchen, wie die Parodie auf eine Frau, die nicht bis drei zählen kann, ohne sich gleich die Bluse aufzuknöpfen. Ich hatte ihn einmal gefragt, wie die Richter auf sein berechnendes Theater reagierten, in dem er oft geradezu tuntig wurde, um sich das kritischste Publikum überhaupt, nämlich die Geschworenen, geneigt zu machen.

Garrett hatte mit einem Aufkreischen geantwortet: »Sie ermahnen mich, doch mein Kreuzverhör zu führen und nicht die Zuhörer zu verführen!«

Blieb nur die Frage, ob er das ernst meinte?

Ich setzte ihn in meinen Frisierstuhl und begann mit der allmonatlichen Farbauffrischung. Immer auf neue Mandanten aus, hatte Garrett bereits von dem Mord an Max Harkey erfahren und schnell eine Verbindung zu Rafik gesehen.

»Hängt da dieser heiße Liebhaber von dir mit drin?«

»Nicht in krimineller Hinsicht«, antwortete ich.

»Wenn er einen Anwalt braucht: ich stehe zur Verfügung.«

»Hoffen wir, daß es *dazu* nicht kommen wird.«

Garretts lebhaftes Gesicht erstarrte im Spiegel einen Augenblick, weil er nicht sicher war, ob ich damit seine Fähigkeiten im Prozeß oder das Schicksal meines Liebhabers meinte. Es folgte ein ungemütliches Schweigen, ganz wie der beunruhigende Hiatus, wenn der Wind die Richtung wechselt. Dann nahm Garrett die Unterhaltung schnell und Hals über Kopf auf einem ganz anderen Gebiet wieder auf.

»Und, wie lebt es sich nun so in der Ehe?«

»Ehe wohl kaum«, sagte ich.

»Warum nicht?«

»Wir sind noch nicht soweit«, log ich.

Garett tat meine Bemerkung mit einer abfälligen Bewegung des Handgelenks ab. »Oh Mädchen, wenn's bei mir so steht, dann laß ich den Typen einfach sausen und treff' mich wieder mit anderen. Es gibt einfach zu viele Männer, als daß man sein Leben damit verschwenden sollte, nur einen davon zu verstehen.«

Ich entgegnete: »Neue Typen aufzureißen klappt bei mir nicht so gut.« Außerdem, dachte ich, was wußte schon dieser Garrett Wade, diese Tunte, die sich so hervorragend mit Wochenend-Romanzen auskannte, über wirkliche Beziehungen? Wenn Miss Püppis Lover sich nur einmal in der Nase bohrte oder ein falsches Accessoire trug, war er auch schon vergessen. Und da ich ein bißchen was über Garretts Familie mütterlicherseits wußte – zahllose Heiraten, Scheidungen, Alimente und Eskapaden – stand für mich eines fest: Er war ganz die Tochter seiner Mutter. Aber was für seltsame Angewohnheiten er auch immer haben mochte, Garrett verbreitete doch stets eine überschäumende Stimmung um sich und jede Menge wilde Späße, und allein deshalb war mir seine Gesellschaft angenehm. Außerdem schaffte er es, da ja alles relativ ist, daß ich mir außerordentlich männlich vorkam.

Und das brauchte ich jetzt auch dringend, denn in diesem Moment stürmte Rafik in den Laden, bestürzt und offensichtlich in höchster Eile.

»Stani!« schrie er atemlos. »Madame ist überfallen worden!«

Im ganzen Salon hielten die paar späten Stylisten ihre Scheren still und lauschten zusammen mit ihren Kunden in morbider Neugier. Wenn jemand mitten auf die Bühne rennt, hört man ihm einfach zu.

»Es ist passiert vor eine Stunde«, fuhr Rafik aufgeregt fort.

»Ist sie verletzt worden?« sagte ich.

»*Non*. Ist Polizei jetzt dort.«

»Wo ist es denn passiert?« sagte ich.

»In Eingang von ihre Haus.«

Jetzt mischte sich Garrett Wade mit ein. »Haben Sie den Angreifer verjagt?«

»Was?« antwortete Rafik.

»Haben Sie das Opfer gerettet, Sie großer starker Mann?«

Rafik runzelte die Stirn. »Wer ist denn das?« fragte er mich ungeduldig, als wolle er eigentlich gar keine Antwort.

Ich versuchte die beiden vorzustellen, doch Rafik packte mich am Arm und zog mich von meinem Frisierstuhl weg und nach hinten in mein Büro. Drinnen sprach er schlicht und knapp wie ein Offizier in einer Krisensituation.

»Du mußt helfen. Madame fürchtet für ihre Leben.«

»Rafik, das ist Sache der Polizei, nicht von mir.«

»Sie glauben nicht ihr. Ich sehe von ihre Gesichter und ihre Fragen. Sie denken, Madame nur hat ausgedacht Überfall.«

»Das hätte ja wirklich zu keinem günstigeren Zeitpunkt geschehen können.«

»Was meinst du?«

Ich schürzte die Lippen und sagte ihm dann: »Toni ist heute nachmittag auf freien Fuß gesetzt worden.«

»Oh! Das ist gute Nachricht, nein?«

»Eigentlich nicht.«

Rafiks dunkle Augen, die gerade noch flehend gewesen waren, begannen zu glühen. »Warum nicht?« sagte er.

»Sie könnte Madame angegriffen haben«, sagte ich.

»Unmöglich.« Die Glut in ihm flammte bereits auf.

»Erzähl mir ganz genau, was passiert ist.«

»Madame sperrte Eingangstür zu. Jemand hat genommen ihre Tasche und hat sie gestoßen auf Boden.«

»Hat sie gesehen, wer es war?«

»Sie war zu viel – wie sagt man? – gesetzt?«

»Entsetzt.«

»Entsetzt, ja.«

»Sie hat also nichts gesehen?«

»Nein.«

»Rafik, ich glaube nach wie vor, daß das etwas für die Polizei ist. Ich war ja damit einverstanden, daß ich helfen sollte, Toni aus dem Gefängnis zu befreien, aber jetzt habe ich anderes im Kopf.«

»Was denn?«

»Dich und mich. Damit will ich jetzt meine Zeit verbringen.«

»Aber Madame gehört für mich zu Familie.«

»Für mich nicht«, sagte ich.

Er blickte mich mit glühenden Augen an.

»Du wirst also nicht helfen ihr?«

»Nicht, wenn Gefahr dabei ist.«

»Du hast Angst, das heißt?«

»Ich versuche vernünftig zu sein.«

»Du bist die einzige Mensch, die kann helfen mir.«

»Die Polizei kommt damit schon klar.«

»Bitte, Stani. Kannst du reden mit ihr? Nur reden? Es wird helfen ihr. Es wird helfen mir.«

Ich seufzte tief. Lieber, Liebster, Geliebtester. »Rafik, was könnte ich denn wohl sagen oder tun, was nicht von der behördlichen Autorität auch getan werden könnte?«

»Kannst du bringen Frieden. Madame Rubi hat dich gern. Sie traut dich.«

Schon wieder Schmeichelei. Die wirkte bei anderen, und sie wirkte bei mir.

»Also gut, mein liebes Herz. Ich spreche mit ihr, egal, wozu das führt.«

Mit einem Mal packte mich Rafik und zog mich in eine heftige Umarmung. Während unsere Köpfe aneinandergepreßt waren, sagte er: »Ich habe gewußt, daß du wirst helfen.«

»Nach der Arbeit geh' ich hin. Sag mir nur, wo sie wohnt.«

»Sie wohnt in selbe Haus mit Max Harkey.«

»Im Appleton?« sagte ich und zog meinen Kopf ein wenig zurück, um ihn anschauen zu können.

»Oh ja. Madame wohnt darunter. Sie ist seine Nachbar.«

»Warum habe ich das nicht gewußt?«

Rafik zuckte die Schultern. »Sie wohnt da schon immer.«

Das war doch seltsam.

Ich wühlte mein Gesicht in den Hals meines Liebhabers. »Wo ich dir jetzt diesen Gefallen tue, bleibst du dann heute nacht bei mir?«

»Oh ...« Er schwankte. »Ich bin so müde.«

War es wirklich die Müdigkeit? Oder eher die Tatsache, daß Toni di Natale wieder verfügbar war?

»Ich verstehe«, sagte ich. »Kein Wunder, daß du vor Müdigkeit umfällst. Ich habe gesehen, wie schwer du während der Proben arbeitest.«

Sofort zog Rafik sich von mir zurück. »Wann?« wollte er wissen.

»Heute, am frühen Nachmittag.«

»Du hast mich beobachtet?«

»Ja. Es war wunderbar.«

»Wie du kannst wagen, mich zu beobachten?«

»Wagen? Ich habe dir zugeschaut, weil ich dich liebe.«

»Ich sage dir schon früher, du sollst nicht sehen meine Probe.«

»Das hatte ich ja auch gar nicht vor. Es passierte eben einfach. Du warst so schön, wie du den Tänzern erklärt hast, was sie tun sollen. Ich habe mich gleich wieder in dich verliebt.«

An diesem Punkt wurde Rafik wieder ein bißchen weicher. Noch einmal bat ich ihn, die Nacht mit mir zu verbringen. Noch einmal gab er vor, zu müde zu sein.

»Sei doch bei mir müde«, sagte ich und verachtete mich selber für den flehentlichen Klang meiner Stimme.

»*Non*. Ich gehe nach Hause.«

»Soll ich dich anrufen, nachdem ich bei Madame war?«

Er nickte. »Wenn du willst. Vielleicht ich werde schlafen.«

Mit wem? fragte ich mich.

»Rafik, ich bin auch müde. Aber trotzdem erwartest du ... bittest du mich ... dir einen Gefallen zu tun. Ich soll jetzt Madame Rubinskayas verstörtes Gemüt besänftigen. Und ich habe zugestimmt ... wegen dir. Gut, und was ist jetzt mit mir?«

»Stani, deine Geist ist stark. Du mußt helfen die andere. Ich bin zu schwach jetzt. Meine Arbeit nimmt alle Kraft.«

Noch ein letztes Mal bot ich mich ihm an. »Warum bleibst du heute nacht nicht bei mir, so daß ich *dir* helfen könnte?«

»Du hilfst mir, wenn du sprichst mit Madame.«

Rafik umarmte mich noch einmal und küßte mich auf Hals, Wange und Mund. Dann verließ er den Laden.

Als ich wieder an meinen Frisierstuhl trat, bemerkte Garrett Wade: »Worum ging's denn?«

»Es ging«, antwortete ich, während ich das bohrende Gefühl in meinem Herzen zu verbergen versuchte, »es ging um Liebe.«

»Kein Wunder, daß du an ihm hängst.«

»Ach nein?«

Ich trug den Rest des magischen Breis auf, der Garrett Wades Haarwurzeln zu einem Superblond umformen sollte. Während ich die Farbe aufpinselte, überlegte ich laut: »Wie komm' ich eigentlich dazu, schon wieder den Wohltäter zu spielen?«

»Möchtest du meine Meinung hören?« sagte Garrett.

»Klar«, sagte ich und sah ihm im Spiegel in die Augen.

»Wenn du's nicht tust, was passiert dann?«

»Nichts.«

»Da hast du deine Antwort, Mädchen.«

»Hast du mir nicht vorhin gesagt, ich solle ihn fallenlassen und mich wieder mit anderen treffen?«

»Ihn doch nicht. Jeden anderen. Aber nicht *ihn*.«

Garrett Wade war Rafiks Charme offensichtlich völlig erlegen.

Ich beendete die Arbeit an seinem Haar und ließ ihn summend davonziehen. Die frische Färbung und der neue

Haarschnitt würden die Geschworenen morgen bestimmt beeindrucken.

Danach hatte ich vor, etwas Büroarbeit zu erledigen und dann nach Hause zu gehen, aber Garretts Worte nagten noch in mir. Wenn ich nicht tat, worum Rafik mich gebeten hatte – nämlich Madame Rubinskaya besuchen –, dann stand fest, daß in bezug auf den Mord an Max Harkey nichts mehr geschehen würde, jedenfalls nichts mehr von meiner Seite. Aber wenn ich es nun tat, wenn ich die alte Dame besuchte und mich ein bißchen einmischte, was wäre dann?

Als ich vor dem Appleton ankam, fiel mir ein seltsamer Zwiespalt der Tatsachen und Ereignisse auf. Wenn Max Harkey die Geistesgegenwart besessen hatte, Rafik, Marshall Zander, die Polizei und weiß Gott wen sonst noch anzurufen, nachdem er überfallen worden war, warum hatte er dann niemand gesagt, wer ihn angegriffen hatte? Wollte er jemanden schützen? Seltsam war auch, daß man keinerlei Anzeichen dafür sah, daß er versucht hätte, die Blutung zum Stillstand zu bringen. War sein Entsetzen zu groß gewesen? Oder hatte Max Harkey begriffen, daß die Wunden tödlich waren und daß ihn nichts mehr retten konnte? Oder vielleicht – warum war ich da eigentlich nicht schon längst draufgekommen? – vielleicht hatte Max Harkey gar niemand angerufen. Vielleicht war er während des ganzen schrecklichen Ereignisses bewußtlos gewesen. Denn falls es nicht ein äußerst ungewöhnlich inszenierter Selbstmord war, wie sonst könnte ein Mensch diese wohlüberlegten und effektvollen Wunden so hinnehmen?

Ich läutete an Madames Wohnung und sagte ihr, wer ich sei. Sie betätigte den Türöffner, und ich sah, daß das Schloß an der Eingangstür bereits wieder repariert war. Droben drückte ich auf den Klingelknopf neben ihrer Wohnungstür, und sofort begann ein Hund drinnen laut zu bellen.

»Veruschka! Veruschka!« quäkte die alte Dame hinter der Tür.

Bei meiner angeborenen Angst vor Hunden hatte ich gleich das Gefühl, daß Veruschka und ich nicht die allerbesten Freunde werden würden.

Madame Rubinskaya öffnete die Türe, und der Hund sauste an ihr vorbei heraus. Da Madame ja Russin war, hätte ich einen Barsoi oder Afghanen erwartet. Veruschka jedoch war nur eine ganz gewöhnliche Promenadenmischung. Sie wedelte aufgeregt mit dem Schwanz und beschnüffelte meine Hosenbeine aufwärts und abwärts, dann raste sie auf dem Treppenabsatz herum und japste und jaulte und schnupperte überall. Madame Rubinskaya stand in der offenen Türe und bewunderte die Possen ihres Haustiers.

»Ich habe gerettet sie«, sagte sie. »Ist sie gutes Mädchen, meine kleine Zarin.« Madame bückte sich ein wenig und klatschte in die Hände. »Hinein jetzt, Ruschka. Hinein!«

Die Hündin bellte – zwei kurze, laute Kläffer – gehorchte dann sofort ihrer Herrin und stürmte in die Wohnung zurück. Ich folgte Madame in ein großes Wohnzimmer von heruntergekommener königlicher Eleganz.

»Rafik schickt Sie?« fragte sie.

»Ja«, antwortete ich.

»Gut. Sie warten hier. Ich bringe *chai.*«

»*Chai*?« fragte ich.

Die alte Frau grinste. »*Tee*«, sagte sie emphatisch, dann drehte sie sich um und ließ mich in dem Zimmer allein.

Dieses Wohnzimmer wäre der Traum jedes Historikers gewesen und der Alptraum jedes Designers, ein Mischmasch von Möbeln und anderen Gegenständen, die keinen erkennbaren Stil und keine Gemeinsamkeit besaßen, außer daß alles alt war. Die Möbel sahen aus, als stammten sie aus Europa, und zwar aus der Nachkriegszeit, als Modernität nur auf Kosten des guten Geschmacks zu haben war. Eine Ansammlung der seltsamsten Tischlampen schaffte es kaum, die Düsterkeit der dunklen Tapeten und der schweren Vorhänge ein wenig zu erhellen. Eine antike, byzantinische Ikone, mit Augen, die von der Schwere der Welt ganz traurig aussahen, blickte hoch droben aus einem Winkel herab. Auf der einen Seite des Zimmers stand ein Flügel, der von einem muffig riechenden Jacquardstoff mit langen Fransen an den Seiten umhüllt war. Ein paar Partituren lagen auf dem Notenständer. Ich blätterte eine durch und sah, daß sie eine Widmung des Komponisten an Madame Rubinskaya trug. Auf dem Flügel standen viele gerahmte Fotografien. Eine davon nahm meinen Blick gefangen. Es handelte sich um die sepiafarbene Aufnahme eines jungen Tänzers, oder besser gesagt eines jungen Gottes, von hinten im Halbprofil. Er war nackt. Ich nahm das Bild in die Hand und studierte die feinmodellierten Muskeln auf der Hinterseite des Mannes. Das war ein Stück, das mich faszinierte. Da merkte ich, daß Veruschka an meinem Schuh schnüffelte. Sie ging dabei ganz sanft vor, als wolle sie sich für ihre ungehobelte Begrüßung von vorhin entschuldigen. Ohne Stammbaum genau wie ich, fühlte sie sich bestimmt unter all den Artefakten in Madame Rubinskayas Wohnung nicht so ganz wohl.

Madame trat ein mit einem Tablett voller Speisen und einer großen kupfernen Teemaschine, dem Samowar. Ich fühlte, daß ich errötete, da sie mich in einem lasziven Augenblick erwischt hatte, mit dem Foto eines nackten jungen Mannes in der Hand.

»Ist Maxi«, sagte sie und setzte das Tablett ab. Ich stellte das Bild wieder auf den Flügel und trat zu ihr, um ihr behilflich zu sein.

Sie servierte den *chai* in hohen Gläsern. Er war stark – stechend und süß und blumig. Zum *chai* bot sie Sandwiches mit kaltem Kalbfleisch auf herzhaftem dunklem Roggenbrot an, dazu eingelegte polnische Pilze und einen Kartoffelsalat mit Ei. Eine Weile aßen wir schweigend. Ich wollte sie gerade nach dem Überfall fragen, als sie ihren Teller absetzte und mir zuvorkam.

»Erzähle ich Ihnen Geschichte von Maxi«, begann sie. »Sie sehen von diese Bild wie schön war sein Körper. Wenn Maxi war Tänzer in Monte Carlo, ich war *régisseuse*. Das ist Direktorin von Proben, Sie verstehen?«

Ich nickte und warf einen Blick auf ihre feingebauten Knöchel und ihren hohen Rist, den das Oberleder ihrer Schuhe tatsächlich zu beengen schien.

Madame Rubinskaya fuhr in ihrer Erzählung fort. »Einmal nach Probe ich schließe die Studio zu und höre ich Geräusche aus Ankleidezimmer der Mädchen. Ich frage mich: Was ist das? Ist jemand da drin? So ich gehe wie Katze zu Ankleidezimmer. Leise, leise, mache ich weiche Schritte. Bewege ich langsam Vorhang zu schauen hinein. Und was ist da drin?«

Sie verstummte theatralisch, und ich war klug genug, nichts zu sagen. Dann lächelte sie über das ganze Gesicht. Selbst ihre Augen strahlten durch die düstere Atmosphäre ihres Wohnzimmers.

Sie flüsterte: »Maxi macht Liebe mit eine junge Tänzerin.« Darauf stellte Madame ihr Glas Tee auf den Tisch und rief aus: »*Bohze*!«

Ihre Geschichte war die Umkehrung der klassischen Urszene. Und als würde sie meine Gedanken lesen, sagte Madame jetzt: »Da ich wußte, daß ich werde lieben Maxi für immer. Danach er ist wie Sohn für mich.« Sie seufzte und schüttelte den Kopf, dann atmete sie langsam aus und endete in einem traurigen kleinen Klagelaut.

Zur Unterbrechung bot sie mir ein Tablett mit kleinen flachen Kuchen an, die nach gebackenen Äpfeln dufteten. Ich nahm einen und biß hinein. Er zerging mir auf der Zunge und schuf eine Wolke von würzigem Fruchtfleisch und butterigem Karamelgeschmack.

»Sie mögen?« fragte Madame Rubinskaya.

»Ganz köstlich«, erwiderte ich ehrlich.

Sie lächelte zufrieden, über ihre eigene kulinarische Geschicklichkeit erfreut. »Ist ganz einfach«, sagte sie. »Nur Butter und Frischkäse, und ein bißchen Mehl, um zusammenzuhalten.«

Die köstliche Mélange kitzelte mir so spielerisch die Geschmacksnerven, daß ich in den siebenten Himmel des Wohlgeschmacks entschwebte. Dann aber erinnerte ich mich nur zu genau an meine Mission, von der mich Madame Rubinskaya so gekonnt durch Speis und Trank und Geschichte abgelenkt hatte. Ich schalt mich innerlich selber, daß ich mich so leicht von meiner Fährte abbringen ließ, und wahrscheinlich machte ich deswegen meine nächste Bemerkung, die ein Paradebeispiel von *non sequitur* darstellte.

»Ist Ihnen etwas Wertvolles abhanden gekommen?«

Madame Rubinskaya sah mich an, als habe ich soeben eine Zeile aus der Liturgie einer Hohen Messe gesprochen.

»Der Überfall«, fuhr ich fort. »Hat der Räuber etwas mitgenommen?«

Die erstaunliche Verwandlung, die jetzt mit Madame Rubinskaya vorging, hätte bei einer weniger guten Schauspielerin mehrere Proben mit genauen Regieanweisungen sowie ein völlig neues Make-Up verlangt – allerdings hatte ich ihr immerhin eine großartige Motivation geliefert, schien mir. Sie vollzog den Wandel von der Köstlichkeiten auftischenden Babuschka zum gebeutelten älteren Mitbürger – mit eingesackten Schultern, hängenden Backen, zusammengezogenen Lippen, müden Augen – schneller, als man »Kamera läuft« hätte sagen können.

»Ach!« rief sie aus. »Kam er von nirgendwo.«

»Es war also ein Mann?«

»Natürlich es war ein Mann.«

»Haben Sie ihn gesehen?«

Ein schlauer Blick aus ihren klugen Augen.

»Nein«, sagte sie. »Ging alles zu schnell.«

»Aber woher wissen Sie dann –«

»Ich weiß, daß es war ein Mann!« Ich machte aus mir den betroffenen Therapeuten, die persona, die ich auch benutzt hatte, als ich noch an der psychiatrischen Klinik gearbeitet habe. »Es muß schrecklich für Sie gewesen sein«, sagte ich und zwang Wärme in meine Augen.

Nachdem wir alle beide die ganze Zeit schauspielerten und etwas verbargen, befanden wir uns jetzt in einer Sackgasse. Sie heuchelte Hysterie, und ich heuchelte genauso offensichtlich Sympathie. Dabei war jetzt die eigentliche Frage, falls wirklich ein Überfall stattgefunden hatte, wer es getan hatte und warum. Und falls nicht, warum die alte Dame den Vorfall erfunden hatte. Es war Zeit für mich, ein bißchen Charme zu entfalten.

»Verzeihen Sie«, sagte ich. »Ich hätte mehr Verständnis zeigen sollen.«

Ihr Gesicht blieb auf mich gerichtet.

Ich sagte: »Erzählen Sie mir ein wenig von Ihrer Karriere als Tänzerin.«

Das endlich brach ihren Widerstand.

»Ach, so viel zu erzählen. Was Sie wollen hören?«

Ich zuckte die Schultern. »Was mochten Sie denn am liebsten?«

Sie holte tief Atem und blickte in den Raum hinein, als wolle sie sich selbst in Trance versetzen. Manche Leute von der Bühne vergessen anscheinend manchmal, daß sie nicht auf der Bühne sind. »Am liebsten ich mochte zuschauen meine Großmutter. Sie war wunderschöne Tänzerin. *Assoluta*. Sie war Favoritin von Zar.«

Diesen Satz hatte sie schon einmal benutzt, und ich hatte den Verdacht, daß diese Erinnerung an den verflossenen Ruhm der Familie Madame dazu diente, sich ihres eigenen Wertes zu versichern.

Sie sprach weiter. »Ich war nie Primaballerina wie meine Großmutter. Wer ist Ballerina der Familie jetzt, ist Mireille. Sie wird sein *assoluta* eines Tages. Wunderschöne Tänzerin. Wie meine Großmutter.«

»Mireille ist Ihre Nichte, stimmt's?«

Madame Rubinskaya berichtigte mich. »Sie ist Enkel-Nichte.«

Großnichte, dachte ich.

Ich fragte: »Haben Sie auch die berühmten Rollen getanzt? Odette-Odile? Aurora? Julia?«

Die alte Frau blickte finster drein. »War ich Charaktertänzerin. Hatte ich große Passion, große Feuer, große Technik, aber war ich niemals hübsches junges Mädchen auf der Bühne. Also ich mache meine Tanz, und die Publikum liebt mich. Habe ich gemacht *tours en l'air* wie Mann. Große Sprünge auch. Sehr stark.«

»Es muß wunderbar gewesen sein«, sagte ich beeindruckt.

Sie sonnte sich einen kurzen Augenblick in vergangenem Ruhm. Dann wurden ihre Augen boshaft, und sie beugte sich zu mir vor. »Soll ich sagen Ihnen Geheimnis? Große Geheimnis?«

»Unbedingt.«

Sie grinste übers ganze Gesicht. »Das ist – wie sagt man bei Ihnen? – meine tiefe dunkle Geheimnis.« Sie wollte aus der Situation das Äußerste an Spannung herausholen, gleichzeitig wollte sie aber auch unbedingt ihr Geheimnis loswerden. Mit leiser Stimme sagte sie: »Ich liebe Bühne niemals. Ich liebe niemals Aufführung.«

Ich schaute sie mit meinem erwartungsvollsten Blick an.

Sie fuhr fort: »Ich mag nur Probe und Ballettklasse. Da ist die Ballett ernst. Auf Bühne manchmal ist wie Zirkus. Aber in Studio ist immer ...« sie hielt inne, um nachzudenken, um die nächsten Worte sorgfältig zu wählen, obwohl ich überzeugt war, daß sie dieses Geheimnis schon oft enthüllt hatte. »In Studio«, sagte sie und ließ noch einmal eine endlose Pause folgen. »Das Studio ist wie Kirche.«

Na bitte, dachte ich, Brava! Endlich ist es raus.

Sie fügte rasch hinzu: »So ich bin glücklich zu sein *maîtresse de ballet*, zu dienen meine Kunst und meine geliebte Maxi.«

Bei seinem Namen wurden ihr die Augen wieder feucht. Jetzt war es Zeit für mich herabzustoßen.

»Kann ich Sie etwas über ihn fragen?« sagte ich. »Über Max?«

Ihr linkes Augenlid zuckte.

»Wenn hilft«, sagte sie, mit einem leichten Mißvergnügen, daß ich bei ihrem feierlichen Bekenntnis keine Reaktion gezeigt hatte.

Ich wußte, daß meine Frage nach Beschuldigung riechen

mußte. Und schließlich war ich ja eigentlich hier, um sie zu trösten, und nicht, um sie zu provozieren. So tastete ich mich etwas unsicher vorwärts.

»In der Nacht, als Max ... In der Nacht, als das alles geschah. Hat er Sie da zu Hilfe gerufen?«

»Was Sie da sagen?« antwortete sie scharf. »Maxi um Hilfe rufen? Höre ich hier nichts. Sie sehen, ist fast Schallschutz.« Ihr Gesicht war noch immer hart und defensiv.

»Madame, hat er Sie *angerufen*?«

»Oh«, sagte sie, als habe sie jetzt endlich meine Frage verstanden, obwohl ich überzeugt war, daß sie ganz genau wußte, wonach ich fragte. Wenn ich etwas mehr Charme entwickelt hätte, würde sie mir vielleicht sogar etwas sagen.

Nach einer längeren Pause, während der Veruschka zweimal nieste und sich dann wieder zu Madames Füßen niederließ, sagte die alte Frau einfach: »Ich weiß es nicht.«

»Haben Sie das Telefon läuten hören?«

Sie hob die Hände, als wolle sie sich ergeben. »Ich kann nicht beantworten Ihre Frage, weil ich war nicht hier.« Ihre Stimme hatte jetzt eine sehr weibliche Sanftheit angenommen, die, während sie fortfuhr, immer deutlicher und fast schon aufdringlich wurde. »Habe ich die Nacht in Ballettstudio verbracht.«

»Aber Sie waren doch bei dem Abendessen. Warum hätten Sie dann zum Studio gehen sollen?«

»Als ich komme heim, ich gehe spazieren mit Veruschka.«

»War das nicht gefährlich, so spät nachts?«

»Ich habe nicht Angst. In Rußland, *da* man muß Angst haben. Hier es gibt nichts, um Angst zu haben. Sogar jetzt ich habe nicht Angst.«

Ich konnte ihr nicht so ganz zustimmen, aber schließlich war ich nicht hier, um Landespolitik zu diskutieren.

Sie fügte hinzu: »Man darf niemals Angst haben.«

Ich nickte in vorgeblicher Dankbarkeit für ihren Rat.

Sie fuhr in ihrem Ablenkungsmanöver fort: »So Veruschka und ich gehen spazieren, und wir kommen zu Ballettstudio in diese Nacht, und ich beschließe, dort zu bleiben.«

»Aber warum sind Sie nicht einfach hier zu Hause geblieben?«

Sie schenkte mir ein herablassendes Lächeln, als könne nur ein großer und verehrungswürdiger Künstler verstehen, warum sie es getan habe.

»Maxi hat mich verwundet sehr stark an diese Abend. Er hat gebrochen mein Herz. Er gibt diese Rolle aus dem *Phoenix* für junges Mädchen Alissa. Sollte sein für meine liebe Mireille. Ist für sie gemacht. So bin ich verwundet und bin ich böse und will ich weit fort sein von ihm. So bleibe ich nicht zu Hause.«

Ein derart schwaches Alibi brauchte ja wirklich das gesamte Haarspray von Boston, um aufrechterhalten zu werden. Und doch konnte ich mich fast in ihre Logik hineinversetzen, konnte verstehen, daß man plötzlich weit weg von jemandem sein wollte, der einem wehgetan hatte. Aber mein Verständnis rührte von erlebten Mißlichkeiten zwischen Liebenden her. Was hatte eigentlich wirklich für eine Beziehung zwischen Max Harkey und Madame Rubinskaya bestanden? Eines stand jedenfalls fest: Für jemand, der vorgab, die Bühne so sehr zu hassen, hatte Madame wirklich eine gute Vorstellung gegeben.

Ich bedankte mich für ihre Gastfreundschaft und brach auf. Veruschka bewegte sich und stand dann zur Verabschiedung auch noch auf. Als ich Madame Rubinskaya an der Tür Gute Nacht sagte, schnüffelte Veruschka sachte an meiner Hand. Ich zuckte instinktiv zurück, und die Hündin duckte sich bei meiner plötzlichen Bewegung. Madame Rubinskaya lachte.

»Wird sie nicht Sie verletzen. Ist sie gutes Mädchen.«

Veruschka sah mit großen, bedauernden Augen zu mir auf.

Vielleicht beißen manche Hunde wirklich nicht.

Am häuslichen Herd hielt das Leben für mich an diesem Abend noch eine besondere Herausforderung bereit. Sobald ich zu Hause war, nahm ich mir das zweite Wesen vor, das ich von Herzen liebte: Sugar Baby. Ich sollte ihr auf Anraten des Tierarztes in regelmäßigen Abständen die Zähne putzen. Natürlich klingt das ganz einfach, aber haben Sie schon einmal versucht, einer Katze die Zähne zu putzen? Trotz all ihres rätselhaften Charmes besteht eine Katze zum größten Teil aus Krallen und Zähnen. Solch einem Wesen die Zähne putzen zu wollen, ist der reinste Wahnsinn. Aber ich hatte eine Methode, mit der ich mein Mädchen zur Zusammenarbeit mit mir bringen und mir viel Geld und ihr eine Prophylaxe unter Vollnarkose ersparen konnte. Sobald ich sie umgarnt hatte, legte ich mit meinem Folterinstrument los: mit einer Katzenzahnbürste, die in Krabbenfleischsaft getaucht war. Es funktionierte. Sugar Baby erlaubte mir, daß ich ihr die Zähne putzte. Sie versuchte sogar mitzuhelfen, wie Katzen es ja gewöhnlich dann tun, wenn man es am wenigsten brauchen kann. Sie leckte sich die Lippen, sobald ihr ein Tropfen Saft auf die Zunge kam, und stupste mich dann mit der Pfote an, um noch mehr zu kriegen. Das machte das Putzen ein bißchen schwieriger, aber ich vollendete die gesamte Prozedur wunderbarerweise ohne den kleinsten Kratzer. Und ich fragte mich, ob es nicht vielleicht einen riesigen unentdeckten Markt gab für weitere Katzenpflegemittel mit Krabbengeschmack.

Ich belohnte Sugar Baby für ihre Tapferkeit mit einem anschließenden genüßlichen Kämmstündchen. Verdammt nochmal, wo Rafik heute nicht da war, mußte ich mich eben an eine andere pelzige Person halten. Während der von Schnurren erfüllten Sitzung mit meiner Süßen gönnte ich mir einen großzügigen Martini – ich glaube, in dieser Größe nennt man das einen Mogul-Martini. Und in meiner Einsamkeit erinnerte ich mich an einen Rat, den mir ein Kunde, der Geschäftsmann war, einmal gegeben hatte: Wenn du Zweifel hast, dann organisiere. Und Zweifel hatte ich tatsächlich, das war das Mindeste. Also machte ich mich, um meine Zweifel zu beschwichtigen, ans Organisieren, indem ich im Geist eine Liste von allen Leuten aufstellte, mit denen ich in letzter Zeit gesprochen hatte, ferner, wer davon verdächtig war und welches Motiv er oder sie gehabt haben konnte, Max Harkey zu ermorden.

Da war erst einmal Marshall Zander, der wohlhabende Tölpel, der das Boston City Ballet unterstützte. Da ich für ihn kein Motiv sah, erfand ich eins, nämlich eines, das für mich immer das naheliegendste ist: sexuelle Eifersucht. Ich stellte mir vor, daß Max Harkey Marshalls Liebe immer zurückgewiesen hatte, weil er eben nicht homosexuell war. Als sich Max Harkey in Toni di Natale verliebte, brachte ihn Marshall Zander vielleicht in einem unbeherrschten Augenblick um. Dafür hatte ich keinerlei Beweise, aber mir gefiel es, daß darin so viel Melodramatik lag.

Scott Molloy, der abweisende junge Tänzer mit den hübschen Beinen und Pobacken, hätte Max Harkey ebenfalls aus Eifersucht töten können. Nicht nur war seine Freundin Max' Geliebte gewesen, sondern es gab ja auch das Gerücht, daß Scott für Max mehr empfand als nur die berufsmäßige Schmeichelei. Unerwiderte Liebe ist immer ein prima Motiv für Mord.

Was Alissa Kortland betrifft, so hatte sie sich vielleicht rächen wollen für die Einschränkungen, die Max ihrer Karriere auferlegte, obwohl sie seinen sexuellen Wünschen zu Willen gewesen war.

Für das nächste talentierte Sexualobjekt, nämlich Toni di Natale, entdeckte ich weder Motiv noch Gelegenheit. Vielleicht stand sie mir durch ihr Techtelmechtel mit Rafik zu nahe vor Augen, als daß ich sie objektiv hätte sehen können.

Und wo war überhaupt ihr Verlobter, Jason Sears? Wo war er hin? Machte er wirklich eine Tournee?

Mein letztes Gespräch hatte ja mit Madame Rubinskaya stattgefunden, und sie hatte sich ganz gewiß unberechenbar und verdächtig benommen. Aber wie konnte jemand, der so gut buk, eine Verbrecherin sein?

Und last but not least, gefährlich aber nur für mein Herz, war da mein sprunghafter Liebhaber Rafik.

Jeder auf der Liste hatte Gelegenheit gehabt, Max Harkey zu ermorden, und keiner hatte ein sehr gutes Alibi für die Nacht. Aber jemand fehlte. Dann tauchte in meinem Gehirn, wie in einem Haufen von zufälligem Computermüll, plötzlich die Partitur auf Max Harkeys Flügel auf, die Partitur mit dem handgemalten Einband. Vielleicht hatte die Tatsache, daß ich ähnliche alte Partituren auf Madame Rubinskayas Flügel hatte liegen sehen, diese Information aus meiner schwerfälligen Datenbank hervorgeholt. Aber ich erinnerte mich nicht, diese Partitur am Morgen nach dem Mord in Max Harkeys Wohnung gesehen zu haben. Allerdings hatte ich am Abend zuvor ganz schön getankt, so daß sich in meinem Hirn Erinnerung und Einbildung sehr wohl vermischt haben mochten. Aber ich wußte, wer darauf eine Antwort geben konnte, und das war auch der Name, der auf der Liste fehlte, die ich im Geist aufgestellt hatte.

Morgen würde ich mich mit Rico treffen, Max Harkeys verteufelt reizendem Hausangestellten.

10. Ich hätt' getanzt heut nacht,
die ganze Nacht heut nacht ...

Am nächsten Morgen war ich im Snips und versuchte, die am Vortag vernachlässigte Büroarbeit aufzuholen. Es verschaffte mir ein wenig Erleichterung, meine linke Gehirnhälfte zu benützen. Die Plackerei mit dem Papierkram brachte irgendwie wieder etwas Ordnung in mein Leben, ganz im Gegensatz zu meinen ungeschickten Nachforschungen in punkto Mord.

Nicole segelte so gegen zehn in den Salon. Ich hörte sie fröhlich immer wieder »Guten Morgen!« sagen, während sie sich durch den Laden nach hinten auf mein Büro zu bewegte. Sie erschien ganz alert in der offenen Türe, den Busen hoch, den Nacken straff.

»Guten Morgen!« rief sie, als wäre auf der Welt alles in schönster Ordnung. Sie trat ein, schenkte sich einen Kaffee ein und ließ sich gemütlich in dem neuen Stuhl nieder.

»Bei dir wirkt wohl die Sex-Therapie, was, Herzchen?« sagte ich und konzentrierte mich gleich wieder auf meine Schreibarbeit.

»Leg das doch mal alles kurz beiseite, Schätzchen. Unterhalten wir uns ein bißchen.«

»Soll das heißen, daß ich mit dem Arbeiten aufhören soll?«

»Nur kurz. Hast du den Himmel gesehen?«

»Den Himmel?«

»Er ist heute morgen so wunderbar. Diese weißen Wolken vor dem Azurblau. Fast wie am Mittelmeer.«

»Du strömst ja direkt über, Herzchen.«

»Ach Stanley. Boston kann so wunderschön sein!«

Das war nun aber doch zuviel. Ich schlug den Ordner zu und drehte meinen Stuhl herum, um ihr ins Gesicht sehen zu können.

»Wer und wie?« fragte ich.

Nicole nippte sittsam an ihrem Kaffee und schlug ihre langen Wimpern zu mir auf. »Du weißt doch, daß ich sowas nie erzähle«, sagte sie.

»Kenne ich ihn?«

»Das will ich meinen«, antwortete sie mit einem gezwungenen Kichern.

»Ich brauche einen Tip.«

»Nein, brauchst du nicht«, sagte sie zurückhaltend.

»Dann muß es doch glatt Branco sein«, witzelte ich.

Aber anstatt das abzuwehren, errötete Nicole.

Erstaunt fragte ich: »Hast du tatsächlich Branco ins Bett gekriegt?«

Sie sagte nichts und wandte ihren Blick dem offenen Fenster zu.

»Spuck's aus«, verlangte ich.

Nicole gab keine Antwort.

»Heißt das, da ist nichts auszuspucken?« fuhr ich fort.

Schweigen und ein kühler Blick waren ihre Antwort.

»Oder vielleicht *wurde* nichts ausgespuckt, was, Herzchen? Manchmal fehlt es so jüngeren Männern ja einfach an Erfahrung.«

»Der Lieutenant ist wohl kaum ein jüngerer Mann«, antwortete Nicole schlicht.

»Immerhin ist er jünger als du, Herzchen, aber schließlich – «

»Stanley, manche Erlebnisse sind einfach zu gehoben für so eine vulgäre Konversation.«

»Aber wer wird denn da gleich so stinkvornehm tun?«

»Du brauchst gar nicht erst die Krallen zu zeigen, du junger Mann. Halt' du dich an deine Arbeit. Ich halt' mich an den Lieutenant.«

»Und wie.«

Aber ich war sicher, daß Nikki mich hatte provozieren wollen. Sie und der Lieutenant konnten es doch nicht miteinander getrieben haben, oder? Das gab es doch wohl nicht? Beischlaf? Ich wußte, daß sie ein recht reges Sexualleben hatte, aber Branco? War so etwas denn menschenmöglich? Bei seinem charismatischen Machotum mochte es zwar die naheliegendste Reaktion seiner Mitmenschen auf ihn sein, daß bei ihnen sofort Lust aufflammte. Aber einen ganz profanen Sexualakt mit diesem olympischen Gott von den Gestaden des Mittelmeers durchzuführen, das kam mir unwahrscheinlich vor, zu gewöhnlich – zu vulgär, wie Nikki gesagt hatte. Lieutenant Branco war ein Mensch, der sich zurückzuhalten schien, der abzuwarten schien, daß er sein Pendant traf, die einzigartige Partnerin, die ihm von den Sternen zugedacht war, die zu ihm passende Göttin, die jedoch in der gewöhnlichen Welt niemals erscheinen würde, und ganz gewiß nicht in der Verkörperung von Nicole Albright. Nein, viel eher hatte sich ihr gemeinsamer Abend in sexueller Hinsicht als Fehlschlag erwiesen, und Nikki verbarg jetzt ihre Enttäuschung hinter geheimnisvollem Getue.

Plötzlich steckte Ramon, der ja für die Haarwäsche zuständig war, den Kopf durch die halboffene Türe. »Unangemeldete Kundschaft für Stanley«, sagte er und fügte mit blasiertem Grinsen hinzu: »Ein Mann.« Dann verschwand er.

Auf der momentanen Stufe meiner Karriere bedeutete eine unangemeldete Kundschaft praktisch immer eine Empfehlung von einem meiner exklusiven Kunden, deshalb war der Neue, mochte er auch ein Fremder sein, auf jeden Fall darauf vorbereitet, hofiert zu werden und gut zu bezahlen.

»Die Pflicht ruft«, sagte ich.

»Du meinst wohl, das Geld«, entgegnete Nicole. »Wir sprechen später weiter.«

Ich nahm noch einen Schluck Kaffee und ging hinaus in den Laden. Im Empfangsbereich stand Marshall Zander, und einen Haarschnitt brauchte der sicher nicht.

»Ich hoffe, es ist nicht zu dreist, ohne Termin hier hereinzuschneien«, sagte er. »Es war ein so schöner Tag, daß ich spazierengegangen bin, und da dachte ich, ich schau mal vorbei.«

»Ich habe ein wenig Zeit«, sagte ich kühl.

»So ein Glück! Ich hätte gern Waschen, eine Haarkur und Schneiden«, sagte er. Dann lachte er herzlich und fügte hinzu: »Die ganze Abreibung.« Bei seinem Versuch, sich witzig zu geben, kam ich mir eher wie ein Mann vom Kundendienst der Wasserwerke vor als wie ein führender Haarstylist. Aber wenn nötig, kann ich auch den pflichtbewußten Proletarier spielen.

Ich gab Marshall Zander einen Frisierumhang, um seine Kleider zu schützen. Als er sich umgezogen hatte und aus der Umkleidekabine kam, bemerkte ich einen schwachen, aber unangenehmen Geruch an ihm, wie nach verfaulenden Früchten. Vielleicht stammte der ja von den vielen stimmungshebenden Medikamenten, die er einnahm.

Ich führte ihn zu den Waschbecken. Ramon, dem dieser Bereich gehörte, grinste breit, als wolle er sagen: Na, sogar beim Herrn Großmeister ist die Laufkundschaft manchmal noch ganz schön häßlich. Der gute Ramon erkannte natürlich nicht, daß es für mich *die* Gelegenheit war, mit meinen Nachforschungen ein bißchen voranzukommen. Ich wußte nur zu genau, daß Marshall Zander durchaus nicht wegen eines Haarschnitts ins Snips gekommen war. Für mich lag die Herausforderung jetzt ganz einfach darin herauszufinden, was er eigentlich wollte, ohne ihm dabei von meiner Seite des Frisierstuhls die geringsten Informationen zukommen zu lassen.

Ich trug etwas Feuchtigkeitsshampoo auf sein rauhes, braunes Haar auf und schuf eine cremige, schäumende Mousse. Während ich ihm die Kopfhaut massierte, schloß er die Augen und stöhnte leise vor Lust. Diese Reaktion auf das Tun meiner fähigen Hände ist zwar durchaus nicht unüblich, aber mit Marshall Zander hatte ich eigentlich nicht so intim werden wollen. Ich unterbrach ihm die wohligen Momente durch einen nicht so ganz zufälligen Strahl eiskalten Wassers aus der Handbrause. Er zuckte zusammen, lächelte dann aber, und ich merkte, daß er die plötzliche Überraschung genoß, auch wenn sie unangenehm war.

Ich sagte: »Sie scheinen sich ja in dieser ganzen scheußlichen Geschichte sehr tapfer zu halten.«

»Ja, dank meiner Tabletten«, sagte er. »Ich schlafe jetzt auch besser. Wie geht's Ihnen? Haben Sie schon was Neues entdeckt?«

»In welcher Hinsicht?«

»Sie haben doch im Ballettstudio mit den ganzen Leuten geredet.«

»Reden kostet nichts.«

»Wen halten Sie für verdächtig?«

Ich gab keine Antwort, obwohl mich seine Grammatik beeindruckte.

Er sprach in leichtem Ton weiter: »Verdächtigen Sie mich?«

»Ich habe eigentlich kein Recht, irgend jemanden zu verdächtigen.«

»Aber gehen Sie mir doch mit Ihren Rechten. Wie steht es mit Ihrer Logik? Gegen wen erhebt denn nun Ihre Ratio den anklagenden Zeigefinger?«

Das war ein großer Satz von dem Mann mit dem großen Bankkonto.

Ich wollte ihm gerade antworten, als ich hinter mir einen vertrauten Energiestrom fühlte. Ich drehte mich um und sah Rafik mit einem riesigen Blumenstrauß in den Armen dastehen. Mit wie gemischten Gefühlen beschleunigte sich da mein Herzschlag!

Rafik sah nicht, wer da den Kopf im Waschbecken hatte, und Marshall Zander sah Rafik hinter mir nicht. Meine Intuition sagte mir, daß es dabei auch bleiben sollte. Ich blies Rafik einen Kuß zu und wies dann mit dem Kopf auf mein Büro im Hintergrund, wo er und ich uns ungestört unterhalten konnten. Zunächst jedoch verteilte ich eine ganze Menge Haarkur in Marshall Zanders Haar.

»Nicht vom Fleck rühren«, befahl ich ihm.

»Ich bleibe, wo ich bin«, sagte er gehorsam.

Zum Glück hatte Nikki bereits mein Büro verlassen, so daß Rafik und ich allein sein konnten. Als wir drinnen waren, stieß er die Türe mit dem Fuß zu, und dann, ganz plötzlich, klammerten wir uns aneinander. Die Blumen fielen zu Boden. Wir schwankten, wir stießen an meinen Sessel und fielen zusammen hinein, noch immer in leidenschaftlicher Umarmung umschlungen. Mein Junge.

Er sprach als erster. »Verzeih mir.«

»Was?« erwiderte ich, als sei da nichts zu vergeben.

Rafik sprach stockend. »Letzte Abend. War ich der *jerque.*«

»Nein, mein Geliebter. Ich in meiner rasenden Eifersucht war und bin *le jerque* und werde es auch immer sein.«

Hier bitte unterschreiben.

»Also du bist nicht böse?« sagte er.

»Vielleicht im Zweifel, aber nicht böse.«

Es folgten weitere anhaltende Umarmungen und Küsse – zwei über die Maßen Verliebte.

Als wir endlich Luft schöpfen mußten, sagte Rafik: »Toni möchte mit dir reden.«

Das war ja nicht gerade das Liebesgeständnis, das ich von ihm hören wollte.

Ich erblickte die Blumen am Boden. Jetzt waren sie für mich mehr als ein großzügiges Geschenk von meinem Liebhaber. Sie dienten zur Ablenkung von Rafiks neuerlicher Untreue. Und mit dieser Beobachtung waren wir, das merkte ich, wieder voll drin in unserem schizophrenen Tango.

Verzeih mir.

Vertraue mir.

Hilf mir.

Hier hast du Blumen.

Ich liebe dich.

Geh.

Da capo.

»Was will sie?« fragte ich.

»Sie glaubt zu wissen, wer hat Max Harkey gemordet.«

»Das sollte sie der Polizei erzählen.«

»Nein, Stani. Sie glauben nicht für ihr.«

Ich blickte Rafik in die Augen. Solchen Augen konnte man nur sehr schwer etwas abschlagen, wenn überhaupt. Ich wußte bereits, daß ich tun würde, was er wollte. Ich würde Toni di Natale zu treffen versuchen und mit ihr reden, einzig und allein, weil sie meinen Liebhaber darum gebeten hatte. Aber diesmal hatte ich die Absicht, im Gegenzug auch etwas herauszubekommen, etwas, was den Handel mit Rafik ein wenig wieder ausglich. Ich wußte bereits, was das war, und in meinem nonchalantesten Ton fragte ich danach.

»Weißt du, wo ich Rico finden kann?«

Rafiks Augen flackerten in plötzlichem Ärger.

»Warum?«

»Weil er der einzige von allen ist, die bei dem Abendessen dabei waren, mit dem ich noch nicht gesprochen habe.«

»Sonst du willst nichts von ihm?«

»Ich will von ihm, was du von Toni di Natale willst.«

Er verengte die Augenlider, aber das Feuer brach auch da noch heraus.

»Du weißt nicht, wer ich bin mit ihr.«

»Ich versuche nur, dir begreiflich zu machen, was ich empfinde.«

Er wandte den Kopf ab, als seien meine Empfindungen das Ekelerregendste auf der Welt. Das sind sie manchmal wahrscheinlich auch.

»Wenn du willst Rico«, sagte er zornig, »du mußt fragen Marshall Zander. Rico wohnt bei ihm jetzt.«

Max Harkeys früherer Hausangestellter war offenbar noch schneller als sonst geworden.

»Ich möchte ihn nur befragen, Rafik. Und im Gegenzug spreche ich auch mit Toni di Natale. So ist es nur fair. Wo ist sie jetzt eigentlich?«

Rafiks Augen loderten. »Sie wohnt bei mir.«

Wieder herrschte Schweigen. Ich fühlte mich jetzt wie die Blumen am Boden, nämlich wie etwas Unschuldiges, das benutzt worden war, um eine Lüge zu begehen. Ich hätte gedacht, daß Rafik und ich anders wären, stärker, wahrhaftiger, weit über dieser kitschigen Szene stehend. Umso dümmer kam ich mir jetzt vor. Oh, natürlich hatte ich es mir von Anfang an selbst eingebrockt, als ich meine provinzielle Liebe gegen die Raffinesse Toni di Natales gesetzt hatte. Aber jetzt hatte Rafik gewählt. Und mich überraschte die seltsame Ruhe, die ich bei dem Gedanken empfand, daß er sie mir vorzog. Ich hätte großzügig sein und ihm dafür danken sollen, daß er mich in eine so aufregend neue Situation brachte, nämlich, wegen einer Frau verlassen zu werden. Aber ich konnte nichts sagen.

Er drehte sich leise um und ließ mich allein.

Vielleicht konnten wir trotzdem Freunde bleiben.

Und vielleicht würde ich eines Tages heiraten und Kinder kriegen.

Ein paar Minuten später hatte ich meine Fassung wiedergewonnen, so bildete ich mir wenigstens ein, und kehrte in den Laden zurück. Marshall Zander saß immer noch am Waschbecken, wo ich ihn mit seiner Kurpackung im Haar zurückgelassen hatte. Nachdem das Zeugs jetzt die ganze Zeit auf seine Haarschäfte eingewirkt hatte, würde er heute den Salon Snips wohl außerordentlich flaumig verlassen. Gratisservice.

Als ich ihm die Haare wusch, fragte er: »Alles in Ordnung?«

Er klang so ernst, daß ich fast in Tränen ausgebrochen wäre, obwohl seine Sorge um mich mehr wie die geistlose Ergebenheit eines großen dummen Hundes wirkte.

»Zumindest bringt die Zeit alles wieder in Ordnung«, sagte ich kläglich.

Ich wickelte ihm ein Handtuch um den Kopf und führte ihn zu meinem Frisierstuhl.

Als er sich setzte, erinnerte er mich: »Ganz wenig.«

»Nur die Spitzen«, sagte ich und machte mich an die Arbeit. Es handelte sich dabei hauptsächlich nur um Kämmen. Er brauchte überhaupt keinen Schnitt, und ich fragte mich wieder, warum er zu mir gekommen sei. Also, was mich betraf, so durfte er sein Geheimnis ruhig bewahren. Allerdings wollte ich an Rico rankommen, der jetzt bei ihm wohnte.

»Sie wohnen in der Stadt, stimmt's?« fragte ich.

Er hob eine Augenbraue. »Ich habe hier eine Wohnung, ja.«

»In der Nähe?«

Er runzelte ein wenig die Stirn.

Ich fügte hinzu: »Ich dachte, Sie würden vielleicht auch gerne in unsere Kundenkartei aufgenommen werden.«

»Nicht nötig. Ich weiß ja, wo Sie zu finden sind.«

Ich zuckte die Schultern. »Manchmal haben wir für unsere besten Kunden spezielle Angebote, und das teilen wir ihnen per Post mit.«

Er biß überhaupt nicht an. Wie sollte ich nur durch die defensive Apathie dieses Typen durchdringen und an seine Adresse rankommen? Als ich seinen vorgeblichen Haarschnitt gerade beendete, kam mir die abstoßende Antwort in einem Blitz wollüstigen Glanzes: Sex. Verdammt nochmal, wenn Sex schon bei der Liebe nichts nutzte, warum sollte er dann nicht wenigstens als Köder zu gebrauchen sein?

Ich liebkoste Marshall Zanders Kopfhaut besonders zärtlich und lehnte mich an ihn, wobei ich meinen Kopf dem seinen näherte und ihm ins Ohr flüsterte.

»Wenn Sie in der Nähe wohnen, na ja, dann ... also dann könnte ich ja vielleicht mal vorbeischauen.«

Natürlich würde ich das niemals, obwohl ich rein technisch jetzt mein eigener Herr war, nicht mehr so wie noch vor zehn Minuten.

Marshall Zander wandte mir den Kopf zu.

»Meinen Sie das im Ernst?« sagte er.

»Warum nicht?« antwortete ich.

Seine Augen wurden ganz schwammig vor Verlangen. »Ich habe eine Suite im Copley Palace. Sie brauchen nur dem Portier meinen Namen zu nennen.«

Er zwinkerte, und mir drehte sich der Magen um. Jetzt hatte ich zwar die Information, die ich wollte, aber ich war entsetzt, wie leicht das ging, als ich erst einmal den Weg gefunden hatte. Und was noch schlimmer war, ich hatte das Gefühl, daß das genau die Methode war, mit der sehr viele Leute das, was sie wollten, voneinander bekamen.

Als ich meine Arbeit an seinem Haar beendet hatte, nahm ich ihm den Frisierumhang ab. Marshall Zander erhob sich und streckte mir die Hand entgegen. Ich nahm sie, zuckte aber vor ihrer rauhen Trockenheit zurück. Trotzdem hielt er mich fest und sprach, als zitiere er ein sorgfältig vorbereitetes Statement.

»Es fiel mir schwer, heute hierherzukommen, aber jetzt kann ich Ihnen ja die Wahrheit sagen. Ich machte mir Gedanken über das, was ich Ihnen neulich am frühen Morgen gesagt hatte, über Sie und Ihren Liebhaber. Das tut mir jetzt schrecklich leid. Ich bin noch immer sehr zerstreut, aber dank der Beruhigungspillen komme ich doch wieder zurecht. Aber darüber hinaus geht es eben darum ... also darum, daß ich Sie mag. Und ich war in Sorge, daß ich Sie da neulich verletzt hatte. Aber soeben haben Sie mir bewiesen, daß zwischen uns alles in Ordnung ist. Sie haben mir den Seelenfrieden zurückgegeben. Ich hoffe, Sie kommen bald mal vorbei.«

Oh. Mein Gott. Nein. Eine Verabredung mit ihm war das letzte, was ich wollte, aber ich mußte weiterspielen. »Danke«, sagte ich, so ausdruckslos ich nur konnte. Dann fragte ich aufs Geratewohl, nur um herauszufinden, wann er *nicht* da sein würde: »Sind Sie heute nachmittag zu Hause?«

»Ich fürchte nein. Ich hab' den ganzen Nachmittag Verabredungen.«

»Na, dann ein andermal«, sagte ich, zutiefst erleichtert und heftig bemüht, das zu verbergen.

»Bald«, sagte er mit hungrigem und lüsternem Blick.

Ich entwand ihm meine Hand. Er kehrte sich um und ging auf das Empfangspult zu, wobei sein Schritt deutlich ein gewisses Hüpfen zeigte, ein lächerliches Wiegen, das ihn wie ein absurdes aufziehbares Spielzeug aussehen ließ. Mir war klar, daß mein Flirt das verursacht hatte, und das deprimierte mich zutiefst. Ich floh in die Einsamkeit meines kleinen Hinterzimmers. Ein paar Minuten später kam Nicole mir nach.

»Da ist aber jemand ganz verrückt nach dir«, sagte sie.

»Er ist aber nicht mein Typ, Herzchen.«

»Um gar nicht erst zu erwähnen, daß du ja schon verlobt bist.«

Zur Antwort grunzte ich nur, so wie es Branco vielleicht getan hätte.

Nicole legte einen knisternden 50-Dollar-Schein auf meinen Schreibtisch.

»Von Mr. Zander«, sagte sie mit einer erhobenen Augenbraue.

»Verstehst du jetzt, was ich meine? Reich und ungehobelt.«

»Ist mit Rafik alles in Ordnung?«

»Warum?«

»Du läßt die Schultern hängen.«

Ich richtete mich gerade auf. »Alles ist wie immer, mit der einzigen Ausnahme, daß wir, glaube ich, eben Schluß gemacht haben.«

»Stanley, was hast du denn da wieder angestellt!«

»Daran war wohl kaum ich allein schuld.«

»Oh«, schrie sie erbittert, »ich geb's auf. Warum kannst du bloß nicht ...«

»Weil ich nicht kann!« brüllte ich in einem plötzlichen Ausbruch von Frust. »Ich kann einfach nicht, Nikki. Ich möchte stark und verständnisvoll sein. Ich möchte alles ruhig hinnehmen. Ich möchte ein Felsen der Standhaftigkeit sein. Aber das kann ich einfach nicht. Ich kann es nicht hinnehmen, daß er mit ... mit *dieser* Frau zusammen sein will – oder mit irgendeiner anderen Frau. Es macht mich selber zur Frau.«

Nicole wartete, bis ich mich ein wenig beruhigt hatte, dann sagte sie kraftlos: »Wie schade. Dabei liebt er dich so sehr.«

»Das ist alles bloß Einbildung.«

»Nein, Schätzchen. Deine Verweigerung ist Einbildung, und zwar eine, die du dir selber geschaffen hast.«

»Nikki, wie könnte ein Mann wie Rafik ausgerechnet mich lieben? Schau mich doch nur an. Das einzige sekundäre Geschlechtsmerkmal, das ich besitze, ist mein Schnurrbart. Ansonsten bin ich rosig und glatt wie ein Mädchen.«

»Aber du hast doch ein ganz schön kantiges Kinn. Und lange kräftige Beine.«

»Hat meine Tante Letta auch.«

»Schätzchen, es ist doch eine Tatsache, daß Rafik, wenn er eine Frau will, zu einer Frau geht. Und wenn er einen Mann will, kommt er zu dir.«

»Du hast uns eben noch nie zusammen im Bett gesehen, Herzchen.«

Nicole zog eine Grimasse. »Ich meine deine Art Männlichkeit. Du verwechselst schon wieder Sex und Liebe.«

»Glaubst du, das weiß ich nicht? Ich stecke *viel zu sehr* drin. Glaub mir, Nikki, wenn ich meinen Körper von meinem Herzen und meiner Seele trennen könnte, dann würde ich das tun.«

»Du analysierst deine Gefühle, anstatt sie zu genießen. Und außerdem versuchst du sie zu beherrschen, genauso, wie du Rafik zu beherrschen versuchst.«

»Das ist nun mal meine Art.«

»Quatsch. Das ist lediglich eine schlechte Angewohnheit.«

»Was reden wir hier überhaupt für einen Unsinn«, murmelte ich. »Ich hab' schließlich noch was zu tun.« Ich stand auf und ging zur Tür. »Bis später.«

»Wo gehst du denn jetzt wieder hin?« fragte sie mit einer kleinen Spitze.

»Ich geh meine eigene Realität schaffen«, sagte ich matt.

»Du solltest lieber dein Schicksal ins Auge fassen«, erwiderte sie.

Ich verschwand durch die Hintertür, durch die man in einen Durchgang kam, der zur Berkeley Street führte. Einen Block weiter, an der Boylson Street, wollte ich mich schon Richtung Copley Square wenden, um zu dem neuerrichteten Copley Palace zu laufen, wo ich Rico, den Hausangestellten, treffen wollte. Aber statt dessen ging ich weiter die Berkeley Street hinunter, die genau zur Polizeistation D führte, wo ich ein paar zweifelhafte Punkte mit Lieutenant Branco zu klären beabsichtigte.

Auf dem Weg dorthin hatte ich das seltsame Gefühl, daß ich mich lediglich mit Hilfe von Reflexen durch Raum und Zeit bewegte, ohne einen einzigen bewußten Gedanken. Ich erinnerte mich lediglich an eine Tatsache: Rafik war gegangen. Und an eine Folge davon: Ich spürte nichts – weder Liebe, noch Verlust, noch Haß – sondern nur pure kalte Objektivität. Ich war wie ein vorwärtsgerichteter Roboter ohne das geringste Gefühl.

Ich machte kurz in einem Café halt und kaufte zwei Capuccinos zum Mitnehmen. Ich konnte Brancos Kaffee nicht noch einmal ertragen, heute nicht. Vielleicht gab es doch Hoffnung, daß meine Gefühle wieder gesunden würden, wenn ich mir über guten Kaffee so viele Gedanken machen konnte. Und daß ich einen für Branco mitnahm, bewies, daß ich immer noch an andere dachte und für sie sorgte. Und ich wußte auch noch, welches Jahr wir hatten und wie der Präsident hieß. Optimismus stieg in mir auf.

Zum Glück war Branco da. Als ich ihm den Cappucino reichte, nahm er ihn dankbar an, wie ein zufriedener, ganz gewöhnlicher Sterblicher, wie ein Typ, der die letzte Nacht sehr schön verbracht hatte.

»Mein Kaffee schmeckt Ihnen wohl nicht so gut, was?« sagte er heiter.

»Ich bin einfach nur ein verzweifelter, einsamer Mann, der auf Freundschaft aus ist.«

»Und wie geht's Miss Albright heute?«

Durch meinen Kopf rasten aufs neue Bilder von Branco und Nicole, die ihre Becken vereinigt hatten. Es war genauso grotesk, als würde man sich seine eigenen Eltern bei der Kopulation vorstellen. Es stimmte einfach nicht, auch wenn der Augenschein das Gegenteil anzeigen mochte.

»Einfach rosig«, sagte ich.

Ich suchte bei Branco nach einem Hinweis bezüglich seiner Nacht mit Nicole, aber der Polyp gab nichts preis. Er öffnete den Deckel seines Kaffeebechers und nickte anerkennend zum Inhalt. Aber ich fragte mich immer noch: Was war zwischen ihnen vorgefallen? Und warum gerade jetzt? Branco und Nicole kannten sich doch schon vorher. Was für ein neuer Katalysator war aufgetaucht, der sie jetzt vereinigt hatte? Am Ende der Auftritt der üppigen Toni di Natale? Vielleicht hatte diese Raubtier-Frau nicht nur das Herz meines Geliebten gewonnen, sondern auch in diesem Polizisten die Säfte so zum Kochen gebracht, daß er einfach eine ganz profane Erleichterung brauchte, der Ärmste.

Und Nicole bot einen sicheren und bequemen Hafen. Sie war eine bekannte Größe und nicht eine Verdächtige, wodurch die unerfreuliche Möglichkeit eines Interessenkonflikts ausgeschlossen wurde. Jemand wie Branco wählte sich seine Sexualpartner sicher auf diese Weise aus, vernünftig und feinfühlig, wie ein Anwalt.

»Lieutenant, und wenn ich jetzt weniger auf Freundschaft als vielmehr auf Informationen aus wäre?«

»Welche denn zum Beispiel?«

»Haben Ihre Leute eine große Partitur mit einem handbemalten Einband in Max Harkeys Wohnung gefunden?«

Branco überlegte eine Weile.

Ich fügte hinzu: »Ich kann mich erinnern, daß sie am Abend zuvor auf dem Flügel lag.«

Der Polizeibeamte zog seine Lippen zu den Zähnen zurück und schüttelte den Kopf.

»Ich erinnere mich an nichts dergleichen in unserem Bericht. Sind Sie sicher, daß sie da war?«

»Ich muß gestehen, daß ich an diesem Abend hackezu war, aber das Bild steht mir ganz deutlich vor Augen. Ich weiß bestimmt, daß die Partitur da war, und am nächsten Morgen war sie weg.«

Als sei er ganz in Gedanken versunken, oder auch, als langweile ich ihn, blickte Branco in seinen Kaffee. Vielleicht genoß er ihn auch einfach nur ganz hingegeben. Liebe sensibilisiert die Sinne. Wenn er und Nicole das gestern nacht gut gemacht hatten, war die Tasse Kaffee heute für ihn eine völlig neue Erfahrung.

Ich erzählte ihm jetzt, daß ich mit Madame Rubinskaya gesprochen hatte und ihre weithergeholte Geschichte gerne überprüfen wollte.

»Kann ich ihre Aussage einsehen?« sagte ich.

Branco hielt sich den Kaffee unter die Nase, als sei er von seinem Aroma berauscht. Wieder schüttelte er sachte den Kopf. »Aber da steht es alles so drin«, sagte er. »Ganz ähnlich, wie sie es Ihnen erzählt hat. Wir fanden es erst auch komisch, aber sie hat wirklich die Nacht im Ballettstudio verbracht. Die Sicherheitskräfte dort bestätigen es. Sie kam lange vor Max Harkeys Tod dort an.«

»Hübsches Alibi«, sagte ich. »Soweit jedenfalls. Aber diese Berichte könnten frisiert sein. Madame Rubinskaya wohnt im selben Haus wie Max Harkey. Sie hätte ihn ermorden und dann ins Studio gehen können, das nur ein paar Minuten entfernt ist.«

»Das klingt, als würden Sie sie verdächtigen«, sagte Branco.

»Sie wohl nicht?«

Er nahm einen großen Schluck Kaffee und lächelte. »Die alte Dame kam etwa um halb zwölf im Studio an und blieb dort. Wir gehen davon aus, daß Max Harkey nach fünf Uhr früh ermordet wurde.«

»Woher wissen Sie das?«

»Körpertemperatur«, antwortete Branco. »Als wir hinkamen, war er noch warm. Und bei der Art seiner Wunden und seiner hervorragenden Konstitution hätte Max Harkey keine fünf Minuten überdauert.«

»Und die Anrufe?«

Branco hob eine Augenbraue. »Welche Anrufe?«

»Ich, äh, ich habe gehört, daß Max Harkey an dem Morgen um Hilfe telefoniert hat.«

»Auch Ihren Freund Rafik hat er angerufen«, sagte der Polizeibeamte.

»Na ja, also, die Frage ist doch, hat Max Harkey, wo er doch so viele Leute angerufen hat, auch die Polizei gerufen? Ist es nicht seltsam, daß da ein Mann verblutet und –«

Branco unterbrach mich: »Tatsächlich bekamen wir heute morgen um fünf Uhr fünfzehn einen Notruf von Max Harkey, und kurz darauf einen zweiten von Marshall Zander.«

»Wie kurz danach?«

»Vier Minuten«, antwortete der Polizist.

»Max Harkey hat also fünfzehn Minuten nach fünf noch gelebt.«

»Wenn Sie Arithmetik zugrunde legen, ja.«

»Haben Sie die Anrufe zurückverfolgt?«

Brancos volle Lippen verzogen sich zu einem kleinen Lächeln.

»Der erste kam aus Max Harkeys Wohnung und der zweite von einem von Marshall Zanders privaten Anschlüssen.« Dann kicherte Branco fast. »Komisch ist allerdings, daß Rafik uns nicht angerufen hat, um das Verbrechen zu melden, obwohl er behauptet, daß Harkey auch ihn zu Hilfe gerufen hat.«

»Ich glaube, das läßt sich leicht erklären, Lieutenant. Rafik hat mir erzählt, daß Max Harkey ihm gesagt habe, die Polizei sei schon verständigt.«

»Stimmt«, sagte Branco. »Das hat er zu uns auch gesagt. *Ihre* beiden Geschichten passen also sehr gut zusammen.« Seine Stimme triefte vor lauter Anspielung.

»Also wirklich«, sagte ich und ließ mich dazu hinreißen, ihn zu verteidigen, »ich bin überzeugt, daß Rafik einfach nur so schnell wie möglich zu Max wollte.«

»Oder von ihm weg«, sagte Branco.

»Was soll das heißen, Lieutenant?«

Branco setzte sich in seinem Stuhl zurück und weidete sich offenbar an einer geheimen Information.

»Also?« sagte ich. »Haben Sie etwas gegen Rafik in der Hand?«

»Eigentlich nicht«, sagte der Bulle, wobei er die Worte provokant in die Länge zog. »Es gibt ein paar Hinweise, aber wir haben ihre Bedeutung für den Fall noch nicht richtig ermessen können.«

»Und zwar welche?«

Brancos Gesicht war starr wie ein Bronzebildnis.

»Max Harkey hat kurz vor seinem Tod einen Orgasmus gehabt«, sagte er. »Aber wir fanden nirgends um seinen Körper herum auch nur eine Spur von Samenflüssigkeit.«

»Vielleicht war er ein Sauberkeitsfanatiker und wischte alles ab.«

Zu diesem meinen Versuch von Leichtherzigkeit runzelte Branco nur die Stirn.

»Das heißt also, Lieutenant, daß wir anscheinend die delikate Aufgabe haben, Max Harkeys Sexualpartner in dieser Nacht festzustellen.«

Branco wand sich. »Schon möglich.«

Ich fuhr fort: »Aber das muß dann trotzdem nicht der Mörder sein. Jeder könnte es sein.«

»Außer der alten Frau«, sagte Branco.

»Warum nicht? Nur weil das ein Sicherheitsmann sagt?«

Branco schnappte: »Weil ich es mir nicht vorstellen kann, deshalb!«

»Dann beweist also Ihr fehlendes sexuelles Vorstellungsvermögen, daß sie unschuldig ist?«

»Jetzt passen Sie mal gut auf«, sagte Branco, »ich führe diesen Fall, und solange ich nicht von etwas anderem überzeugt bin, wird gemacht, was ich sage.«

»Prima, Lieutenant. Ich geh jetzt mal los und frag' die Verdächtigen, ob sie in der Nacht Sex mit Max Harkey hatten.«

»Ich befehle Ihnen, das bleibenzulassen«, sagte er.

»Ich werde sehr diskret vorgehen. Wir Friseure wissen schon, wie man die Leute dazu bringt, über Sex zu sprechen. Tatsächlich habe ich vor, noch heute nachmittag jemanden über seine Sexualtechniken auszuhorchen. Dorthin bin ich nämlich gerade unterwegs.«

Branco sagte: »Dann sollten Sie jetzt wirklich gehen.«

Ich stand auf. »Ich dachte, Sie hätten gesagt, wir arbeiten diesmal zusammen.«

»Ach wirklich?« sagte er.

Ich ging zur Tür.

»Danke für den Kaffee«, sagte er.

Ich brummelte: »Jederzeit gerne.«

Als ich die Tür öffnete, sagte er: »Grüßen Sie mir Miss Albright.«

»Mach ich, Lieutenant.«

Ich verließ Polizeistation D und ging zum Copley Palace. Vielleicht hielt Rico, der Hausangestellte, nicht nur die Schlüssel zur Wohnung seines neuen Herrn in der Hand.

11. So danso Samba

In der Eingangshalle des Copley Palace kündigten zahlreiche Plakate einen Abend mit der berühmten Bühnen- und Filmschauspielerin Sharleen McChannel an. Sharleen hatte eine zweite Karriere als Parapsychologin und Seherin begonnen, und offensichtlich unternahm sie gerade eine landesweite Tour als Promotion für ihr neuestes Buch über ihr geheimes Wissen *Im Wipfel des Baumes*. Daß sie so leichten Erfolg auf dem Buchmarkt hatte, brachte mich wieder einmal auf die Idee, ob ich nicht selber ein Buch schreiben sollte, etwas über die Mystik und Romantik des Lebens im Frisiersalon, einen irren Bestseller mit dem Titel *Heute haar, morgen dort*.

Aber diese vorüberflutenden Träume von Glück und Ruhm konnten mich von meiner momentanen Aufgabe nicht ablenken. Ich ging zum Portier und fragte nach der Nummer von Marshall Zanders Suite. Das war doch eigentlich eine einfache Frage, aber man verwies mich an den Hausmanager, ganz wie es Marshall Zander von Anfang an vorgeschlagen hatte. Mir wurde klar, daß er sich aus irgendeinem Grund gegen die Öffentlichkeit abschirmen ließ, und da ich ja in seine Suite wollte, um Rico zu sehen, würde ich Monsieur le Concierge entgegentreten müssen, was bedeutete, daß ich meine Anonymität aufgeben mußte. Hausmanager sind für gewöhnlich clevere, wachsame, neugierige Menschen. Ich konnte ihn natürlich nicht einfach bitten, oben in der Suite anzurufen, denn falls Marshall Zander doch zu Hause war, würde ich einen Grund erfinden müssen, warum ich *nicht* hinauf wollte, was natürlich Verdacht erregen könnte: Ach, er ist da? Na ja, dann lassen Sie's nur. Aber falls Marshall Zander *nicht* da war, was ich ja hoffte, *dann* würde ich hinauf wollen, um mit Rico zu sprechen. Ich überlegte mir einen einfachen Trick, um den Concierge zu einem cooperativen Verhalten zu bewegen, ging zu seinem Pult und begann mit meiner Nummer.

»Ich habe einen etwas delikaten Auftrag in Hinblick auf einen gewissen Mr. Zander, der hier wohnt.« Bei meinem förmlichen Ton lief ein unverschämtes Zucken über den sorgfältig ausrasierten, bleistiftdünnen Schnurrbart des Mannes.

»Erwartet Sie Mr. Zander?«

»Nicht heute«, sagte ich. »Aber ich muß mit seinem Bediensteten Rico sprechen.«

Der Pförtner zog die Augenbrauen hoch. Wie sein Schnurrbart waren sie mit Leidenschaft ausgezupft und in Form gebracht. Für Drachen an der Pforte gibt es ja viele Verkleidungen.

»In welcher Sache?« fragte er argwöhnisch.

»Ich bin Lieferant. Jetzt bin ich hier, um die Pläne für einen kleinen Empfang noch einmal durchzusprechen, der eine Überraschung für Mr. Zander werden soll. Deshalb würde ich gerne Rico sprechen, aber nur, wenn Mr. Zander nicht zu Hause ist. Ich möchte ihm die Überraschung nicht verderben.«

Der Pförtner schnaubte ungläubig, als sei meine Geschichte eine der häufigsten Stereotypen aus dem *Handbuch für lästige Vertreter*.

»Aha. Wenn also Mr. Zander zu Hause ist, möchten Sie *nicht* hinauf. Ist das richtig?«

»Ja genau«, sagte ich, aber meine Bravour brach schnell in sich zusammen.

»Und wenn Rico allein da ist, dann *möchten* Sie hinauf.«

»Ja«, sagte ich schuldbewußt.

»Sie heißen?« sagte er.

»Sagen Sie nur, es sei der Lieferant.«

»Wird Rico denn dann wissen, wer Sie sind?« fragte er zweideutig.

»Wenn er allein ist, können Sie ihm sagen, es sei Stan.«

»Einfach nur Stan?«

Ich nickte. »Sie können mich beschreiben. Ich bin sicher, daß er sich an mich erinnert.«

»Oh ja«, sagte der Pförtner. »Da bin ich auch sicher.«

Ich nickte.

Mit der Forschheit eines preußischen Offiziers tippte der Pförtner die magische Zahlenfolge ein, die die Verbindung zu Marshall Zanders geheimgehaltener Domaine herstellte. Ich fragte mich indessen, was die ganze Heimlichtuerei sollte. Vielleicht war ja Marshall Zander eine Tunte, die das Drama liebte und überall im Alltag Intrigen und einen tragischen Unterton brauchte.

Nach einem kurzen und erstaunlich leisen Gespräch, von dem ich kein einziges Wort verstand, nahm der Concierge wieder seine servilen Umgangsformen an. Er sprach die Nachricht wie ein Urteil aus.

»Sie können hinaufgehen. *Rico* erwartet Sie.«

Ich kam mir vor wie der älteste Strichjunge der Welt.

Dann konnte ich beobachten, wodurch Marshall Zanders Wohnung sonst noch gesichert war. Für den gesonderten Aufzug, der zu seiner Wohnung führte, brauchte man einen Schlüssel. Sobald der Concierge den Schlüssel eingesteckt hatte, leuchtete im Innern des Aufzugs die Schalttafel auf und bot eine ausgesprochen einfache Wahl: auf oder ab. Ich begann zu argwöhnen, daß das Heim am anderen Ende des Aufzugsschachts nicht nur eine Suite von Räumen sein werde.

Nach einer schnellen Fahrt hinauf in die Ionosphäre öffnete sich die Aufzugstür auf ein großes rechteckiges Foyer, das etwa die Größe eines guten Hotelzimmers hatte. Auf der einen Seite konnte man von einem großen Fenster aus über Boston schauen. Ich sah tatsächlich einen Teil des Hafens. Von so hoch oben berührte einen die natürliche Schönheit des Wassers besonders, vor allem, da man die Verschmutzung und den Müll nicht sah. Auf der anderen Seite des Foyers lagen mehrere massive Doppeltüren, die jetzt, als ich meinen Blick von dem kurzen Genuß der Aussicht wieder abwandte, die kleine, aber klassisch proportionierte Gestalt von Rico einrahmten, dem brasilianischen Hausangestellten des verstorbenen Max Harkey.

»Hallo«, sagte er mit einem strahlenden Lächeln. Er hatte einen großen Mund, fast zu groß für sein Gesicht, aber seine Lippen waren von ihrem Schöpfer so zauberhaft geformt, daß ihre leichte Wulstigkeit verzeihlich, eher sogar anziehend war. »Ich hätte nicht gedacht, daß ich Sie jemals wiedersehe«, fügte er schüchtern hinzu.

»Kraychik, der Bluthund, findet immer seinen Mann.«

Zu meiner Überraschung zerstörte meine dumme Bemerkung den Flirt, den er schon um mich zu spinnen begonnen hatte.

»Was wollen Sie denn?« fragte er mit fester Stimme, als spreche er mit dem Lieferjungen des Fleischers, so von Günstling zu Günstling.

»Über Max Harkey reden.«

Rico starrte mich an, als versuche er meine wahren Absichten zu ergründen. Auch schien er etwas abwesend, vielleicht aufgrund einer vagen Traurigkeit über den Tod seines Chefs. Aber ich wollte Informationen von ihm. Doch wie hatte ich das nur so unverblümt sagen können? Schließlich war es durchaus möglich, daß er offener mit mir sprach, wenn er glauben konnte, dafür dann anschließend eine lustvolle Belohnung zu bekommen. War das *moi*, der da Sex gegen Information verschacherte?

»Kommen Sie doch herein«, sagte er.

Ich trat durch die Doppeltür und erinnerte mich sofort an Marshall Zanders Worte: »Ich habe eine Suite.« Er hatte es so nebenbei gesagt, als gehörten wir beide zu derselben Schicht von anständigen Kerlen, die sich eben in all ihren Lieblingsstädten eine kleine Suite halten. Aber Marshall Zanders bescheidenes Lob seiner Stadtresidenz war doppelzüngig gewesen. »Ich habe eine Suite«, hatte er gesagt, aber in Wirklichkeit lebte er in einem modernen Palast. Und obwohl das Penthaus des verstorbenen Max Harkey großartig war, wurde es, wenn man es mit dem Grundriß dieses Gebildes hier verglich, zu einem bloßen Prototyp, zu einem Modell im Maßstab 1:4 für diesen gigantischen Überfluß an Raum und Licht, in dem ein einzelner Mann oben auf einem 45-stöckigen Hotel wohnte. Die Überfülle von allem verursachte mir einen leichten Schwindel. Der gesamten Räumlichkeit sah man die wuchtige Hand eines Innenarchitekten an, aber über den Bewohner erfuhr man nichts, außer, daß er Unsummen von Geld zur Verfügung hatte. Nirgends zeigte sich Gefühl, kein Farbton und keine Linie waren falsch, nichts verriet irgendeine Leidenschaft. Marshall Zanders Luftschloß war ein Zeugnis steriler Korrektheit. Selbst der stattliche Konzertflügel war aus optischen Gründen vor einer Front von Glasfenstern aufgestellt, die das Panorama der Bostoner Skyline als Hintergrund zeigten. Das Instrument selber hätte um des klanglichen Vorteils willen sicher lieber weit weg von allen Wänden gestanden, insbesondere von gläsernen.

Ich flüsterte vor mich hin: »Wie kann jemand nur so wohnen?«

Rico hörte es und antwortete leichthin: »Es gehört ihm.«

»Das gehört ihm?«

»Das Hotel.«

Das war zu viel für mich und meine Wertvorstellungen, die aus der Arbeiterklasse von New Jersey stammen. Für mich ist ein wirklich extravaganter Besitz so etwas wie ein altes Haus am Strand oder eine verstaubte Villa am See, jedoch nicht so ein beschissenes Hotel-Hochhaus. Aber klar, irgend jemandem mußten ja die großen Hotels der Welt gehören. Nur jedenfalls bestimmt nie solchen Leuten wie mir, außer beim Monopolyspielen.

»Wahnsinns-Aussicht«, sagte ich, um meine Ehrfurcht davor zu verbergen, daß ein Mensch, ganz egal welcher, auf so viel Wohnfläche so hoch über dem Erdboden leben konnte.

Rico zeigte mir den Balkon, der nach Westen hinausging. Er war aufgerissen, als sei da eine Baustelle, und Rohre und zerbrochene Marmorplatten lagen überall herum. Ich fragte Rico nach dem Grund.

»Mr. Zander hat Höhenangst«, erklärte er. »Er könnte nie allein da hinausgehen, deshalb läßt er überall Geländer anbringen. Da hat er dann immer etwas zum Festhalten, wenn er schwindelig wird.«

Wieder einmal so ein Fall, daß ein Mensch Schätze und Vergnügungen hortet, der sie nicht einmal genießen kann.

Rico fuhr fort: »Er läßt auch helles Licht installieren, aber jetzt ist es nachts da noch dunkel. Manchmal gehe ich hinaus, nur um von ihm weg zu sein. Er folgt mir nie.«

Ich erinnerte mich an den klassischen Fall, daß eine extreme Höhe den Menschen tatsächlich dazu verleiten kann, sich hinunterzustürzen.

Als könne er meine Gedanken lesen, sagte Rico: »Deshalb steht auch der Flügel vor den Schiebetüren. Ich glaube, Mr. Zander hat Angst, daß er eines Nachts da hinausrennen und hinunterspringen könnte.«

Ich bemerkte, daß die Schiebetüren zum Westbalkon genau hinter der Längsseite des Flügels waren. Um durch diese Türen auf den Balkon zu gelangen, hätte man sehr ungewöhnlich vorgehen müssen, nämlich im wörtlichen Sinne unter dem Flügel hindurch.

»Bist du hier glücklich?« fragte ich.

»Ich bin froh, diesen Job zu haben, obwohl mir Marshall Zander nicht so viel zahlt wie Max Harkey. Die Aussicht ist es wert.«

»Kam Max Harkey oft hierher?«

»Ich weiß nicht. Ich bin mit ihm nie irgendwo hingegangen.«

»Kam Marshall manchmal zu Max zu Besuch?«

Er nickte. »Alle paar Tage«, sagte er. Dann fügte er hinzu: »Ich habe es vorher nicht bemerkt, aber jetzt schon, wo ich für ihn arbeite. Er riecht schlecht.«

»Was soll das heißen?«

»Am schlimmsten ist es, wenn er das Jackett auszieht. Ich glaube, er wird nervös. In Brasilien haben wir ein Sprichwort: ›wie zwei Ziegen an einem heißen Tag‹. So ist es bei ihm auch.«

Das erklärte zumindest teilweise den unangenehmen Geruch um Marshall Zander heute vormittag im Snips.

Welch ein Glück, daß mir der volle Angriff auf mein Geruchsorgan erspart geblieben war. Ich reinigte die Erinnerung meiner Nase mit beglückten Gedanken an Rafik und Lieutenant Branco, beides stark behaarte Männer, die dennoch beide immer anziehend dufteten, als seien ihre Körper einfach unfähig zu jeder groben Ausdünstung.

Wieder zeigte Rico seine psychologischen Fähigkeiten, indem er sagte: »Mr. Harkey roch auch immer gut.«

Er führte mich in den Hauptwohnbereich. Während ich ihm folgte, fragte ich: »Aus welcher Gegend von Brasilien kommst du eigentlich?«

»Was glaubst du?« sagte er mit einem koketten Lächeln. »Aus Rio. Ich bin aus Rio de Janeiro.«

Das erklärte, warum der Samba seinen Hüften einfach im Blut lag, dieses hypnotische, elementare Schwingen des Meeres und der Palmen. Ricos Körper erweckte in mir wieder einmal angenehme Erinnerungen an meine kurze Affaire mit einem jungen Balinesen. Es war eine eher leichtfertige Art von Liebe gewesen, die auf gegenseitiger Anmache beruhte und darauf, daß wir körperlich gut harmonierten. Doch es war so einfach gewesen. Keiner hatte an den anderen Fragen oder Erwartungen gehabt. Ich hatte nie auch nur einen Augenblick analysiert, den ich mit diesem jungen Mann verbrachte. Ich hatte einfach alle genossen. Und dann kam die komplexe und oft beunruhigende Beziehung zu Rafik. Es war sinnlos, sich gegen die Tatsachen zu sperren: ich wußte, daß ich ihn für immer in meinem Leben haben wollte. Die heutige Trennung war nur kurzzeitig. Unsere Beziehung war für mich zu stark, als daß ich mir hätte vorstellen können, ohne ihn zu leben. Aber einfach war es wirklich nie mit ihm. Sogar in körperlicher Hinsicht schien mir unsere Liebe zur Zeit zu kompliziert, zu beladen mit Bedeutungen und Folgen. Und da hatte ich hier Rico vor mir, den Boy von Ipanema, der mir noch einmal eine Chance bot, einfach ganz normal Lust zu genießen.

Wir saßen einander an den beiden Enden eines langen

taubengrauen Ledersofas gegenüber. Er legte seine Beine auf die dicken quietschenden Kissen. Ich fühlte das Bedürfnis, es ihm nachzutun, erinnerte mich dann aber, daß ich geschäftlich hier war.

»Rico, weißt du, was aus den Noten geworden ist, die an dem Abend, als dieses Essen stattfand, auf Max Harkeys Flügel lagen?«

»Welche?« fragte er vorsichtig. »Da gab es so viele.«

»Die große Partitur mit dem handbemalten Einband. Ich kann mich erinnern, daß ich sie am Abend gesehen hatte, aber am nächsten Morgen war sie nicht mehr da.«

Wieder starrte mich der junge Mann an, als wolle er jenseits meiner Worte eine wahrhaftigere Botschaft auf meinem Gesicht finden. »Sind sie ein Beweisstück?«

»Das möchte ich ja gerade herausfinden.«

Seine Augen wanderten nervös umher und mieden mich und den Raum und die großartige Aussicht hinter mir. »Sie waren noch da als ich ... ging ... als die Party vorbei war.«

»Hast du nicht bei Max Harkey gewohnt?«

»Doch.«

»Warum hast du die Wohnung dann verlassen?«

Schweigen. Da bemerkte ich meinen Schnitzer.

»Entschuldigung«, sagte ich. »Das geht mich wirklich nichts an.«

Seine Augen senkten sich mit einem plötzlichen machtvollen Zauber in die meinen.

»Oh doch!« sagte er. »Das geht dich an.«

»Das verstehe ich nicht.«

»Nein?« sagte er.

Ich schüttelte den Kopf.

»Ihr Amerikaner habt kein Herz«, sagte er verächtlich. »Siehst du es denn wirklich nicht?«

»Es tut mir leid, Rico. Ich versteh nicht –«

»Ich wollte dich! An diesem Abend wollte ich dich, und du bist nach Hause gegangen und hast mich allein gelassen.«

»Aber ich war doch mit Rafik zusammen.«

»Ich weiß, aber ich wollte dich ja auch nicht heiraten. Es sollte nur für eine Nacht sein. Ich war einsam. Und du bist nett.« Er hielt inne. Wir versuchten beide, ruhiger zu atmen, während sich nach seinem Energieausbruch die Wogen langsam wieder glätteten. Dann sagte Rico: »Außerdem war dein Liebhaber grob zu dir. Wenn du bei mir geblieben wärst, hätte er dich wieder mehr geschätzt. Manche Männer sind so.«

Solche Labyrinthe muß man bei seinen Nachforschungen durchstreifen, um nur mal ein, zwei Tatsachen zu ermitteln.

»Also deswegen bist du gegangen?« sagte ich.

»Ich habe dir doch gesagt«, erwiderte er fast flehentlich, »ich war einsam. Und du hast mich alleingelassen.« Er stockte, dann fuhr er fort: »So hab' ich mir für diese Nacht eben jemand anderen gesucht.«

»Und bevor du gingst, hast du die Partitur noch auf dem Flügel liegen sehen?«

»Ja«, sagte er kühl. »Sie war da.«

Und da Branco mir gesagt hatte, die Polizei habe die Partitur nicht gefunden, war sie offensichtlich irgendwann in dieser Nacht verschwunden. Was konnte naheliegender sein, als daß Max Harkeys Mörder sie mitgenommen hatte?

Ich forschte weiter. »Hast du der Polizei etwas davon gesagt?«

Rico antwortete: »Sie haben mich nicht danach gefragt.«

Stanley mit dem steinernen Herzen fuhr fort: »Und wie steht's mit deinem Alibi?«

Der Junge funkelte mich an. »Da ist kein Alibi, und ich habe nichts Böses getan. Mr. Harkey war für mich wie ein Vater, nicht wie ein Liebhaber. Er hinterließ mir sogar Geld und die ganze Küchenausstattung.«

»Ist sein Testament denn schon eröffnet worden?«

»Das hat Mr. Zander gesagt. Er erzählte mir, daß Mr. Harkey mir 50 000 Dollar und all die Küchengerätschaften hinterlassen habe.«

Mit krankhafter Neugier fragte ich mich, was wohl mit dem übrigen Vermögen geschehen werde – dem Penthaus und all der Kunst und den Skulpturen und dem herrlichen Flügel mittendrin.

Rico fuhr fort: »Ich werde etwas von dem Geld an meine Familie in Brasilien senden, und den Rest hebe ich mir für meinen *marido* auf.« Er zwinkerte mir zu.

»Du solltest eigentlich auch ein Testament machen«, sagte ich.

»Warum?« fragte er, Kühnheit in den Augen und das jugendliche Vorurteil, daß das Leben ewig dauern werde.

Ich sagte ihm die harte Wahrheit. »Falls dir etwas passiert, dann kommen das Zeug und das Geld dorthin, wo du es haben willst.«

Er bedachte meinen ernüchternden Rat. »Ich werde mich gleich heute nachmittag darum kümmern«, sagte er. »Und jetzt sprechen wir nicht mehr darüber. Hättest du nicht gerne ein Mittagessen?«

Kaum hatte er das gesagt, als mein Magen auch schon knurrte und grollte. Rico lachte über die rauhen Töne.

»Ich glaube schon«, sagte ich.

»Dann bestellen wir beim Zimmerservice.«

»Kannst du das denn?«

»Na klar. Das Hotel gehört doch Mr. Zander. Sie werden ihm ja wohl kaum eine Rechnung schicken.« Rico lachte. »Er ist auch so reich, daß er vermutlich nicht einmal weiß, wieviel Geld er hat.«

Darin lag eine gewisse Ironie.

Und da das Essen also mit fremdem Groschen bezahlt wurde, bestellten wir sehr üppig: eine Flasche Gin für mich; eine Flasche Rum für Rico, dazu einen Liter Cola und etwas Zitrone; zum Essen je eines von den Tagesgerichten des Küchenchefs und je eines aller verfügbaren Desserts. Das Essen kam auf zwei Servierwagen.

Nach einigen Drinks und viel zuviel von dem feinen Essen – bei dem auch ein paar Sauerteig-Baguettes mit knuspriger Rinde waren, die täglich frisch aus San Francisco eingeflogen wurden und von denen mich eines an einen Ministranten erinnerte, der mich vor langer Zeit in die hohe Kunst des Selbstmißbrauchs eingeführt hatte – sah ich mich vor die Situation gestellt, die ich Rafik in letzter Zeit zum Vorwurf gemacht hatte: lockerer, heiterer Sex ohne jeden Zwang. Ich fragte mich, ob ein sexuelles Abenteuer mit diesem anziehenden jungen Brasilianer meine Gefühle für Rafik beeinträchtigen würde. Eine Stimme in mir sagte: Tu's! Es ist doch keine Sünde. Macht überhaupt nichts aus. Befreie dich aus den Fesseln der Liebe. Doch ein anderer Teil protestierte: Wenn du das tust, wird ein Aspekt deiner gefühlsmäßigen Bindung an Rafik für immer verändert sein. Die Antwort kam mir als fürchterliches Wortspiel, und zwar genau in dem Moment, als ich Rico die weißen Baumwollunterhosen über die Knöchel zog und mir seine honigbraunen Beine über die Schultern legte: Meine gefühlsmäßige Bindung an meinen Geliebten war so kraftvoll, magnetisch und verschlingend wie ein Schwarzes Loch im Kosmos. Ich kicherte laut, und Rico fragte mich, was so lustig sei.

»Ich habe gerade an meinen Liebhaber gedacht«, sagte ich ohne Hintergedanken.

Meine aufrichtige Bemerkung hatte seltsamerweise zur Folge, daß sie Ricos Feuer nur noch mehr anfachte, so wie die Anziehungskraft eines verheirateten Mannes durch seine Treue zu Frau und Kindern gesteigert werden kann. Rico zog mich an sich und umklanmmerte mich mit den Schenkeln. Das viele Gedrehe und Gerolle und Gekämpfe auf dem kühlen glatten Ledersofa brachte uns schließlich beide zum Erguß, der mehr durch äußerliche Reibung zustande kam und nicht durch ungeschütztes Eindringen und so auch noch der Sicherheit diente.

Erschöpft und in meine Arme geschmiegt, erzählte mir Rico später, daß er an dem Morgen nach dem Mord an Max Harkey speziell einen Gegenstand im ganzen Penthaus nicht finden konnte, nachdem die Polizei dagewesen war.

»Sein Tagebuch fehlte«, sagte er sanft. »Das war das Einzige, was ich wollte. Ich wollte wissen, was Mr. Harkey wirklich empfand. Ich wollte seine Geheimnisse wissen.«

»Hast du es jemals gelesen?«

Rico sah mich mit flehentlich ehrlichen Augen an.

»Nein«, sagte er.

Bei diesem intimen Bekenntnis, noch dazu nach einem *coitus externalis*, kam ich mir vor wie Mata Hari. Ich nahm mir vor, Lieutenant Branco nach dem Tagebuch zu fragen.

»Rico, hast du noch den Schlüssel zu Max Harkeys Wohnung?«

»Ich habe ihn Mr. Zander gegeben«, sagte er.

Wie Cary Grant, als er Ingrid Bergman um einen gefährlichen Gefallen bittet, sagte ich: »Glaubst du, du könntest mir diesen Schlüssel besorgen?«

»Ich versuche es, aber wozu brauchst du ihn?«

Ich sagte: »Man weiß nie, was der Mörder vergessen haben könnte.«

Ruhig lagen wir umschlungen da, als mich plötzlich panisch ein Gedanke durchzuckte: wenn Marshall Zander jetzt heimkam und uns mit verkreuzten Beinen auf seinem Ledersofa liegend fand? Trotz des Großstadtpanoramas, das uns als Hintergrund diente, war das Bild, das mir da vor meinem geistigen Auge erschien, alles andere als schön. Mich packte das Entsetzen. Ich sprang vom Sofa und zog mich schnell an. Rico schaute mir mit großen Augen zu.

»Ich muß gehen«, sagte ich.

»Kommst du wieder?«

»Ich weiß nicht.« Ich gab ihm einen letzten herzhaften Schmatz.

»Danke«, sagte er.

»Ich danke *dir*«, antwortete ich.

»Dein Liebhaber hat großes Glück.«

»Nein«, sagte ich. »Ich bin tatsächlich ein unter der Erde lebendes Monster, nur hast du mich zum Luftschnappen nach oben kommen lassen.«

»Vielleicht kann ich dein *tesao* sein.«

»Was ist das?«

»Dein kleiner Hengst«, sagte er mit einem verteufelten kleinen Lächeln.

»Ich weiß nicht so richtig ...«

»Keine Heirat. Nur so. Ganz einfach. Nur zum Spaß.«

Ich überlegte mir den Vorschlag. »Vielleicht«, sagte ich.

Ich spürte, wie er mir mit den Augen folgte, als ich vom Sofa aufstand und durch den langen offenen Raum auf die Doppeltüren zuging. Ich drehte mich zu einem letzten Gruß um. Ricos kleiner goldfarbener Körper lag noch immer gemütlich auf dem Sofa. Er winkte mir zu, und ich ging.

12. Wessen Geliebte ist sie denn nun?

Auf dem Rückweg zum Snips spürte ich neuen Optimismus und ein Gefühl der Freiheit in mir, und so sehr ich es auch zu leugnen versuchte, wußte ich doch, daß das von meiner Mittagsnummer mit Rico kam. Ich bin nämlich für einen Schwulen total untypisch. Vor Rico hatte ich nie etwas nebenher, wenn ich mit jemandem zusammen war. Aber seltsamerweise fühlte ich mich nicht schuldig, daß ich es jetzt getan hatte, vielleicht, weil diese nette Episode überhaupt nichts mit Rafik und seiner Untreue zu tun hatte. Ich hatte es getan, weil sich die Gelegenheit bot und weil ich Rico attraktiv und liebenswert und willig fand. Und bei meiner perversen Psychologie hatte der Verkehr mit ihm mich nur noch fester an Rafik gebunden. Mir war klar, daß ich *ihn* für alle Zeiten lieben würde. Oder sprach da nur die Schuld aus mir? Nein, nein und nochmals nein. Der Sex mit Rico war nur einfach eine neue Möglichkeit gewesen, einen Frühlingsnachmittag mit einem jungen Brasilianer zu verbringen. Es war meine längst überfällige Initiation in die »wahre« Männlichkeit gewesen, in die Fähigkeit, Sex einfach um seiner selbst willen zu genießen, ohne Gefühle und ohne gleich das Herz mit hineinzubringen. Klar.

Ich kam im Snips an, und Nicole machte die Bemerkung: »Du bist ja ganz rosig und aufgeplustert. Was war denn?«

»Wahrscheinlich bin ich ein bißchen zu schnell gelaufen, Herzchen.«

Sie blickte mich argwöhnisch an und sagte: »Dann kühl dich erst mal ab, bevor du wieder weiterarbeitest.«

»Kundschaft für mich?«

»Schon wieder jemand Unangemeldetes.«

»Zwei an einem Tag, und dabei bin ich doch halb in Rente. Ich glaube, das ist jetzt der kurze Gipfel meiner Berühmtheit.« Ich warf einen Blick in den Wartebereich, in dem alle Stühle leer waren. »Wo ist sie denn?«

»Sie trinkt in der Bar des Ritz einen Cocktail. Ich soll sie anrufen, sobald du da bist.«

»Na, das ist ja vielleicht ein Service. Ist sie von königlichem Geblüt?«

»Sie scheint es sich jedenfalls einzubilden.«

Während Nicole anrief, ging ich in mein Büro und setzte frischen Kaffee auf. Binnen kurzem kam auch Nicole zu mir hinter.

»Na, hattest du bisher einen sehr, sehr anstrengenden Tag?« sagte sie.

»Branco läßt dich grüßen.«

»Du meinst Lieutenant Branco. Ich hab mir schon gedacht, daß du ihn getroffen hast, so aufgeplustert, wie du ausgesehen hast.«

»Das, mein Herzchen, kam von etwas ganz anderem.«

»Läßt der Lieutenant mir etwas ausrichten?«

»Ja. Daß er von dir ein Kind will.«

Nicole entgegnete: »Ich glaube, die medizinische Wissenschaft ist auf diese Herausforderung noch nicht eingestellt.«

Fünf Minuten später trat meine unangemeldete Kundschaft ein. Es war Toni di Natale, die von ihrer erst kurz zurückliegenden Verhaftung etwas mitgenommen aussah. Oder kam das eher von den noch kürzer zurückliegenden Übungen in Rafiks Bett? Ach was, jetzt, wo ich ein fühlloses Sexualobjekt war, spielte das doch alles keine Rolle mehr.

»Ich bin so froh, daß Sie Zeit für mich haben«, sagte sie. »Ich kann ... also ich krieg einfach meine Haare nicht sauber. Wahrscheinlich kommt das von der Sache mit der Polizei.«

Oder von der blutigen Schuld der Lady Macbeth. Den wenigsten Leuten ist klar, daß gefühlsmäßiger Streß auf ihr Haar verheerend wirken kann. Aber was die Polizei betraf, wußte sie denn nicht, daß ein bestimmter Polyp so scharf auf sie war, daß er mit meiner besten Freundin was angefangen hatte, nur um den Drang loszuwerden? War es ihr am Ende ganz egal?

»Dieser Lieutenant Branco ist schon ein Kaliber, was?« sagte ich und machte bei ihr einen Lackmus-Test.

»Der ist ein Faschist«, antwortete sie knapp.

Färbt sich bei Säure rot.

»Nicht für alle«, sagte ich und warf einen Blick zu Nicole hinüber.

Kein Feuer der Hölle lodert so heiß wie Nikkis Augen in dem Moment.

»Das Problem ist nur«, sagte Toni, »kriegen Sie meine Haare hin?«

Also, in meinem Sprachgebrauch ist Haarpflege nicht das, was ich als »Problem« bezeichnen würde. Probleme – jedenfalls die, die man nicht geboren oder im Briefkasten als Abbonnement vorgefunden hat – bedeuten größere, schwierigere Lebensfragen, komplexere, diskutierbare Themen, wie etwa die Weltbevölkerung oder die landesweite Arbeitspolitik oder die Trennung von Kirche und Staat. Aber ständig höre ich Leute sagen: »Ich hab' Probleme mit rohem Fleisch«, oder »ich versuch' gerade, meine Gewichtsprobleme in den Griff zu kriegen« oder »ich hab' Probleme, monogam zu bleiben.« Aber wenn es Toni di Natale nichts ausmachte, die Sprache zu mißbrauchen – das konnte ich auch.

»Ich werde mein Bestes tun«, sagte ich, während ich ihr

Haar mit meinen kundigen Fingern prüfte und analysierte. »Aber bei den ästhetischen Künsten liegt die Wahrheit ja jenseits des Profanen. Ich besitze meine Grenzen. Ich berufe mich auf eine höhere Macht. Ich gestatte allen kreativen Kräften des Universums, mich zu durchströmen. Ich erlaube dem Haar, zu fluten. Ich ehre es in seiner Vollkommenheit.«

Das Schlimme war, daß Toni di Natale meinen Sermon offenbar völlig überzeugend fand, oder aber sie ertrug geduldig mein Instant New Age. Und trotz all meiner Anrufungen kam keine göttliche Frisierhilfe über mich, sondern statt dessen eine volle Dosis der guten alten fleischlichen Eifersucht. Denn als ich Toni di Natales rotbraune Wellen einschäumte, wurde mir klar, daß mein geliebter Rafik vor kurzem eben dieses Haar und diesen Kopf in den Händen gehalten hatte. Während ich den cremigen Schaum einmassierte, überlegte ich: Wie hatte er sie wohl gehalten? Zärtlich? Oder wild? Hatte er seine langen, schmalen Finger weich durch dieses Haar gleiten lassen und Schläfen und Stirn sanft gestreichelt? Hatte er diese Augen geküßt? Hatte er ihr Mund an Mund zugeflüstert, wie glatt und weich sich ihr Körper an seinem anfühle? Oder hatte er große Strähnen dieser kraftvollen Mähne in die Fäuste genommen und daran gerissen, als wären es Zügel für ein ungezähmtes Tier, das er nur durch seine ekstatischen Schreie bändigen konnte? Einen kurzen, wahnwitzigen Augenblick lang war ich in Versuchung, ihr das Haar zu verpfuschen und etwas völlig Geschmackloses damit anzustellen, es zum Beispiel zu kringeln. Aber sofort schritt meine Künstlerseele dagegen ein, denn Toni di Natale hatte Haare, wie ich sie bei Frauen am liebsten mag: lang, natürlich gewellt und goldbraun mit rötlichen Lichtern. Ich trug eine Haarkur auf ihr nasses Haar auf. Es handelte sich dabei um eine eigens von mir erfundene Mischung, ein Elixir, das sämtliche verborgenen Lichter dazu bringen würde, in all ihrem wahnsinnigen roten Glanz zu strahlen.

Ich spülte Tonis Haar und wickelte es in ein Handtuch.

Dann führte ich sie zu meinem Frisierstuhl, wo ich ihr Haar liebevoll mit dem Föhn trocknen würde, um sie dabei mit meiner Form eines Kreuzverhörs nach Art von Perry Mason zu bezaubern.

Ich fing an: »Na, genießen Sie es, mit Rafik zusammenzusein?«

Ihre Augen schossen im Spiegel zu den meinen. Dann hob sich ihr voller Mund zu einem großzügigen Lächeln.

»Sie wissen hoffentlich, daß das alles rein platonisch ist«, sagte sie.

»Aber natürlich.«

»Doch, ehrlich«, sie legte etwas mehr Überzeugungskraft in ihre Stimme. »Ich spiel' einfach nur gerne mit Männern.«

»›Spielen‹ kann viele Bedeutungen haben«, sagte ich.

»Ich habe mit ihm keinen Sex oder so was ähnliches.«

Was ist wohl »so was ähnliches«? dachte ich.

»Hatten Sie Sex mit Max Harkey?« fragte ich.

Sie schnappte nach Luft. »Sie sind aber wirklich unverschämt.«

Ich zuckte die Schultern und übte mit meiner cleveren Linken etwas mehr Druck auf ihre Kopfhaut aus. Dann zog ich mir ihr Haar durch die Finger und hob es an und wedelte damit neben ihrem Kopf in dem warmen Luftstrom, der aus dem Trockner kam. Mein Abbild im Spiegel erinnerte an einen Verschwörer, der die Geheimnisse aus dem tiefen dunklen Herzen der Kundin herausholte.

Toni di Natale schloß die Augen und sprach, als lege sie ein Geständnis ab. »Zuerst spielte ich nur mit Max. Er war in Europa auf der Suche nach einem Dirigenten, und es hieß, daß er einen geradezu obszön hochdotierten Vertrag für die Ballett-Frühjahrssaison hier in Boston anzubieten habe. Diesen Vertrag wollte ich kriegen, und ich war bereit, auch mit Sex dafür zu bezahlen.« Da zuckten ihre Schultern leicht, während sie schmunzelte.

»Das Dumme war nur«, fuhr sie fort, »der Schuß ging nach hinten los, und ich verliebte mich in ihn.«

»Wußte er das?«

»Ich bin überzeugt, daß ich nur eine Nummer für ihn war.«

»Und wie ist das mit Jason Sears?« fragte ich. »Waren Sie da schon mit ihm verlobt?«

Sie antwortete: »Jason ist nur ein sehr guter Freund, aber ich fürchte, ich benutze ihn immer wieder als meinen Schutzschild. Wir waren nie verlobt. Ich wollte Max eifersüchtig machen, aber das hat nicht funktioniert.«

Ich erinnerte mich ja an den Abend, und Max Harkey war nicht einmal im Zimmer gewesen, als Toni über ihre Verlobung sprach. Vielleicht hatte sie es ihm schon vorher gesagt. Oder vielleicht waren es auch jetzt wieder alles nur Lügen.

»Wie stand Jason Sears zu dieser Falschmeldung?« fragte ich.

Toni kicherte. »Er war schon in mich verliebt. Ist das nicht wieder typisch? Er wollte mich, genau wie ich Max wollte. Manchmal kommt es mir so vor, als sei Liebe reiner Zufall. Man fängt so einfach an, als Freunde oder Kollegen, und als nächstes merkt man plötzlich, daß man auf etwas von dem anderen hofft – einen Gefallen oder besondere Beachtung oder sogar Sex. Aber der andere merkt nichts oder aber will einem das nicht geben, was man gern hätte. Und dann fängt man an, Forderungen zu stellen, erst höflich, aber wenn das dann nicht funktioniert, ist man verletzt, und dann wird man wütend, und alles eskaliert immer mehr, bis man sich zu einem hassenswerten Monster entwickelt hat.«

»War es bei Ihnen so?« sagte ich aufs Geratewohl.

Ihre Augen blitzten mich hell an. »So weit aus den Händen gleiten lasse ich es nie wieder. Es ist einfach naiv, zu glauben, daß ich durch Begehren und Druck bekomme, was ich will.«

»Das ist die eine Theorie«, sagte ich. »Wo ist Jason eigentlich jetzt?«

»Immer noch auf Tournee. Die Karriere geht bei ihm immer vor. Sogar als Freund ist Jason nie da, wenn ich ihn am meisten brauche.«

Natürlich, mein Püppchen. Wir sitzen hier alle auf dem Erdball herum und warten, daß es der Principessa einfällt, mal nach uns zu verlangen. Ich machte mir im Geist eine Notiz, daß ich Lieutenant Branco nach dem Verbleiben von Jason Sears fragen müsse. Danach und nach Max Harkeys Tagebuch.

»Deswegen flirte ich auch mit Rafik«, fügte sie hinzu und riß mich damit wieder aus meinen Gedanken. »Aber der Mann gehört Ihnen, und zwar Ihnen ganz allein.«

»Außer mir scheint das jedem klar zu sein.«

»Ich gebe zu, daß ich ihn als weiteren Test für Max' Gefühle mir gegenüber verwendet habe, aber das hatte sonst nichts zu bedeuten. Ich hoffe, Sie hassen mich deswegen jetzt nicht. Es ist ganz harmlos. Niemand kommt dabei zu Schaden.«

Nur zu Tode.

Sie fuhr fort: »Aber wie Sie an dem Abend ja selber gesehen haben, hatte Max an mir als Frau absolut kein Interesse.«

»Sondern nur in beruflicher Hinsicht.«

»Oh ja, da allerdings«, sagte sie. »Aber trotzdem ist es demütigend, wenn der Mann, den man liebt, so brutal offenherzig auf die Sehnsucht reagiert, die man ihm entgegenbringt. Ich höre ihn immer noch in seiner arroganten, gebildeten Art und Weise sagen: ›Aber meine Liebe, wir sind doch *Freunde*‹, als schließe das jede sexuelle Anziehung aus. Und wenn ich mich dann erinnere, daß ich nur bei dem Gedanken an ihn immer schon naß wurde!«

Dieses Geständnis brachte Toni di Natale in die Endausscheidung für den Snips'schen Pokal für unverlangte Offenheit. Doch ungeachtet Max Harkeys kollegialer Zuneigung und Bewunderung fragte ich mich doch, ob seine Zurückweisung für sie ein ausreichendes Motiv sein konnte, ihn zu töten. Und abgesehen von all den anderen Trümpfen, die sie im Ärmel hielt: wen beutete Toni di Natale momentan aus? Mich vielleicht? War sie nur hier ins Snips gekommen, um eine starke Phalanx gegen ihr schuldhaftes Verbrechen aufzubauen, damit ich sie genau wie Rafik als den himmlischen und unschuldigen Engel der Musik ansah? Benützte sie auch Rafik zur Zeit dafür?

»Toni«, sagte ich, »erinnern Sie sich, daß ich, als ich an dem bewußten Abend ging, eine Partitur auf dem Flügel liegen sah? Ich fragte Sie noch danach.«

»Die Partitur von *Der Phoenix*«, sagte sie. »Natürlich kann ich mich erinnern. Das war ein sehr wertvolles Stück, mit einem handkolorierten Umschlag.«

»Ich weiß. Aber am nächsten Morgen war die Partitur weg. Sie lag nicht mehr auf dem Notenständer wie am Abend zuvor.«

»Und?«

»Und wann kam sie weg?«

Auf ihrem Gesicht erschien ein verärgertes Stirnrunzeln. »Das weiß doch ich nicht.«

Ich zuckte nachlässig die Schultern. »Hätte ja sein können.«

»Nein«, sagte sie entschieden. »Vielleicht sollten Sie die Polizei danach fragen.«

»Hab' ich schon.«

Als ich ihr den Frisierumhang von den Schultern nahm, stellte ich ihr eine letzte Frage.

»Wußten Sie, daß Max ein Tagebuch führte?«

»Nein«, sagte sie mit ausdruckslosem Gesicht, und dann fügte sie in plötzlicher Erheiterung hinzu: »Aber nachdem Sie's mir jetzt gesagt haben, würde ich es gerne in die Hände kriegen.« Sie ließ die Finger durch ihr Haar gleiten und lächelte mich zufrieden an. »Sie sind wirklich sehr gut«, sagte sie.

Ich gab ihr den »Familienrabatt« fürs Waschen und Föhnen, das heißt, es kostete nichts. Vielleicht würde ich mir die Kosten eines Tages durch einen persönlichen Service meines ehemaligen Liebhabers rückerstatten lassen.

Sobald Toni den Salon verlassen hatte, holte mich Nicole hinter in mein Büro, und ich nahm an, daß es sich um ein gemütliches Plauderstündchen handeln würde. Statt dessen hörte ich: »Weißt du eigentlich, was du da wieder angerichtet hast?«

»Hmh?«

»So über den Lieutenant zu sprechen! Sein Privatleben geht niemanden was an, vor allem nicht die da – eine Tatverdächtige. Und die wagt es auch noch, ihm Ausdrücke anzuhängen!«

»Was für Ausdrücke?«

»Du hast es doch selber gehört.«

»Nikki, wir haben über alles Mögliche gesprochen, aber *nicht* über Branco.«

»*Lieutenant* Branco!«

»Herzchen, bist du am Ende eifersüchtig? Ich kann einfach nicht glauben –«

»Sei nicht so vulgär!«

»Sprach sie vom hohen Roß herab.«

»Stanley, wenn du willst, kannst du dir ja dein häusliches Leben ruinieren, aber bitte laß Lieutenant Branco aus dem Spiel.«

»Also jetzt kommen schon Branco und das häusliche Leben im selben Satz vor.«

»Das heißt nicht Branco! Zeige dem Mann gefälligst ein bißchen mehr Respekt.«

»Ich brauch 'ne Pille.«

»Du brauchst eine Tracht Prügel.«

Sie verließ mein Büro und knallte die Türe zu.

Jetzt gab es also keinen Zweifel mehr: Nicole und Branco hatten es miteinander getrieben. Die einstmals so kühle und weltgewandte Miss Albright war dabei, ein albernes kleines Fräulein zu werden, die Liebessklavin eines Bullen. War denn das zu fassen? War am Ende die eigentliche treibende Kraft des Universums die männliche Ejakulation? Und war, obwohl es auf den Satellitenfotos immer anders aussah, die Erdachse in Wahrheit eine Erektion von kosmischer Größe?

Nach der Arbeit verließ ich den Salon durch die Hintertüre und eilte heim. Als ich dann erst mal in meiner Wohnung in Sicherheit war, fütterte ich Miss Sugar und goß mir einen doppelten Bourbon ein. So begann ich in die selbstverschuldete Verzweiflung hineinzuschlittern.

Später am Abend rief mich Rafik an, um mir dafür zu danken, daß ich Tonis Haar gemacht hatte. Er lobte sogar meine Arbeit, worauf ich antwortete: »Nu' ne Wäsche.«

»Trinkst du?« fragte er.

»'N bißchen.«

»Was ist denn los, Stani?«

»Nix.«

»Es tut mir leid, daß wir uns heute gestritten haben.«

Da meine nuschelnde Aussprache mich verlegen machte, wagte ich nicht zu antworten. Ich wollte einen leichten Ton aufrechterhalten, als sei heute vormittag gar nichts vorgefallen. Ich verbrachte einfach einen gemütlichen Abend zu Hause, nur ich und Jack Daniel's. In meinem betrunkenen Zustand würde ich, wenn ich auch nur das Geringste zu erklären versuchte, alle Beherrschung verlieren und nur schluchzen und in einen Strom von Tränen ausbrechen. Und das würde den beherrschten Mann, der einmal mein Geliebter gewesen war, nur verärgern.

»Soll ich zu dir kommen?« fragte er demütig.

Aber sogar in meinem benebelten Zustand war mir klar, daß er sich auch schuldig fühlen mußte, vor allem, wo jetzt Toni di Natale bei ihm in seinem 1-Zimmer-Appartement wohnte. Was würde es bringen, wenn er jetzt zu mir kam? Was für eine Lösung könnten zwei schuldbewußte Menschen schon finden, noch dazu, wo einer davon kurz vor einem rührseligen Tränenausbruch stand? Ich versuchte mit letzter Kraft, die Reste meines Verstandes zu mobilisieren, und sprach dann meine Ablehnung aus.

»Ich muß die Katze baden«, sagte ich mit perfekter Aussprache. Ich klang wie eine Dame der Gesellschaft, die den begehrtesten Junggesellen der Stadt abweist.

Rafik antwortete auf die einzige Art und Weise, die ihm blieb, nachdem er eine so unverfrorene Lüge gehört hatte.

»Jemand ist bei dir?«

Wie konnte ich ihm erklären, daß ich schon so untreu gewesen war, wie ich ihn immer zu sein verdächtigte?

»Stani?« sagte er.

Ich konnte nicht sprechen, weil mir das Schluchzen die Kehle abdrückte.

»Warum du trinkst?« sagte er.

War der Kummer in seiner Stimme echt?

Lunga pausa.

»Rafik«, schaffte ich schließlich zu sagen. »Wir sind alle gleich.« Und dann legte ich auf, bevor er mich schluchzen hörte.

13. Tanz im Dunkeln

Ich lag mit dem Gesicht nach unten auf dem Bett und durchnäßte die Kissen, als ich das vertraute Geräusch eines Motorrads hörte, das in den hinteren Durchgang einfuhr. Rafik! Er mußte Big Red repariert haben. Beschämt über meinen Zustand rannte ich in die Küche, füllte beide Hände mit zerstoßenem Eis und drückte sie an mein Gesicht und meine von den Tränen geröteten Augen. So wollte ich nicht gesehen werden.

Er schloß die Türe auf, und ich hörte ihn gleich ins Schlafzimmer gehen. Er rief von da drinnen.

»Stani? Wo bist du?«

»In der Küche.«

Rafik trat ein, in voller glänzender Ledermontur. Eine düstere graue Wolke hing ihm über der Stirn, passend zu seiner dunklen Aufmachung. Über der Schulter hing ihm ein schwerer geflochtener Lederriemen. Ich wußte, was dieser Riemen bedeutete, und ich war nicht dafür in Stimmung, als ob man überhaupt jemals in der Stimmung für eine rituelle Bestrafung wäre.

»Nicht heute«, sagte ich.

Rafik erwiderte: »Du kannst bei mir machen.«

»Ich will aber nicht«, sagte ich.

»Aber ich! Ich verdiene. Kannst du machen, was du willst.«

Er wollte also bestraft werden. Wie bei jedem bösen Buben, der nie erwischt wird, trieb ihn das Schuldgefühl schließlich dazu, sich auszuliefern. Aber wer war ich, daß ich zum Schlag ausholen durfte, wo ich doch, wie Nicole beobachtet hatte, selber eine Tracht Prügel verdiente?

Rafik hielt mir den Strang Lederriemen entgegen.

»Bitte«, sagte er. Seine Augen baten ebenfalls. »Für mich.«

Wenn ich seinen Vorschlag annahm, würden wir, das wußte ich, eine harte Sitzung haben, nichts von der spielerischen Art, in der ich mit Rico den Nachmittag verbracht hatte.

Ich nahm das Leder und sagte: »Dann aber auch für mich.«

Das war die goldene Regel des Sex: Ich tu dir, was du mir tun solltest.

Eine halbe Stunde später lag er bäuchlings auf dem Bett, weit aufgespreizt, alle Viere an die Bettpfosten gebunden. Der Raum war erfüllt vom Duft seiner Haut und dem Geruch der Lederriemen, mit denen er gefesselt war. Ich sah die Haremsknaben aus vergangenen Zeiten vor meinem geistigen Auge. Hatten sie auch um solche Bestrafungsrituale gebettelt? Im flackernden Kerzenlicht sah ich eine Sekunde der köstlichen Angst in Rafiks Augen, als ich ein Rasiermesser aufklappte und die Schneide an den Lederhosen schärfte, die ich ihm von den Beinen geschält hatte. Ich beugte mich dicht über ihn und ließ die flache Seite der Klinge leicht über seinen muskulösen kräftigen Hintern gleiten. Vor Angst und Lust überlief ihn eine Gänsehaut. Ich knabberte an seinem Po, und er spannte die Muskeln hart an. Mit meiner freien Hand knetete ich seine Arschbacken, modellierte sein Fleisch wie ein Bildhauer, dann begann ich mit meiner Arbeit. Ich würde meinen Liebhaber zeichnen. Ich würde das rauhe kurze Haar auf seiner Hinterseite rasieren und die Haut stellenweise freilegen, so daß auf jeder Pobacke eine große Initiale erschien und Rafiks fleischiges Hinterteil es Toni di Natale und dem Rest der Welt zeigte, daß Stan Kraychik darauf Anspruch erhob, auf dieses sein Eigentum. Das »S« war besonders schwierig, aber ich handhabte die Rasierklinge mit der Präzision eines Augenchirurgen. Als ich beide Buchstaben fertig hatte, ging ich daran und fügte noch Serifen an, wofür ich die Spitze der Rasierklinge benützte. Einen Augenblick war ich in Versuchung, ins Fleisch zu schneiden und meinem Geliebten eine Narbe beizubringen, vielleicht sogar sein Blut zu trinken. Aber dieser Machtrausch verflog schnell wieder. Rafik zuckte zusammen, als ich Alkohol auf die frisch rasierten Stellen klopfte. Ich wunderte mich selbst, daß ich mit Rico so verspielt hatte sein können, und mit Rafik jetzt so ernst war. Wenn Sex etwas rein Biologisches war, warum drückte sich dann derselbe Akt, auf den es hinauslief – Stauung und Entladung – so unterschiedlich aus, je nach Partner und Umständen? Hatte Rafik nur für sein schlechtes Benehmen bestraft werden wollen? Oder hatte diese Unterwerfung etwas anderes zu bedeuten? Was versuchte er mir zu zeigen? Und was ich ihm? Warum konnten wir nicht einfach zärtlich zueinander sein? Warum mußte bei uns Sex immer etwas bedeuten?

Nachdem ich den Alkohol reichlich auf seinen Po aufgeklatscht hatte, flocht ich ein Ende von einem Lederriemen auf und schlug Rafik damit leicht über den Hintern. Als ich meine Schläge stärker werden ließ, rötete sich seine Haut in dem milden Licht, und einen kurzen Augenblick lang glaubte ich nicht Rafik, sondern Max Harkey auf meinem Bett liegen zu sehen. Mir wurde klar, wie sehr ich mich unterbewußt zu dem Manne hingezogen gefühlt hatte – allerdings mehr zu seiner Stärke als zu seinem Körper. Das Gefühl für diese Stärke machte mich scharf. Ich schob meinen Arm unter Rafiks Hüften und packte sein Glied von hinten.

Dann preßte ich mich in den tiefen Spalt seines Hintern. Ich sah mich als muskulösen jungen Tänzer. Ich war Scott Molloy. Erlebte er Sex auf diese Weise? Als Rafik in meine Hand hinein kam, bespritzte ich seinen kräftigen Rücken mit glitzernden Tropfen. Im letzten Augenblick des Höhepunkts, als mir die Augenlider innen wie ein phantastisches Kaleidoskop funkelten, wurde ich von einer Unmenge ungebetener Bilder heimgesucht. Wenn Rafik Max Harkey war, konnte ich in diesem Augenblick nicht einer der vielen Menschen sein, die ihn begehrt hatten? Toni di Natale? Alissa Kortland? Scott Molloy? Oder sogar der willensschwache Marshall Zander? Diese groteske Vision war mir zunächst äußerst zuwider, dann fesselte sie mich.

»Wer war es bloß?« sagte ich laut, während die letzten klebrigen Tropfen in den Flaum auf seinem muskulösen Arsch fielen.

»Hnh?« sagte Rafik unter mir. »Was du hast gesagt?«

Ich sank auf ihm zusammen. »Nichts.«

Ein paar Stunden später wachte ich leicht fröstelnd auf. Rafik schlief tief und fest unter mir, er genoß den Schlaf der Gerechten, nehme ich an. Als ich die Decke über uns zog, bewegte er sich.

»Geh nicht«, sagte er.

»Ich bin doch da.«

»Liebst du mich?«

»Wenn es ein besseres Wort dafür gäbe, Rafik, würde ich immer noch ja sagen.«

Er drehte sich auf den Rücken und sah mich an. Selbst in der Dunkelheit loderte in seinen Augen das Feuer.

»Kein Eifersucht mehr?« fragte er.

»Jetzt willst du aber, daß ich dir den Mond runterhole.«

»Was ich kann dir sagen dann? Was du willst wissen für eine Geheimnis von mir? Ich werde gestehen alles.«

»Also gut, mein Geliebter. Hast du je das Tagebuch von Max Harkey gesehen?«

»Warum du kümmerst dich dafür? Glaubst du, ich hatte ein Verhältnis mit ihm?«

»Nein. Ich dachte nur ...«

»Jeder denkt, daß ich bin eine Sex-Maschine«, protestierte Rafik, die Sex-Maschine. »Glauben sie, ich habe kein Herz? Ich kann nicht dafür, wie ich sehe aus. Jeder glaubt, ich habe Sex mit jemand anderes, sogar du. Also dann, binde mich an deine Bett und laß mich sterben hier. Dann vielleicht du glaubst, daß ich liebe nur dich.«

Das war sicherlich zumindest eine Antwort für mein von Zweifeln geplagtes Herz. Aber was war mit der Leiche? Würde ich es wagen, Rafik zu sagen, was ich in dem Moment dachte? Daß nichts, was er mit jemand anderem vor heute nacht getan hatte oder morgen tun wollte, für mich noch irgendeine Bedeutung hatte, solange er es auch manchmal mit mir tun wollte. Es war der endgültige Kompromiß eines verzweifelten, einsamen Herzens.

Er zog mich wieder auf sich hinab, dann griff er hinter mich, um die Decken wieder über uns zu breiten.

Und dann flüsterte er mir ins Ohr: »Schlafen wir jetzt, ja?«

14. Corps de Ballet

Ich lag mit meiner ganzen Vorderseite gemütlich an Rafiks Rücken gekuschelt, als wir am nächsten Morgen in aller Frühe mit der Sonne erwachten – und mit Sugar Babys rauher Zunge, mit der sie uns abwechselnd die Wangen leckte, einmal mir, einmal ihm. Rafik stand als erster auf, und während er duschte, schlurfte ich in die Küche und zelebrierte das tägliche Ritual mit Bourbon Santos Bohnenkaffee, den ich gestern nachmittag gekauft hatte. Der Frühstückstisch war gerade fertig gedeckt, als Rafik in der Küche erschien, frisch geduscht, komplett angezogen und mit seiner Ballettasche über der Schulter. Er war bereit, sich in die Welt da draußen zu stürzen.

»Keinen Kaffee mehr?« fragte ich.

»Ich habe ein wichtige Verabredung im Studio.«

Es folgte eine kurze und heftige Umarmung, und fort war er und ließ mich zum Frühstück mit Sugar Baby allein. Ich schenkte mir eine Tasse von dem gehaltvollen brasilianischen Getränk ein, dann ging ich ins Schlafzimmer, um nach den Spielen der gestrigen Nacht aufzuräumen. Rafiks Lederklamotten lagen auf dem Fußboden, wahllos rund ums Bett verstreut, wo sie während der Lektionen der letzten Nacht eben gerade hingefallen waren. Ein Stück hob ich auf, ein Halbgeschirr, und hielt es in der freien Hand. Es bestand aus einem etwa drei Zentimeter breiten schwarzen Ledergurt, dessen Enden von einem schweren verchromten Ring zusammengehalten wurden, der selber wieder mit dem Hauptgurt durch einen zweiten, dünneren Riemen verbunden war. Wenn man ihn trug, umschloß der Gurt die Hüften entlang des Beckenkamms, der Ring war eine Pforte für das, was offensichtlich hindurchpaßte, und der Verbindungsriemen lief tief durch die größte Furche des Körpers. Die unterschiedliche Spannung zwischen den einzelnen Teilen schuf in den Lenden höchste Ekstase. Das war mein Lieblingsstück in Rafiks Sammlung, einerseits, weil es so einfach und funktionell war, andererseits, weil es die Hüften schmeichelhafterweise sehr sexy aussehen ließ, sogar bei mir. Ich schnupperte an dem Leder und wunderte mich wieder über dessen seltsame Anziehungskraft. Dabei bemerkte ich, daß Sugar Baby mich beobachtete.

Ich fragte sie: »Irgendwelche Bedenken, Püppchen?«

Erhaben wie immer antwortete Sugar Baby nur: »Woar.«

»Stimmt«, sagte ich und ging duschen.

Als ich im Snips ankam, bemerkte ich überraschenderweise, daß Nicole noch nicht da war. Ramon sagte mir, sie habe vor einer Weile angerufen und gesagt, sie werde etwas später kommen. Sofort nutzte ich die Chance, um mich nochmals in Sachen Max Harkey auf die Beine zu machen, und wo hätte ich das besser angehen können als im Boston City Ballet?

Ich kam kurz vor Ende der Profistunde dort an, als gerade das große Allegro getanzt wurde, das die schwierigsten Luftsprünge enthielt. Heute unterrichtete wieder Madame Rubinskaya und befehligte die Tänzer mit einer Stimme, die sich hoch über den wilden Sturm der Klaviermusik erhob. Durch die offene Tür des Studios kam die warme, feuchte Luft, wie man sie in einer Ballettklasse nach langem intensiven Training findet. Am hinteren Ende des Studios brachten Reihen von Tänzerinnen ihren müden Körper in Position, machten sich verbissen bereit und mobilisierten dann übernatürliche Kräfte, um sich in die Luft zu erheben und plötzlich zu springen und zu kreiseln wie die Furien der Luft persönlich. Eine Reihe nach der anderen vollführten und wiederholten die Mädchen die schwierige Schrittfolge, das *enchaînement*, wobei die Musik vom Flügel lauter und voller wurde und die Luft mit intensivem Klang erfüllte, wie um diese armen Kreaturen über das Gehör mit neuen Kräften zu durchtränken und zu füllen. Und das ging immer wieder weiter, bis schließlich ein letzter donnernder Akkord das unverlangte Ende der Übung bekanntgab.

Alles war still.

Dann sagte Madame Rubinskaya, und zwar in einem langgeübten Bühnengeflüster, ein einziges Wort, zwei Silben:

»Männer.«

Die ersten vier Tänzer nahmen schweigend am hinteren Ende des Studios ihre Ausgangspositionen ein. Zu ihnen gehörte auch Scott Molloy in all seiner jugendlichen, muskulösen Glorie.

»Eeeeeeee!« kreischte Madame Rubinskaya, und das Klavier antwortete mit neuerwachter Kraft, mit dunklen Akkorden und treibenden Rhythmen, die sogar noch die Sturzbäche von Klängen übertrafen, die es für die Frauen hervorgebracht hatte, als müßten die Grenzen der Musik jetzt noch weiter ausgedehnt werden, um die ungestüme

Potenz der männlichen Stärke wiederzugeben. Und entsprechend warfen die Männer sich empor und schwebten in der Luft, um ihre Bewegungen wie in Zeitlupe durchzuführen, wobei sie die Schwerkraft ganz unverschämt ignorierten. Ihre gemeißelten, feinmodellierten Muskeln überwanden solche banale Grenzen wie die Anziehungskraft der Erde. Und wenn ihr Flug vorüber war, kamen sie ungebrochen aus den Höhen zurück, immer noch mit arrogantem Schwung, und anstatt mit einem fußgängermäßigen Trampeln landeten sie mit dem federleichten Flüstern eines ledernen Gymnastikschuhs, der sanft auf einem Holzboden aufsetzt. Das Ballett schien sich, wie ja andere Weltwunder auch, durch die Überwindung der Natur zu definieren. Doch während ich diesen Männern bei ihren Meisterleistungen zusah, konnte ich nicht umhin, mich zu fragen, was wohl die Quelle ihres Machismo sei, der ungeheuren Energie, die sie da in die Luft trieb, vor allem, da ich einige auch schon im Tüllröckchen und *en pointe* gesehen hatte.

Genau in dem Moment, als meine Aufmerksamkeit bei dieser nicht enden wollenden optischen und akustischen Stimulation zu erlahmen begann, beendeten die Männer ihr mörderisches Tun. Dann stellte sich schnell die ganze Company in dem riesigen Studio für die *révérence* auf, die nach alter Gewohnheit dazu dient, dem Lehrer, dem Musiker und der Kunst selbst formell Achtung und Dankbarkeit zu erweisen. Da sie am Ende der Stunde kommt, wenn im Körper Adrenalin und Selbstvertrauen emporsteigen, könnte es sein, daß sie von einem cleveren russischen Ballettlehrer erfunden wurde, um seine Tänzerinnen und Tänzer kirre zu halten. Sie werden nämlich dadurch gezwungen, ihren Machtrausch in die stillsten, einfachsten Bewegungen umzuformen. Allerdings haben sich die Zeiten auch geändert, und viele Tänzer benutzen die *révérence* dazu, extravagante Verneigungen für eventuelle Extravorhänge auszuprobieren, die sie auf der Bühne vielleicht nie wirklich brauchen werden.

Als die letzten Töne verklungen waren und die Tänzer in schönen Posen verharrten, sprach Madame Rubinskaya demütig, als wende sie sich an ihre eigene Muse.

»Tanke Ihnen«, sagte sie.

Diese beiden Worte riefen unter den Tänzern einen Beifallssturm hervor. Das bescheidene Lächeln auf Madame Rubinskayas Gesicht bewies, daß sie Beifall noch immer gern hörte.

Die Klasse zerstreute sich, und ganz zuletzt kam Scott Molloy aus dem Studio.

»Was wollen Sie?« fragte er schroff.

»Nur ein paar Minuten mit Ihnen sprechen.«

»Worüber diesmal?«

»Ich möchte Sie zu Max Harkey einiges fragen.«

»Ich dachte, das hätten wir schon erledigt.«

Ich versuchte ein unterwürfiges Lächeln. »Nur die erste Runde.«

Er sagte: »Ich habe heute keine Zeit.« Er sah sich nervös in der Vorhalle um, als erwarte er, hier jemanden zu sehen, den er auf keinen Fall sehen wolle. Wieder war ich vom Teint des jungen Tänzers überrascht – nicht die geringsten Falten oder großen Poren – und von seinen schlanken Hüften. Wie konnte bei ihm nur alles so klar gezeichnet sein? Er wandte sich zum Gehen.

Ich sagte: »Was haben Sie als letztes zu Max Harkey gesagt?«

Scott Molloy drehte sich noch einmal um, überlegte einen Augenblick und sagte dann mit sardonischem Grinsen: »Gute Nacht.«

»War das nach der Party, oder haben Sie ihn diese Nacht noch einmal gesehen?«

Seine Augen verengten sich, aber er antwortete nicht.

Ich drang in ihn. »Ich höre andauernd, daß Sie in Max verliebt waren.«

»Von wem?«

»Von vielen. Marshall Zander, Alissa Kortland, sogar Rafik.«

»Ausgerechnet Alissa«, sagte er mit einem ärgerlichen kleinen Schnauben. »Das gefällt ihr natürlich, wenn sie so etwas sagen kann.«

»Stimmt es denn?« fragte ich.

Unsere Augen trafen sich immerhin so lange, daß ich merkte, hinter dieser Fassade von Scott Molloy, der den zornigen jungen Mann spielte, verbarg sich ein zutiefst verwundeter und einsamer kleiner Junge. Während ich ihm noch immer in die Augen sah, wiederholte ich meine Frage mit so viel Mitgefühl, wie ich nur aufbringen konnte.

»Waren Sie in Max verliebt?«

In seinem Gesicht ging eine Veränderung vor. Vielleicht, weil ich ihn so direkt und mit so viel Wärme und Betroffenheit gefragt hatte, oder vielleicht, weil der Fragesteller homosexuell war, oder weil Scott Molloys Abwehrkräfte nach den Anstrengungen der Ballettklasse erschöpft waren, oder weil für diesen jungen Mann plötzlich der Augenblick der Wahrheit gekommen war und ich zufällig dabei als Katalysator fungieren konnte. Aus welchem Grunde auch immer, jedenfalls spürte ich, daß er endlich sein Herz ausschütten, die Fesseln der Vergangenheit abschütteln und sein wahres Selbst offenbaren wollte.

Er sagte leise: »Können wir woanders reden?«

Dann führte er mich einen Korridor entlang und zu einer Türe hinaus, die in ein Treppenhaus führte. Wir stiegen zwei Treppen hinauf bis zu einer Türe, die nach draußen führte, auf das Dach des Gebäudes. Die Sonne strahlte, und der Himmel war blau. Mit all den alten Dächern der Südstadt vor Augen hätten wir glatt in Europa sein können. Fast hätte ich mit einer Art Gartencafé hier oben gerechnet, aber außer dem riesigen gekiesten Asphaltdach mit zahlreichen Oberlichtern dazwischen war nichts zu sehen. Scott war von der Ballettarbeit recht verschwitzt, deshalb setzten wir uns auf den warmen Kies in die Sonne und lehnten uns an einem der Oberlichter an.

Er fing an: »Ich weiß eigentlich gar nicht, warum ich Ihnen das überhaupt erzähle«, dann schwieg er wieder.

Ich ermutigte ihn: »Manchmal hilft es einfach, wenn man jemandem davon erzählt, vor allem, wenn der Jemand Sie nicht sehr gut kennt. So wie ich.«

»Kann schon sein«, sagte er unsicher. »Aber ich weiß nicht, wie ich anfangen soll.«

»Sprechen Sie einfach alles aus, was aus Ihnen heraus will. Sie wissen ja, was.«

Er schaute mich mit kindlichen Augen an.

»Ich habe mir gewünscht, daß Max Harkey mein Vater wäre.«

Ich nickte, als ob ich verstünde und seine Bemerkung akzeptierte, obwohl ich nicht wußte, ob er tatsächlich Vater und Sohn meinte oder vielmehr der Papa und sein Junge.

»Aber ich wollte doch auch mehr«, fügte er hinzu und schaute dabei weg.

»Sprechen Sie weiter«, sagte ich. »Einfach weiter. Es ist schon in Ordnung.«

»Ich wollte, daß er mich auch liebte. Ich wollte sein Lieblingstänzer sein. Ich wollte, daß er mich allen anderen Männern vorzog.« Jetzt blickte er mich wieder an. »Ist das nicht eklig? Es klingt so schwächlich, wenn ich mich sowas sagen höre.«

»Überhaupt nicht«, sagte ich. »Das will doch jeder, daß jemand ihn bedingungslos liebt und annimmt. Es ist ein Grundbedürfnis des Menschen. Deswegen müssen Sie sich nicht schämen.« Schließlich beuteten doch auch die meisten großen Religionen dieses Bedürfnis aus.

Scott fuhr fort: »Aber es bestimmte alles, was ich tat, was ich sprach und zu wollen vorgab. Ich tat alles nur, um Max zu gefallen.«

»Das gehört einfach zur Liebe dazu. Ist schon in Ordnung«, sagte der unberufene Experte in diesen Fragen.

»Aber er nahm mich gar nicht wahr. Er wollte nur Frauen. Also fing ich auch an, mit Frauen was zu haben. Aber auch das tat ich nur, um Max zu gefallen, um ihn dazu zu bringen, daß er mich akzeptierte.«

»Hat es gewirkt?«

Er schüttelte den Kopf. »Aber ich wußte wirklich nicht mehr, was ich sonst noch machen könnte. Also versuchte ich, ihn aufzugeben, aber das war auch nicht echt. Ganz egal, was ich mir auch vornahm, im Innersten liebte ich ihn eben immer noch. Aber dann tat Max schließlich etwas, was mich echt fertiggemacht hat. Danach war alles anders.«

Wieder langes Schweigen.

»Und zwar?« sagte ich.

»Er entschied sich für einen anderen Tänzer, einen, der offensichtlich schwul war, für eine Rolle, die eigentlich ich hätte kriegen müssen. Sie war mir wie auf den Leib geschrieben, und er gab sie dieser Schwuchtel. Und dabei habe ich die ganze Zeit gedacht, Max finde Schwule gräßlich. Ich hab' so getan, als sei ich hetero, nur ihm zu Gefallen, und dann hat das überhaupt keine Rolle gespielt.«

»Und inwiefern hat das dann alles geändert?«

Scott zögerte. »Eines Tages habe ich ihn zu Hause besucht, um ihm endlich einmal zu sagen, was ich für ihn empfand. Ich erzählte ihm alles, wie sehr ich ihn liebte, und dann fragte ich ihn, ob er auch etwas für mich empfinde.«

»Und?«

»Er lachte mich aus.«

Um uns wurde es ganz still. Eine leichte Brise spielte mit Scott Molloys feinem blonden Haar. Einzelne Strähnen flatterten wie goldene Fäden im hellen Sonnenschein. Max Harkey mußte wirklich absolut hetero gewesen sein, denn wie hätte er sonst die dargebotene Liebe und Schönheit dieses Tänzers zurückweisen können, der die natürliche Anmut und Kraft eines jungen Palomino-Hengstes besaß?

»Und was geschah dann, Scott?«

»Ich machte ihm eine Riesenszene. Ich schrie ihn an und beschuldigte ihn, daß er mich dazu gebracht habe, so zu tun, als sei ich hetero, während es für ihn doch gar keinen Unterschied mache. Aber es war alles umsonst.«

»Im Gegenteil, es kann sich sogar gegen Sie ausgewirkt haben«, sagte ich.

»Wie meinen Sie das?«

»Manchmal kann man jemanden leichter akzeptieren, wenn der ehrlich über sich ist, als wenn er verbirgt, wie er in Wirklichkeit ist.«

»Da haben Sie, glaube ich, nicht recht. Fast niemand will die Wahrheit hören.«

»Na ja, das kommt sicher auch vor«, sagte ich und zuckte die Schultern.

Er fuhr fort: »Das jedenfalls war die Sache mit Max. Nachdem ich ihm alles erzählt und gestanden hatte, ging's sofort los mit dem Klatsch in der Company, daß ich in ihn verliebt sei. Erst hinter meinem Rücken, aber dann ganz offen vor mir.«

Ich erinnerte mich, daß Alissa Kortland dieselbe Geschichte etwas anders erzählt hatte, nämlich daß Scott Max vor der gesamten Ballettcompany angegriffen habe und nicht im Privaten, wie er jetzt zu mir sagte.

Ich sprach: »Schlimm, daß Max so damit umging. Ich meine, daß er es der Company erzählte.«

»Wahrscheinlich habe ich nur bekommen, was ich verdient hatte«, sagte er gequält.

»Das stimmt nicht, Scott. Sie hatten einen Traum von Liebe, aber der konnte nie Wirklichkeit werden, jedenfalls nicht mit Max. Der einzige Fehler, den Sie gemacht haben, war, daß Sie Ihre eigene Veranlagung verleugnet und jemand anderer zu sein versucht haben, um ihn zu gewinnen. Aber das Wichtigste ist, daß Sie nicht vor Scham davongelaufen sind. Sie sind bei der Company geblieben.«

»Ich hatte ja gar keine andere Wahl.«

»Sie hatten eine Wahl, und Sie haben sich tapfer verhalten.«

Er lachte höhnisch. »Ich bin nicht tapfer. Nein wirklich, falls das so bleibt«, sagte er, »dann möchte ich nicht schwul sein. Mit Frauen gibt's wenigstens keine Bestrafungen und keine Scham. Man muß nichts verbergen. Man kann alles ganz öffentlich tun.«

»Und privat eine Lüge leben«, sagte ich. »Sind Sie deshalb jetzt immer mit Alissa zusammen?«

Sein junges Gesicht verhärtete sich plötzlich, und dann gab er zu: »Wenn ich schon den großen Max Harkey nicht haben konnte, konnte ich wenigstens seine Geliebte kriegen.«

Ich mußte an mich und Rafik denken, und daß ich auch einverstanden gewesen war, die Brosamen vom Tisch seiner Liebe zu nehmen, als ich seiner Freundin das Haar wusch.

Scott fügte hinzu: »Max hatte sie sowieso schon abgeschoben.«

»Und da haben Sie sie sich geschnappt, um sie zu retten.«

»Bei Ihnen klingt das so scheußlich.«

»Nein. Nur verzweifelt. Wie bei mir ja auch, wenn ich ehrlich bin.«

»Aber Sie haben doch Rafik.«

»Das ist so eine Legende in sich«, erwiderte ich.

»Ich weiß«, sagte er.

»Wieso denn das?«

Plötzlich waren wieder seine Kinderaugen da.

»Wissen Sie denn nicht, wie sehr Rafik Sie liebt?« fragte er.

»Scott, in letzter Zeit haben so viele Leute zu mir gesagt ›Rafik liebt Stan‹, daß es für mich schon langsam wie ein Küchenspruch klingt. Ich fürchte, ich sehe die Sache etwas anders.«

»Dann werden Sie demnächst eine große Überraschung erleben«, sagte er und legte besondere Betonung in seine Stimme, um diesem Klischee das Gewicht eines unumstößlichen Grundsatzes zu geben.

Ich schaute auf die Uhr. Es war fast Mittag.

»Ich muß zur Arbeit.« Ich gab ihm eine meiner Visitenkarten. »Wenn Sie darüber noch ein wenig sprechen wollen, rufen Sie mich an. Für manche Menschen ist das coming out der schwierigste Punkt in der ganzen Geschichte, auf die sie sich da einlassen. Geben Sie sich nicht mit der einfachsten Lösung zufrieden, Scott, falls das nicht zugleich die Lösung ist, die Sie wirklich wollen.«

Er spitzte die Lippen und zog sie dann wieder zu einem Lächeln zurück.

»Wissen Sie, am Anfang mochte ich Sie nicht«, sagte er. »Aber ich glaube, Sie sind gar nicht so übel, vielleicht sogar ganz nett.«

»Wohl eher hartnäckig als nett«, entgegnete ich. Immerhin hatte ich ihn dazu gebracht, mir Vertrauen zu schenken, während ich von mir wenig preisgegeben hatte. Meine Übung als Psychiater von früher tat mir doch noch immer gute Dienste.

Wir erhoben uns und kehrten in das Gebäude zurück. Als wir die Treppen hinuntergestiegen waren und wieder die Vorhalle vor dem großen Studio betraten, bemerkte ich, daß hier eine kleine Gruppe von Polizisten wartete. Auch sah ich, daß sich Alissa Kortland mit ihnen unterhielt. Sie drehte sich zu uns um, brauchte eine Sekunde, um uns zu erkennen, und blickte dann erschrocken drein.

»Da ist er ja!« schrie sie den Polizisten zu und zeigte auf uns.

Scott Molloy und ich blieben wie angewurzelt stehen. Die Polizisten rannten auf uns zu und packten uns beide, drehten uns die Arme auf den Rücken und drückten uns gegen die Wand. Bei all meiner Panik hoffte ich trotzdem noch, daß Scott dieses Erlebnis mit der Polizei nicht als eine weitere Bestrafung, wie sie eben Schwulen zustößt, betrachtete.

»Wer von Ihnen ist Scott Molloy?« fragte ein Offizier.

Scott bestätigte seine Identität und wurde dafür belohnt, indem man ihm den Arm noch mehr auf die Schulter drehte. Der Polizist, der mich festhielt, ließ mich sofort los. Keinerlei Entschuldigung. Ich sah zu, wie die Bullen Scott davonführten, während Alissa ihnen folgte. Sieg stand ihr ins Gesicht geschrieben. Das einzige, was ich Scott noch sagen hörte, war: »Ich hab' sie mit keinem Finger angerührt.«

In diesem Augenblick wurde mir endgültig klar, daß ich,

obwohl ich bei all den Ereignissen rund um Max Harkeys Tod keine Ahnung hatte, wer wem was – und warum – getan hatte, schon viel zu tief in der Sache mit all ihren beteiligten Personen drinsteckte, um sie jetzt aufzugeben. Was man halb tut, hat man gar nicht getan. Es gab keine andere Wahl, als die Sache bis zum Ende durchzustehen.

Als ich gerade das Ballettstudio durch den Haupteingang verlassen wollte, wurde ich von Marshall Zander aufgehalten. Er sah müde aus, und seine Stimme klang matt und ernüchtert. Seine Beruhigungspillen ließen offenbar in der Wirkung nach.

»Die Polizei handelt doch völlig unlogisch. Statt daß sie versuchen, Max Harkeys Mörder zu finden, verhaften sie da einen jungen Tänzer, weil er angeblich eine junge Frau mißhandelt und verletzt hat.«

»War das denn tatsächlich der Fall?«

»Alissa behauptet es jedenfalls«, sagte er. »Offenbar hatten sie und Scott heute morgen einen heftigen Streit, und Scott bedrohte sie.«

»Ich halte ihn eigentlich für unfähig, auf diese Weise gewalttätig zu werden.«

»Das weiß man nie so genau«, sagte Marshall Zander. »Übrigens«, fügte er hinzu, »hatten Sie mit Rico ein angenehmes Mittagessen?« Er unterstrich seine Frage durch ein plumpes Zwinkern. Rico hatte mir versichert, daß Marshall nichts von unserem extravaganten, aufs Zimmer gebrachten Essen erfahren würde, und jetzt hatte er es offensichtlich doch herausgefunden.

»Es war bezaubernd«, sagte ich. »Vielen Dank für Ihre großzügige Gastfreundschaft.«

»Kostet mich ja keinen Pfennig. Mir gehört das Hotel mit allem, was drin ist, außer natürlich Rico.« Er hob die Stimme, als er hinzufügte: »Ihnen stand er selbstverständlich zur Verfügung.«

Ich überblickte rasch die Vorhalle, um feststellen zu können, ob ihn jemand gehört habe, und vor allem, ob Rafik in der Nähe sei. Aber die Luft war rein.

Dann fuhr er mit leiserer Stimme fort: »Auf Ihren Freund Rafik warten gute Nachrichten, was Max' Testament betrifft.«

»Sie kennen also bereits das Testament?«

»Ich bin Max' Testamentsvollstrecker«, erwiderte er.

»Dann müssen Sie doch auch wissen, was aus dem Tagebuch geworden ist.«

»Wenn eins da wäre, müßte es bei seinen übrigen Sachen sein.«

»War es aber nicht«, sagte ich.

»Vielleicht hat es die Polizei mitgenommen.«

»Sie hat keins gefunden.«

»Dann gab es vielleicht gar kein Tagebuch.«

»Nach Ricos Aussage schon.«

»Rico erfindet so manches«, sagte er schnell. Dann gluckste er und sagte: »Ich denke, das müßten Sie am besten wissen.«

Ich ignorierte seinen Spott. »Kann ich Sie noch etwas fragen?«

»Unbedingt«, sagte er liebenswürdig. »Ich helfe Ihnen, wo immer ich nur kann.«

»Verbringt man, wenn man eine große Kunstorganisation unterstützt, eigentlich immer so viel Zeit an deren Schauplatz?«

»Das klingt, als hätten Sie einen Verdacht gegen mich. Mir tut es leid, daß Sie so empfinden, denn wie gesagt mag ich Sie wirklich. Aber was Ihre Frage betrifft, kann ich Ihnen eine direkte, ehrliche Antwort geben. Manchen Sponsoren ist es lieber, wenn sie nur einfach einen dicken Scheck ausschreiben können, damit ist die Sache für sie erledigt. Sie kommen erst wieder zu den Galaempfängen und Premieren. Mir hingegen ist es lieber, aktiv mit dabeizusein und zu sehen, wo mein Geld hinkommt. Außerdem liebe ich das Ballett. Ich liebe alles, was damit zu tun hat – die Proben, die Klassen, die Tänzer, die Choreographen. Es ist meine einzige Leidenschaft.«

»Das kann ich verstehen. Und entschuldigen Sie bitte,

wenn ich argwöhnisch geklungen habe. Ich glaube, im Augenblick verdächtige ich schon jeden.«

»Das liegt daran, daß Sie in dieser Sache jetzt der inoffizielle Kommissar sind. Aber wahrscheinlich wünschte sich jeder, der Max kannte, früher oder später einmal, daß er für immer dahin sei. Ich jedenfalls auch, soviel steht fest.«

»Ach wirklich?« fragte ich und konnte mein Erstaunen nicht verbergen.

»Mein lieber Junge«, sagte er mit einem lauten Glucksen, »ich mag den Wunsch verspürt haben, aber von solch einem Impuls würde ich mich doch nie leiten lassen.«

»Dann bleibt nur die Frage«, sagte ich, »wer würde es?«

Marshall Zander zwang sich zu einem Lächeln. »Ich bin überzeugt, daß Sie die Antwort finden und diese ganze entsetzliche Angelegenheit zur Ruhe bringen werden. Und denken Sie immer daran, daß ich jederzeit zur Verfügung stehe, für *jede* Hilfe, die Sie eventuell brauchen.«

»Danke«, sagte ich und versuchte einen Schauder zu unterdrücken.

Wir gingen auseinander, er zu einem wichtigen Treffen und ich zurück in den Salon Snips. Aber auf dem Weg aus dem Ballettstudio wurde ich noch einmal aufgehalten, diesmal von Madame Rubinskaya.

»Ich denke, ich habe gesehen, Sie beobachten Klasse«, sagte sie.

»Es war sehr eindrucksvoll«, sagte ich. »Besonders die Männer.«

Die alte Dame tat meine Bemerkung mit einem bescheidenen Schulterzucken ab.

»Die Tänzer können besser. Aber sind sie jung, und ist Frühling. Denken an andere Dinge.«

»Wissen Sie, was zwischen Scott Molloy und Alissa Kortland vorgefallen ist?«

»Ist Schande, nicht? So schöne junge Menschen und kämpfen immer. Machen sie zu viel Tragödie. Wissen sie nicht, wie sollen sie das Leben genießen.«

»Die Polizei kann einem bei einer häuslichen Kabbelei ja auch nicht viel helfen.«

»Aber hat er sie geschlagen.«

»Ist das wahr?« fragte ich.

Die alte Frau zuckte wieder die Schultern. »Alissa sagt, aber wer weiß? Sie liebt, zu leben in große Drama.«

»Madame Rubinskaya«, tastete ich mich vorsichtig vor, »wissen Sie, ob Max Harkey ein Tagebuch geführt hat?«

»Maxi ein Tagebuch? Vielleicht.«

»Haben Sie es je gesehen?«

Nach einer längeren Pause sagte Madame Rubinskaya kühl: »Kann ich mich nicht erinnern.«

»Aber erinnern Sie sich dann an die Partitur des *Phoenix*?«

»Warum Sie mich fragen das?«

»Weil sie weg ist.«

»Und?«

»Ich dachte, Sie wüßten vielleicht, wo sie ist.«

»Sie denken jetzt, ich habe genommen?«

»Keineswegs.«

»*Bozhe*! Ich dachte Sie sind nette junge Mann, aber sehe ich, daß Sie sind unverschämt.«

»Ich wollte nicht unverschämt sein, aber die einzige Möglichkeit, etwas herauszufinden, ist, danach zu fragen, und manchmal macht das eben einen falschen Eindruck. Darf ich Sie noch etwas fragen?«

Aber Madame Rubinskaya war der Sache jetzt überdrüssig, prustete ungeduldig und sagte: »Nein. Sie sind nicht sehr nette Junge.«

Und als sie ihren Spruch gefällt hatte, ging sie davon.

Ich dachte mir: nur weil du's sagst, ist es noch lange nicht wahr. Deshalb erfand ich rasch ein Mantra, um Madame Rubinskayas harsches Verdikt wieder zu lösen: Ich bin ein netter Junge. Ich bin ein netter Junge. Ich bin ein netter Junge.

Aber ohne die roten Schuhe geschah nichts.

Noch einmal wandte ich mich dem Ausgang zu. Ich

wollte jetzt wirklich raus hier, aber kaum hatte ich zwei Schritte gemacht, sah ich Rafik und Toni di Natale in der großen Vorhalle erscheinen. Sie plauderten und lachten miteinander. Toni sah mich als erste und zog Rafik hinter sich her.

»Hier sind Sie ja!« sagte sie. »Ich bin so begeistert, was Sie aus meinem Haar gemacht haben. In der Sonne leuchtet es total.«

Rafik grinste breit. »Du machst sie sehr schön.«

Er hielt sie um die Taille eng umschlungen, während sie an seiner Schulter hing.

»Danke«, sagte ich. »Wo kommt ihr beiden denn her?«

Toni antwortete: »Wir hatten gerade das längste, luxuriöseste Frühstück der Welt, und zwar im Copley Palace. Haben Sie das schon mal probiert?«

»Noch nicht«, sagte ich in starker Abwehr gegen ihre Überschwenglichkeit.

»Es ist einfach phantastisch. Sie müssen unbedingt mal hin.«

Rafik fügte hinzu: »Wir haben gesprochen über Musik, und verging die Zeit sehr schnell. Es war sehr produktiv.«

Beide strahlten positive, kreative Energie aus. Sie waren voneinander und vom Rest der Welt, wo doch alles so fein und schön war, aufs höchste begeistert. Und wieder einmal verblüffte mich das breite Spektrum von Rafiks Energie, und daß ich am anderen Ende dieses Spektrums stand, als das genaue Gegenteil von dem, was ich hier mit Toni di Natale sah.

»Was führt Sie her?« fragte sie mich.

»Der Mord an Max Harkey«, sagte ich derb.

»Sie machen sich damit so viel Arbeit«, sagte sie. »Ich bin überzeugt, daß Sie den Fall lösen werden. Sie werden der große Held sein.«

»Jawoll«, sagte ich. »Behalten Sie das bitte im Gedächtnis.«

Rafik grinste immer noch, während er Toni fester an sich zog und mir die andere Hand auf den Arm legte.

»Wir haben Probe jetzt«, sagte er. »Bis später.«
»Ich bin dann im Laden«, sagte ich.
»Nochmal danke für mein Haar«, sagte Toni. »Schade, daß Sie Ihre Arbeit nicht signieren können.«
Rafik und ich tauschten einen wissenden Blick.
»Manchmal schon«, sagte ich.
Sie gingen, und ich schaffte es endlich, das Studio des Boston City Ballet zu verlassen. Diesmal hielt mich niemand mehr auf. Aber wer wäre denn auch noch übrig gewesen? Ich hatte an diesem Vormittag so ziemlich alle gesehen, die damit zu tun hatten.
Ich ging in Richtung Snips. Als ich über den Copley Square kam, spürte ich in meinem Körper ein seltsames Drängen, eine Art Wogen, das in meinem Bauch begann, zu meinem Kopf hinaufstieg und dann zu meinen Füßen hinunterlief, bevor es sich wieder in meinem Gedärm festsetzte. Vielleicht hatte ich einfach nur Hunger, und es war ein unterbewußter Hinweis auf das Frühstück, das Rafik und Toni di Natale genossen hatten. Aber nein, nicht nach Frühstück oder Mittagessen sehnte ich mich. Ich blieb stehen und blickte an dem mächtigen Hotelbau empor, der von der klassischen Architektur ringsum so neu und sauber und kühn abstach. Ich starrte das moderne Gebäude an und ließ meine Augen daran emporwandern bis ganz oben zu dem Penthaus, wo vielleicht Rico gerade im Augenblick eine Tasse Kaffee trank. Und da fegte wieder diese seltsame sinnliche Woge durch meinen Körper, und ich erkannte, was es war. Ich wollte etwas, das ich vorher nicht erkannt hatte, und das war tatsächlich ein Wunsch, den Rafik ausgelöst hatte, vor allem durch die Art und Weise, wie er mit Toni di Natale umging. Ich wollte ein bißchen leichten Sex. Und ich wußte genau, wo ich den kriegen konnte.

15. Tanz und Partnertausch

Der Pförtner im Copley Palace kannte mich noch von gestern, aber das half mir überhaupt nichts. Weder seine Förmlichkeit noch mein Versuch, mich anständig zu benehmen, kamen gegen den Schwall von wollüstiger Energie in mir auf, und als ich Rico zu sehen verlangte, schüttelte er gravitätisch den Kopf.

»Der junge Herr Rico ist hier im Hause nicht mehr angestellt.«

Komisch, dachte ich, wo doch Marshall Zander erst vor ein paar Minuten so herzlich und gastfreundlich gewesen war, was das teure Mittagessen betraf, das Rico und ich zusammen eingenommen hatten, dabei aber Ricos Fortgang mit keiner Silbe erwähnt hatte.

Der Pförtner fuhr fort: »Mr. Zander ist auch nicht da, obwohl Sie ja gestern, soviel ich mich erinnere, gerade ihn *nicht* zu sehen wünschten.«

»Ja«, sagte ich zögernd, »das ist richtig.« Mit meinen auf Rico erpichten Keimdrüsen hatte ich ganz sorglos angenommen, daß Marshall Zander noch im Ballettstudio sei, und nicht bedacht, daß er in den verflossenen paar Minuten ja selber heimgekommen sein könnte. Das wäre ja drollig gewesen: ich wäre oben aufgetaucht, schon ganz feucht und scharf auf den Hausangestellten, und wäre an der Türe von dem fettärschigen Schloßherrn selbst empfangen worden.

»Soll ich etwas ausrichten?« unterbrach mich der Pförtner in meinen Gedanken.

»Wissen Sie, was vorgefallen ist?«

Hochmütig hob er die Nase und sprach in abgehackten Silben.

»Es hat einen unerfreulichen Vorfall gegeben, den zu enthüllen ich nicht die Freiheit habe. Jedoch werden im Augenblick die Schlösser in Mr. Zanders Suite ausgetauscht, was erhebliche Kosten verursacht.«

»Na und, wo es doch für den Kaiser ist?«

»Wie beliebt?«

»Süßer, dieses Gesäusel bringt's doch nicht. Kommen Sie wieder auf den Boden.«

Als ich das Hotel verließ, beunruhigte mich der Gedanke, daß Rico bei Marshall Zander etwas hätte stehlen sollen. Natürlich war er gescheit und charmant und sexy, aber ich hatte das Gefühl, daß er mehr Klasse zeigen würde, wenn er sich bereichern wollte. Die eigentliche Frage war außerdem, war Rico von selber gegangen oder gefeuert worden?

Ich lief eine Querstraße weit die St.James Street in Richtung Berkeley Street hinunter. Ich wollte noch eine Unterbrechung machen, bevor mich die Pflicht ins Snips rief. Nach dieser seltsamen Nachricht, nämlich, daß Rico verschwunden sei, wollte ich noch den Oberbullen Branco befragen. Zum Glück war der Lieutenant da. Als ich sein Büro betrat, war er in einen Stapel Papiere auf seinem Schreibtisch versunken. Er pfiff leise vor sich hin, während er die Unterlagen studierte – eine peppige kleine Melodie, wahrscheinlich italienisch. Für Branco war es nicht typisch, Musik zu machen. Nach den höflichen Formalitäten der Begrüßung erzählte ich ihm, daß mich Ricos plötzliches Verschwinden beunruhige.

Branco bemerkte: »Was für ein erstaunliches Zusammentreffen, Stan. Entweder haben Sie wirklich eine Nase für solche Sachen, oder aber Sie sind doch tiefer in die ganze Sache verwickelt, als Sie zugeben.«

»Was ist passiert?« fragte ich.

»Wir haben heute vormittag einen Bericht vom Verkehrsamt bekommen. Ihr junger Freund war mit seinem Motorroller unterwegs. Er überfuhr eine rote Ampel. Schlimmer Unfall.«

»Wie schlimm?« fragte ich mit zitternder Stimme.

»Ich fürchte, er ist tot.«

Der Schlag traf mich seltsamerweise zuerst zwischen den Schulterblättern. Dann schnitt und riß er sich rücksichtslos wie eine Messerklinge seinen Weg durch meinen Brustkorb bis zu meinem Magen. Als ich wieder klar sehen konnte, merkte ich, daß ich ganz kalt und verschwitzt war.

»Mein *tesao*«, sagte ich leise.

»Tut mir sehr leid«, sagte Branco.

Ich hatte gegen die Tränen zu kämpfen und gegen ein einschnürendes Gefühl, das meinen ganzen Körper erfaßte. Alles in mir wollte zu weinen anfangen. Aber nicht hier, redete ich mir selber zu. Nicht vor einem Polypen.

»Kann ich Ihnen irgendwie helfen?« fragte er.

Die plötzliche, unerwartete Wärme in seiner Stimme schuf sich eine winzige Lücke in meinem Widerstand, und gegen meinen Willen fühlte ich ein paar stille Tränen über meine Backen rinnen. Diese Woge intensiven Gefühls erschreckte und ärgerte mich gleichzeitig. Als ich den Eindruck hatte, ich könne wieder sprechen, ohne zu schluchzen, fragte ich Branco, was passiert sei.

»Der Fahrer des Autos behauptet, daß der Roller wie aus dem Nichts herausgeschossen sei. Ihn hat das auch völlig fertiggemacht – er gab zu, daß alles seine Schuld sei, fügte sich uns ohne Widerstand, erbot sich sogar, sofort ins Gefängnis zu gehen.«

Branco unterdrückte ein kleines, völlig unangebrachtes Lachen. Wahrscheinlich hätte es ihm gefallen, wenn alle Welt so unterwürfig gewesen wäre.

Er fuhr fort: »Normalerweise lassen wir so etwas dann den Instanzenweg gehen, aber da der junge Mann direkt mit dem Fall Max Harkey zu tun hatte, habe ich das Ganze als Mordfall ausgewiesen. Das Labor untersucht momentan den Roller, ob daran manipuliert worden ist. Vielleicht ist an den Bremsen etwas verändert worden, damit sie nicht funktionierten.«

Brancos Verdacht rief mir einen alten Film mit einem ähnlichen Plot in Erinnerung. Jetzt war nur die Frage, wer in dem momentanen Drama dann Lana Turner sein mochte?

»Wo ist ... Rico ... jetzt?« fragte ich. Ich begann meine Frage mit fester Stimme, aber mein Mut versackte zu einem flüsternden Krächzen.

»In der Leichenhalle. Ich könnte es arrangieren, würde aber trotzdem nicht vorschlagen, daß Sie ihn sich anschauen. Er ist ziemlich übel zugerichtet.«

»Nein«, sagte ich schwächlich. »Sie werden das am besten wissen.«

»Übrigens habe ich gerade Scott Molloy freigelassen. Alissa Kortlands Vorwürfe genügten nicht, um ihn dazubehalten.« Branco fügte zornig hinzu: »Diese verdammten Kids.«

»Glauben Sie, daß er Rico getötet haben könnte?«

»Beide sind füreinander ein sehr sauberes und vollständiges Alibi, auch wenn sie sich momentan nicht gut verstehen.«

»Und wie ist es mit Marshall Zander?« fragte ich.

»Mr. Geldsack?« sagte der Polizeibeamte.

»Rico wohnte bei ihm. Er hätte die beste Möglichkeit gehabt, an dem Roller herumzufummeln.«

»Mir kommt er ja handwerklich nicht sehr begabt vor«, sagte Branco und fügte einen kleinen Grunzer hinzu. »Und was wäre sein Motiv?«

»Was ist das Motiv bei jedem anderen? Rico muß etwas gewußt haben.«

»Falls es überhaupt ein Mord war.«

»Natürlich war es einer, Lieutenant! Wir wissen jetzt also, daß es jemand gewesen sein muß, der etwas von Motorrollern versteht.«

»Oder von Motorrädern«, sagte der Beamte. Dann fügte er selbstgefällig hinzu: »Wo Sie sich so sicher sind.«

Ich merkte, wie meine Wangen vor Ärger zu brennen begannen.

»Ich war die ganze Nacht mit Rafik zusammen«, sagte ich. »Er kann es nicht gewesen sein.«

»Und heute früh?«

Ich stutzte. Rafik hatte *tatsächlich* die Wohnung zeitig verlassen, weil er eine wichtige Verabredung hatte, die sich dann als heimliches Frühstück mit Toni di Natale im Copley Palace herausstellte. Hatte er ein paar Augenblicke dazu benutzt, eine Veränderung mit tödlichen Folgen an Ricos Roller vorzunehmen?

»Lieutenant, Rafik hat an dem Roller nichts manipuliert.«

»Wußte er, wie Sie zu Rico standen?«

»Selbst wenn –«

»Schon gut, Stan.« Branco gebot mir mit seiner großen erhobenen Hand Einhalt. »Ich werde ihn nicht einlochen. Ihre Alibis sind einstweilen hieb- und stichfest.« Branco blickte mich direkt an, und da sah ich, daß ihm ein Lächeln über seinen kraftvollen Mund kroch. »Außerdem«, sagte er, und jetzt erweiterte sich das Lächeln zu einem herrlichen breiten Grinsen, »sitze ich wahrscheinlich eines Tages im selben Boot und habe auch nur einen Menschen, mit dem ich zusammen war, als einziges Alibi.«

Bezog Branco das alles plötzlich auch auf sich selbst?

»Dann müßten Sie doch erst einmal ein Tatverdächtiger sein, Lieutenant.«

Er zuckte leicht die Schultern. »Verdächtigen Sie mich?« fragte er.

»Ich?«

»Ja, Sie. Stan Kraychik. Verdächtigen Sie mich?«

»Wessen?«

»Ganz egal wessen.«

»Wovon sprechen Sie da überhaupt, Lieutenant? Wessen sollte ich Sie verdächtigen?«

»Das frage ich Sie«, sagte er.

Also wirklich, dem konnte ich nicht folgen.

Branco grinste siegessicher und sagte: »Sie haben Angst, mir gegenüber ehrlich zu sein, stimmt's?«

Ich fragte mich, was ihn da plötzlich zu so einer Intimität trieb.

»Lieutenant, ich glaube, Sie berühren da die Grenzen der Dichotomie zwischen Polizist und Zivilist.«

Branco entgegnete: »Und ich glaube, Sie benutzen da große Worte.«

Was wollte er denn bloß von mir hören?

»Ich muß zur Arbeit, Lieutenant. Darf ich Sie als mein Alibi benutzen?«

»Na klar. Grüßen Sie Nicole von mir.«

Jetzt war es also schon »Nicole« und nicht mehr »Miss Albright«.

Er fuhr fort: »Das mit gestern abend tut mir wirklich leid. Ich hoffe, es geht ihr heute wieder gut.«

»Was ist denn passiert?«

Branco zögerte ein wenig, als er es zu erklären versuchte. »Nichts allzu Ernstes. Einfach nur ein dummer Fehler, den ich hätte vermeiden können.«

Also machten auch die supergroßen Polizeihelden manchmal einen Fehler.

Ich sagte: »Soll ich also vermelden, daß Lieutenant Branco traurig ist? Oder lieber Vito?«

»Sie wird beides richtig verstehen«, antwortete er.

»Beides«, wiederholte ich.

Im Salon war Nicole gerade an ihrem Manikürtischchen mit einer Kundin beschäftigt. Als ich an ihr vorbeikam, wunderte ich mich, daß Nicole leise eine Melodie vor sich hin summte, während sie arbeitete. Sie unterbrach diese Musik gerade so lange, daß sie mich mit einem übertriebenen Lächeln grüßen konnte.

»Wie nett von dir, daß du heute mal vorbeischaust, Stanley.«

Und dann nahm sie ihr Summen wieder auf, ohne auch nur einen Zug mit ihrer Nagelfeile auszulassen.

Nun ist eines der Dinge, die ich nach all den gemeinsamen Jahren sicher über Nicole weiß, das, daß sie nie singt. Niemals. Das ist eine Handlung, die in ihrem Leben nicht vorkommt. Und doch saß sie jetzt hier und summte eine muntere kleine Melodie, ein Stück zum Tanzen, das mir bekannt vorkam. Was Italienisches, wenn ich mich nicht irrte. Hatte sie das auf Brancos Kassettenrecorder gehört? Und was hatten sie dabei gemacht? Die Fruchtbarkeit und Fülle des Frühlings gefeiert?

»Küsse von Vito«, sagte ich.

»Wie nett, Schätzchen«, antwortete Nicole und fuhr in ihrer Arbeit fort.

»Ich bin im Büro«, sagte ich, als gehöre mir der Laden.

Aber von ihrem Tisch her kam nichts als ferienmäßige Fröhlichkeit.

Eine halbe Stunde später trat Nicole in mein Büro, wobei sie ihre leere Rosenthal-Kaffeetasse vor sich hin hielt wie ein Bettler aus der Oberschicht. Ich füllte sie ihr mit dem dampfenden frischen Getränk. Als ich ihr den üblichen Schuß Sahne hinzutun wollte, bremste Nicole mich.

»Für mich schwarz.«

»Willst du abnehmen?« fragte ich.

»Nein. Ich will heute einfach nur keine Sahne. Ist das verboten?«

»Nein, Herzchen.« Ich reichte ihr die heiße Tasse. »Lehnst du Brancos Sahne auch ab?«

Nicole starrte mich an.

»Für den Kaffee, Herzchen. Hab ich da irgendwas getroffen?«

»Du bist manchmal so vulgär.«

»Nikki, es ist doch offenkundig, daß du und Branco etwas zusammen habt. Ich begreife nicht, warum du das zu verheimlichen versuchst.«

»Wir haben nicht ›etwas‹ zusammen, Stanley.«

»Was denn dann?«

»Wir entwickeln eine sehr herzliche Beziehung. Du kennst den Mann ja kaum, und doch verdächtigst du ihn, und jetzt auch mich, derselben niedrigen Absichten, die dir selber so wichtig zu sein scheinen.«

»Uiuiui, Herzchen. Ich verdächtige doch gar nicht.«

»Dann sollte ich vielleicht sagen ›lächerlich machen‹, denn eigentlich ist es das, was du ständig tust. Du machst andere lächerlich. Nur zu deiner Information, Stanley, ja, Vito und ich waren wieder zusammen. Und ich finde das wunderbar. Er ist ein vollkommener Gentleman. Er besitzt eine Verfeinerung in seinem Wesen, die du nie begreifen wirst, weil du dich immer auf die Seite in deinem Leben konzentrierst, wo die Geschlechtsorgane liegen.«

»Das tun auch Männer, die nicht schwul sind.«

»Das kannst du ihm jetzt nicht anlasten.«

»Herzchen, ein Penis ist ein Penis.«

»Wie abgeschmackt du bist!«

»Entschuldige bitte. Der von Branco ist natürlich heilig.«

»Du bist abscheulich.«

»Und du benimmst dich überheblich, wo es doch nur eine Frage von –«

In diesem Augenblick bemerkte ich an der Hinterseite von Nicoles Unterarm eine häßliche Narbe.

»Herzchen, was ist denn das?«

Sie zog befangen den Ärmel ihrer Bluse nach unten, um die Narbe zu verbergen.

»Nikki«, sagte ich, »hat er das gemacht?«

Nicole war sprachlos.

Ich war sprachlos.

War Branco brutal zu ihr gewesen? War es ein Mißgeschick? Oder war das die geheime Kehrseite des »vollendeten Gentleman«? Wie konnte er es wagen, sie zu verletzen? Die Spiele, die ich mit Rafik trieb, waren etwas anderes, sie geschahen im Namen der Liebe. Aber so etwas mochte Nicole nicht. Oder vielleicht doch? Vielleicht mußte da erst jemand wie Vito Branco kommen, um diese Seite ihres Verlangens zu erwecken. Na schön.

Wie um meine Vorstellungen wieder zu bremsen, sagte Nicole: »Vito hat eine sehr kleine Küche, und bei dem einen Hängeschrank schließt die Tür nicht richtig, und ich langte nach oben –«

»Du bist mir keine Erklärung schuldig, Nikki.«

»Das weiß ich selber!«

»Solange das deine Wahl ist und nicht nur seine.«

»Du begreifst überhaupt nichts, Stanley. Du siehst nur, was du willst.«

Genau in diesem Augenblick erschien Rafik in der offenen Tür zu meinem Büro. Er war völlig außer Atem, so als sei er durch die ganze Stadt bis hierher gerannt.

»Habe ich gute Nachricht!« rief er aus.

»Können wir brauchen«, sagten Nicole und ich unisono.

Rafik sprach so aufgeregt wie ein Kind, das gerade einen großen Preis gewonnen hat. »Max hat hinterlassen seine wundervolle Flügel für mich.«

»Das ist ja großartig«, sagte Nicole.

»Aber wirklich«, fügte ich hinzu, da ich ja wußte, wie sehr Rafik gerade die musikalische Seite von Max Harkeys Schaffenskraft geschätzt hatte. Es war das perfekte Vermächtnis von einem Künstler zum anderen.

»Aber«, fuhr Rafik fort, »ich habe keine Platz, um aufzustellen. Es ist sehr groß.«

»Ich weiß«, sagte ich.

»Oh«, sagte Nicole.

»Also«, sagte Rafik. »Jetzt wir müssen haben Wohnung zusammen, Stani. Es wird sein so wundervoll. Ich träume immer von große Flügel in unsere Haus. Und jetzt haben wir die von Max Harkey.«

Nicole sagte: »Ich glaube, er liebt dich.«

Nicole stand auf. »Ich laß euch beide allein«, sagte sie und nahm ihren Kaffee mit hinaus. Ich machte die Tür zu.

Rafik umarmte mich. »Du wirst sein glücklich, wenn du hörst, daß Toni wird bald wieder sein zusammen mit Jason Sears. Er kommt heute abend. Keine Eifersucht mehr für dich.« Er gab mir einen kleinen Nasenstüber.

»Sehr gut«, sagte ich. »Jetzt sind ja alle wieder glücklich.«

Rafik fragte: »Was hast du denn, Stani? Klingst du so leer, als ob du hast etwas verloren.«

»Tut mir sehr leid«, sagte ich. »Aber Rico ist heute morgen umgekommen.«

»*Mais non*!« sagte er. »Wie ist passiert?«

Ich erzählte ihm alles, außer dem Sex im Sandkasten.

Als ich fertig war, sagte Rafik kläglich: »Also die Ärger ist nicht vorbei.«

»Überhaupt nicht.«

»Was wirst du tun?« fragte er.

»Du hast mich in die ganze Sache hineingebracht. Wahrscheinlich muß ich nur einfach weiter herumschnüffeln und -stochern, bis ich die Antwort habe.«

»Wirst du mir versprechen eine Sache?«

»Ich werde vorsichtig sein, Rafik.«

»Darum bete ich schon«, sagte er. »Aber wenn ist alles gelöst, dann suchen wir, du und ich, eine neue Wohnung zusammen, ja?«

Ich zögerte, biß mir auf die Lippe, gab dann nach.

»Okay«, sagte ich. »Und wenn's nur wegen Max Harkeys Flügel ist.«

Rafik gab mir einen großen geräuschvollen Schmatz und verschwand durch die Hintertür. Ich kehrte in den Laden zurück.

Nicole sah mich und sagte: »Warum schaust du denn so finster? Ihr habt euch doch nicht schon wieder gestritten?«

»Eines habe ich dir noch nicht gesagt, Herzchen. Rico ist heute früh umgekommen.«

»Rico?«

»Max Harkeys Hausangestellter.«

»Von dem hast du mir aber noch nie was erzählt.«

»Ich glaube, er war in mich verknallt, oder ich in ihn.«

»Bist du deshalb so reizbar? Ich hatte ja keine Ahnung, daß du einen Freund verloren hast, sonst wäre ich nicht so brüsk gewesen.«

»Vielleicht hatte ich es verdient, wie immer.«

»Das klingt ja, als ginge es dir heute gar nicht gut. Normalerweise würde ich dich jetzt nach Hause schicken, aber auf dich wartet eine Kundin.«

Ich schaute in den Wartebereich, wo ich eine unbekannte Frau königlich in einem der geräumigen Ledersessel thronen sah. Was sie anhatte, sah aus wie ein Kostüm, wie die üppige theatralische Tracht einer europäischen Adeligen. Um sie wehte die Aura vergangener Zeiten.

Ich sah die Frau genauer an. »Aber Herzchen, ist das nicht – ?«

»Doch«, erwiderte Nicole. »Aber heute ist sie eine *duchessa*.«

Es war Sharleen McChannel, die Berühmtheit, deren Plakate überall in der Eingangshalle des Copley Palace gehangen hatten.

Ich begrüßte sie und gratulierte ihr zu dem großartigen Erfolg ihres neuen Buches, aber Sharleen bestritt heftig, irgend etwas mit der Person zu tun zu haben, die das geschrieben hatte. Sie behauptete, zum italienischen Hochadel zu gehören, und nannte sich selbst La Duchessa, mit dem zugehörigen gebrochenen Englisch und starkem Akzent. Sie sagte mir, sie wolle nur einfach Waschen und Legen, und der Salon Snips und speziell ich seien ihr vom Empfangschef im Ritz empfohlen worden.

Während ich mit ihrem Haar beschäftigt war, sprach sie über ihre Villa am Comer See, und über dies in Europa und das in Europa und über ihre Vorfahren, die im Dogenpalast gewohnt hatten. Während ich ihr die Haare trocknete, gab La Duchessa plötzlich einen seltsamen körperlosen Laut von sich.

»Ist Ihnen nicht gut?« fragte ich.

»Moment«, antwortete sie. »Moment. Still. Bitte still, alle. Ich erhalte eine Botschaft.«

»Trockner aus«, rief ich. Im Salon wurde es still, bis auf die Jazzmusik im Hintergrund und ein gelegentliches Scherenklappern. La Duchessa hatte die Augen geschlossen und gab gequälte leise Töne von sich, als kämpfe sie mit ihren inneren Dämonen. Einige Angestellte näherten sich, um das Schauspiel zu beobachten, das noch ungefähr drei Minuten dauerte.

Dann kam sie wieder aus ihrer Trance hervor und sagte: »Ich bin zurückgekehrt.«

»Sie können weiterarbeiten«, rief ich aus, und sofort war der Salon wieder von den vielfältigen Geräuschen der Verschönerung erfüllt.

La Duchessa oder Sharleen McChannel – im Augenblick wußte ich nicht so genau, welche von beiden – sagte zu mir: »Sehr bald werden Sie eine große Reise machen.«

Frech fragte ich: »Und werde ich auch einem gutaussehenden Fremden begegnen?«

Sie lächelte. »Ich denke, Sie haben den dunklen Ritter Ihrer Seele schon gefunden.«

»Woher wissen Sie das?«

»Das haben natürlich *sie* mir gesagt.«

Natürlich. War das auf gut Glück geraten, oder besaß diese Frau tatsächlich übersinnliche Kräfte?

Ich frisierte sie fertig, und sie war von dem Ergebnis begeistert. Ich fand ihre Reaktion etwas übertrieben, selbst für jemanden, der sein Leben damit verbrachte, exaltierte Erfahrungen zu suchen.

Als sie allerdings bezahlen sollte, hatte Sharleen McChannel, alias La Duchessa, leichte Schwierigkeiten mit einer banaleren Seite des Lebens. Nicole bat mich nach vorn zum Empfangspult, wo ich sah, daß Sharleen nervös in ihrer Geldbörse herumkramte – einer punzierten Ledertasche aus Venedig, die bestimmt so viel gekostet hatte, wie ich in einem Monat an Trinkgeldern einnahm. Endlich verkündete mir Sharleen, erschöpft und bar jedes italienischen Akzents: »Ich hab' anscheinend kein Geld bei mir. Ich weiß gar nicht, wo ich heute mit meinen Gedanken bin.«

Ich wollte ihr gerade sagen, wo, aber da spürte ich, wie sich der scharfe Absatz von Nicoles Kalbslederpumps in meinen Rist bohrte. Was sollte ich machen? Ich konnte doch einem solchen Star nicht eine Szene machen. Zu ihrer Ehrenrettung bot mir Sharleen La Duchessa ihre antiken goldenen Ohrringe an, die, wie sie behauptete, echte Erbstücke von ihren Vorfahren, den Medici, seien. Na klar, Püppchen. Und ich bin Marie von Rumänien. Obwohl, im Moment hätte sie möglicherweise behauptet, sie und Marie seien Busenfreundinnen und tauschten immer Scherze über ihre Hofdamen aus. Dennoch wies ich das Angebot von La Duchessas Modeschmuck ab und begnügte mich damit, daß ich jedenfalls eine tolle Geschichte würde erzählen können.

Als der Laden geschlossen und abgesperrt war, setzten Nicole und ich uns zu unserem Cocktail und ihrer Zigarette in mein Büro.

»Schätzchen«, sagte sie, kaum daß wir uns gesetzt hatten, »du siehst so traurig aus. Hat dir Rico so viel bedeutet?«

»Ich weiß nicht so genau. Vielleicht brechen auch nur all die Ereignisse der letzten Tage jetzt wieder über mich herein. Oder vielleicht liegt es auch daran, daß Rafik jetzt mit mir zusammenziehen will.«

»Dann solltest du es diesmal vielleicht auch tun. Wahrscheinlich hast du es einfach satt, immer neue Gründe zu suchen, warum du mit ihm nicht zufrieden sein kannst. Es könnte dir auch helfen, über Rico hinwegzukommen.«

»Du klingst schon wie die Leute, die ein totes Haustier sofort durch ein neues ersetzen, bevor sie noch dazu kommen, echten Kummer zu empfinden.«

»War er das für dich? Ein Haustier?«

»Ich weiß nicht so genau. Er war jedenfalls verspielt. Und nach Rafiks Ernst fand ich das anziehend. Aber ich glaube, jetzt kann ich Rafik erst wieder richtig schätzen.«

»Vielleicht, weil er am Leben ist, Schätzchen.«

»Trotzdem, Nikki. Mit jemandem zusammenzuziehen – denk doch nur, was das alles ändert. Würdest du mit Branco zusammenziehen?«

Sie lachte. »Warum um Himmels willen sollte ich das?«

»Weil du mit ihm eine Beziehung hast. Aus demselben Grund, warum du es bei Rafik und mir befürwortest.«

»Du Dummchen, das ist doch etwas ganz anderes. Außerdem seid ihr, du und Rafik, schon so lange zusammen.«

»Was macht das für einen Unterschied, Nikki? Wozu wohnt man denn überhaupt zusammen – um Porzellan zu sammeln und Möbel einzukaufen?«

»Das hast du doch alles schon, mein Lieber.«

»Damit schließe ich den Beweisvorgang ab.«

»Warum genießt du es nicht einfach, zusammen zu sein?«

»Ich will mehr, Nikki. Ich will die unauflösliche seelische Verbindung.«

»Oh Stanley. Die hast du doch auch schon.«

»Wahrscheinlich«, sagte ich ungewiß.

Wie um das Ende unserer fruchtlosen Debatte anzuzeigen, löschte Nicole ihre kaum halbgerauchte Zigarette.

»Willst du das Rauchen einschränken?« fragte ich.

»Ja«, sagte sie. »dasselbe wie mit der Sahne im Kaffee.«

»Ich fühle, daß aus dir ein völlig neuer Mensch emportaucht.«

»Ich habe keine Angst vor Veränderungen«, sagte sie, stand auf und zog sich ihren leichten Frühjahrsmantel an. Sie küßte mich und ging. Irgendwie schien Nicole ein ganz klein bißchen über dem Boden zu schweben.

Ich saß allein im Laden. Alles war wunderbar ruhig. In meinem Hirn herrschte Leere. Ich war so müde, daß ich nicht denken konnte, nicht einmal daran denken konnte, denken zu wollen. Deshalb blätterte ich gedankenlos in einem Reisemagazin herum, das heute im Salon angekommen war. Da fand ich mich plötzlich vor einem ganzseitigen Foto von Big Ben in London, und dieses Foto brachte ein paar schlummernde Nervenenden wieder in Bewegung. Es gab doch noch einen Menschen, der mit Max Harkey zu tun gehabt hatte und mit dem ich noch nicht gesprochen hatte. Vielleicht besaß er den Schlüssel zu den unbeantworteten Fragen. Es wäre ganz einfach. Ich würde nach London fliegen, um die Ballerina Mireille Rubinskaya zu treffen und zu befragen, die Großnichte von Madame Rubinskaya.

Ich rief meine Reiseberaterin an, Hanni, die einzige ehemalige Deutsche, die ihre Kunden nie mit der größten deutschen Fluggesellschaft fliegen läßt. Zum Glück arbeitet sie immer ziemlich lang in den Abend hinein, um für ihre Kunden von der Westküste erreichbar zu sein. Nachdem ich eine Ewigkeit mit ihrer automatischen Warteschleife verbunden war, hörte ich endlich Hannis echte Stimme in der Leitung. Sie klang immer, als sollte sie eigentlich *Carmen* singen.

»Du bist der nächste auf meiner Liste.«

Ich erwiderte: »Das wäre ein guter Titel für einen Krimi.«

Hanni lachte und sagte: »Wieso hat man so lange nichts von dir gehört, du Canaille?«

»Hanni, ich muß nach London.«

»Da höre ich zwei Monate lang nichts von dir, und jetzt gehst du in Urlaub?«

»Das hat nichts mit Urlaub zu tun«, sagte ich. »Es ist dringend.«

Ich schilderte ihr kurz die Situation, und sie ging die Sache wie ein Vier-Sterne-General auf dem Schlachtfeld an.

»Erste Frage: hast du einen gültigen Paß?«

»Das ist etwas, was ich immer verlängern lasse, aber nie benutze.«

»Man weiß nie, wann man mal außer Landes gehen muß«, sagte sie und füllte dann das örtliche Telefonnetz mit ihrem vibrierenden Lachen. Klick-klick-klick ging es auf ihrem Keyboard. »Ich kann dich bei der British Airways buchen, die in ungefähr zweieinhalb Stunden in Logan startet. Schaffst du das?«

»Ich muß einfach, Hanni.«

»Also gebucht?«

»Ja.«

»Zahlst du mit Kreditkarte?«

»Heißt das, daß es mich etwas kostet?«

»Stanislav, das ist ein ganz normales Hin- und Rückflugticket nach London. Ich kann dir eine Ermäßigung geben, eine supergute Ermäßigung, aber keinen Freiflug. Du weißt doch, daß ich fürchterliche Ausgaben habe. Die Miete ist gerade erhöht worden, ich muß meinem Ex-Mann Alimente zahlen, die Schulrechnungen der Kinder sind fällig, beide Hunde waren heute beim Tierarzt, die eine von meinen Kinderfrauen will eine Gehaltserhöhung, ich habe einen neuen Freund, und –«

»Schon gut, schon gut, Hanni. Wieviel?«

Sie nannte mir einen so fürchterlichen Preis, daß ich nicht umhin konnte zu fragen: »Und was ist das? Erster Klasse?«

Sie platzte laut mit dem Lachen heraus: »Das ist der Notsitz hinten im Bus!«

»Und meine Ermäßigung?«

»Die ist da schon dabei. Hör mal, Stanislav, bei dir trifft sich da alles ganz ungünstig. Du fliegst unter der Woche, last minute, mit offenem Rückflugtermin. Da mußt du schon das Doppelte einkalkulieren.«

»Eher brauche ich ein doppeltes Einkommen.«

»Also soll ich dich jetzt buchen?«

»Doch, Hanni. Tu's. Aber meine Kreditkarte schafft das nicht. Ich muß dich von zu Hause anrufen, wenn ich meine finanziellen Arrangements getroffen habe.«

»Ich halte dir das Ticket frei, bis ich von dir höre.«

Ich rannte mit meinen starken slawischen Beinen nach Hause. Kaum war ich dort, rief ich Nicole an, erreichte aber nur ihren telefonischen Antwortdienst.

»Miss Albright ist derzeit nicht zu erreichen«, hieß es.

Ich konnte mir denken, wo sie war, und ich hatte auch Brancos private Telefonnummer. Zum Teufel, das war jetzt doch wirklich ein dringender Fall, also durfte ich sie auch benutzen. Aber sein Privattelefon war zur Polizeistation zurückgeleitet worden. Ich brachte es nicht über mich, dort für ihn eine private Nachricht zu hinterlassen.

Auch Rafik war nicht zu Hause, aber er hätte ohnehin weder Geld noch Kreditkarte zur Verfügung gehabt.

Wo waren meine Freunde jetzt, wo ich sie brauchte? Wer zahlte mir den Flug nach London? Ich brauchte einen Wohltäter, verdammt nochmal.

Da kam mir die Antwort mit erschreckender Klarheit.

Marshall Zander hatte mir seine Hilfe angeboten. Wäre ich fähig, ihn zu bitten? Wie würde ich mit ihm um das

Geld schachern? Für eine moralische Selbstbefragung blieb jetzt keine Zeit. Ich rief ihn an und erklärte ihm die Lage, und daß ich Mireille Rubinskaya besuchen wolle. Er erklärte sich sofort bereit, selbst, nachdem ich ihm gesagt hatte, was das Ticket kosten würde. Allerdings sagte er: »Ich würde Ihnen ja lieber einen schönen Urlaub bezahlen als so eine Reise.«

»Ich geb's Ihnen zurück, sobald ich kann«, sagte ich.

»Machen Sie sich darüber keine Gedanken. Ihre Freundschaft ist mir wichtiger. Sagen Sie mir, wen ich anrufen soll.«

Ich gab ihm Hannis Nummer.

Marshall Zander sagte: »Ich würde ja mitkommen, wenn ich das Gefühl hätte, ich könnte von Nutzen sein.«

»Daß Sie das Ticket bezahlen, ist nützlich genug.«

»Soll ich Sie zum Flughafen bringen?«

»Danke nein.«

»Bitte, erlauben Sie mir, daß ich Sie hinfahre. Ich habe das zu gerne, jemanden zum Flughafen zu fahren.«

»Ach wirklich?«

»Ich bin auch ein Mensch, trotz all meines Geldes. Wenn ich helfen kann, habe ich das Gefühl, daß ich nützlich bin.«

Fast hätte ich darauf gesagt: »Dann bestellen Sie mir doch eine Limousine.« Statt dessen sagte ich: »Es macht mir aber wirklich keine Schwierigkeiten, ein Taxi zu nehmen.«

»Aber ich bestehe darauf. Schließlich bezahle ich Ihnen den Flug. Sagen Sie mir, wo Sie wohnen.«

Ich versuchte noch ein paar Ausreden, aber schließlich kapitulierte ich vor seiner Hartnäckigkeit und sagte ihm meine Adresse. Immerhin schaffte ich es, ihm meine Wohnungsnummer vorzuenthalten, indem ich ihm erklärte, daß die Türklingel nicht funktioniere.

»Dann rufe ich Sie von meinem Autotelefon aus an, sobald ich da bin.«

Wir legten auf, und ich begann wie verrückt zu packen.

Was tat ich da eigentlich, und auf wessen Kosten? Jedesmal, wenn mein Weg den von Marshall Zander kreuzte, hatte ich das Gefühl, es gehe um einen Handel, eine Transaktion, den Verkauf von irgend etwas. War das dieselbe verzweifelte Unschuld, die die Kurtisanen zu ihrem Leben zwang?

Sugar Baby schaute meinem rasenden Packen mit erstaunten großen Augen zu. Das Telefon läutete. War das Nicole oder Rafik? Ich wartete, daß der Anrufbeantworter sich einschaltete, während ich den Anruf aufzeichnete. Ich hörte Hannis Stimme und nahm ab.

»Wo hast du *den* denn aufgetrieben?« fragte sie.

»Er hat 'ne Menge Geld. Ihm gehört das Copley Palace, unter anderem.«

»Das weiß ich, aber er ist doch gar nicht dein Typ. Sogar übers Telefon konnte ich ihn sabbern hören. Du magst ihn doch wohl nicht, oder?«

»Hanni, bei mir ging's um's Ganze, und er war halt zu Hause.«

»Laß dich bloß nicht mit dem auf was ein, nicht wegen so eines blöden Flugtickets. Außer du bekommst vorher Gold oder ein Grundstück.«

»Ich werde dran denken, wenn er um mich anhält.«

»Dein Ticket liegt am Schalter der British Airways für dich bereit. Und du fliegst erster Klasse.«

»Was?«

»Ich habe ihn davon überzeugt, daß du das wert bist. Ich muß verrückt sein. Hah! Immerhin hast du es da bequemer. In der ersten Klasse ist viel Platz.«

»Hab ich auch gehört. Ich bin dir was schuldig, Hanni.«

»Keineswegs«, sagte sie mit ihrem kräftigen Lachen. »Weißt du, was ich bei dieser Art Ticket für eine Provision kriege? Ich bin *dir* was schuldig, Stanislav, und deshalb habe ich für dich zwei Übernachtungen im La Folie bestellt und auch gleich bezahlt. Du bist jetzt also ein Agent unseres Reisebüros.«

Ich kam mir eher vor wie ein Geheimagent.

»Danke, Hanni.«

Ich war mit dem Packen fertig, und gerade, als ich die

Schlösser meiner Reisetasche zuschnappen ließ, hatte ich eine beunruhigende Erkenntnis: Die kosmischen Vorhersagen von Sharleen McChannel begannen sich im wirklichen Leben zu manifestieren. Ich machte eine weite Reise.

Schnell wechselte ich noch für Sugar Baby das Wasser und schüttete eine ganze Dose Katzenfutter aus. Das Katzenklo würde warten müssen.

Marshall Zander kam in seinem niedrigen deutschen Sportcoupé angefahren. Ich schob meine Tasche in den kleinen Zwischenraum hinter den Vordersitzen und stieg ein. Er legte seine Hand auf meine.

»Hallo«, sagte er.

Seine Hand war trocken und rauh und kühl, wie bei einem Reptil.

»Hallo«, antwortete ich und zog meine Hand weg. Und los ging's.

Auf dem Storrow Drive fragte ich ihn, warum er Rico gefeuert habe.

»Wann ist Ihnen das zu Ohren gekommen?« fragte er.

»Ich bin heute im Hotel vorbeigegangen, um ihn zu treffen. Der Pförtner erzählte mir, daß Rico entlassen worden sei.«

»Also, das stimmt so nicht ganz. Ich habe ihn nicht entlassen. Er hat mich verlassen. Ich glaube, Rico hoffte, daß ich für ihn so wie Max ein Vaterersatz sein würde, aber das klappte ganz offensichtlich nicht. Deshalb verschwand er. Er sagte, er wolle zum Haymarket, um frisches Gemüse zu kaufen, aber von dieser Besorgung kehrte er nicht mehr zurück.«

»Aber in Wirklichkeit ist etwas ganz anderes vorgefallen«, sagte ich.

Marshall Zander wand sich in dem üppigen Ledersitz.

Ich fuhr fort: »Ich habe mit der Polizei gesprochen. Rico wurde bei einem Verkehrsunfall getötet.«

Er trat ganz plötzlich auf die Bremse, was für einen Autofahrer auf dem Storrow Drive eine dumme, wenn auch typische Reaktion ist.

»Das weiß ich!« sagte er mit einem lauten Seufzer. »Aber denken Sie denn, daß ich meinem Personal sage, daß ein Angestellter umgekommen ist?«

»Es war aber die Wahrheit.«

»Das verstehen Sie nicht«, sagte er. »So ein Hotelservice ist wie ein Theater. Es muß eine Traumwelt bleiben, wo alles zur Zufriedenheit der Gäste inszeniert wird.«

Für mich klang das mehr nach Schmierentheater. Ich fragte ihn: »Warum sollten sich Ihre Gäste über einen Verkehrsunfall in Boston aufregen?«

»Man weiß nie, wie die Leute reagieren. Aber ich dachte eben, es sei vernünftiger, der Belegschaft zu sagen, ich habe Rico entlassen. Das sollte zumindest die offizielle Darstellung sein. Das Personal weiß immer, was wirklich vorgegangen ist, aber es weiß eben auch genug, um das hinzunehmen, was ich den Leuten sage.«

Außer vielleicht Rico.

Marshall Zander legte mir seine Hand auf den Schenkel und befühlte meine Beinmuskeln. Seine Berührung war mir widerwärtig. Aber ich sagte mir im Geiste den berühmten Satz vor: Schließ' die Augen und denk' an England.

Als wir am Flughafen ankamen, hatte er seine Hand wieder von meinem Bein genommen.

»Macht Ihnen das Fliegen etwas aus?« fragte er.

»Nein«, sagte ich. »Ich bin ein Zwilling. Ein Luftzeichen, wissen Sie.«

»Ich habe eine grauenhafte Höhenangst.«

»Wohnen Sie deshalb in einem Penthaus?«

»Ich gehe niemals nach draußen. Vielleicht können Sie mir helfen, diese Angst zu überwinden.« Wieder legte er seine Hand auf meine. Diesmal konnte ich meinen Reflex nicht beherrschen und zog meine Hand angewidert zurück. Ich bin überzeugt, daß er es bemerkte.

Wir kamen am Terminal an, und er fuhr an den Randstein.

Er reichte mir seine Visitenkarte. »Rufen Sie mich auf

meine Kosten aus London an«, sagte er. »Sagen Sie mir, wann Sie wiederkommen, und ich hole Sie ab.«

»Vielen Dank, aber –«

»Ich bestehe darauf«, sagte er mit seinem sumpfäugigen Blick.

»Also gut«, sagte ich, in dem dringenden Wunsch, ihn zu beschwichtigen, aber ohne auch nur im geringsten die Absicht zu haben, ihn wirklich anzurufen. Ich stieg aus dem Wagen, nahm meine Tasche vom Rücksitz und schlug die Türe zu. Der laute Knall markierte meine Freiheit. Der Sitzraum in seinem Auto, so luxuriös es auch sein mochte, war mir zu eng. Er winkte mir noch einmal zu, insgesamt einfach zu freundlich, und fuhr vom Randstein weg. Ich war erleichtert, wieder allein zu sein, wobei ich nur ganz kleine Gewissensbisse hatte, daß nur Marshall Zanders Geld das alles ermöglicht hatte.

Im Flughafengebäude rief ich, sobald ich eingecheckt hatte, Nicole noch einmal an. Noch immer war ihr Telefonservice dran, und so hinterließ ich ihr eine Nachricht, daß ich en route nach London sei und in ein paar Tagen zurückkommen werde. Dann rief ich auch Rafik noch einmal an und hinterließ auf seinem Anrufbeantworter ebenfalls eine Nachricht.

»Bin zum Tee nach London geflogen. Bitte füttere die Katze.«

Vierundzwanzig Stunden vorher hatten wir mit Fesselung und Disziplinierung zu tun gehabt, und jetzt ging es um Tee und Katzen.

Das Flugzeug flog bereits hoch über dem Atlantik, und ich hatte gerade den ersten Bissen Steak Wellington zu mir genommen, als mir plötzlich klar wurde, daß ich keine Ahnung hatte, wo ich Mireille Rubinskaya in London finden sollte. Wie schade, daß Sharleen McChannel mir keine präzisere Reiseroute mitgeliefert hatte.

16. Tanz, Ballerina, tanz!

Sind Sie schon einmal in 14 000 Metern Höhe durch den Duft von frischem Kaffee geweckt worden? Mit warmen Butterhörnchen, frischen zerteilten Früchten und zartem Frühstückskäse? Und noch dazu mit einem tadellosen Service? Falls man von einem Flug erster Klasse nach Europa irgendwelche Schlüsse auf das Leben jenseits des Ozeans ziehen durfte, mußte ich mir überlegen, ob ich nicht einen großen Umzug vornehmen sollte. Doch kurz nach der Landung – um acht Uhr früh nach Ortszeit – sah ich mich wieder den Realitäten der Touristenklasse gegenüber. Obwohl ich wie ein König geflogen war, entdeckte ich nämlich schnell, daß mich ein Mietwagen vom Flughafen Heathrow nach London hinein so viel wie die Trinkgelder einer ganzen Woche kosten würde – und zwar einer guten Woche – was sogar für mich zu extravagant war. Und da ich mich in dieser Frage nicht auf Marshall Zanders Kohle stützen konnte, stieg ich denn hinab in Londons legendäre U-Bahn.

Aber mit der Untergrundbahn in die Stadt zu fahren, das war sowohl angenehm als auch lehrreich, wie eine kostenlose Besichtigungstour durch die Außenbezirke der Stadt. Denn einen Großteil der Strecke fuhr die Bahn über der Erde und rollte an Hinterhöfen und Gassen und all den Zeichen ganz gewöhnlichen Lebens vorbei – an blassen, schwerfälligen Frauen, die sich über den Gartenzaun hinweg unterhielten, während ihre Wäsche an der Wäscheleine hing und im Winde schwang, als luftiger Kontrapunkt zu ihrem Morgentratsch; Mechaniker in Overalls, deren gekrümmte Körper von den offenen Motorhauben der zu behandelnden Lastwagen und Autos halb verschluckt wurden; und Jugendliche, die einander auf ihren Fahrrädern jagten oder aber Hand in Hand gingen. Es war fast, als käme man durch die Kulissen einer Filmstadt.

Ich stieg in South Kensington aus der Bahn und ging das kurze Stück bis zu meinem Hotel zu Fuß. Dieses Viertel hier war etwas anderes als das, was ich auf meiner U-Bahn-Fahrt in die Stadt gesehen hatte. Hier gab es Reihen von Stadthäusern im Edwardianischen Stil, alle gleich und sauber und weiß, eingefaßt von glänzenden schwarzen Schmiedeeisengeländern und zu unterscheiden nur durch ihre unterschiedlich geschmückten Vordertüren oder ein gelegentliches Beet von schlichten Astern oder glanzvollen Azaleen. Es war genau das, was man Sonntag abend im Familienprogramm sieht.

Ich fand mein Hotel samt seinem französischen Namen. Obwohl die griechischen Eigentümer alle altenglischen Züge beseitigt hatten – gegen eines hatten sie doch nichts unternehmen können: gegen die Aussicht. Mein Zimmer ging hinaus auf das Victoria-und-Albert-Museum, das direkt gegenüber lag. Viel britischer ging es nun wirklich nicht.

Es war jetzt zehn Uhr, das heißt, ich konnte mich daranmachen, Mireille Rubinskaya zu suchen. Und ich dachte mir, die einfachste Methode, eine Primaballerina zu finden, war wohl, die Ballettcompanies anzurufen. Soviel ich wußte, besaß London nur eine bedeutendere klassische Ballettformation, nämlich das Royal Ballet. Es erforderte indessen weit mehr als nur einen Anruf, bis ich meine Beute aufgespürt hatte, denn meine sämtlichen Gesprächspartner am Telefon gaben mir freundlichst wieder eine andere Nummer, unter der ich es versuchen solle. Das ging so weiter, bis endlich, fünf Anrufe später, eine Frau zu mir sagte, ja, sie könne Miss Rubinskaya eine Nachricht übermitteln, und nein, sie könne mir die Adresse oder die Telefonnummer von ihr nicht geben. Ich sagte ihr, ich müsse Mireille sehr dringend sprechen, und ich sei im Namen von Max Harkey nach London gekommen.

»Ich werde es ihr ausrichten«, sagte die Frau. »Und ich rufe Sie wieder an, sobald ich von ihr eine Antwort habe.«

Zur Telefonnummer wollte sie auch den Namen meines Hotels wissen, und ich sagte ihn ihr.

»Vergessen Sie nicht, Max Harkey zu erwähnen«, sagte ich.

»Ich habe es mir notiert, Mr. Kraychik. Auf Wiedersehen.«

Ich wartete ungeduldig auf ihren Rückruf, der eine halbe Stunde später eintraf. Sie erklärte mir, daß sich Mireille Rubinskaya mit mir um Punkt drei Uhr im Hotel Connaught treffen wolle. Ein Rendezvous dort bedeutete jedenfalls, daß die Tänzerin wirklich schon eine *assoluta* war.

Ich duschte lange heiß und zog frische Sachen an, dann brach ich zu meiner Verabredung mit Mireille auf. Eigentlich war es dafür noch zu früh, aber ich beschloß, einen Teil der Strecke zu Fuß zurückzulegen und in London doch auch ein bißchen shopping zu gehen. An der Rezeption meines Hotels kaufte ich einen Stadtplan, dann ging ich die Brompton Road ein paar Querstraßen hinunter bis zu einem Café, das auch wieder einen französischen Namen trug. Ich bestellte einen *café pressé* und eine Sahneschnitte und plante dann meinen Weg zum Hotel Connaught.

Als erstes machte ich bei Harrods halt, wo ich die berühmte Lebensmittelabteilung durchstreifte. Die Haupthalle war ein riesiger gekachelter Raum, der stark an ein enormes römisches Bad erinnerte. Die glasierten Wände glänzten weiß wie Eis mit ihren in lebhaften Farben handbemalten Einfassungen. Darunter sah man sowohl exotische als auch einheimische Nahrungsmittel in funkelnden Glasvitrinen ausgestellt, die so erlesen arrangiert waren wie die Stücke bei Cartier. Die Obst- und Gemüseabteilung bot Früchte aus der ganzen Welt, alle deutlich mit Namen und Herkunftsland bezeichnet, darunter auch MacIntosh-Äpfel aus Maine, USA – zum Beweis, daß unsere Produkte hier noch als Kolonialwaren galten.

Von Harrods aus nahm ich die Untergrundbahn zum Picadilly Circus. Ich mußte zahlreiche Rolltreppen hinunter, immer tiefer und tiefer und tiefer. Zwei Kilometer unter der Erde, so kam es mir jedenfalls vor, wartete ich auf den Zug, der nach wenigen Minuten einfuhr – im Boston der Neuen Welt ein eher ungewöhnliches Vorkommnis. Sobald die Türen geschlossen waren, beschleunigte der Zug bis zu einer wüsten Geschwindigkeit, die an Selbstzerstörung grenzte. Die stabilen Waggons jedoch verkrafteten diesen Mißbrauch sehr gut, hatten ihn ja offensichtlich auch schon viele Jahre lang durchgestanden und würden das auch noch viele weitere Jahre tun – fast wie ich, dachte ich.

Das Chaos und die Aufregung auf dem Picadilly Circus – der im Grunde ein riesiger Kreisverkehr ist und nicht per se eine Bühne – ließen mich laut ausrufen: »Ich bin in London!«

Auf meinem Weg vom Picadilly in Richtung Hotel Connaught machte ich noch bei Fortnum & Mason halt. Wenn Harrods luxuriös war, dann war Fortnum & Mason königlich. Fast hätte ich erwartet, daß mich der Sicherheitsmann nach meinem Stammbaum fragte. Aber es waren zahllose Kunden aus aller Herren Länder da, und nicht alle sahen aus, als hätten sie königliches Blut in den Adern. Ich beschloß, für Rafik verschiedene Schokoladen mit Veilchen- und Rosengeschmack zu kaufen, um die Romantik unserer Liebe zu erneuern, jedenfalls für mich. Der Verkäufer tippte den Preis ein – eine riesige Summe, doch dann wurde mir zu allem Überfluß klar, daß das Pfund Sterling bedeutete und in Dollar sogar noch mehr kostete. Na, das war ja eine teuere Romanze! In diesem Augenblick schwebte eine indische Prinzessin in einem wogenden seidenen Sari vorüber, ohne auf all den Luxus rund um sie her zu achten. Als ich ihre Augen sah, war ich starr vor Staunen, denn ich kannte sie nur zu gut. Es waren die Augen von Sharleen McChannel. Wie war das möglich? fragte ich mich. Wie konnte sie auch hier in London sein? Hatte sie denselben Flug genommen? Und warum stellte sie nicht mehr La Duchessa dar? Ich wollte mich ihr gerade nähern, aber da war sie bereits verschwunden. Vielleicht hatte ich auch nur Halluzinationen vom Jet-Lag.

In der Burlington Arkade kaufte ich für Nicole eine Zigarettenspitze. Wenn sie schon weniger rauchen wollte, konnte sie das immerhin als große Dame tun. Und schließlich fand ich noch bei Maitland's Chemists eine kleine grüne Flasche Kölnischwasser, die mir die lange zurückliegende erste Begegnung mit Branco wieder ins Gedächtnis rief. Ich kaufte sie, ohne daß ich wußte, ob ich sie selber behalten oder vielleicht sogar ihm schenken würde, da er ja jetzt schon fast zur Familie gehörte.

Um genau drei Uhr betrat ich durch einen blumengeschmückten Eingang das Hotel Connaught, ein rotes Backsteingebäude am Carlos Place, gleich neben dem Grosvenor Square. Obwohl es warm und einladend wirkte, hatte das Hotel doch auch etwas von der sacrosankten Luft eines Museums, eines Überbleibsels der verfeinerten Lebensart des ausgehenden 19. Jahrhunderts. Die holzgetäfelte Lobby ähnelte eher dem privaten Studierzimmer eines Gentleman als einem öffentlichen Durchgang für Gäste. Und daß mir schon solche Begriffe in den Sinn kamen, machte deutlich, wie stark und eindringlich diese Energien aus der viktorianischen Zeit noch immer wirkten.

Ich blieb stehen, um ein Bouquet von winzigen weißen Lilien und frischen Fuchsien zu bewundern, als sich mir ein schlanker junger Mann in dunkler Weste und gestreiften Hosen näherte.

»Kann ich Ihnen vielleicht behilflich sein?« fragte er, und ich interpretierte das als: »Wer sind Sie, und was wollen Sie hier?«

Ich nannte ihm meinen Namen, und er sagte: »Ach ja, Mr. Kraychik«, mit perfekter tschechischer Aussprache der Vokale und Konsonanten. »Mademoiselle Rubinskaya läßt sich entschuldigen. Sie wird sich etwas verspäten und schlägt vor, daß Sie in der Lounge auf sie warten.« Dort führte er mich hin.

In der Lounge geleitete mich der Bar-Kellner zu einem reservierten Tisch in einer Fensternische genau gegenüber der Bar auf der anderen Seite des Raumes. Ich ließ mich in einem schweren Armsessel mit tonnenförmiger Lehne und schwarzem Lederbezug nieder und bestellte mir einen

Martini. Die Lounge strahlte denselben verflossenen Glanz aus wie die Hotellobby: die Wände mit schokoladenbrauner Eiche getäfelt; ein Messingleuchter mit bleiverglasten Schirmchen; ein paar präparierte Jagdtrophäen; zahlreiche Gemälde von Jagdhunden; ein riesiges Porträt Charles II. ein weiteres von einer unbekannten Dame, deren wehender lachsrosa Rock genau zur Farbe einiger Kissen auf dem Sofa mit der muschelförmigen Lehne paßte, auf dem sie saß. Der durchgehende Teppich hatte ein mattrotes Rautenmuster und sah eindeutig abgetreten aus.

Die Bar selbst besaß keine Theke, so daß sie eine offene Bühne abgab für die Kunst des Barmanns. Vor dem Hintergrund eines wandgroßen Spiegels und mehrerer Regale mit viktorianischen Glaskaraffen und -vasen stellte der Barmann in seinem weißen tunikaartigen Mantel die Zutaten zu meinem Cocktail zusammen. Er behandelte die Gerätschaften der Bar und die Alkoholika mit derselben Ehrerbietung, wie sie ein Schauspieler in Shakespeare-Stücken für die gesprochenen Silben empfinden mag. Den Drink bereitete er auf einem kleinen Podest in der Mitte der Bar zu. Alles ging ganz leise vor sich, mit nur einem Hauch von Geräusch. Selbst das Klacken der Eiswürfel, die an den langen gläsernen Rührstab stießen, klang gedämpft. Inzwischen erschien der Bar-Kellner wieder in der Lounge, durch eine Schwingtür, die auf der Seite lag, und brachte auf seinem Tablett eine Porzellanschale voller – großer Gott! Kartoffelchips? Dann wischte er mit einer einzigen großen, fließenden, anmutigen Wendung, die einem Danseur noble zur Ehre gereicht hätte, meinen Cocktail von der Bar, stellte ihn auf sein Tablett, glitt zu meinem Tisch und servierte mir sowohl den Drink als auch die Knabberei in einer einzigen außerordentlich flüssigen Bewegung und ohne dabei auch nur das geringste Geräusch zu verursachen. Ich konnte mich gerade noch zurückhalten, ihm Beifall zu klatschen.

Er sagte: »Ein paar frische Crisps für Sie.«

Und ich konnte den Satz nicht unterdrücken: »Sie bewegen sich wunderbar.«

Seine Antwort war ein bescheidenes Nicken. »Wie nett von Ihnen, Sir.«

Und mit dem Snack hatte ich richtig geraten. Es waren Kartoffelchips – oder richtig gesagt Crisps – aber ich hätte nicht gedacht, daß sie genau in diesem Augenblick extra für mich und meinen Cocktail gemacht würden. Das einzige Problem, dem ich mich hier und jetzt in der heiteren Gelassenheit der Lounge des Connaught gegenübergestellt sah, war, auf welche Weise ich nun die warmen, knusprigen, frischgerösteten Kartoffel-Waffeln genießen sollte? Handelte es sich hier um eine Art Test? Konnte man daran endgültig den Aristokraten vom gewöhnlichen Erdenwurm unterscheiden? Am Meistern des geräuschlosen Kauens?

Ich suchte mir einen kleinen Crisp ganz oben auf dem Häufchen aus, einen, der auf einmal in meinen großen Mund passen und angemessen geräuschlos verzehrt werden mochte. Doch während dieser Zehntelsekunde der Bewegung zwischen Schläfe und Kiefer, als der besprochene Kartoffel-Crisp drauf und dran war, zwischen meinen slawischen Kiefern zermalmt zu werden, *genau* in diesem Moment stockten alle geflüsterten Unterhaltungen in der gesamten Lounge, gerade rechtzeitig vor dem großen *knurps*.

Es folgte betretenes Schweigen. Aber dann, während dieser wie benommenen Augenblicke, wie sie ja nach jeder Epiphanie vorkommen, als die anderen Gäste zu begreifen begannen, welchem Ereignis sie da persönlich im Sanctum Sanctorum der Lounge des Connaught beigewohnt hatten – daß nämlich jemand tatsächlich einen Crisp *gegessen* hatte – begann man so ganz allmählich an den verschiedenen Tischen selbst die verbotenen Waffeln zu probieren, bis schließlich die gesamte Lounge, diese Bastion des viktorianischen guten Benehmens, von einer wohltemperierten Fuge des Knabberns und Knusperns widerhallte. Der Barmann fing meinen Blick auf und zwinkerte mir zu.

Da erschien Mireille Rubinskaya, die auf Krücken hereinhinkte und wie ein verwundeter Schwan aussah, ätherisch und blaß. Sie war außerordentlich klein und zerbrechlich, hatte aber riesengroße, traurige Augen, dunkle überzeugende Augen, Augen, die sich für die großen tragischen Rollen eigneten, genau wie bei ihrer Großtante zu Hause in Boston, der verehrungswürdigen Madame Rubinskaya selbst. Trotz der Krücken bewegte sich Mireille wie eine anmutige Erscheinung, ein verlorenes Wesen aus der rein geistigen Welt des romantischen Balletts, das für diese paar Stunden in eine sterbliche Hülle geschlüpft war. Ihr langes schwarzes Haar hob ihre Blässe nur noch mehr hervor. Sie verkörperte die Künstlerin der Alten Welt, zu sensibel und zu verletzlich, um Härten ertragen zu können, ganz anders als ihre Kolleginnen in Boston, die so völlig von dieser Welt waren: hochtrainiert, leistungsstark und hart.

Ich erhob mich, um sie zu begrüßen. Sie hielt sich auf einer Krücke im Gleichgewicht und reichte mir eine reizende, blasse Hand.

»Sie bringen mir also Nachrichten von Max?« fragte sie eifrig und ließ alle Förmlichkeit außer acht.

»Nachrichten?« erwiderte ich. »Wissen Sie etwa nicht?«

»Daß er tot ist? Oh doch!«

Sie entzog mir abrupt ihre Hand, ließ sich dann in ihrem Sessel nieder und legte die Krücken neben sich.

»Entschuldigen Sie bitte, daß ich Ihnen Umstände gemacht habe«, sagte ich und schaute auf die Krücken. Ich hatte ihren Unfall, von dem Max Harkey uns an dem Abend der Einladung erzählt hatte, vollständig vergessen. »Wir hätten uns auch oben auf Ihrem Zimmer unterhalten können.«

Sie lächelte höflich. »Im Connaught wohnt man nicht«, sagte sie und verbesserte damit meinen Fauxpas mit der Anmut eines Schmiedehammers. Woher sollte ich auch wissen, was man im Connaught tat und was nicht? »Aber in meiner Wohnung konnte ich Sie ja nicht gut treffen«, fuhr sie fort, »nachdem ich keine Ahnung habe, wer Sie überhaupt sind, außer daß Sie behaupten, hier als Max' Beauftragter aus den Staaten herübergekommen zu sein.«

»Das stimmt auch bis zu einem gewissen Grad.«

»Und bis zu welchem genau?« fragte sie kühl reserviert.

»Offiziell habe ich nichts mit Max zu tun«, sagte ich, »aber ich mußte Sie dazu bringen, sich mit mir zu treffen.«

»Dann aber bravo, Mr.Kraychik. Ihre List hat funktioniert. Aber was ist denn so dringend, daß Sie lügen müssen, um mich zu treffen?«

»Ich versuche, Max Harkeys Mörder zu finden.«

Mireilles starke, dramatische Gesichtszüge schienen sich aufzulösen, als ihr jetzt das Kinn nach unten sank. »Wollen Sie damit sagen, daß er ermordet wurde?«

»Ja«, antwortete ich.

In diesem Augenblick erschien der Barkellner mit einem Tablett, auf dem ein vollständiges Teeservice stand, das aus Stücken von exquisitem Porzellan bestand, die Tee, Milch und Zucker enthielten, sowie eine Etagère aus Sterlingsilber, auf der Blätterteigpastetchen, Sandwich-Spießchen, winzige Hörnchen, Petit Fours und frische Beeren arrangiert waren. Auf der untersten Schale standen zahlreiche kleine Schüsselchen mit verschiedenen Marmeladen sowie zwei etwas größere, die mit Devon Cream gefüllt waren, die wunderbar fest und streichfähig aussah. Aber dieses Kaleidoskop von Genüssen, das da vor uns stand, konnte in keiner Weise Mireilles Schock mildern, als ihr die Tatsache bekannt wurde, daß Max Harkey nicht eines natürlichen Todes gestorben, sondern ermordet worden war.

»Ich bin überzeugt, daß Sie mich anlügen. Ich weiß nicht, was Sie wollen, Mr. Kraychik, aber die Grausamkeit, mit der Sie behaupten, daß Max –«

»Es tut mir sehr leid, daß Sie es auf diese Weise erfahren mußten«, sagte ich.

»Warum hat mir dann meine Großtante nichts davon gesagt?«

Mireille hatte die Stimme erhoben. Ich blieb still. Sie fuhr ziemlich laut fort: »Tante Rubi hat mir gesagt, Max habe einen Herzinfarkt erlitten und sei sofort tot gewesen. Und nun kommen Sie mit einer völlig absurden Geschichte von einem Mord daher.«

»Es tut mir wirklich furchtbar leid. Ich dachte, Sie wüßten es. Bestimmt haben die Zeitungen –«

»Nein, Mr. Kraychik. Ich wußte es nicht. Mir ging es nicht gut, und ich habe auch keine Zeitungen gelesen.«

Befangen und unbeholfen nahm ich einen Schluck von meinem Martini.

Aber auf einmal legte Mireille, als betrachte sie unseren schlechten Anfang als ungeschehen, vollendete britische Umgangsformen an den Tag und widmete sich ihrem Tee. »Wie reizend, daß man hier immer daran denkt, mir eine Extraportion Sahne zu bringen«, sagte sie mit schwacher Stimme. »Ich soll nämlich zunehmen.« Sie strich ein Klümpchen Devon Cream und ein Löffelchen Rosenblattmarmelade auf ein winziges Hörnchen und schob sich das Ganze in den Mund. Dann schloß sie die Augen und ließ den Bissen im Mund weich werden und zerbröseln. Eine leichte Röte stieg in ihre blassen Wangen. Sie putzte den himmlischen Leckerbissen weg, indem sie vornehm schluckte, dann öffnete sie die Augen wieder.

»Besser?« fragte ich.

»Danke ja«, antwortete sie.

»Können Sie mir etwas über Ihre Beziehung zu Max Harkey erzählen?«

»Da gibt es nicht viel zu erzählen«, sagte sie in dem vergeblichen Versuch, meine Frage abzuschütteln. Aber ihre großen Augen straften sie Lügen. Sie mied meinen Blick und schaute auf ihre Teetasse, während sie sich einschenkte. Nicht zu mir schien sie zu sprechen, sondern zu der Teetasse. »Ich befürchtete schon, daß etwas Schreckliches geschehen sei. Meine liebe Tante will mich offenbar wieder vor etwas schützen. Allerdings hätte ich nie gedacht ...« Da legte Mireille die Hand an die Kehle und keuchte leise. Ihr Gesicht war jetzt wieder aschfahl, und sie ließ sich im Sessel zurücksinken.

»Geht es Ihnen nicht gut?« fragte ich.

Sie hob die andere Hand, wie um mich abzuwehren, schloß die Augen und saß außerordentlich still, fast ohne zu atmen. Ich erhaschte einen Blick des Barkellners, der bereits zu unserem Tisch gelaufen kam.

»Kann ich Ihnen helfen?« sagte er zu ihr.

Sie öffnete die Augen, sah ihn an und sagte: »Es geht schon wieder, danke. Das kommt immer nach dem ersten Bissen Essen, geht aber schnell wieder vorbei.«

Auf diese Worte hin ging der Kellner wieder.

Mireille sah mich mit ihren großen, traurigen Augen an.

»Wissen Sie«, flüsterte sie, »ich bin schwanger.«

»Oh!« war alles, was ich herausbrachte, während sich in meinem Kopf blitzschnell die naheliegendste Schlußfolgerung einstellte. Ich griff überstürzt zu meinem Cocktail, aber das Glas kam leer bei meinen Lippen an.

»Davon ist mir immer ziemlich schlecht«, sagte sie. »Deswegen und wegen meiner Verletzung konnte ich auf keinen Fall reisen. Sonst wäre ich sofort nach Max' Tod nach Boston gekommen.«

»Für eine Schwangere sehen Sie so außerordentlich dünn aus«, sagte ich dümmlich.

»Ich weiß. Darüber habe ich mir auch Sorgen gemacht, aber die Ärzte sagen, daß jetzt alles in Ordnung sei. Wahrscheinlich werde ich bald etwas zunehmen. Vielleicht bekomme ich sogar Brüste.«

Ihre Direktheit entnervte mich ein wenig. Da trafen sich unsere Augen, und mein Instinkt sagte mir, daß meine erste Vermutung richtig gewesen war, aber trotzdem mußte ich es aussprechen, um es von ihr bestätigen zu lassen. Mein Flüstern kam mir so laut vor, daß es die gesamte Lounge hören mußte.

»Ist das Kind von Max?«

Mireille nickte wild, und einen Augenblick glänzten ihre traurigen Augen in purer Freude. Ihre Liebe zu Max Harkey und meine Suche nach dem Mörder waren das Band zwischen uns.

Ich sagte: »Wußten Sie, daß Max ein Tagebuch führte?«

»Natürlich«, erwiderte sie und bewies damit, daß das geheimnisvolle, verschwundene Tagebuch tatsächlich existiert hatte.

»Haben Sie es jemals gelesen?«

»Meiner Ansicht nach war es dazu nicht da«, sagte sie schnell.

Ich ließ nicht locker. »Aber haben Sie es gelesen?« Meiner Ansicht nach hatte Mireille Rubinskaya ihren größten Trumpf bereits ausgespielt, als sie mir sagte, daß sie von Max ein Kind erwarte. Warum tat sie dann jetzt so moralisch wegen dieses Tagebuchs? Ich sagte: »Es könnte die Antwort für den Mord an Max bereithalten.«

»Wie denn das?«

»Vielleicht hat er über seine Beziehung zu anderen geschrieben.«

»Davon bin ich überzeugt«, sagte sie.

»Und mit schonungsloser Offenheit«, fügte ich hinzu.

Mireille zögerte. Es ist natürlich nicht ganz einfach zuzugeben, daß man in den intimsten Dingen eines anderen herumgestöbert hatte, selbst wenn es der Geliebte war.

Ich sagte: »Möchten Sie, daß der Mörder davonkommt?«

»Natürlich nicht!« sagte sie rasch.

In dem Augenblick erschien der Barkellner mit einem weiteren Cocktail für mich. Er überblickte schnell den Tisch, und mit hervorragendem psychologischen Einfühlungsvermögen verschwand er wieder, ohne etwas zu fragen.

Mireille seufzte. »Ich habe es noch niemandem gesagt«, sprach sie. »Aber: ja, ich habe sein Tagebuch gelesen. Ich glaube, das wollte er auch, denn er ließ es immer an Stellen liegen, wo ich unbedingt darauf stoßen mußte. Ich las es jeden Tag, bis er nach Boston zurückkehrte. Ich sagte mir, das sei für mich die einzige Möglichkeit, mich seiner Liebe zu vergewissern.«

»Hatte er sich Ihnen da schon erklärt?«

»Ja«, sagte sie. »Aber er wußte noch nichts von dem Kind. Ich litt unter Schwindelanfällen und stürzte bei der Probe. Die Company interessierte sich natürlich nur für mein Knie und betrachtete den Unfall als Tragödie. Aber für mich war das kein hoher Preis dafür, daß ich Max' Kind trage.«

»Sie liebten ihn also?«

»Seit ich lebe. Aber es war so schwierig. Er gehörte ja fast zur Familie, und doch liebte ich ihn schon immer mehr, als ich sollte. Meine ganze Jugend über war eine Liebesbeziehung zwischen uns mein Traum, aber ich habe nie geglaubt, daß er Wirklichkeit werden könnte.«

»Warum nicht?«

»Liegt das nicht auf der Hand? Ich bin um so viel jünger.«

»Das spielt oft gar keine Rolle«, sagte ich.

Mireille Rubinskaya sah mich an, als wäre ich der dümmste Junge auf einem Schulausflug der Oberschule.

»Verstehen Sie denn nicht?« fragte sie. »Meine Großtante liebte ihn doch auch.«

Großer Gott, dachte ich.

Mireille fuhr fort: »Tante Rubi zog mich auf, nachdem ich meine Eltern verloren hatte. Ich war erst zwölf, tanzte aber schon ganz ernsthaft und bereitete mich auf meine Karriere vor. Es war also der allerbeste Zeitpunkt für ein junges Mädchen, die erste große Liebe ihres Lebens zu erleben. Da ich bei meiner Tante wohnte, sah ich Max Harkey oft, vielleicht zu oft. Und so sehr ich Max auch meiden mochte, mir schien es wie vom Schicksal bestimmt, daß ich mich in ihn verlieben mußte. Und meiner Tante konnte ich davon natürlich kein Sterbenswörtchen erzählen, weil ich mich vor ihrem Zorn fürchtete. Ich war zwar noch sehr jung, aber ich spürte genau, welche Gefühle sie für Max empfand, und es waren die gleichen wie meine.«

»Wußte er damals schon, was Sie für ihn empfanden?«

»Ich war vorsichtig genug zu wissen, daß ich ihm das

nicht sagen durfte, aber ich bin überzeugt, daß mich meine Augen und mein Körper verrieten. Wenn er zu Besuch kam, mußte ich immer einen Vorwand finden, damit ich ihm entfliehen konnte. Ich bin auch sicher, daß es Tante Rubi ebenfalls wußte. Zwischen uns gab es gräßliche Szenen, obwohl nie etwas explizit zur Sprache kam. Für mich war es offensichtlich, daß wir beide denselben Mann wollten, und eine von uns war zu alt und die andere zu jung. So widmete ich mich vollkommen dem Ballett. Nur noch für die Kunst dazusein, das wurde mein ganzer Lebensinhalt. Es war die einfachste Lösung.«

Puh! dachte ich.

Mireille fuhr fort: »Und als Max das letzte Mal in London war, kulminierten all die Jahre der Entsagung zwischen uns in einer einzigen Nacht. Was diesem Zeitpunkt vorangegangen war, bedeutete nichts mehr, denn wir wußten, wir würden den Rest unseres Lebens zusammen verbringen oder sterben.«

Junge, Junge, dachte ich und war dankbar für meinen Martini.

Mireille sagte: »Das klingt jetzt so melodramatisch, aber es gab bei keinem von uns auch nur einen Moment des Zweifels.«

»Nur daß Sie Max Harkeys Tagebuch lesen mußten, um sicher zu sein.«

Mireilles Gesicht überzog eine leichte Röte.

Ich sagte: »Wieviel davon weiß Ihre Großtante?«

»Max versprach mir, ihr alles zu erzählen, wenn er nach Boston zurückkehrte, aber ich weiß nicht, ob er noch dazu gekommen ist. Als Tante Rubi mich nach Max' Tod anrief, sprachen wir nur über ihn und über meine Verletzung. Sonst nichts.«

»Soviel Sie also wissen …« sagte ich.

Mireille beendete meinen Satz: »Weiß meine liebe Tante Rubi nichts von dem Kind.«

»Falls nicht sie inzwischen das Tagebuch hat«, sagte ich.

»Was meinen Sie damit?« fragte Mireille alarmiert.

»Es ist verschwunden. Die Polizei fand es nicht in Max' Hinterlassenschaft.«

»Woher wissen Sie dann davon?«

»Max' Hausangestellter erwähnte es mir gegenüber, und kurz danach wurde er ermordet.«

»Nein!« sagte sie.

»Doch«, sagte ich traurig. »Vielleicht erzählen Sie mir jetzt, was darin stand?«

Mireille widerstrebte noch immer. Ich versprach ihr, ich würde alles vertraulich behandeln, was sie mir erzählte, außer natürlich, es trüge mit Sicherheit dazu bei, Max' Mörder zu finden. Das schien ihre starre Geheimhaltetaktik etwas aufzuweichen.

Sie begann: »Max hatte einen großartigen Stil. Er schrieb über alles.«

»Ich möchte nur etwas über die Menschen in seinem Leben hören. Hat er Alissa Kortland erwähnt?«

»Meine andere Rivalin«, antwortete Mireille mit einem kleinen Lachen. »Ja, zwischen Max und ihr bestand eine Beziehung. Aber wissen Sie, die beiden hatten ja keine gemeinsame Vergangenheit, nicht so wie Max und ich. Max liebte sie nicht. Er kannte sie kaum. Sein Leben ging auch sehr gut ohne sie weiter, trotz etwaiger Momente der Leidenschaft, die sie zusammen erlebt hatten.«

»Hat er das geschrieben?« fragte ich.

»Ich umschreibe es jetzt natürlich. Die Einzelheiten waren noch viel düsterer. Offensichtlich ist sie nymphoman und lebt das auch voll aus.«

»Hat Ihnen das etwas ausgemacht?«

»Warum denn? Meine Beziehung zu Max ... Sie wissen nicht so ganz, wie eine Frau empfindet, stimmt's?«

»Manchmal schon«, sagte ich wehmütig.

Mireille erklärte es in einfachen Worten. »Alissa war für Max wie eine Dekoration. Ein Spielzeug.«

»Und Sie?« fragte ich.

»Ich war seine Zukunft«, sagte sie zuversichtlich.

Ganz schön starrsinnig, aber ich wollte unbedingt wissen, was sonst noch in dem Tagebuch gestanden hatte. Da kam es mir, daß ich sie ja direkt fragen konnte. »Haben vielleicht Sie jetzt das Tagebuch?«

Sie blickte mich mit ihren großen, traurigen braunen Augen an – was hatten diese Augen gesehen, das sie mir nicht verraten wollte? – und sagte: »Max nahm es wieder mit nach Boston.«

»Sind Sie sicher?«

Sie sprach etwas schärfer. »Wenn ich das Tagebuch hätte und den Eindruck gewänne, daß es Ihnen von Nutzen sein könnte, würde ich es Ihnen zeigen. Wie die Dinge jetzt liegen, wissen Sie wahrscheinlich mehr über mich als sonst irgend jemand, außer Max. Vielleicht weil ich Sie überhaupt nicht kenne, Sie aber trotzdem Mitgefühl zu besitzen scheinen.«

Wer von uns beiden spielte jetzt eigentlich dem anderen etwas vor? War ich der objektive Zuschauer, der sich aufrichtig zu diesem schönen, wenn auch verletzten jungen Wesen hingezogen fühlte? Oder war sie eine schwerfaßbare Fee, die mir zuliebe sagenhafte Lügen auftischte?

»Hat Max etwas über Toni di Natale geschrieben?« fragte ich.

»Die Dirigentin?«

Ich nickte.

Mireille sagte: »Max wußte, daß sie ihn begehrte, aber er ermutigte sie nie. Offenbar ist sie ein echtes Talent, und Max wollte ihre musikalische Zusammenarbeit nicht wegen einer schnellen Nummer aufs Spiel setzen. Dafür schätzte er ihre Arbeit zu hoch.«

»Wie edel«, sagte ich.

»Es stimmt aber.«

»Und was empfand er für Ihre Tante? Hat er über Madame Rubinskaya auch etwas geschrieben?«

Mireille sagte: »Mehr als über alle anderen.«

»Sie eingeschlossen?«

Ich merkte, daß sie sich daraufhin wieder in sich zurückzog.

»Darüber möchte ich lieber nicht sprechen.«

»Aber noch vor ein paar Minuten haben Sie mir sogar angeboten, daß Sie mir das Tagebuch zeigen würden, wenn Sie es hätten.«

»Ich habe es aber nicht«, sagte sie. »Und wenn ich es hätte, würde ich vielleicht jetzt meine Meinung ändern.«

»Belastet es Ihre Tante?«

»Haben Sie jetzt nicht genug Fragen gestellt?« sagte sie. Dann schloß sie die Augen und klagte: »Ich bin müde.« Die Begabung, blitzschnell die Stimmung zu wechseln, schien in dieser Familie sehr verbreitet zu sein. Mireille winkte dem Barkellner und bat ihn, ihr ein Taxi zu rufen.

Während wir darauf warteten, fragte ich, ob in Max Harkeys Tagebuch auch etwas über Scott Molloy gestanden habe. Widerstrebend erzählte sie mir, daß Max gedacht habe, er müsse Scott beschützen.

»Also kein Sex?« fragte ich offen.

»Das hatte Max alles schon als Knabe abgeschlossen.«

Da muß er wirklich ein Musterbeispiel von psychosexueller Intaktheit gewesen sein, dachte ich, außer höchstens, daß er die Großnichte seiner Gönnerin geschwängert hatte, ein Mädchen, daß dem Alter nach seine Tochter hätte sein können.

Ich bat Mireille um eine letzte Frage.

»Ich muß gehen«, wandte sie ein.

»Denken Sie doch an den Mörder von Max«, sagte ich.

Sie entgegnete: »Allmählich wünschte ich, ich hätte nie zugegeben, daß ich dieses Tagebuch gelesen habe. Es ist nämlich *tatsächlich* privat, verstehen Sie?«

»Bitte, Sie sind die Einzige, die mir eine Antwort geben kann, jetzt, wo das Tagebuch verschwunden ist.«

Schließlich beruhigte sie sich, und ich fragte nach Marshall Zander.

»Soviel ich weiß«, sagte sie, »waren er und Max früher die besten Freunde. Offenbar hatte Marshall damals gehofft, daß Max für ihn noch mehr werden würde. Vielleicht hat er deshalb so viel Geld in Max' Ballettcompany gesteckt.«

»Ist das alles?«

Mireille fügte fast bedauernd hinzu: »Davon stand zwar nichts im Tagebuch, aber ich weiß, daß das Max ganz schön belastet hat, der Gedanke, daß Marshall immer noch auf seine Liebe hoffte.«

Ihr Taxi kam. Sie zog sich auf die Krücken empor.

»Ich bedauere, daß ich Sie nicht mitnehmen kann«, sagte sie höflich, konnte dabei aber nicht verbergen, wie begierig sie darauf war, mir zu entkommen. Wenigstens dieses Gefühl bei ihr war zweifellos aufrichtig.

»Ich weiß gar nicht, wie ich Ihnen danken soll«, sagte ich.

Sie lächelte vage. »Finden Sie den Mörder von Max. Das genügt.«

Der Portier brachte sie zu ihrem Taxi, und fort war sie. Zu spät fiel mir ein, daß ich vergessen hatte, sie zu fragen, ob Max jemals Rafik erwähnt habe. Das wäre doch ein echter Leckerbissen gewesen, wenn ich ihm bei meiner Rückkehr die geheimen Wahrheiten hätte mitteilen können, die über ihn in Max Harkeys Tagebuch standen.

Ich bat den Barkellner um die Rechnung.

Mit wohlwollendem Lächeln sagte er: »Das habe ich schon erledigt.«

»Wirklich? Das ist aber sehr freundlich von Ihnen.«

»Das Connaught ist stolz auf seinen Service.«

Ich bot ihm ein großzügiges Trinkgeld, aber er lehnte es höflich ab, indem er behauptete, daß das hier nicht üblich sei. Ich bedankte mich nochmals bei ihm und kehrte in mein Hotel zurück mit einem ganz warmen Gefühl, weil ich so gastfreundlich behandelt worden war.

Im Hotel legte ich meinen Rückflug für den nächsten Morgen fest, dann rief ich Rafik an, um ihm zu sagen, wann ich in Boston ankommen würde. Er war nicht zu Hause, also hinterließ ich ihm denn eine einsame Botschaft auf seinem Anrufbeantworter. Dann rief ich Nicole im Laden an, um auch sie davon zu benachrichtigen, aber Ramon sagte mir, daß sie heute schon früher gegangen sei.

Frustriert und allein, wie ich war, und von den mir Nächststehenden verlassen, begab ich mich zum Abendessen und dann ins Theater. Ich entschied mich für eine beliebte, schon seit vielen Spielzeiten laufende Krimikomödie, die mir das Hotelpersonal sehr empfohlen hatte. Das Ärgerliche war nur, das Stück wurde schon so lange gespielt, daß die Schauspieler und Schauspielerinnen wie Roboter agierten und gar nicht wie die schwerfaßbaren und flüchtigen Erscheinungen in dem Drama meines eigenen Lebens.

Als ich am nächsten Morgen mein Hotel verlassen wollte, sah ich mich einer astronomischen Rechnung gegenüber, obwohl ja meine Reiseagentin Hanni das Zimmer im Voraus bezahlt hatte. Eine riesige Summe war vom Hotel Connaught dazugebucht worden – nämlich die Rechnung aus der Bar an dem Nachmittag, den ich mit Mireille Rubinskaya dort verbracht hatte. Als ich den Angestellten fragte, wie dies denn auf meine Zimmerrechnung gekommen sei, erklärte er mir, daß die Sekretärin des Royal Ballet dem Connaught meinen Namen und mein Hotel genannt habe, und daß es eine spezielle geschäftliche Liebenswürdigkeit sei, die noch immer von einigen der angesehensten Hotels in London aufrechterhalten werde, die Rechnung, die ihre Gäste in anderen vornehmen Etablissements wie zum Beispiel dem Connaught machten, zu übernehmen – wobei sie sich diesen Service natürlich zusätzlich bezahlen ließen. Wahrscheinlich sollte ich für diesen Gefallen jetzt auch noch dankbar sein. Aber nachdem ich am Tag zuvor schon so einen sorglosen Einkaufsbummel für meine Freunde in Boston unternommen hatte, konnte ich jetzt nur beten, daß meine Kreditkarte diese unerwartete Hotelrechnung noch mitmachen würde. Zum Glück wachten die Götter des Kredits über mich, denn mein Dispolimit war wie durch ein Wunder über Nacht gestiegen. Offenbar hatten die Einkäufe, die ich in den verschiedenen Londoner Läden getätigt hatte, auf meinem Konto eine für den Computer sofort erkennbare Flagge gehißt und mich als einen internationalen großen Konsumenten ausgewiesen. Also ging das Limit nach oben.

Am Flughafen kam ich dann ohne Schwierigkeiten durch die Paßkontrolle. Der Flug ging pünktlich, und sechs Ersteklasse-Stunden später rollte ich sicher über Bostons Landebahn. Niemand erwartete mich am Flughafen, und als ich mit dem Taxi nach Hause gefahren war, begrüßte mich keine Katze an der Türe. Zwei Anrufe, einer bei Rafik und einer bei Nicole, brachten auch nichts, und auf meinem Anrufbeantworter war nichts. An der Kühlschranktüre hing – da ich ihn dort auf jeden Fall entdecken würde – ein hastig geschriebener Zettel von Rafik, auf dem er mir mitteilte, daß er Sugar Baby mit in seine Wohnung genommen habe. Entführst du mich, dann entführe auch meine Katze.

Ich schenkte mir einen kleinen Bourbon ein und trank mir selbst auf meine Heimkehr zu.

»Willkommen zu Hause«, sagte ich zu den leeren Zimmern. »Wir haben dich alle ganz schrecklich vermißt.«

Unter meiner Post war ein Umschlag in einer Handschrift, die ich nicht kannte. Ich machte ihn auf, und heraus fiel ein Schlüssel. Drinnen stand noch eine Nachricht: Nachschlüssel kann man keinen davon machen, also schicke ich den richtigen. Gib ihn mir zurück, bevor Marshall Zander herausfindet, daß ich ihn genommen habe. Beijos, Rico.

Mir diesen Schlüssel zu besorgen, war Ricos letzter Gefallen für mich gewesen, und ich konnte ihm nicht einmal dafür danken. Ich steckte den Schlüssel in die Hosentasche und legte mich aufs Sofa, um mir den nächsten Schritt zu überlegen. Zum mindesten würde ich heute nachmittag meine Katze von meinem Geliebten freikaufen.

Aber statt dessen lag ich da und weinte über meinen *tesao*, der tot und dahin war.

17. Zieh dir die Musik rein und tanze

Ich war eingenickt, und das Läuten des Telefons weckte mich um vier Uhr. Es war Marshall Zander.

»Willkommen zu Hause«, sagte er.

»Woher wissen Sie, daß ich wieder da bin?«

»Ich habe die Fluggesellschaft angerufen und bin alle Passagierlisten durchgegangen.«

Das klang nach einer Übung in knallharter Detektivarbeit.

»Sie haben mich ja gar nicht angerufen«, sagte er. »Ich wollte Sie doch abholen.«

»Ich fürchte, ich habe Ihre Karte verlegt.«

»Was machen Sie denn gerade?« fragte er.

Ich spürte, wie Widerwille in mir hochstieg. Ich hatte auf einen Anruf von Rafik oder Nicole gehofft, aber nicht von diesem Typen.

»Ich ruhe ein wenig«, sagte ich. »Es war ein langer Flug.«

»Was haben Sie an?«

»Wie bitte?«

»Raten Sie mal!« sagte er mit einem nervösen Lachen. »Wie wär's denn mit einer netten kleinen Rundfahrt zur Entspannung?«

Ich wand mich. »Ein andermal vielleicht.«

»Ist aber gar kein Problem«, sagte er. »Ich bin nämlich schon unten.«

Diese verdammten Autotelefone.

Er fügte hinzu: »Der Beifahrersitz sieht ohne Sie so einsam aus.«

War »Beifahrersitz« ein Euphemismus für seinen Schoß?

»Ich habe Ihnen den Flug nach London bezahlt«, sagte er. »Wollen Sie mir dafür nicht einmal erlauben, Sie auf eine kleine Tour mitzunehmen? Bitte?« Er war kurz davor zu winseln.

Bis zu welchem Grad mußte ich ihm Dankbarkeit bezeigen? Ich sagte, ich würde gleich runterkommen. Vielleicht konnte ich wenigstens herausschinden, daß er mich zu Rafiks Wohnung fuhr, um Sugar Baby abzuholen. Und der kurze Ausflug zur Wohnung meines Geliebten erinnerte Marshall Zander hoffentlich auch daran, daß ich, ehelich gesprochen, nicht zur Verfügung stand.

Als ich hinunterkam, sah ich Marshall Zander in seinem Sportwagen warten. Für seine Spätnachmittagsfahrt hatte er das Hard Top abmontiert, und er sah hinter dem Steuer fast anziehend aus. Vielleicht waren meine Augen von dem roten Lack geblendet, der in der untergehenden Sonne glühte, oder meine Nase von dem berauschenden Ledergeruch der schweren Sitze abgelenkt. Doch nein, irgend etwas hatte sich an ihm selbst verändert. Irgendwie wirkte sein Gesicht strahlender; vielleicht lag es an den Augen. Tatsächlich. Das war's. In Marshall Zanders Augen leuchtete ein völlig neues Verlangen. Und wie er da so in seinem Wagen saß, ganz in Geld und Macht gehüllt, wirkte er fast schön, zumindest von den Schultern aufwärts. Tatsächlich wußte ich aber, daß die restlichen 90 Prozent seines Körpers ein Graus waren.

Ich stieg ins Auto und legte gerade den Sicherheitsgurt an, als ich fühlte, wie er mit seiner rauhen, trockenen Hand nach meiner griff.

»Was tun Sie denn da?« sagte ich und versuchte ihm meine Hand zu entziehen.

»Ich will Sie doch nur begrüßen.«

Seine Augen glänzten vor Lüsternheit. Ich sah ihn kühl an, bis er meine Hand losließ. Er legte den Gang ein und fuhr los.

»Wo würden Sie denn gerne hinfahren?« fragte er eifrig.

In keinen abgelegenen Hain, das stand mal fest. Ich verscheuchte rasch alle romantischen Einfälle seinerseits, indem ich ihm mitteilte, ich sei mit Rafik in dessen Wohnung verabredet.

»Natürlich«, sagte er. Doch dann sprach er heiter, als wolle er sein eigenes Selbstvertrauen angesichts dieser Zurückweisung wieder aufmöbeln: »Na, wie war's in London?«

»Das Wenige, was ich gesehen habe, war wundervoll.«

»Ich kenne die Stadt gut. Ich würde sie Ihnen gerne einmal zeigen.«

Ich überging sein Angebot und antwortete ihm mit einem kalten Guß von Realität.

»Mireille Rubinskaya hat mir erzählt, daß Sie in Max Harkey verliebt waren.«

Die Ampel wurde Rot, und er ließ den Wagen weich ausrollen. Er sah mit traurigem Blick zu mir herüber.

»Ist das so schlimm?« sagte er fast anklagend. »Ist es falsch, jemanden zu lieben und darauf zu hoffen, daß diese Liebe erwidert wird? Ich kann nichts dafür, daß ich nicht so aussehe wie Max' schöne Tänzer. Aber ich habe genauso starke Gefühle wie ein schöner Mensch, vielleicht sogar noch stärkere.«

Die Ampel schaltete auf Grün, und wir fuhren weiter.

»Bei Max«, fuhr er fort, »war das Schlimme, daß er nie jemanden wiederlieben mußte. Er war immer begehrenswert. Jeder, der ihn nur sah, verliebte sich in ihn und warf sich ihm an den Hals.«

»Sie auch?«

»Niemals.«

»War nicht das ganze Geld, das Sie ihm gaben, nur ein Ersatz für die Liebe, die er nicht annehmen wollte?«

»Bei Ihnen klingt das schmutzig«, sagte er.

»Das sagen viele Leute über die Wahrheit.«

»Ich kenne die Wahrheit. Ich schäme mich nicht zuzugeben, daß ich Max geliebt habe. Aber nicht wegen seines Körpers.«

Ich dirigierte ihn zu Rafiks Wohnung, wo er in der zweiten Reihe stehenblieb. Ich bedankte mich und wollte gerade aussteigen, als er mich am Arm festhielt. Das Auto lief leise im Leerlauf, aber seine flehentlichen Augen waren auf 180.

»Ich mag Sie sehr«, sagte er.

»Aber ich bin doch mit Rafik zusammen.«

»Das hat Sie bei Rico auch nicht gehindert«, sagte er scharf.

Es verschlug mir die Sprache. Ich fühlte den Schlüssel zu Max Harkeys Wohnung in meiner Hosentasche – den Schlüssel, den zu besorgen Rico seine Sicherheit riskiert hatte. Die Spitze stach mir in die Hüfte.

»Verstehen Sie mich nicht falsch«, sagte Marshall Zander. »Gelegentlich ein wenig Sex macht mir überhaupt nichts aus. Ich habe im Gegenteil gerade darüber nachgedacht und dabei eine Idee gehabt, die für Sie vielleicht interessant ist. Ich möchte Ihnen ein Angebot machen – und zwar Ihnen beiden, Rafik und Ihnen.«

Keinen Dreier, Junge. Dann noch eher mit Toni di Natale als mit dir.

Marshall sagte: »Ich hoffe, Sie verstehen das jetzt richtig. Es ist die einzige Möglichkeit, Ihnen zu zeigen, wie sehr ich Sie mag.«

Ich starrte ihn an.

Er fuhr fort: »Seit dem Tod von Max und dem Tod von Rico bin ich schrecklich einsam. Ich brauche Gesellschaft, Männergesellschaft. Und jetzt habe ich Sie kennengelernt, und ich mag Sie furchtbar gern. Sie sind kein Mensch, der andere ausnutzt. Ich vertraue Ihnen. Wenn Sie sich also einverstanden erklären würden, mein Freund zu sein – nur reine Freundschaft – könnte ich bestimmt das Direktorengremium dahingehend beeinflussen, daß Rafik der neue künstlerische Direktor des Boston City Ballet wird.«

Das war doch grotesk.

»Ich kann ein sehr guter Freund sein.«

Und manche können einen sehr guten Apfelstrudel.

Er fuhr fort: »Ich werde immer für Sie da sein. Ich bin nicht der Typ, der jemanden im Stich läßt. Genau wie Sie.«

Die einzigen Geräusche, die ich die nächsten paar Sekunden hörte, waren das Ticken der Uhr auf dem Armaturenbrett und das Flüstern des kraftvollen Motors.

Endlich sprach ich. »Verzeihen Sie mir«, sagte ich mit zitternder Stimme, »aber Sie scheinen wahnsinnig dringend Sex zu brauchen.« Und dieses Syndrom verstand niemand auf dem Erdball besser als ich.

Marshall Zander wandte den Blick ab und schaute nach unten – ironischerweise in seinen Schoß.

»Ich hätte nichts dagegen, wenn es mit Ihnen darauf hinausliefe«, sagte er.

Ich entzog ihm meinen Arm und murmelte: »In all den Jahren am Frisierstuhl ist mir ein Antrag in dieser Form noch niemals gemacht worden.«

»Aber ich mag Sie eben.«

»Wenn man etwas nur oft genug sagt, glaubt man schließlich selber daran.«

»Aber es stimmt. Es geht mir nicht nur um Sex«, sagte er ernst. »Ich halte sehr viel von Ihnen. Besprechen Sie es doch mal mit Rafik! Das ist schließlich eine Chance, die nicht jeder jeden Tag geboten bekommt. Sie wollen sicher beide seine Karriere voranbringen. Und für ihn wäre das ein riesiger Schritt nach vorn.«

Aber auf wessen Kosten?

»In Ordnung, ich werde mit ihm darüber sprechen«, sagte ich. Dann stieg ich aus dem Auto und schloß die Tür. »Danke für's Herbringen.«

Marshall Zander saß in seinem Wagen und blickte mir nach, wie ich auf die Vordertür von Rafiks Wohnhaus zueilte. Glücklicherweise hatten wir voneinander die Schlüssel, deshalb konnte ich, selbst wenn Rafik nicht da wäre, nach drinnen gelangen, Marshall Zander hinter mir lassen und zu meiner geliebten Katze gehen. Ich läutete, und hallelujah! Seine Stimme kam durch die Sprechanlage.

»*J'écoute.*«

»Mach auf«, sagte ich dringlich. Dann fügte ich hinzu, da ich weit außer Hörweite von Marshall Zander war: »Ein großer Troll ist hinter mir her.«

Rafik ließ mich ein. Ich drehte mich um und winkte Marshall Zander zum Abschied zu, der den gewaltigen deutschen Motor aufheulen ließ und mit laut quietschenden Reifen davonschoß. Hatte ich etwas zu sagen vergessen?

Ich nahm immer zwei Stufen auf einmal, als ich die Treppen hinauflief. Rafik hatte die Wohnungstür nur angelehnt. Als ich eintrat, sah ich, daß er auf dem Teppich neben seinem Bett mit Sugar Baby spielte. Ich legte mich auch auf den Boden, rollte mich auf die Seite und miaute und schnurrte, um Beachtung zu finden. Sugar Baby streckte sich, um mich mit den Vorderpfoten zu berühren. Ich streckte mich, um Rafik ebenso zu berühren.

»Jetzt hab ich doch glatt vergessen, dir mein Geschenk mitzubringen«, sagte ich.

»Schokolade?«

»Woher weißt du das denn?«

Rafik lächelte. »Du gibst mir immer, was du willst selber.«

So wie jetzt, dachte ich.

Zehn Minuten später lachten wir laut da auf dem Teppich nach einer schnellen, klebrigen Begrüßungsrunde.

»Willkommen zu Hause«, sagte Rafik. »Nicole hat mich angerufen oft. Habe ich ihr gesagt, daß ich vermisse deine Anrufe auch. Es tut mir leid.«

»Schon wieder Proben?«

»Bald du wirst verstehen, warum ich arbeite so hart.«

»Niemals«, sagte ich.

Ich erzählte Rafik von meinem Treffen mit Mireille Rubinskaya und was sie mir über Max Harkeys Tagebuch erzählt hatte.

»Stand da auch etwas von mir?« fragte er.

»Ich vergaß danach zu fragen.«

Rafik schnaubte spielerisch. »Zwei Sachen, die du hast vergessen. Bald du wirst vergessen, wer ich bin.«

»Wie könnte ich dich vergessen?« sagte ich. »Du bist doch mein ganzes Leben. Natürlich kann ich niemals so wie Max Harkey an dich denken – mit seinem großen, langen, glänzenden Bösendorfer.«

»Es ist ein schöne Flügel.«

»Was hätte er also in seinem Tagebuch sagen können, was noch deutlicher gemacht hätte, welche Gefühle er für dich hatte?«

Rafik antwortete: »Könnte er schreiben, daß ich bin der Beste, der nach ihm leitet die Ballettcompany.«

Obwohl Rafik wußte, daß diese Entscheidung bei dem Direktorengremium lag, hatte er mir da das passende Stichwort geliefert, um ihm von Marshall Zanders abwegigem Vorschlag zu erzählen. Ich berichtete von seinem Angebot mit der kühlen Nüchternheit eines Gehirnchirurgen, der einem Patienten die schlechten Chancen bezüglich einer Genesung erklärt, immer in der Hoffnung, daß Rafiks Instinkte sich siegreich erheben würden und er laut erklären würde: »*C'est fou!*«

Aber statt dessen überlegte sich Rafik Marshall Zanders Vorschlag ernstlich, als erwäge er tatsächlich, ob man das Angebot annehmen solle. War denn das die Möglichkeit? Ich spürte, wie rund um meine Brustwarzen die Haut prickelte. Was würde geschehen, wenn Rafik zustimmte? Konnte ich mich opfern und Marshall Zanders Kumpan werden, um meinem Geliebten die künstlerische Chance seines Lebens zu schenken? Oder wäre Rafiks »Ja« ganz einfach das Ende von »uns«? Noch ein bißchen zwangloser Sex auf dem Teppich, ein herzliches gemeinsames Lachen, und dann für immer getrennt, weil er auf einen absurden Vorschlag eine absurde Antwort gegeben hatte.

Rafik verkündete sein Urteil über die Sache.

»Ich werde ihm antworten selbst. Wenn ich bin die Direktor des Boston City Ballet, ich werde es sein wegen mir selbst, weil ich achte die Kunst, und ich achte die Tänzer.«

Mein Mann!

Er lud mich ein, über Nacht bei ihm zu bleiben. Hätten Sie da gezögert?

Am nächsten Morgen brachen wir zusammen auf, mitsamt Sugar Baby, die im Katzentragekorb saß. Ich begleitete Rafik zum Ballettstudio, wo ich ein Projekt starten wollte, von dem ich letzte Nacht geträumt hatte – geträumt im ganz wörtlichen Sinne – während ich sicher in seinen Armen schlief. Ich führte eine gemeinsame Befragung mit allen Leuten durch, die Max Harkey gekannt hatten, so eine Gruppenszene, wie sie in Krimis, die in englischen Landhäusern spielen, gang und gäbe ist. Wie ein Schauspieldirektor ließ ich alle Schauspieler einander entgegenarbeiten, so daß die Wahrheit schließlich wie von selbst aus all dem Chaos und den Konflikten aufstieg. Die einzige Schwierigkeit war, daß ich im wirklichen Leben leider kein Landhaus besaß, in dem ich meinen Traum hätte in die Tat umsetzen können. Und dann fiel mir ein, daß ich, dank Rico, den Schlüssel zu einem fabelhaften Pied-à-terre hatte: zu Max Harkeys eigener Wohnung. Und alle Darsteller meines Traumes waren in den Studios des Boston City Ballet zu finden.

In der Eingangshalle des Ballettstudios verabschiedete sich Rafik von mir und ging die Klasse unterrichten.

»Nach der Stunde ich werde Marshall sagen meine Entscheidung. Sag' ihm noch nichts.«

»Ganz wie du willst, Liebster. Er gehört ganz dir. Soll ich heute abend zur Probe kommen?«

»Nein«, sagte er kurz. »Bitte sei geduldig, Stani. Bald du wirst wissen, warum.«

Das war mir auch recht, daß Rafik mich heute abend nicht bei der Probe dabeihaben wollte, um sein geheimnisvolles Werk zu sehen. Denn ich meinerseits hatte ihm auch nichts von meinem Traum erzählt, und wie ich ihn heute abend in Realität umsetzen wollte. Rafik ging ins Lehrerzimmer, und ich machte mich an das, was ich im Schilde führte. Ich beabsichtigte mir meine potentiellen Partygäste mit dem Köder der Exklusivität zu angeln, auf dieselbe Weise, wie Marktforscher die Leute dazu bringen, die Meinungsumfragen mitzumachen: Sie und nur Sie können uns retten! Demographische Überlegenheit sollte sie alle dazu zwingen, zu meiner Soirée zu kommen, denn sie alle hatten zu einem bestimmten Zeitpunkt um Max Harkeys Liebe gekämpft.

Alissa Kortland und Scott Molloy streckten ihre langen Glieder auf dem Teppichboden. Ich kniete neben ihnen nieder und sprach sie leise an.

»Wie schön, daß man Sie beide wieder zusammen sieht.«

Scott starrte mich an und sagte: »Was wollen denn Sie schon wieder? Als ich das letzte Mal mit Ihnen sprach, brachte mir das anschließend nur Ärger ein.«

»Ich finde, wir hatten ein gutes Gespräch.«

»Ich ärgere mich, daß ich Ihnen überhaupt etwas erzählt habe. Es war viel zu persönlich.«

Das war mir schon oft genug begegnet, daß das Vertrauen, das intime Geständnisse ermutigt, plötzlich in Groll umschlägt.

»Ich gebe heute abend eine kleine Party und möchte gerne, daß Sie beide kommen.«

Die beiden sahen mich ausdruckslos an.

»Warum denn das, um Himmels willen?« fragte Alissa.

»Ich spiele die Dame des Hauses für Rafik«, erwiderte ich.

Scott sah mich finster an und fragte: »Wessen Idee war denn das?«

»Meine«, antwortete ich. »Ich komme gerade aus London zurück, wo ich Mireille Rubinskaya getroffen habe.«

Das löste bei keinem der beiden eine sichtbare Reaktion aus.

Ich flüsterte verführerisch: »Sie hat mir Max Harkeys Tagebuch gegeben.«

Beide Köpfe fuhren herum und sahen mich an.

Ich fuhr fort: »Ich glaube, Sie werden es beide sehr interessant finden.«

»Wo findet die Party statt?« fragte Alissa.

»In Max Harkeys Wohnung.«

Als ich ihre erschreckten Gesichter sah, versuchte ich, sie schnell zu beschwichtigen, bevor sie laut herausplatzten.

»Das ist schon in Ordnung«, sagte ich.

»Wann?« fragten sie unisono.

»Um sechs.«

»Gibt's was zu essen?« fragte Scott. »Wir haben heute abend eine große Probe. Wir müssen irgendwann etwas essen.«

»Es gibt was zu essen«, sagte ich widerstrebend. »Bis dann also. Und erzählen Sie's niemandem.«

»Warum denn nicht?« fragte Alissa.

»Ich dürfte das Tagebuch eigentlich gar nicht haben.«

Als ich mich erhob, um zu gehen, sagte Alissa: »Ist das Ihre Katze?«

»Ja«, sagte ich und drehte den Katzentragekorb stolz herum, um ihnen Sugar Baby zu zeigen.

»Das ist aber eine Schöne.«

»Natürlich«, sagte ich. »Sie ist eine Prinzessin.«

Scott Molloy grinste und sagte: »Die Tochter einer Queen.«

Alissa gab ihm einen Klaps auf die Schulter.

Rafik kam vorbei und ging ins Studio, was für alle die hingeräkelten Tänzer das Zeichen war, schnell hinter ihm dreinzugehen. Sie nahmen ihre Plätze an der Stange ein, Rafik ließ sie die erste Position einnehmen, und der Unterricht begann. Ich betrachtete seine männliche Gestalt, während ich darauf wartete, daß ein weiterer potentieller Partygast erschien. Laut Rafik war sie heute morgen im Studio, um letzte Anordnungen für die große Probe heute abend zu treffen. Nur Geduld, dachte ich. Wie beim besten Haarstyling brauchte man Zeit und Geduld, um einer Spur zu folgen. Das würde sich schon bezahlt machen. Und das tat es dann auch.

Toni di Natale betrat die Eingangshalle mit der bei ihr üblichen Aura energischer Vitalität. Sie sah mich warten und kam auf mich zu.

»Ist er nicht eine Schönheit?« fragte sie auf Rafik bezogen.

»Da muß ich zustimmen«, entgegnete ich.

Dann bemerkte sie Sugar Baby und sagte: »Was für eine hübsche Katze!« Sie kniete nieder und fuhr mit den Fingern leicht an der Käfigtür entlang. »Na, wer ist denn das schönste Mädchen im ganzen Land?« sagte sie und gab ihrer Stimme den typischen kindischen Klang, den so viele Leute Katzen gegenüber verwenden. Sugar Baby versah Tonis Fingerspitzen mit einem blasierten Zungenlecken.

Ich sagte: »Ich hätte gerne, daß Sie zu einem kleinen Empfang kommen, den ich für heute abend plane.«

»Ganz ungünstige Zeit, fürchte ich. Wir haben heute abend eine große Probe.«

»Dann sollten Sie aber vorher eine Kleinigkeit essen, und bei mir gibt's was.«

»Wann soll es denn sein?« fragte sie.

»Um sechs.«

»Also gut, ich denke, da wird noch genug Zeit bis zur Probe bleiben. Heute abend ist nämlich die erste Durchlaufprobe mit vollem Orchester, und das wird immer sehr aufregend. Was ist denn der Anlaß für Ihre Einladung?«

»Sie wissen vielleicht, daß ich gerade aus London zurückgekehrt bin.«

»Nein, das wußte ich nicht.«

»Hat Rafik Ihnen also nichts davon erzählt?«

»Ich spreche ihn zur Zeit nur noch während der Proben«, sagte sie und kraulte das weiche Fell unter Sugar Babys Kinn. »Es gibt einfach so viel zu tun, und in ein paar Tagen ist ja schon die Premiere. Was haben Sie denn in London gemacht?«

»Mich mit Mireille Rubinskaya getroffen.«

»Oh«, sagte Toni geistesabwesend.

Purr-purr-purr, machte Sugar Baby.

»Sie hat mir Max Harkeys Tagebuch gegeben«, sagte ich.

»Ach ja?« Toni versuchte mit aller Gewalt, unbeeindruckt zu wirken, aber genau wie Sugar Baby reagierte sie gegen ihren Willen doch. »Wie indiskret von ihr«, fügte sie hinzu.

»Eigentlich nicht«, sagte ich. »Sie wollte mir helfen, Max' Mörder zu finden.«

»Und – haben Sie ihn gefunden?« fragte sie schlau.

»Ich bin jetzt kurz davor.«

»Wo findet der Empfang statt?«

»In der Wohnung von Max.«

Toni erbleichte. »Woher haben Sie – ?«

»Das ist ein Geheimnis. Die Polizei darf nichts davon wissen.«

»Warum tun Sie's dann?«

»Ich hatte eine Eingebung.«

»Sie spinnen wirklich«, sagte sie mit lautem Lachen. »Kein Wunder, daß Rafik Sie liebt. Also gut, ich bin ganz die Ihre für diese Krimi-Party.« Sie stand auf und sah mich an. »Bis um sechs dann.«

»Vergessen Sie nicht, es ist ein Geheimnis.«

»Ein Geheimnis«, wiederholte sie, als müsse sie einen Idioten bei Laune halten.

Nur wenige Augenblicke, nachdem sie mich in der Eingangshalle hatte stehen lassen, kam Jason Sears durch den großen Gang herein und mit ihm Marshall Zander. Als Marshall mich sah, drehte er sich wieder um und verschwand im Gang. Das war ein Glück, denn ich wollte ihn natürlich nicht wissen lassen, daß ich seinen Schlüssel zu Max Harkeys Wohnung hatte. Das würde nur beweisen, daß ich mit Rico gemeinsame Sache gemacht hatte, um ihn mir zu verschaffen.

Ich fing Jason Sears auf dem Weg nach draußen ab.

»Haben Sie heute abend Zeit?« fragte ich.

»Was?« sagte er, irritiert von meiner Frage. »Wer sind denn Sie?«

»Wir haben uns bei Max Harkey gesehen, an dem Abend, als er ermordet wurde. Ich war mit Rafik da.«

Jason studierte ungeduldig mein Gesicht, als sei ich eine Fangfrage bei einer Chemieprüfung.

»Der Friseur«, sagte er schließlich.

»Stimmt.«

»Und was wollen Sie?«

Ich flüsterte: »Können Sie um sechs Uhr in Max Harkeys Wohnung kommen?«

»Was soll denn diese Geheimniskrämerei? Max Harkey ist tot.«

»Pssst!«

»Mir ist schon zu Ohren gekommen, daß Sie gerne ein

Mantel-und-Degen-Stück spielen. Aber dazu habe ich keine Zeit. Ich habe gerade veranlaßt, daß ich den Flügel im Aufführungssaal benutzen kann. Dorthin bin ich soeben unterwegs. Das ist meine einzige Gelegenheit, das Instrument vor der Probe heute abend zu spielen. Um es also ganz unumwunden auszusprechen: ich kann bei Ihrer Miss-Marple-Sitzung heute abend nicht mitmachen.«

Ich gab zurück: »Ihren Namen sollte man nicht ungestraft benutzen.«

Jason Sears stürmte aus der Eingangshalle. Ich stellte mir vor, daß sein Klavierspiel auch ganz schön losfetzen würde.

Sugar Baby drückte die Nase an die Gittertür des Tragekorbs. Ich kraulte sie ihr leicht mit dem Finger. »Den brauchen wir sowieso nicht«, sagte ich zu ihr, dann durchforschte ich schnell die Eingangshalle, um zu sehen, ob jemand mitgekriegt hatte, daß ich in aller Öffentlichkeit wie so eine verrückte Alte mit meiner Katze sprach.

Auf meiner Gästeliste stand jetzt nur noch ein Name. Ich ging zum Lehrerzimmer und klopfte an. Gleich darauf schwang die Türe auf und enthüllte die kleine stämmige Gestalt von Madame Rubinskaya. Hinter ihr hing eine dichte Rauchwolke im Raum.

»Rafik ist in die Klasse«, sagte sie kurz angebunden.

»Ich weiß. Ich wollte Sie sprechen.«

Sie bemerkte Sugar Baby in dem Tragekorb. »Sie haben ein Katze?«

»Ja.«

»Meine Veruschka hat Angst vor Katzen. Die geben ihr immer eine auf die Nase.«

»Madame«, sagte ich, »können Sie heute abend in Max Harkeys Wohnung kommen?«

»Wie können Sie fragen mich solche Sache?«

»Ich habe sein Tagebuch ausfindig gemacht, und das möchte ich den Leuten zeigen, die ihn kannten. Aber es ist streng vertraulich. Erzählen Sie's also niemandem.«

Ihre Augen blickten mißtrauisch. »Ich glaube, daß Sie machen schlechte Scherz.«

»Es ist mir ganz ernst damit. Ich habe es nicht einmal der Polizei gesagt.«

»Warum lassen Sie nicht Maxi ruhen in Frieden. Sie haben keine Respekt vor die Toten.«

»Ich bin drauf und dran, seinen Mörder zu finden.«

Sie blickte mir in die Augen, während der Rauch ihrer Zigarette zwischen uns emporstieg. Verächtlich schüttelte sie den Kopf.

»Wieder ich sehe, daß Sie sind nur lächerliche Knabe.«

»Bitte kommen Sie heute abend«, sagte ich. »Um sechs.«

Ohne noch ein Wort zu sagen, aber den Blick fest in meine Augen gesenkt, schloß sie mir langsam die Tür vor der Nase.

Ich verließ die Studios und ging mit Sugar Baby im Tragekorb auf meine Wohnung zu. Auf dem Weg machte ich im Snips halt und begrüßte Nicole. Sie war wirklich entzückt und erleichtert, mich zu sehen, aber nur Sekunden später schimpfte sie mich bereits aus, daß ich einfach aus einer Laune heraus nach London abgehauen sei, nannte mich unvernünftig und so weiter.

»Was wirst du erst sagen, wenn du hörst, was ich heute abend vorhabe, Herzchen.«

Ich erzählte ihr von dem Abend, den ich in Max Harkeys Wohnung plante.

»Weiß Lieutenant Branco davon?«

»Keineswegs, Herzchen.«

»Und wie willst du dort reinkommen?«

»Ich habe einen Schlüssel. Hat Branco übrigens in der Sache irgendwelche Fortschritte gemacht?«

»Er hatte jedenfalls bestimmt keine Zeit, einfach nach London abzuhauen.«

»Hatte zu Hause zu viel am Hals, was?«

»Das geht dich gar nichts an«, sagte sie in scharfem Ton.

»Erzähle ihm nur nichts von heute abend. Da ist gar keine Gefahr dabei, und es gibt nichts Heldenhaftes. Ich hab nur so ein kleines psychologisches Gesellschaftsspiel vor, um alle Tatsachen 'rauszukriegen und zu ordnen.

Wenn Branco kooperativer gewesen und mir die Polizeiakten gezeigt hätte, wäre ich vielleicht gar nicht auf so drastische Methoden angewiesen gewesen.«

Nicole sagte: »Du findest doch immer einen Grund für das, was du tun willst, Stanley, also mach jetzt bloß nicht den Lieutenant für deinen absurden Plan verantwortlich.«

»Versprich mir, daß du es ihm nicht erzählst.«

Sie lächelte. »Ich könnte kein ernstes Gesicht dazu machen.«

»Bis morgen dann, Herzchen.« Ich küßte sie und ging zur Tür.

»Vergiß die Katze nicht«, sagte sie.

Huch.

Ich nahm Sugar Baby mit nach Hause und spielte eine ganze Weile mit ihr »Katz und Maus«. Dann packte ich meine Tasche von London aus. Dann duschte ich wieder und zog mir frische Sachen an. Um halb fünf machte ich mich auf den Weg zu Max Harkeys Wohnung. In der einen Hand trug ich ein kleines eingepacktes Päckchen aus London, in der anderen eine Packung Käsecracker für meine Partygäste. Doch als ich an einem noblen Feinkostladen vorbeikam, überlegte ich mir, ob ich meinen Gästen nicht doch etwas Gehaltvolleres vorsetzen sollte. Schließlich hatte ich ihnen ja versprochen, daß sie gefüttert würden. Und obwohl der Erfolg meines Abenteuers durchaus nicht von meiner Gastfreundlichkeit abhing, *waren* Scott Molloy und Alissa Kortland eben Tänzer, und Tänzer brauchten Treibstoff. Außerdem, wenn schon die Liebe durch den Magen ging, warum dann nicht auch die Wahrheitsfindung?

So trug ich also zwei große Tüten voll teurer und delikater Appetithappen bei mir – ich hatte absichtlich eine Menge nahrhafter, fetter Leckerbissen ausgesucht, die meine körperbewußten Gäste hoffentlich meiden und mir lassen würden – als ich auf Station D für die nächste Runde »Katz und Maus« haltmachte, diesmal mit Lieutenant Branco.

»Da riecht aber was sehr gut«, begrüßte er mich.

»Sie haben wohl Hunger?«

»Und Durst«, sagte er. »Aber ich gehe nachher essen. Möchte mir den Appetit nicht verderben. Ich habe gehört, daß Sie in London waren.«

»Stimmt«, sagte ich. »Und ich habe Ihnen etwas mitgebracht.«

Ich reichte ihm das kleine eingewickelte Päckchen aus London.

»Für mich?« sagte er.

»Für keinen anderen.«

»Max Harkeys Tagebuch?« sagte er sehr hoffnungsvoll.

»Noch zweimal dürfen Sie raten, Lieutenant.«

Branco öffnete mein Geschenk und untersuchte die kleine Flasche darin. Es war das Balsam Colgre, das ich bei Maitland's entdeckt hatte. Er gab einen kleinen anerkennenden Pfiff von sich.

»Das kriegt man fast nirgends«, sagte er.

»Ein Mitglied des Jet Sets schon«, antwortete ich.

»Danke«, sagte er.

Ich zuckte die Schultern, aber ich spürte, wie mir das Blut in den Nacken stieg.

Branco sagte: »Wenn ich das Gespräch auf etwas Ernsteres bringen darf, ich habe den Laborbefund über den Motorroller Ihres Freundes bekommen. Es hat sich herausgestellt, daß die Bremskabel angeschnitten worden waren. Sie mußten genau im ungünstigsten Moment versagen, nämlich unter starkem Druck.«

»Zum Beispiel vor einer roten Ampel, wenn man den Beacon Hill herunterkam.«

Branco nickte feierlich.

Ich fragte: »Sind Sie der Lösung des Falls schon einen Schritt näher?«

»Es gibt ein Beweisstück, das noch immer nicht aufgetaucht ist.«

»Max Harkeys Tagebuch«, sagte ich.

Branco nickte.

Ich sagte: »Kein Wunder, daß Sie hofften, das sei mein Geschenk.«

Branco sagte: »Als ich hörte, daß Sie in London sind, dachte ich, vielleicht haben Sie Glück und finden es dort.«

»Ich war nahe dran.«

Branco verzog das Gesicht zu einem Grinsen. »Vielleicht existiert es inzwischen gar nicht mehr.«

»Ich finde es schon noch«, sagte ich.

»Und wie wollen Sie das anstellen?«

»Mit diesen Snacks hier.«

»Verheimlichen Sie mir etwas?« fragte der Polizeibeamte.

Sollte ich es wagen, ihm zu sagen, daß der Showdown, den ich beabsichtigte, möglicherweise mehr wie eine Tupperware-Party aussehen würde als wie eine sorgfältig inszenierte Vernehmung? »Halten Sie sich einfach mal in Bereitschaft, Lieutenant«, sagte ich. »Ich habe vor, Ihnen Max Harkeys Mörder innerhalb der nächsten vierundzwanzig Stunden zu liefern.«

Branco schmunzelte und winkte mich hinaus. »Gehen Sie mal zu Ihrer Party.«

18. Der Nächste bitte zum letzten Tango

Es war gerade halb sechs, als ich mir die Wohnung Max Harkeys im Appleton aufsperrte. Zum Glück waren die Schlösser noch nicht ausgewechselt worden. Die Dunkelheit in der Wohnung, die unbewegte Luft und die völlige Stille wirkten leicht verunsichernd, ein bißchen wie bei einem Museum außerhalb der Besuchszeiten.

In der Küche suchte ich mir ein paar Platten heraus und arrangierte das Essen. Und dabei kam mir noch die letzte Eingebung, wie ich die kurze Zeit, die ich mit diesen Leuten zur Verfügung hatte, am besten nutzen konnte. Ich durchsuchte die weitläufige Wohnung nach etwas ganz

Speziellem, etwas, wovon ich sicher wußte, daß Max Harkey es besessen hatte, weil mir Rafiks choreographische Arbeitsweise vertraut war. Ich fand es denn auch in einem Raum, der Max Harkeys Studio gewesen sein mußte. Es war eine Staffelei, wie sie Maler benutzen, mit einem großen Skizzenblock darauf. Genau dasselbe benutzte Rafik oft, um einen Kostümentwurf oder eine vorläufige Bühnenaufteilung grob hinzuskizzieren. Und da Max Harkey sein Berater gewesen war, nahm ich an, daß Rafik diese Technik von ihm übernommen hatte. Ich stellte die Staffelei in den Wohnraum und wartete auf meine Gäste.

Alissa, Toni und Scott kamen kurz nach sechs zusammen an. Sie waren offensichtlich *tous les trois* vom Studio hierher gelaufen, und sie brachten lärmende Festlaune mit herein. Ich warnte sie, leise zu sein, da wir rein technisch alle Hausfriedensbruch begingen. Heiter wie sie waren, ließ sie meine Warnung kalt, und statt dessen stürzte sich die Dreiergruppe sofort auf das Essen.

»Schließlich haben Sie uns eingeladen«, sagte Toni di Natale, während sie eine Scheibe Roulade kaute, »dann machen Sie uns doch jetzt bitte keine Vorschriften. Wir wollen uns vor der Probe heute abend ein bißchen amüsieren.«

Ja, diese Theaterleute. Vielleicht verstanden sie es einfach nur besser, die unangenehmen Dinge des Lebens von sich abzuschütteln.

»Ich erwarte noch einen Gast«, sagte ich. »Aber mir scheint, daß sie nicht kommt.«

»Fangen wir an«, sagte Scott, der sich den Teller mit Essen vollgehäuft hatte.

Alissa fügte hinzu: »Wir haben ja nur eine Stunde.« Sie hatte sich weniger auf den Teller gehäuft, den sie in der Hand hielt, aber dann sah ich, daß sie ihr Essen auf zwei Teller verteilt hatte. Das war's dann wohl gewesen mit dem Gedanken, daß für mich etwas übrigbleiben könnte.

»Ja«, sagte Toni, »nur eine Stunde. Die Probe fängt um sieben an. Es war ganz reizend von Ihnen, daß Sie für uns diesen kleinen Empfang geben.«

»Aber –« fing ich an.

»Und so geschickt, ihn hier zu machen«, fuhr sie fort. »Hier kann uns niemand belästigen, weil niemand weiß, daß wir hier sind. Vielleicht können wir endlich mal auf Max trinken bei dieser Impromptu-Party, die Max bestimmt gar nicht gefallen hätte, geschweige denn, daß er sie sich überhaupt hätte vorstellen können. Auf dich, Max!« sagte sie. Sie hob eine Flasche italienisches Mineralwasser in die Luft.

»Lesen Sie uns doch sein Tagebuch vor, während wir essen«, sagte Alissa.

»Spucken Sie's uns alles aus«, sagte Scott, der sein Essen und sein schwaches double entendre sichtlich genoß.

Ich war inzwischen über die Energie, die sie ausstrahlten, völlig verblüfft. Da hatte ich vorgehabt, den Dingen auf den Grund zu gehen, die Ereignisse der Nacht, in der Max Harkey umgebracht wurde, genau zu untersuchen, die fehlenden Indizien zu finden und seinen Mörder zu entlarven. Statt dessen hatte ich eine ausgelassene Party ins Leben gerufen. Ich erhob mich, um eine förmliche Bekanntgabe zu machen.

»Ich muß mich bei Ihnen entschuldigen. Ich habe das Tagebuch gar nicht.«

Aber meine Bemerkung verursachte bei ihnen nur Lachsalven. Diese Leute machten aus meiner Ermittlung eine Farce. Vielleicht waren sie von dem Probendruck und der nahe bevorstehenden Premieren-Aufführung einfach fertig. Ihre Abwehrkräfte waren bis zu einem Punkt strapaziert worden, wo sie sich nicht mehr unter Kontrolle hatten. Die Frage war nur, wie weit diese Unkontrolliertheit wohl ging.

»Schauen Sie doch nicht so finster«, sagte Toni. »Max war auch immer viel zu ernst, und man sieht ja, wohin ihn das gebracht hat. Er kann nicht einmal die Eröffnung der neuen Saison miterleben.«

Ich sagte: »Max Harkeys ernste Natur ist wohl kaum schuld an seinem Tod.«

»Ein Messer war's, das wissen wir doch alle«, sagte Alissa.

»Aber wer hatte dieses Messer in der Hand?« sagte ich. »Jemand von Ihnen?«

Im Raum wurde es sofort still.

»Bitte«, sagte Scott. »Wenn Sie das Tagebuch nicht haben, dann lassen Sie uns doch einfach essen und wieder ins Studio zurückkehren.«

»Na klar«, sagte ich, »und den Mörder von Max frei herumlaufen.«

Alissa sagte: »Er ist doch tot. Es ist vorbei. Die Sache ist gelaufen. Wozu nützt es, den Mörder zu finden? Das bringt uns Max nicht zurück.«

Ich ging an die Staffelei. Es wurde Zeit für das Spiel.

»Ich weiß zufällig, daß Sie sich alle drei zu einem gewissen Zeitpunkt um Max' Zuneigung bemühten. Und jetzt ist es auch klar, daß Sie alle drei gegen Mireille Rubinskaya verloren haben. Ergo nehme ich an, daß Sie alle es Max übelgenommen haben, daß er sich so schnell aus der Arena der Sexualbeziehungen zurückzog und so leicht binden ließ. Nach einer einzigen sexuellen Erfahrung mit Mireille war Max für Sie alle für immer verloren.«

»Das klingt wie auf einem Schmierentheater«, sagte Alissa.

»Die eine, der der Schuh paßt«, murmelte Scott. Alissa starrte ihn an.

Ich fuhr fort: »Ich nehme an, daß keiner hier im Raum Max Harkey getötet hat.«

Toni sagte: »Dafür wenigstens danke.«

»Ich nehme weiterhin an, daß Sie – ich muß mich wohl selber mit einschließen – daß *wir* alle bei manchem, was wir bis jetzt gesagt haben, gelogen haben, um unser Ego oder unseren Ruf zu schützen.«

»So wie jetzt?« sagte Scott.

»Halt den Mund«, sagte Alissa.

»Fahren Sie fort, Herr Professor«, sagte Toni.

Das tat ich. »Und trotz dieser Lügen schaffen es ein paar

Körnchen Wahrheit doch immer, ans Licht zu kommen. Und manchmal fügen sie sich an andere Körnchen der Wahrheit an, und es entsteht ein größeres Stück Wahrheit. Und da beginnt es dann gefährlich zu werden. Die Entscheidung naht, wenn sich genug angesammelt hat, um den Mörder zu überführen.«

Scott bemerkte: »Was wollen Sie denn damit sagen? Soll das hier vielleicht so eine Art Selbsterfahrungsgruppe werden?«

»Nein«, sagte ich, »ich dachte eigentlich an etwas Leichteres, so etwas wie ein Gesellschaftsspiel. Wir nennen es ›Meine letzten Augenblicke mit Max‹.«

Toni lachte herzlich. Wenigstens eine, die meine Art von Leichtherzigkeit verstand.

Ich fuhr fort: »Die einzige Spielregel ist, daß man die Wahrheit nicht sagen muß, wenn man sie kennt.«

»Wozu soll das gut sein?« fragte Alissa.

»Das werden Sie gleich sehen«, sagte ich.

An der Staffelei zeichnete ich ein großes Gitter. In die oberste Querspalte schrieb ich Uhrzeiten in halbstündigem Abstand ein und in die linke Spalte die Namen der drei Anwesenden senkrecht untereinander.

»In diesem Gitter trage ich jetzt alles ein, was jeder zu jeder Stunde in der Nacht nach der Party gemacht hat. Jedes Kästchen auf dem Gitter wird dann ein Teilstück von dem enthalten, was nach der Darstellung eines jeden in dieser Nacht geschah.«

Scott fragte: »Und wo steht Ihr Name?«

»Ich kannte Max doch kaum.«

»Rafik aber schon«, sagte Toni.

»Genau«, fügte Scott hinzu. »Vielleicht haben Sie Max umgebracht, weil Sie auf seine berufliche Beziehung zu Rafik eifersüchtig waren.«

»Das ist doch lächerlich«, konterte ich.

»Es ist nur fair«, sagte Alissa.

»Aber ich hab' doch das Essen besorgt«, protestierte ich schwächlich.

Scott schnalzte mit den Fingern und wies auf die Staffelei.

»Die Namen«, sagte er wie ein richtiger Mann. »Ihren und Rafiks.«

Also schrieb ich auch meinen Namen in das Gitter und darunter den von Rafik. Während ich das tat, fühlte ich, wie mich eine große Ruhe überkam. Hatte ich gerade einen wichtigen Meilenstein in meiner gefühlsmäßigen Entwicklung überschritten? Würde ich gleich vor ihnen allen gestehen, meine Fassung der stürmischen Saga von Stan und Rafik mit ihnen teilen? Scheiß auf die Genesung. Nichts da!

»Wie steht es mit Madame?« sagte Alissa.

Ich fügte Madame Rubinskayas Namen auf dem Gitter hinzu.

»Und Marshall Zander?« sagte Scott.

Sehr gut, dachte ich. Damit haben wir endlich die beiden Hauptverdächtigen.

»Sonst noch jemand?« sagte ich in meiner besten Darstellung eines Quizmasters. Niemand antwortete. Ich sagte: »Was ist mit Jason Sears?«

Toni wandte schnell ein: »Er kannte Max kaum, und außerdem blieb er nicht zum Essen.«

»Tragen Sie ihn trotzdem mit ein«, sagte Scott. »Diesmal kommt keiner davon.«

Als ich Jasons Namen unten in das Gitter kritzelte, dachte ich, sie sind ganz begierig darauf, jede nur mögliche Person mit dabei zu haben, um allen Verdacht von sich selbst abzulenken.

Ich drehte mich um und sah sie an, und Scott sagte: »Und jetzt, wo wir für unser Polizeispiel fertig sind, fangen Sie am besten mit sich selber an.«

»Klar«, sagte ich, da ich glaubte, ich könne ihr Vertrauen am ehesten gewinnen, wenn ich mich einverstanden zeigte. Ich begann in das Gitter meine Variante der Nacht einzutragen, in der Max Harkey ermordet wurde. Ich versah jede Eintragung mit einem durchlaufenden Kommentar, um das Drama dieser ansonsten so trübseligen Nacht, die ich allein verbracht hatte, ein wenig aufzuhellen.

10:30 – Stolpere aus Max' Wohnung. Sehe Big Red auf dem Gehsteig geparkt.
11:00 – Komme zu Hause an und weine mich in den Schlaf.
12:00 – Wache auf. Schluchze melodramatisch.
1:00 – Dito die ganze Nacht lang.
6:30 – Anruf von Rafik.
7:00 – Komme wieder in Max' Wohnung an.

»Wie Sie sehen«, sagte ich, »habe ich die Nacht recht ereignislos verbracht, bis ich den Anruf von Rafik bekam.«

»Bedauernswert, würde ich sagen«, murmelte Scott.

Unbeeindruckt fuhr ich fort: »Da also meine Nacht so langweilig verlief, würde ich gerne ein wenig darüber spekulieren, was die anderen so alles getan haben.«

Ich begann einige der leeren Kästchen auf dem Gitter zu füllen, nämlich:

11:30 – Max allein zu Hause.
12:00 – Madame geht mit Hund spazieren.
3:00 – Scott auf der Esplanade unterwegs.

»Halt!« sagte Scott. »Was machen Sie denn da? Das sind doch gar nicht Ihre Kästchen.«

»Aber es ist mein Spiel.«

Scott sagte: »Was ich gemacht habe, sage ich Ihnen schon selber.«

»Na dann los«, sagte ich.

Also fing er mit seiner Geschichte an.

»Ich bin aus Max' Wohnung ungefähr um elf Uhr zusammen mit Alissa weggegangen. Ich brachte sie nach Hause. Dann habe ich …« Er blickte Alissa an. In ihren Augen lag eine leise Warnung, die Scott aber lieber nicht beachtete. Er fuhr fort: »Habe ich sie gefragt, ob ich mit hinaufkommen könne.«

»Prima Alibi«, sagte ich.

»Nur daß sie mich fragte, ob ich wohl spinne.«

Durch die zusammengebissenen Zähne flüsterte Alissa: »Du Schweinehund.«

»Und dann?« fragte ich.

»Und dann«, sagte er, »und dann ...«

»Also?« sagte Toni.

»Sag's ihnen«, sprach Alissa. »Jetzt, wo du uns beiden das Alibi ruiniert hast. Jetzt kannst du's genausogut endlich sagen.«

Scott sagte: »Ich bin zu Max' Wohnung zurückgegangen.«

Das war fast vorherzusehen, dachte ich.

»Wann war das?« fragte ich.

»Ich weiß nicht. Ich bin erst noch lange herumgelaufen. Nachdem Alissa mich so gedemütigt hatte, mußte ich mir erst wieder Mut machen, bevor ich das konnte. Zu Max gehen, meine ich. Für mich war das ein wichtiger Schritt, so etwas wie meine letzte Chance, mir doch noch seine Liebe zu erringen. Ich hatte es mit Frauen oft und oft versucht, aber es klappte nicht. Max war es, den ich in Wirklichkeit wollte.«

»Also sind Sie nochmals in seine Wohnung zurückgekehrt?«

»Ja.«

»Und haben ihm Ihre Gefühle gesagt?«

»Nein.«

»Nein?«

»Nein.«

»Was geschah denn sonst?«

»Ich läutete bei ihm, aber er meldete sich nicht. Dann sah ich, daß die Eingangstür aufgebrochen war, und so fuhr ich zu ihm hinauf. Die Türe stand offen.« Scotts Kinn begann haltlos zu zittern. »Max saß am Flügel. Er war über und über voll Blut. Ich wußte, daß er ...«

Er hielt inne, und ich drängte ihn fortzufahren.

»Wann war das?« fragte ich.

»Ich weiß es nicht.«

»Ging die Sonne schon auf?«

»Ich weiß es nicht!« schrie er.

Dann brach er in heftiges Schluchzen aus. Ich machte eine Bewegung, um ihn zu trösten, aber er stieß mich weg.

Ebenso widerstand er auch Tonis Versuch, ihn zu halten und zu beruhigen. Währenddessen saß Alissa da und sah mit kühlem zufriedenen Blick zu. Sie schien Scotts Schmerz und Niedergeschlagenheit zu genießen, als habe sie ein unabdingbares Interesse, daß er so bleibe, ihr ausgeliefert.

Toni zog mir eine Grimasse. »Das haben Sie ja gut gemacht«, sagte sie.

Ich seufzte. »Meine Partys gehen immer so aus.«

Da begann Alissa plötzlich in schneidendem Ton zu sprechen. »Also, ich bin auch noch einmal hingegangen, und ich kann Ihnen versichern, daß Max noch keineswegs tot war, als ich dort war.«

»Wann?« sagte ich schnell und sprang an die Staffelei.

»Um ...« Alissa zögerte. »Ich weiß es nicht, gottverdammt! Glauben Sie denn, daß jeder andauernd auf die Uhr schaut?«

»Sprechen Sie einfach weiter«, ermutigte Toni sie, nachdem sie mit mir einen Blick gewechselt hatte.

Die junge Tänzerin sagte: »Ich wollte, daß Max sich seine Entscheidung noch einmal überlegte, den *Phoenix* zu streichen.«

»Zu streichen?« sagte ich. »Aber er hatte Ihnen doch an dem Abend gerade die Rolle gegeben.«

Toni fügte rasch hinzu: »Nachdem Sie gegangen waren, sagte Max zu uns, daß er seine Meinung geändert habe und den *Phoenix* für die gesamte Saison streichen werde.«

»Wirklich?« fragte ich. Die beiden Frauen nickten.

»Also«, fuhr Alissa fort, »hatte ich an einem einzigen Abend den größten Coup meiner Karriere als Tänzerin gewonnen und wieder verloren. Als Max mir gegen Madames Wunsch die Rolle gab, war das für mich ein großer Sieg. Dadurch wurde ich wichtiger als sie, und so muß es in der Welt des Tanzes auch sein. Aber dann änderte Max seine Meinung und sagte nein. Deshalb ging ich später nochmal hin und versuchte, mit ihm zu diskutieren. Da sagte er mir, er habe seinen Entschluß, mich gegen Madames Wunsch einzusetzen, noch einmal überdacht, und deshalb wolle er den *Phoenix* ganz und gar streichen. Als ich zu ihm sagte, das könne ich nicht so hinnehmen, lachte er und sagte, daß mir dazu gar keine Meinung zustehe. Um genau zu sein, teilte er mir da auch mit, daß es zwischen uns aus sei. Das war der eigentliche Grund für unseren Streit. Er sagte, wir hätten unsere heiße Affaire gehabt und hätten beide gekriegt, was wir wollten, und jetzt sei es zu Ende. Aber so einfach sollte er mir nicht davonkommen. Ich schlug heftig auf ihn ein. Er packte mich und versuchte mich zu überwältigen. Ich merkte, daß er unseren Kampf in eine sexuelle Rangelei überführen wollte. Das machte er immer so, und ich hatte es satt. Als er daher begann, seine Hüften an meinen zu reiben, zog ich mich gerade so weit zurück, daß ich ihm mein Knie in die Eier stoßen konnte. Dann schlug ich hart zu – ein *battement* mit aller Kraft gegen sein Kinn – und davon taumelte er zurück und in so eine Bronzestatue hinein. Er schlug mit dem Kopf dagegen und war ganz benommen. Als ich ihm zu helfen versuchte, schrie er mich an und nannte mich eine – na egal. Dann wurde er ohnmächtig. Da er ganz regelmäßig atmete, nahm ich an, daß er schon wieder in Ordnung kommen würde. Ich lief schnell weg. Das war das letzte Mal, daß ich ihn lebend sah. Ich dachte nicht, daß ich ihn da getötet hätte. Als ich später hörte, daß er ermordet worden sei, glaubte ich, ich sei die Mörderin. Ich hatte nicht vor, ihn umzubringen, obwohl er mich so böse gemacht hatte, daß ich es nicht bereue, ihn verletzt zu haben.«

Wie der Dorftrottel persönlich stand ich da mit meinem Marker in der Hand an der Staffelei. Toni war das Kinn heruntergesunken. Und Scott weinte leise.

Alissas Geschichte war doch absurd. »Haben Sie das alles der Polizei erzählt?« fragte ich sie.

»Natürlich nicht. Ich hatte nicht vor zuzugeben, daß ich die Letzte war, die Max lebend gesehen hatte.«

»Wenn an Ihrer Geschichte auch nur ein Körnchen Wahrheit ist, dann waren Sie nicht die Letzte«, sagte ich.

»Jemand anderer zog ihn zum Flügel hinüber und erstach ihn da. Das Blut wurde nur rund um den Flügel festgestellt.«

Scott hatte sich vom Weinen so weit erholt, daß er sagen konnte: »Ich war es nicht. Max war schon tot, als ich hinkam.«

»Aber zwischen Alissas Besuch und Ihrem hat jemand die Wohnung betreten, ihn bewußtlos zum Flügel gezogen und ihm die Schlagadern in den Schenkeln aufgeschnitten.«

Toni bemerkte, daß ich sie ansah, und sagte: »Schauen Sie mich bloß nicht so an. Ich war die ganze Nacht mit Rafik zusammen. Wir machten einen langen Spaziergang, nachdem wir Max' Wohnung verlassen hatten, und sprachen über die Arbeit und die Liebe. Als wir zu meinem Hotel kamen, ließ mich Jason nicht ins Zimmer.«

»Schon gut, Toni«, sagte ich. »Sie brauchen mir nichts zu erklären.«

»Ich will aber. Ich möchte, daß Sie ein für allemal die Geschichte richtig hören. Jasons Eifersucht an dem Abend bestürzte Rafik, obwohl ich ihm klarzumachen versuchte, daß das häufig vorkam. Da hatten Rafik und ich also noch etwas Gemeinsames: unsere eifersüchtigen Geliebten.«

»Aber –«

»Ich hätte mir ohne weiteres in dem Hotel ein anderes Zimmer genommen, aber es war ausgebucht. Rafik bot mir seine Wohnung an, weil er sagte, er werde bei Ihnen übernachten. Aber ich wollte nicht, daß er Sie aufstörte. Soweit ich sah, brauchten Sie beide ein wenig Abstand voneinander, um sich wieder zu beruhigen. Also blieb ich bei ihm in seiner Wohnung. Und er bestand darauf, daß ich das Bett nahm, während er sich auf den Boden legte. Zu Ihrer Information also: Rafik gehört noch immer ganz Ihnen.« Sie beendete ihre Rede mit einem aufrichtigen Grinsen.

»Ich weiß«, sagte ich. »Ich weiß.« Im Augenblick stand ich weit über jeder Eifersucht. »Aber was ich nicht weiß, das ist, wer von den beiden noch übrigen Verdächtigen Max Harkey den Gnadenstoß versetzt hat.«

»Wäre es nicht klüger, das der Polizei zu überlassen?« sagte Toni. Dann blickte sie auf die Uhr. »Es ist fast Zeit für unsere Probe.«

Alle drei standen auf, um zu gehen, und ich folgte ihnen bis an die Tür. Scott und Alissa sahen finster drein und gingen ohne ein Wort davon. Toni sagte zu mir: »Das wird ja heute abend eine schöne Probe werden, dank Ihnen.«

Sie gingen, und ich schloß Max Harkeys Wohnung wieder ab. Bevor ich ein Stockwerk tiefer ging, um Madame Rubinskaya gegenüberzutreten, erwog ich, Lieutenant Branco anzurufen. Aber dann dachte ich, ich sei auch nicht in Gefahr, wenn ich die alte Frau allein aufsuchte. Wenn sie es geschafft hatte, Max Harkey zu töten, dann doch nur, weil er zu dem Zeitpunkt bewußtlos gewesen war, während ich doch allen Anzeichen nach ganz wach war.

Als ich auf den Klingelknopf drückte, begann Madames Hündin Veruschka hinter der Tür zu jaulen und daran zu kratzen. Kurz danach hörte ich die alte Dame leise auf die Hündin einreden, um sie zu beruhigen. Dann sprach sie mit scharfer Stimme durch die Tür.

»Wer ist da?«

»Stan Kraychik.«

»Wer?«

»Rafiks Freund.«

Durch die große Tür hörte ich die metallischen Geräusche der zahlreichen Schlösser und Riegel, die auf der anderen Seite geöffnet wurden. Dann ging die Türe ein paar Zentimeter weit auf, und Veruschkas schwarze Schnauze erschien und schnüffelte nervös in die Luft. Weiter oben traf mich ein rascher Blick von Madame Rubinskaya, bevor sie die letzte Kette löste und mir die Türe öffnete. Ein schwerer, unangenehm süßlicher Geruch drang aus ihrem Vorzimmer, und ich führte ihn unfairerweise auf Veruschka zurück.

»*Gott sei Tank* daß Sie kommen«, sagte Madame. »Habe ich Ihnen jetzt so viel zu erzählen.«

Schon ein Geständnis? Ich trat in das Vorzimmer. Madame schloß die große Türe und legte methodisch alle Schlösser und Riegel wieder vor.

Ich sagte: »Warum sind Sie denn nicht in Max Harkeys Wohnung hinaufgekommen?«

»Konnte ich nicht gehen dorthin zurück.«

»Warum nicht? Wegen dem, was Sie ihm getan haben?«

»Sie wissen nicht, was passiert hier heute abend.«

»Ich möchte aber wissen, was in der Nacht geschah, als Max Harkey getötet wurde.«

Madame Rubinskaya stieß einen tiefen Seufzer aus. »Sind Sie wie Polizei«, sagte sie. »Erst ich hole uns etwas zu essen.« Und sie schlurfte in ihre Küche. »Haben Sie Hunger?« fragte sie.

Veruschka muß diese Frage auf sich bezogen haben, denn sie wedelte eifrig mit dem Schwanz und trottete hinter Madame her.

»Nein«, antwortete ich und folgte beiden.

»Sind Sie sicher?«

Ich blieb in der Küchentür stehen.

»Madame Rubinskaya, wie kann ich an Essen denken, wenn ich den Verdacht habe, daß Sie Max Harkey und Rico ermordet haben?«

»Was! Was sagen Sie da? Daß ich bin eine Mörderin? Ich?«

»Sie können sich Ihre Schauspielkünste ersparen. Ich durchschaue Sie.«

»Und was sehen Sie?« sagte sie. »Sehen Sie alte Frau. Sehen Sie bittere Frau. Sehen Sie müde Frau. Aber sehen Sie Mörderin? Warum ich soll morden diese Junge?«

»Weil er wußte, daß Sie, nachdem Sie Max ermordet hatten, das Tagebuch und die Partitur an sich genommen haben.«

Bei meinen Anschuldigungen mußte sich Madame Rubinskaya an der Kante der Arbeitsplatte festhalten, um aufrecht stehen zu können. *»Bozhe!«* sagte sie. »Sind Sie wie Tänzerin, die versucht und versucht, bis sie es richtig kann.

Ist Ihnen egal, was passiert sonst noch. Nur Ihre Idee. Nur Ihre Welt. Sonst nichts.«

Sie richtete sich gerade auf und füllte dann zwei hohe Gläser mit heißem Tee. Sie stellte sie zusammen mit etwas Gebäck auf ein Tablett und ging an mir vorbei in Richtung Wohnzimmer.

»Kommen Sie«, sagte sie. »Jetzt Sie bekommen gute Belohnung. Jetzt Sie werden sein glücklich, denn Sie werden kennen die Wahrheit.« Sie stellte das Tablett auf den Kaffeetisch, dann setzte sie sich in ihren großen Sessel mit den Kissen darin. Veruschka ließ sich zu ihren Füßen nieder, und ich pflanzte mich ihr gegenüber aufs Sofa.

Jetzt war alles vorbereitet für ihren großen Auftritt, und sie begann.

Sie sagte: »Sie wissen, was das ist, ein Ikone?«

Ich nickte und deutete auf das byzantinische Christusbild, das hoch oben unter der Decke in einer Ecke hing.

»Ja«, sagte Madame. »Das ist ein Ikone. Aber war auch meine Großmutter Ikone in ganz Rußland. Sie war Symbol von romantische Ballett. Sie war wie ein Heilige. Sie war *Rubinskaya*.«

Madame tat mehrere Löffel Zucker in ihren Tee und rührte um.

»Nehmen Sie Tee«, sagte sie.

Ich nahm das andere Glas, wollte mich aber in acht nehmen, daß ich nicht eingewickelt wurde, und zwar nicht von einer Mörderin, sondern von einer einsamen alten Frau, die sozusagen nur aus zweiter Hand, nämlich durch ihre Ahnen lebte, ganz ähnlich wie bei uns zu Hause unsere Aristokraten aus den Südstaaten vor dem Bürgerkrieg, die Leute, die bei Neiman Marcus als Geschenkeinpacker arbeiten, es aber schaffen, jedem von den glorreichen Zeiten zu erzählen, wo ihre Altvorderen noch riesige Plantagen mit Zucker und Baumwolle besaßen.

Madame Rubinskaya fuhr in ihrer Litanei fort. »Für meine Großmutter wurde geschaffen die Rolle von *Phoenix*, als sie war junge Ballerina, und hat sie das getanzt ihre ganze Karriere lang. In Rußland *Der Phoenix* ist berühmter als der *Sterbende Schwan* von die Pavlova. Haben Sie gewußt?«

»Nein«, sagte ich.

»Ist wahr. Und war sie auch klug mit Geschäft. Sie machte – wie sagt man? – Kopie von Recht?«

»Copyright?«

Madame Rubinskaya nickte und lächelte. »Copyright. Meine Großmutter machte Copyright für diese Ballett, so niemand konnte das tanzen ohne ihre Erlaubnis.«

Ein Präzedenzfall für eine Tänzerin im russischen Reich, dachte ich.

»Und sie überläßt an meine Mutter, und meine Mutter überläßt an mich diese Copyright, so jetzt kann nur ich Erlaubnis geben, zu tanzen den *Phoenix*. Verstehen Sie?«

»Ja«, sagte ich. »Ihre Mutter war also auch Tänzerin?«

»Nein. Hatte sie keine Musik im Blut und keine gute Füße, keine Wölbung. Meine Bruder und ich hatten gute Körper für Tänzer, und ich wurde Tänzerin. Aber die Tochter von meine Bruder, also die Mutter von Mireille, sie war genau wie unsere Mutter. Keine Musik im Blut. Aber hat sie behalten den Namen Rubinskaya«.

Ich hatte schon öfter von Tänzern gehört, daß die natürliche Anlage zum Tanzen oft eine Generation überspringe. Madame Rubinskayas Familiengeschichte schien diese Sage zu bestätigen.

»Sie selber haben keine Kinder?« fragte ich.

»Habe ich nicht geheiratet.«

»Aber Sie werden doch Madame genannt.«

»Ist Titel aus Respekt für alte Frau.« Sie wiederholte das Wort, als wolle sie seine Ironie auskosten. »Respekt«, sagte sie mit einem Kichern. »Deswegen ich habe weggenommen die Musik von Maxis Flügel. Das ist meine. Habe ich das Recht, sie zu nehmen. *Der Phoenix* ist heilig. Ist nicht aufgeführt geworden seit zwei Generationen. Wenn es also kommt wieder auf Bühne, muß russische Tänzerin haben. Aber Maxi hat gesagt, daß diese amerikanische Mädchen kann tanzen den *Phoenix*. Das war nicht recht. Hat er keine Respekt für diese Rolle. War für Mireille, nur für Mireille. Keine andere Mädchen.«

»Haben Sie ihn deshalb getötet?«

»Hätte er Mireilles Karriere zerstört. Er macht mit ihr Liebe, und dann er verläßt sie.«

»Aber nein«, sagte ich. »Max wollte –«

»Weiß ich schon, was ist geschehen in London«, sagte sie. »Habe ich starke Verbindung mit meine Großnichte. Ist sie noch nie gestürzt, niemals. Aber Maxi kommt zurück aus London, und weiß ich sofort, was ist dort geschehen. Er hat gebrochen ihre Herz. Weiß ich, wie er ist mit Mädchen, aber habe ich nie geglaubt, daß er so auch zu Mireille würde sein.«

»Aber Mireille hat gar kein gebrochenes Herz«, sagte ich.

»Sagt sie, sie liebt Maxi, aber im Herz weiß sie, daß er ruiniert ihre Karriere und ihre Leben. Stürzt sie auf ihr Knie, und wird sie nie mehr tanzen.«

»Aber das heilt doch wieder, Madame.«

»Wenn die Knie ist verletzt, man tanzt nie wieder genau so wie vorher.«

»Madame, Sie verstehen das nicht. Mireille ist –«

»Nein! Sie verstehen nicht. Jetzt Sie hören mir zu! Niemand hört zu alte Menschen. Sind wir nicht verrückt. Wir sind nur müde. Wir sehen zu viele Leid. War ich auch einmal junges Mädchen. Hatte ich Träume, so wie Sie, vielleicht noch mehr. Hatte ich Stipendium in St. Petersburg an die Königliche Ballettschule. Hatte ich dort alles – Wärme, Essen, Sicherheit. Lerne ich neue Ideale, Ideale von Kunst. Ballett hat mir gerettet das Leben. Ballett war mein Leben. Kam es vor meine Freunde oder meine Familie oder sogar Gott.«

Sie hielt inne, um an ihrem Tee zu nippen, und ich versuchte ihre Geschichte etwas zu kürzen. Schließlich hatte ich einen Mörder zu überführen.

Ich sagte: »Und in der Revolution haben Sie alles verloren.«

»Bin ich mit meine Bruder nach Europa geflüchtet. Meine Großmutter gab mir die Musik für den *Phoenix*, Partitur für Klavier und ganzes Orchester. Habe ich noch. Dann wurde ich Charaktertänzerin. Sie wissen, was ist?«

»Ja«, sagte ich, denn ich erinnerte mich, daß sie mir das schon erzählt hatte, als ich das letzte Mal hier war. »Das ist eine sehr aufregende Sache.«

Madame zuckte bescheiden mit den Schultern. »Ist hauptsächlich Tricks.«

»Das ist nicht wahr. Zum Charaktertänzer gehört sehr viel Leidenschaft. Wer das gut macht, kann einem das Blut in Wallung bringen.«

»Aber ist nicht romantisch, wie *Der Phoenix*.«

»Haben Sie den je getanzt?«

Sie dachte über die Frage nach, als müsse sie eine verlorengegangene Antwort wiederfinden. Dann sagte sie traurig: »War ich nicht gut genug.«

»Aber Mireille schon?«

»Mireille war vollkommen. Ihre Debüt wird sein das erste Mal, daß Name Rubinskaya ist auf Bühne in Amerika. *Der Phoenix* wird sie berühmt machen in ganze Welt.«

Kein Wunder, daß sie über Max Harkeys Entscheidung so wütend gewesen war. Er hatte die Rolle Alissa Kortland fast aus einer Laune heraus gegeben, während für Madame Rubinskaya das Debüt ihrer Großnichte dazu dienen sollte, eine lange schlafende Reihe großer Künstlerinnen wieder aufleben zu lassen.

»Wann haben Sie Max Harkey kennengelernt?« fragte ich.

»War ich schon Lehrerin in Frankreich. War ich fünfundvierzig und habe nicht mehr getanzt.« Dann fügte sie ein wenig stolz hinzu: »Charakterrollen sind sehr anstrengend.«

»Ich weiß«, sagte ich verständnisvoll.

»Maxi war junge Tänzer von Amerika. Hat er versucht, in Europa Karriere zu machen. Kam er in Amerika nicht gut an damals, so wie er aussah und wie seine Temperament war. Er war zu ...« Etwas war ihr in die falsche Kehle geraten, und sie hustete rauh, bis es sich wieder gab. »Zu viele Zigaretten«, sagte sie. »Werden meine Lungen sein geräucherte Schinken.«

»Sie sprachen gerade von Max?«

Madame Rubinskaya hob die Brauen. »Maxi war zu sexuell. Seine Gesicht war nur wunderschöne Kanten, Augen so strahlend, und seine Körper – sogar als er gestorben, seine Körper war wie von eine Gott. Und war es ein Seltenheit, so wie heute noch in Ballett, daß er mochte Mädchen. Wirklich mochte. Nicht nur so tat, so wie war in Rußland, wo manche Männer haben müssen verbergen ihre wahre Gefühle.« Sie fügte rasch hinzu: »Hoffe ich, ich verletze Sie nicht.«

»Wohl kaum«, sagte ich. »Ich erkenne ohne weiteres an, daß es auch gutaussehende heterosexuelle Männer gibt.«

»Das war Maxi!« sagte sie. »Wenn er war Partner von eine Mädchen, er hält sie und stützt sie und liebkost sie, als ob er will sie bereitmachen für ihn. Als ob er gleich wird Liebe machen.«

Madame stellte ihr Glas Tee auf dem Tisch ab und seufzte leise.

»Wie lange hat er bei Ihnen gelernt?« sagte ich.

»Er war schon gute Tänzer. Er wollte werden Choreograph. Habe ich ihn ermutigt, aber seine Talent war zu groß für mich. Fand er viele Freunde bei reiche Männer, und manchmal auch ihre Frauen.« Sie lächelte verspielt. »So oft er ist fast erwischt geworden. Aber war er auch ganz ernst. Hat er aufgestellt eine kleine Company, und diese hatte große Erfolg.«

»Wann hat er Marshall Zander kennengelernt?«

Madame runzelte die Stirn. »Irgendwann damals«, sagte sie. »Damals wir sind gekommen nach Amerika und machen das Boston City Ballet.«

»Das war vor ungefähr zwanzig Jahren.«

»Ja«, sagte Madame. »Vielleicht mehr.« Aber aus ihrer Erzählung war die Luft raus, seit ich Marshall Zander erwähnt hatte. »Lebe ich sehr gerne in Boston, besonders im Winter. Es erinnert mich daran, als ich war Studentin in St. Petersburg, alle die Kleider und die Schnee und die Kälte und Frost auf Fensterglas.«

»Im Sommer nicht?«

»Ach! Zu heiß.«

»Sie sind also von Anfang an bei der Company gewesen.«

»Maxi und ich, wir haben angefangen! Wir haben gemacht alles. Macht er Choreographie, und macht er auch gute Geschäftsmann. Aber unterrichte ich die Tänzer. Gebe ich Maxi sein Material. Wie Maler hat Farbe und Bildhauer hat Ton, Maxi hat Tänzer. Und ich forme sie für ihn.«

»Aber inzwischen hat das Boston City Ballet international den Ruf, das klassische Ballett von Grund auf geändert zu haben.«

»Maxi und ich haben niemals gehabt solche Ideen. Haben wir nie versucht, zu machen progressive Ballett. Aber hat die ganze Welt auf Maxi geschaut, was sie sollen tun als nächstes. Das hat ihn geändert. Jetzt er hat eine Ruf, eine, der kommt als Überraschung von außen. Wenn Maxi hätte behalten seine eigene Ideen, er wäre gut gewesen.«

Und vielleicht auch noch am Leben, dachte ich.

»Aber anstatt dessen, er folgt, was die Welt über ihn sagt. Er glaubt jedem, und vergißt sein Kunst. Und da er wird eine Monster.«

»Ein Monster? Was wollen Sie damit sagen?« fragte ich. Ich wollte von diesen unterdrückten Gefühlen mehr hören. »Sprechen Sie bitte weiter, Madame. Inwiefern war Max Harkey ein Monster?«

Sie sagte: »Plötzlich Maxi sieht, daß ich bin alte Frau. Will er mich wegwerfen. Hat nicht mehr Humor. Rennt er davon von mir. So ich lasse ihn in Ruhe. Belästige ich ihn nicht. Mache ich meine Arbeit. Gebe ich gute Unterricht. Aber jetzt Maxi denkt, er ist Gott.«

»Madame Rubinskaya, was geschah in der Nacht?«

»Sie waren da. Sie haben gesehen. War wunderbare Party, große Erfolg, bis Maxi macht Ankündigung über den *Phoenix*, obwohl Mireille kann nicht tanzen. Das war Beweis, daß er sich wendet gegen mich. Habe ich nie gedacht, daß er würde das tun, diese Rolle für junges amerikanisches Mädchen geben. Er betrügt mich, und in meinem Herzen ist Wunsch, ihm zu zeigen, wie böse ich bin. Aber gehe ich heim.«

»Und dann sind Sie nochmals ausgegangen, ins Ballettstudio.«

»Ja ...« sagte sie unentschlossen.

»Was?«

»In diese Nacht ist passiert noch etwas, das ich habe niemand erzählt.«

»Aber jetzt wollen Sie es mir erzählen.«

»Ja«, sagte Madame Rubinskaya. »Ich werde erzählen, als Beweis, daß ich habe niemand gemordet. Vielleicht ich habe gehabt Lust zu morden, und vielleicht ich habe gemacht viele Fehler, aber habe ich nicht gemordet Maxi.«

»Sondern, was geschah?«

Sie bot mir den Teller Gebäck an. »Sie wollen nicht Kuchen?« fragte sie. Versuchte sie mich abzulenken? Oder brauchte sie selber einfach nur eine kurze Pause?

»Nein«, entgegnete ich. »Bitte sprechen Sie weiter.«

»So«, sagte sie. »Wie ich komme heim, später ich höre Geräusche aus Maxis Wohnung droben. Ein Teil von seine große Zimmer ist über uns hier.«

Ich drang in sie. »Was für Geräusche?«

»Höre ich laute, wütende Stimmen. Dann wird still. Dann wieder Schreien.«

»Männer- oder Frauenstimmen?«

»Wie bitte?«

»Haben Männer oder Frauen geschrien?«

Madame verengte die Augenlider, während sie sich die Geräusche jenes Abends wieder ins Gedächtnis zu rufen versuchte.

»Höre ich Maxi, und dann höre ich eine Mädchen. Dann

höre ich Krach auf Boden. Sehr laute Geräusch, wie wenn vielleicht die Statue fällt um. Sogar Veruschka war da nervös. Ist gerannt und hat gebellt. Dann wieder alles war still da oben. Still, still. Also …«

»Also sind Sie nach oben gegangen, um nachzusehen.«

»Ja«, sagte sie.

»Und Max lag auf dem Boden bei der großen Statue.«

»Woher wissen Sie das?« sagte die alte Dame. Jedoch bestätigte ihre Frage zumindest einen Teil von Alissa Kortlands Darstellung der Ereignisse in jener Nacht.

»Alissa hat mir erzählt, daß sie mit Max handgreiflich wurde.«

»Also *sie* hat ihn gemordet!«

»Nein, Madame. Die beiden kämpften zusammen, weil Max sich später an dem Abend noch anders entschlossen hatte. Er begriff, daß er einen Fehler begehen würde, wenn er Alissa für den *Phoenix* einsetzen würde, und so strich er das Stück ganz aus dem Spielplan.«

Diese Nachricht schien die alte Frau wie ein Schlag zu treffen.

»Maxi hat sich anders entschlossen?« sagte sie.

»Ja. Sie sehen, daß Max Ihnen gegenüber sein Versprechen letztlich doch gehalten hat. *Der Phoenix* sollte ohne Mireille nicht aufgeführt werden. Und als Alissa ging, lebte Max noch. Er war nur bewußtlos. Jemand anderes hat ihn zum Flügel gezogen und dort ermordet.«

Ich fragte mich wieder, ob die alte Frau es getan haben konnte. Für sie wäre das ja fast so etwas wie ein Kindsmord gewesen. Allerdings mochte sie all die unausgesprochenen Leidenschaften, die es zwischen ihnen gab, dazu gebracht haben, ihn zu töten. Aber war sie denn so ein Mensch? Besaß sie die Fähigkeit, jemanden bei vollem Bewußtsein zu töten? Oder hatte sie es in einem Augenblick der äußersten, wörtlich genommen, *Unbekümmertheit* getan, wenn man sich um nichts kümmert als um die naheliegendste Tat? Auch wenn diese Tat vorher nicht beabsichtigt gewesen war, hatte Madame unter schwerem gefühlsmäßigem

Streß gestanden, der in dieser Nacht kulminierte. Vielleicht hatte die Leidenschaft sie soweit getrieben.

Schließlich sagte sie: »Weiß ich. Weiß ich, daß Maxi war noch lebendig. Wie ich weiß das? Habe ich seine Atem gehört.« Es klang, als habe sie sich nun doch endlich dazu entschlossen, die Wahrheit zu sagen. »Also will ich rufen die Polizei, und dann sehe ich auf seine Flügel die Partitur von *Der Phoenix*. Und denke ich, was Maxi will tun, und denke ich, was diese Rolle bedeutet für mich und für Mireille, und denke ich, daß ich werde ihm nicht helfen. Ich werde ihn lassen liegen. Bekommt er, was er verdient. Habe ich nicht gewußt, daß er hat sich anders entschlossen. Wie kann ich das wissen? So ich nehme die Musik und komme hierher zurück. Dann rauche ich Zigaretten und denke, was ich soll tun jetzt.«

»Und da haben Sie sich entschlossen, ins Ballettstudio zu gehen.«

»Ja. Wollte ich weit weg sein von ihm.«

»Und da kam sein Mörder.«

»Ach, was für eine Fehler habe ich gemacht!« Ihre Augen füllten sich mit Tränen, die ich zum ersten Mal für echt hielt. Sie fuhr fort: »Vielleicht ich habe nicht gemordet Maxi mit Messer, aber sehe ich jetzt, daß ich habe ihn gelassen da für Mörder. Also habe ich auch ihn gemordet. Ich sollte helfen ihn in diese Nacht, aber habe ich anstatt dessen verflucht sein Seele.«

Sie erhob sich, und ich fragte, wo sie hingehe.

»Werde ich jetzt anzünden ein Kerze für ihn.«

Sie ging zu einer Kredenz und zog eine der oberen Schubladen auf, aus der sie eine kleine Votivkerze hervorholte. Sie brachte sie mit zurück und stellte sie zwischen uns auf den Kaffeetisch, dann zündete sie sie an.

»Vielleicht es ist zu spät«, sagte sie. »Aber bete ich, daß Maxi versteht, warum ich habe ihm nicht geholfen. Habe ich gedacht, er begeht Verrat an mir. Werde ich beten für sein Seele.«

»Ein Teil von ihm ist noch am Leben«, sagte ich. »Sie haben mir vorhin keine Zeit gelassen, es auszusprechen, aber ich habe noch eine Nachricht von Mireille in London. Sie ist schwanger. Und Max wollte sie heiraten.«

Da stieß Madame Rubinskaya einen langen, schrecklichen Schrei aus und begann herzzerreißend zu weinen. Und dabei hatte ich doch gedacht, ich könne ihr eine gute Nachricht mitteilen. Sie weinte immer weiter, und mir wurde es ungemütlich dazusitzen. Wie schon gesagt, bin ich anscheinend nicht dazu geeignet, echten Schmerz und Kummer bei anderen Leuten zu ertragen.

Endlich hörte Madame zu weinen auf. Dann hob sie den Kopf und blies die Kerze aus. Sie bebte leicht.

Ich sagte: »Da Sie das mit Max und Mireille nicht wußten, nehme ich an, daß Sie auch Max' Tagebuch nicht haben. Ich dachte nämlich, Sie hätten es.«

»Marshall hat auch gesagt, daß ich habe das Tagebuch.«

»Wann?«

»Habe ich Ihnen doch erzählt, daß er war heute abend schon hier.«

»Aber nein, das haben Sie mir nicht gesagt, Madame.«

»Kommt er, um mir zu erzählen von seine Liebe zu Maxi, wie wenn er macht Geständnis seiner Mutter. Da er sagt mir, daß er liebt Maxi so sehr, aber Maxi liebt immer nur Mädchen, so er wird böse auf ihn. Marshall sagt mir das! Ist er wie Mädchen mit gebrochene Herz. Und dann sagt er, will er gehen zu Polizei und alles erzählen.«

»Er will ein Geständnis ablegen?«

Madame zuckte schwach die Schultern. »Habe ich nicht mehr Kraft zu denken. Bin ich zu müde.«

»Madame, wahrscheinlich stehen Sie unter Schock. Ich werde Ihnen Hilfe herbeirufen.«

»Nein«, sagte sie. »Geht schon wieder.«

»Aber ich habe Angst, daß Sie womöglich …«

Sie sah mich spöttisch an. »Sie denken, daß ich mir selbst tue etwas? Bin ich kein Feigling. Habe ich vielleicht gemacht große Fehler – viele Fehler. Aber werde ich sie annehmen. Ich laufe nie weg.«

Das war mir eine Erleichterung. Was dieser Fall nämlich auf keinen Fall noch brauchen konnte, das war ein dramatischer Selbstmord, ein peinlich exakt durchgeführter Akt der Selbstvergeltung, der letzte Auftritt von Madame Ekaterina Rubinskaya.

»Ich verlasse Sie jetzt. Sperren Sie hinter mir die Türe gut zu und lassen Sie niemanden ein. Versprochen?«

Sie nickte still und folgte mir dann zur Türe. Als ich sie verlassen hatte, hörte ich all die mechanischen Geräusche von Sicherheitsvorrichtungen, als Madame ihre Wohnungstür wieder verriegelte. Während ich auf den Aufzug wartete, sah ich auf die Uhr. Es war erst kurz nach acht. Rafik probte jetzt bestimmt. Branco aß vielleicht mit Nicole zu abend. Ich beschloß, trotzdem zur Station D zu gehen. Ich würde alles, was ich eben herausgefunden hatte, einem von Brancos Assistenten erzählen. Dann würde ich heimgehen und einen ruhigen Abend mit Sugar Baby verbringen.

Gerade als der Lift kam, hörte ich eine Stimme hinter mir.

»Ich habe Ihre Soirée in Max' Wohnung verpaßt.«

19. Totentanz

»Sie haben wohl ganz vergessen, mich einzuladen?«

Mehr als der unterdrückte Ärger in der Stimme verriet der kränkliche Geruch nach verfaulendem Obst, daß Marshall Zander hinter mir stand.

»Anscheinend schon«, antwortete ich. »Es tut mir leid.«

»Nein, tut es Ihnen nicht«, sagte er. »Das ist schon das zweite Mal, daß Sie mich vergessen haben. Vielleicht möchten Sie mich ganz vergessen.«

Wie konnte nur derselbe Ausdruck – fast wörtlich derselbe – in mir so unterschiedliche Reaktionen hervorrufen? Bei Rafik hatte er in mir das Verlangen nach Vereinigung verstärkt. Bei Marshall Zander verursachte er mir Übelkeit.

Er sagte: »Danken Sie mir auf diese Weise dafür, daß ich Ihnen den Flug nach London bezahlt habe? Sie sind fast genauso undankbar wie Max.«

»Ich hielt es nicht für notwendig«, fing ich schwächlich an.

Marshall stieß mich in den Lift.

»Jetzt machen wir eine Spazierfahrt«, sagte er.

Der Aufzug ging lautlos nach unten, aber die Panik in mir stieg nach oben. Hier hatte ich also endlich den Mörder von Max. Mir schlug das Herz so schnell, daß mir der Blutdruck in den Augen pochte. Der Mund wurde mir trocken, und weiße Lichtflecken tanzten mir vor den Augen. Ruhig atmen, sagte ich mir. Ganz auf den Atem konzentrieren. Einatmen und jetzt wieder ausatmen. Gar nicht auf den Geruch seines Körpers achten. Eins nach dem anderen.

»Ihr Geliebter hat heute mit mir gesprochen«, sagte er. »Er hat mein Angebot abgelehnt. Ich muß sagen, daß er dabei nicht viel Ritterlichkeit an den Tag legte, außer, was Sie betraf. Ich glaube, er würde glatt für Sie sterben. Das muß angenehm sein, wenn einen jemand so sehr liebt.«

»Wo ist Rafik?« sagte ich. »Was haben Sie ihm getan?«

Ich machte eine Bewegung auf ihn zu, aber er zog plötzlich ein Stilett hervor. Ich bemerkte, daß sich seine Hand nervös um den Griff des Dolches krampfte. Die schmale Klinge blitzte auf. Dieses Instrument war hervorragend dazu geeignet, Schlagadern aufzuschlitzen.

»Na, wo ist Ihr Mut jetzt abgeblieben?« sagte er.

Der Lift hielt an, und die Türe glitt auf. Mit dem Messer zeigte er den Weg nach draußen.

»Nach Ihnen«, sagte er mit spöttischer Höflichkeit.

Wir verließen das Appleton und gingen zu seinem Wagen. Diesmal würde uns auf der Fahrt kein Wind durchs Haar blasen. Das Dach war wieder fest geschlossen.

»Einsteigen«, sagte er.

Ich stieg ein. Aber ich sah mich schon aus dem Auto

springen und vor ihm fliehen. Ich konnte ihm bestimmt davonlaufen. Ich würde sofort bis zur Station D rennen und dabei immer Durchgänge und Fußwege benutzen, so daß er mir nicht im Auto folgen konnte. Und den ganzen Weg lang würde ich Zeter und Mordio schreien. Er würde es nie schaffen, mich zu erwischen, und ich wäre in Sicherheit.

Aber Marshall Zander zog, bevor er die Vordertür schloß, eine schwere Kette hinter dem Sitz hervor und befestigte sie mit einem großen Schloß um meinen Bauch herum. Wie ein Keuschheitsgürtel, dachte ich.

Er setzte sich hinters Lenkrad und fuhr los.

Er sagte: »Auch wenn Rafik mein ursprünliches Angebot nicht angenommen hat, werden Sie doch sicher beide wollen, daß sein Stück die Premiere erlebt, nehme ich an?«

Ich gab keine Antwort.

»Ich weiß ganz genau, daß Sie das wollen«, sagte er. »Und es wäre doch zu schade, wenn die Aufführung abgesetzt werden müßte, vor allem nach der vielen Zeit und Arbeit, die Rafik darauf verwendet hat. Hat er Ihnen eigentlich schon erzählt, wovon das Stück handelt? Ich weiß, daß es ein großes Geheimnis bleiben sollte, aber ich kann mir nicht vorstellen, daß zwei so Verliebte wie Sie voreinander ein Geheimnis hüten können.«

Ich schwieg.

»Es ist wirklich ganz rührend«, sagte er. »Rafiks neues Ballett ist nämlich von Ihnen inspiriert. Es handelt von dem großartigsten Männerpaar in Boston. Es hat auch noch einen ganz hübschen Titel – *Uomo giocoso.* ›Verspielter Mann‹. Ist das nicht süß? Na, heute abend werden wir ja sehen, wie weit Ihre verspielte Liebe zueinander im wirklichen Leben reicht.«

Die restliche kurze Fahrt über sagte er nichts mehr, hielt aber die ganze Zeit den schmalen Dolch sichtbar. Ich fragte mich, wie sich das wohl anfühlen mußte, von der rasierklingenscharfen Schneide dieses Messers zerfetzt zu werden.

Marshall fuhr in die Tiefgarage des Copley Palace und

parkte auf dem für ihn reservierten Platz. Er stieg aus, kam um das Auto herum, öffnete meine Türe und schloß die Kette auf, mit der ich an den Sitz gefesselt war. Sein privater Aufzug befand sich gleich neben dem Parkplatz, doch er hielt es für notwendig, für diese paar Schritte die schmale glänzende Klinge auf mich zu richten. Als wir dann aber in der holzgetäfelten Kabine waren, schien er sich sicherer zu fühlen, denn während der langen Fahrt nach oben milderte er die Stimme und den Habitus.

»Ich will von Ihnen heute abend ja nur ein bißchen Gesellschaft. Können Sie das nicht zum Wohle Ihres Geliebten über sich bringen?«

In diesem Augenblick wurde mir erst wieder klar, daß anderswo in Boston, während ich hier in Todesgefahr schwebte, Rafik mit Toni di Natale und einer ganzen Company von Tänzern Kunst machte. Und wieder woanders saß Nicole mit Lieutenant Branco zu Tisch. Wer wußte, wo ich war? Die ungemütliche Antwort war: niemand.

Als wir in Marshall Zanders Suite waren, schloß er sofort die Türen zweimal ab. Die Lampen gaben nur ganz spärliches Licht, und er dimmte sie noch weiter ab. Was wie eine romantische Geste hätte wirken können, steigerte nur meine Angst, vor allem, da er das Messer in der Hand behielt.

»Möchten Sie was trinken?« fragte er.

Ich gab keine Antwort.

Er sagte: »Heute abend möchte ich feiern.« Er zog mich grob zur Bar und ging hinter den Tresen, um sich einen Drink zu mixen, wobei er das offene Messer immer bei sich behielt. Die Glaswand hinter ihm hatte einen Durchgang auf den Balkon hinaus, auf dem noch immer gebaut wurde. Hinter dem Geländer funkelten die vielen Lichter von Bostons Innenstadt einladend unter dem klaren Nachthimmel. Ich fragte mich, wieviele Menschen innerhalb dieses glitzernden Areals derselben Gefahr ausgesetzt sein mochten wie ich jetzt.

Marshall füllte ein Glas zur Hälfte mit Scotch und

stürzte ihn mit wenigen geräuschvollen Schlucken hinunter. Er füllte das Glas wieder, dann nahm er ein weiteres Glas, gab Eis hinein und schüttete Gin darüber.

»Sehen Sie?« sagte er und schob das Glas Gin zu mir herüber. »Ich weiß noch genau, was Sie gerne trinken. Macht Ihnen das Rafik auch?«

Ich sprach endlich doch. »Rafik mixt mir einen einwandfreien Martini.«

»Wollen Sie, daß ich das auch für Sie tue?«

»Ich will von Ihnen überhaupt nichts.«

»Aber dieser Abend heute ist so wichtig. Ich möchte, daß Sie sich bei mir wohlfühlen und glücklich sind. Heute abend wird sich alles so entwickeln, wie es soll.«

Er ließ die beiden Schnapsflaschen auf der Bartheke stehen, kam zu mir herüber und wies mir einen Barhocker an.

»Keine Angst«, sagte er.

Ich setzte mich argwöhnisch, und er zog sich einen zweiten Hocker ganz dicht neben mich.

»Ich will Ihnen ja gar nichts tun. Ich möchte nur Gesellschaft haben.« Er setzte sich und drückte eins seiner schweren Beine gegen meines. Zum Glück hatte er keine Hand frei – in der einen hielt er das Stilett und in der anderen seinen Drink.

»Ich habe Max über zwanzig Jahre lang gekannt«, sagte er. »Und die ganze Zeit über hatte ich nie vor, ihm etwas zu tun, eigentlich nicht. Wissen Sie, ich glaubte, wenn ich lange genug auf Max wartete, würde er schließlich zu mir kommen, wo er ja hingehörte. Ich wartete also auf ihn, und ich hätte ihn auch verdient.«

Er hob sein Glas und stieß schwer mit mir an.

»Ich möchte auf Sie und Rafik trinken, auf eine Liebe, die wirklich richtig läuft. Trinken Sie darauf vielleicht nicht mit?«

Angesichts der Möglichkeit, daß ich meinen Geliebten nie mehr wiedersah, dachte ich an Rafik und nahm einen großen Schluck Gin. Das verbesserte die Situation offenbar ein wenig.

Marshall fragte: »Wollen Sie nicht hören, wie Max und ich uns kennengelernt haben?«

Ich nickte, obwohl das im Augenblick so ungefähr das Letzte war, was ich hören wollte. Aber ich stand einem großen nervösen Untier gegenüber, einer gefährlichen Kreatur, die so lange eingesperrt und frustriert worden war, daß schon der geringste Anlaß sie in einen Mordrausch versetzen konnte. Vielleicht vermochte ich, ihn etwas zu beruhigen, wenn ich mich entgegenkommend zeigte. Ich hätte auch nicht gewußt, was ich sonst tun sollte. Niemand wußte, wo ich war. Das einzige, womit ich im Augenblick operieren konnte, war die Zeit. Vielleicht konnte ich das Unvermeidliche so lange hinauszögern, bis irgendein Deus ex machina meinen Namen aus dem kosmischen Lotteriekorb zog und mich rettete.

Marshall begann seine Erzählung. »Eines Sommers machte ich in Biarritz Ferien. Meine Mutter wollte mich los sein. Haben Ihre Eltern Geld?«

Ich unterdrückte ein Lachen.

Marshall fuhr fort: »Also, meine waren die totalen Scheißer, aber stinkreich. Ich meine wirklich *stinkreich.* Sie können sich gar nicht vorstellen, wieviel Geld wir hatten. Ich weiß bis heute noch nicht, wieviel ich eigentlich besitze. Ich hab eine ganze Belegschaft nur von Buchhaltern und Anwälten, die damit auf dem laufenden bleiben sollen, und nicht mal die blicken durch. Aber wissen Sie was? Das Geld entschädigt einen doch für ganz schön viel.«

Er trank von seinem Scotch und fuhr fort.

»Meine Eltern haßten mich. Sie haßten jeden. Das einzige, was sie liebten, war ihr Geld. Und der Witz war: sie taten immer so, als wäre dieses Geld eine Art Belohnung für ihren überlegenen Geschmack und ihre Intelligenz, und in Wirklichkeit kam alles ursprünglich von dem Lebensmittelladen meines Großvaters in der Bronx. Das Imperium der Zanders kam in Zandlinskis Feinkost zur Welt. Das ist doch ein Witz, oder? Durch irgendeinen Glücksumstand gelang es meinem Großvater dann, das Geschäft immer mehr und mehr zu erweitern, bis er schließlich quer durch die ganzen Staaten eine Supermarktkette besaß.«

Marshall Zander hob das Glas. »Auf meinen Opa!« sagte er und schluckte den Inhalt geräuschvoll hinunter. Er schenkte sich noch einen Drink ein und fuhr fort: »Als der alte Gauner dann starb, hatte er schon etliche Hotels aufgekauft. Und jetzt sind wir hier gelandet.« Er breitete die Arme aus, um das Panorama von Boston bei Nacht zu umfassen. »Gehört alles mir.« Er beugte sich zu mir vor, in der einen Hand noch immer das Stilett. »Sagen Sie nur ein Wort, und es gehört auch Ihnen.«

Ich sagte: »Sie wollten erzählen, wie Sie Max kennengelernt haben.«

»Max«, sagte er. »Max! Wo ist Max?« schrie er. Dann sagte er leise: »Als ich das Medizinstudium hingeschmissen hatte, schämte sich meine Mutter so, daß sie mich nach Biarritz schickte. Und dort habe ich Max getroffen. Ich mochte ihn vom ersten Augenblick an, und er mochte mich auch. Ich glaube nicht, daß das nur an meinem Geld lag, aber verborgen gehalten habe ich es natürlich auch nicht. Das ist dort auch nicht üblich. Man schmeißt mit Geld um sich. Max und ich haben uns also angefreundet und eine Weile zusammen das eine oder andere unternommen, sind ausgegangen und so. Mein Gott, er hat am Strand einfach unglaublich ausgesehen. Und eines Tages mußte ich ihm endlich sagen, was ich wirklich für ihn empfand.«

Marshall schüttete wieder Scotch hinunter, als brauche er eine gehörige Portion Mut, um sich noch einmal mit Max Harkey auseinanderzusetzen.

»Und was geschah da?« fragte ich.

»Oh, es war gräßlich. Max sah mich so komisch an. Wissen Sie, wie? Da trifft man sich ein paarmal mit jemandem, und dann faßt man ihn einmal an, und er schaut einen so an.«

Marshall stieß den Kopf vor und starrte mich an wie ein Tier, das gerade eine Veränderung in seiner Umgebung wahrgenommen hat.

»Sie haben mich auch schon so angeschaut«, sagte er.

»Wollten wir nicht über Max sprechen?« sagte ich nervös.

»Na klar«, sagte er. »Erst Max, dann Sie.« Er lachte, als habe er einen Witz gemacht, und fuhr sich mit seiner fetten Zunge über die Lippen. »Die ganze Zeit hat Max mit mir geflirtet, und dann hieß es auf einmal ›Oh nein! Das nicht!‹ Na, ich habe es akzeptiert. Ich suchte mir dort halt einen anderen Typen. Das war ganz leicht. Man gibt so einem einfach Geld, und schon liebt er einen für alle Zeiten.«

Marshall stierte in sein Scotchglas. Obwohl es noch nicht leer war, goß er sich nach. Anschließend griff er mit der freien Hand nicht mehr nach dem Dolch, der aber immer noch dicht neben ihm auf der Bartheke lag.

»Scheiße!« sagte er plötzlich.

»Was ist?«

»Wissen Sie, was er mir einmal angetan hat? Bei einem Abendessen fing Max auf einmal an, mir einen Vortrag über mein Sexualleben zu halten, wie gefährlich es sei und so weiter. Ich hatte gerade einen Strichjungen dabei und war eigentlich etwas verletzt, ganz zu schweigen davon, was der Junge gedacht haben mag. Aber dann begann Max auf einmal, mit dem Knaben zu flirten. Können Sie sich das vorstellen? Ich hatte mir einen Begleiter bezahlt, und jetzt war auf einmal Max hinter ihm her – Max, der doch als so straight galt. Da drehte ich doch glatt durch und warf Max mein Glas ins Gesicht und ging vom Tisch.« Marshall schüttelte den Kopf und kicherte, als habe ihn seine eigene Anekdote amüsiert. Dann fuhr er fort: »Zwei Stunden später kam ich wieder in dieses Restaurant, um ganz allein ein friedliches Abendessen einzunehmen, und verdammt nochmal, da saß Max tatsächlich noch mit dem selben Stricher. Sie lachten und amüsierten sich königlich zusammen. Also trat ich zu Max hin und verlangte eine Erklärung. Max grinste von einem Ohr zum anderen und sagte mir, daß der junge Mann Tänzer sei und daß sie gerade über moderne Choreographie sprächen. Und stellen Sie sich vor, in dem

Moment wußte ich felsenfest, daß ich ihn wirklich liebte. Deshalb gab ich Max am nächsten Tag einen Blankoscheck und sagte zu ihm, er solle eine eigene Ballettcompany gründen.«

»Hatten Sie jemals Sex mit ihm?«

»Nein, nie. Max mochte nur Frauen, schlicht und ergreifend. Wir blieben Freunde, aber für mich war es schwierig, weil ich immer hoffte, daß Max seine Haltung ändern würde. Wahrscheinlich hat mich das so stark an ihn gefesselt, die Aussicht auf seinen Körper. Und um ihn in meiner Nähe zu behalten, mußte ich nichts anderes tun, als einen Scheck ausschreiben. Das war das einzige, was ich wirklich gut konnte. Und genau das bekam er von mir, das Versprechen, von mir immer Geld zu kriegen. Wir brauchten einander aus unterschiedlichen Gründen, und das hielt uns zusammen.«

Inzwischen war ich, trotz Marshall Zanders prekärem Geisteszustand und meiner ungewissen Zukunft, doch gespannt zu erfahren, was sich zwischen ihnen geändert hatte, und deshalb fragte ich, was geschehen sei.

Er sagte: »Ihnen gefällt diese Geschichte, was? Ihnen gefällt's, über Max und mich zu hören?«

War meine hemmungslose Neugier in punkto anderer Leute Angelegenheiten endlich auf dieser ihrer letzten Fahrt gestrandet?

Marshall grinste vor Befriedigung und sprach weiter.

»Nachdem ich mehr als zwanzig Jahre lang auf Max gewartet hatte, nachdem ich es mit all seinen Weibern – verheirateten und Singles, alten und jungen – aufgenommen hatte, nach all der Zeit, da ging Max auf einmal mit so einer Tänzerin in London, und von da an war er nicht mehr derselbe. Er sagte zu mir, in ihm habe etwas ›klick‹ gemacht, und ich lachte ihn aus. Aber ich merkte tatsächlich, daß in ihm etwas anders geworden war. Er tat so, als brauche er mich nicht mehr. Als er aus London zurückkam, sagte er zu mir, daß er sie heiraten werde. Er hatte sogar schon sein Testament geändert, um ihr den größten Teil seines Vermögens zu hinterlassen. Dabei müssen Sie bedenken, daß er das alles ja überhaupt nur durch meine Hilfe besaß. All die Frauen, die er die Jahre über gehabt hatte, mögen schmerzlich für mich gewesen sein, aber zumindest waren sie temporär. Aber eine Heirat und Familie, das war nichts Temporäres. Er sagte, er brauche mich nicht mehr.«

»Ich bin trotzdem überzeugt, daß er Sie auf seine Weise immer noch brauchte.«

»Nein. Er war mit mir fertig. Nicht einmal mehr die Brosamen von seinem Tisch bekam ich jetzt. Deswegen mußte ich auch unbedingt sein Tagebuch haben. Ich mußte wissen, was er wirklich empfand. Liebte er dieses Mädchen am Ende wirklich?«

»Ja«, sagte ich, wobei ich zu spät bemerkte, daß ich ihn damit absichtlich provozierte.

»Woher wollen Sie das wissen?«

»Sie hat es mir gesagt.«

»Was weiß die denn? Sie würde natürlich alles sagen. Ich brauche das Tagebuch. Darin liegt die ganze Antwort, in dem, was Max selber geschrieben hat.«

»Aber Sie haben es doch schon«, sagte ich.

»Nein, ich hab's nicht.«

Ich sagte: »Sie haben es mitgenommen, als Sie ihn ermordet hatten.«

Marshalls Gesicht erstarrte. Er hob das Stilett hoch und stierte es an. Dann stand er von seinem Barhocker auf und stellte sich vor mich hin. Und nun schrie er plötzlich mit letzter Kraft: »Ich habe ihn gar nicht ermordet!«

Er ging mitten in den Raum, aber mit vom Alkohol unsicheren Schritten. Einen Augenblick schwankte er, dann fand er sein Gleichgewicht wieder.

»Max!« brüllte er. »Max, es tut mir leid. Komm zurück. Ich versprech' dir, ich mach nichts Schlimmes mehr. Bitte. Komm zurück!«

In diesem Augenblick, wo er völlig von Sinnen war, bemerkte ich einen Schimmer Hoffnung für meine eigene Rettung. Während er benommen dastand und offenbar darauf wartete, daß Max ihm antworte, hob ich heimlich von dem in meiner Nähe stehenden Telefon den Hörer ab. Ich hoffte, der Pförtner unten werde bemerken, daß das Telefon abgenommen war. Und wenn er etwas taugte, würde er eine Weile horchen, uns belauschen, wie das die meisten Bediensteten tun. Und vielleicht würde er auch etwas Beunruhigendes hören und heraufkommen, und ich wäre gerettet.

Marshall sah meine kleine Bewegung aus den Augenwinkeln. Ich versuchte sie zu verbergen, indem ich aufstand.

»Was tun Sie denn?« fragte er.

»Ich muß mir nur ein wenig die Beine vertreten.« Ich ging vorsichtig von der Bar weg auf das Sofa in der Raummitte zu und sagte: »Können wir uns nicht eine Weile setzen?«

»Sie wollen es sich wohl gemütlicher machen?«

»Stimmt«, sagte ich.

Er kam herüber und setzte sich neben mich auf das Ledersofa, genau dorthin, wo ich mein Quicky mit Rico genossen hatte. Marshall spielte jetzt mit dem Messer herum, so daß die blanke Klinge in dem dämmerigen Licht aufblitzte. Ich bemerkte, daß mich sein Ungeschick mit dieser Waffe am meisten ängstigte. Max Harkey hatte ein leichtes Ziel abgegeben, weil er bewußtlos war. Aber wenn ich mir vorstellte, wie Marshall losstolpern und mit seinem schweren Körper unbeholfen auf meinen prallen würde wie ein Gorilla, wie er, um das Gleichgewicht zu halten, mit der scharfgeschliffenen Klinge besinnungslos in der Luft herumfuchteln würde! Abstand halten, war das Losungswort für mein Überleben. Das und meine schnellen Reflexe.

Ich sagte: »Können Sie mir sagen, was in jener Nacht geschehen ist?«

Er sprach zur Schneide seines Messers, als er mir jetzt seine Darstellung von den Ereignissen gab, die in der Nacht geschahen, als Max Harkey ermordet wurde.

»Ich bin tatsächlich noch einmal in seine Wohnung

zurückgekehrt. Ich hatte Max etwas Wichtiges zu sagen, womit ich nicht warten konnte. Wenn *Der Phoenix* produziert wurde, konnte das rein legal erhebliche Probleme verursachen, weil die Company ja die Aufführungsrechte für dieses Stück noch gar nicht besaß. Wir hatten ohnehin schon Schwierigkeiten herauszufinden, wer das Copyright hatte, wenn es überhaupt jemand hatte.«

Ich sagte: »Aber Max hatte doch schon beschlossen, den *Phoenix* aus dem Programm zu nehmen.«

»Davon hat er mir nichts gesagt«, erwiderte Marshall Zander.

»Er hat es auf der Party jedem erzählt. Sie wußten demnach auch davon. Warum also sind Sie wirklich zurückgekehrt?«

»Das spielt jetzt überhaupt keine Rolle«, sagte er rasch. »Es spielt keine Rolle, warum ich zurückgegangen bin. Wichtig ist, daß ich zurückgegangen bin. Ich mußte mit Max noch ein einziges Mal allein sprechen. Ich mußte ihm die Heirat mit dieser dummen Nutte ausreden. Als ich hinkam, stand die Tür offen, also trat ich ein. Rico war nirgends zu sehen, und Max lag vor dem Brancusi. Er trug den seidenen Bademantel, den ich ihm in Hongkong gekauft hatte. Der Mantel stand offen, und es war alles zu sehen. Und ...« Marshall zögerte. »Ich glaube, das hat mich scharfgemacht. Max' Beine waren genauso glatt und muskulös wie zu der Zeit, als er noch tanzte. Das war erstaunlich – sein Körper wurde einfach nicht älter. Ich ging zu ihm hin. Er atmete noch, und es war kein Blut zu sehen. Ich rüttelte ihn und sprach zu ihm. Er sagte nur: »Hau ab, du Fotze!« Als er dann erkannte, daß ich es war, lachte er. Dann wurde er wieder ohnmächtig. Und da habe ich ihn dann zum Flügel gezogen und auf den Sitz gehockt.«

»Warum das?«

»Weil er nichts von all seinen Besitztümern so sehr liebte wie diesen Flügel. Deshalb wollte ich ihn dort nehmen. Sein Bademantel öffnete sich wieder. Mein Gott, was für ein Anblick! Und endlich gehörte das alles mir.«

»Hören Sie auf«, sagte ich. »Bitte.«

»Aber ich habe nicht aufgehört«, erwiderte Marshall. »Ich habe weitergemacht. Nach zwanzig Jahren Wartezeit bekam ich von Max Harkeys heiligem Körper endlich, was ich haben wollte.«

»Und hinterher haben Sie ihn getötet, wie es Spinnen tun.«

»Ich sage Ihnen doch, ich habe Max nicht getötet. Dazu liebte ich ihn viel zu sehr. Töten wäre viel zu gewöhnlich gewesen. In Wirklichkeit habe ich ihn geopfert. Das war endlich der Höhepunkt unserer Liebe – ein wunderschönes Opfer.«

»Und Sie haben auch ganz genau gewußt, wo Sie ihm die Schnitte versetzen mußten.«

»Ja, in seine wunderbaren Schenkel. Zuerst schoß das Blut hervor, fast so, als würde er noch einmal kommen. Ich benutzte seinen Bademantel, um das Sprudeln einzudämmen und das Blut an seinen Beinen hinunterlaufen zu lassen. Nach ein paar Minuten lief es langsamer, und schließlich hörte es ganz auf.«

Einfach so, dachte ich. Keine Schmerzen, kein Entsetzen. Einfach nur das Leben aus einem Körper herausströmen lassen.

Marshall sagte: »Aber jetzt möchte ich ihn wiederhaben. Ich kann ohne ihn nicht leben. Wer sonst könnte mir wohl so ausgesuchte Qual und Frustration bereiten? Nur meine Eltern, und die sind beide tot. Sogar die blutsaugerischen Stricher, die ich mir miete, können nicht so herzlos und grausam zu mir sein wie Max. Sie machen's nur für Geld und sind außerdem miserable Schauspieler. Aber mit Max und mir, da war es etwas anderes. Genauso wie bei Ihnen und Rafik. Wir waren füreinander bestimmt. Es begann lange, bevor ich ihm seine Ballettcompany schenkte. Alles, was ich für Max tat, tat ich aus Liebe zu ihm. Unsere Beziehung beruhte nicht auf Geld. Sie beruhte auf Leidenschaft und Aufopferung.«

Verflixt, dachte ich. Genau darauf beruhte meiner Ansicht nach auch meine Beziehung zu Rafik. Und in diesem Augenblick versprach ich mir, daß ich, falls ich diesen Alptraum hier überlebte, jeden Augenblick mit Rafik so nehmen würde, wie er war, ohne Fragen, ohne Analysen, ohne Bedingungen. Wenn Leidenschaft und Aufopferung zu dem hier führten, dann wollte ich sie nicht mehr. Und falls ich den heutigen Abend überlebte, würde ich auch die Küchenmesser wegsperren.

Plötzlich ertönte der Summer an der Tür. Das war mein deus ex machina, der Pförtner. Ich war gerettet!

Marshall war jetzt aber auf der Hut und mißtrauisch wie ein wildes Tier. »Was ist denn das?« sagte er. »Die wissen doch unten, daß ich nie belästigt werden darf.«

Er stand auf, um zur Tür zu gehen, und auf dem Weg dorthin drehte er alle Lampen im Raum aus. Dann warnte er mich: »Tun Sie nichts Unüberlegtes. Ich habe nichts zu verlieren.«

An der Tür stand der Pförtner. Ich hörte, wie er Marshall Zander in seiner kriecherischen Art fragte, ob es irgendwelche Schwierigkeiten gebe, da das Telefon nicht aufgelegt worden sei.

Mein Gefängniswärter versicherte dem Pförtner, daß alles in Ordnung sei.

»Ich habe gerade eine Einzeltherapiestunde«, sagte er. »Für mich ist es so schwer, seitdem ich meinen Freund verloren habe.« Er hielt das Stilett hinter seinem Rücken. »Also lassen Sie uns bitte allein.«

»Sehr wohl, Sir«, sagte der Pförtner.

Unterwürfiges Arschloch, dachte ich. Er hatte uns doch über das Telefon zugehört. Hatte er wirklich nichts von dem mitgekriegt, was wir gesprochen hatten? Ich war drauf und dran zu schreien: »Er hat verdammt nochmal ein Messer hinter dem Rücken!«

Aber schon war der Pförtner ohne eine weitere Frage entschwunden.

Marshall Zander sperrte die Türen wieder ab und kehrte zu mir zurück. Das einzige Licht, das jetzt noch brannte, war das unter der Bar. Dort blieb er stehen und schenkte sich noch einen Drink ein. Er legte den Telefonhörer ruhig auf, und dann, in einer einzigen wilden Drehung seines großen Körpers, packte er das Telefon und riß die Verbindungsschnur aus der Wand. Ein kleiner Tisch fiel dabei um, und die Lampe, die darauf gestanden hatte, krachte zu Boden. Da bemerkte Marshall Zander, daß ich meinen Cocktail auf dem Bartresen hatte stehenlassen.

»Sie trinken ja gar nichts?« sagte er. »Wollen Sie denn nicht mit mir meinen ganz besonderen Abend feiern?«

»Was ist denn daran so Besonderes?«

Marshall Zander grinste mich an, aber mit demselben schwachsinnigen Grinsen hatte auch King Kong Fay Wray angesehen.

»Heute ist der Abend, an dem ich kriege, was ich will. Ich habe diese ewige Zurückweisung so satt«, sagte er. »Jeder sagt dauernd nein zu mir. Auch Rico hat mich zurückgewiesen.«

»Haben Sie ihm deswegen die Bremsen an seinem Motorroller angeschnitten?«

»Er hat sich eingemischt, genau wie Sie. Er wußte schon zu viel über mich, und er hätte sich bestimmt bald zusammengereimt, was passiert war. Da ich also ohnehin für zwei Morde bezahlen muß, habe ich nichts zu verlieren, wenn ich mir heute hole, was ich von Ihnen will, egal, mit welchen Mitteln.«

Mir schoß ein Bild durch den Kopf, wo ich mich bewußtlos wie Max Harkey sah, während Marshall Zander in meinem Schoß herumwühlte. Ich würde aber auch wirklich bewußtlos sein müssen, um seinen Mund an irgendeiner Stelle meines Körpers zu ertragen.

»Aber Sie mögen mich doch nicht einmal«, protestierte ich.

»Das spielt jetzt überhaupt keine Rolle mehr«, sagte Marshall Zander. »Ich möchte nur sicher sein, daß ich kriege, was ich will. Und das Einzige, was ich im Augenblick will, ist, Sie zu umarmen. Nur umarmen. Nur ganz kurz.«

Die Lichter der Großstadt dort draußen warfen ihren schwachen Schein auf uns. Marshall wirbelte das Stilett in der Hand herum, und die Klinge glitzerte wie das Skalpell eines Chirurgen.

Ich sagte: »Und wenn Sie mich kurz umarmt haben, was kommt dann als nächstes? Werden Sie mich dann auch kurz küssen wollen? Und mir dann Ihre Zunge kurz in den Mund stecken wollen? Und mir die Kleider runterreißen und mich mit dem Messer zerschlitzen und ganz kurz durchficken wollen?«

»Nein«, sagte er. »Das werde ich nicht wollen.«

»Was wollen Sie dann?«

»Ich will Max. Ich will meinen Max wiederhaben.«

»Zu spät, mein Bester. Sie haben ihn umgebracht.«

Er stürzte sich ganz plötzlich auf mich und drückte sein großes, weiches Gesicht an meins. Er versuchte mir die Zunge in den Mund zu schieben. Sie fühlte sich an wie eine warme Schnecke, die in mich hineinkroch. Sein Körpergeruch verursachte mir Übelkeit. Ich stieß ihn weg. Er atmete bereits schwer.

Er sagte: »Das war für den Flug nach London. Jetzt will ich für das Ballett Ihres Liebhabers bezahlt werden.«

Wieder warf er sich mit seinem schweren Körper auf mich, und diesmal drückte er mich tief in die Polster des Ledersofas. Er hielt mir beide Hände hinter meinem Rücken fest, und ich spürte, wie mir die Klinge des Stiletts über das Handgelenk strich. Nicht an den Händen, dachte ich. Nicht an den Händen.

»Warum sind Sie nicht ein bißchen entgegenkommend?« sagte er. »Tun Sie doch einfach mal so, als würden Sie mich mögen. Ist das zuviel verlangt?«

»In Ihrem Fall«, sagte ich, »ja!«

Unterworfen zu werden war überhaupt nicht witzig, wenn es in Wirklichkeit geschah. Ich sah mich zu einem miesen Kampf gezwungen – aber unser Treffen war ja auch vorher schon nicht gerade vom Ehrenkodex eines Gentleman geprägt gewesen. Jetzt würden mir meine Yogaübungen endlich mal von Nutzen sein. Ich aktivierte alle Beweglichkeit und Sprungkraft meiner starken Beine, spannte die Muskeln an, ließ dann die Energie los und stieß ihm mein Knie direkt in die Leisten. Er kreischte auf und krümmte sich zusammen. Sein Körper sank schwer auf meinen. Ich versuchte, mich unter ihm freizukämpfen. In dem Sekundenbruchteil, in dem ich loskam, spürte ich etwas über meine linke Hinterbacke streichen. Ich stieß mich vom Sofa weg, war aber weit von meiner üblichen Elastizität entfernt. Irgend etwas stimmte da nicht.

»Gleich hab' ich Sie«, sagte er.

»Dazu müssen Sie mich erst mal kriegen.«

Da spürte ich etwas Warmes, Feuchtes an meinem Hintern. Ich langte hin, und meine Hand wurde klebrig. Ich roch an meinen Fingern. Der metallische Geruch bewies, daß ich blutete. Genau in dem Moment, als ich ihm entschlüpft war, hatte mir Marshall Zander die Hinterbacke aufgeschlitzt. Jetzt spürte ich rasch den Schmerz aufsteigen, fast als würde er dadurch verursacht, daß ich mir der Wunde bewußt wurde.

Marshall Zander lag zusammengekrümmt auf dem Sofa und stöhnte leise. Ich ließ mich auf den Boden gleiten und kroch von ihm weg. Die Lichter der Großstadt dort draußen glühten sanft durch die gewaltige Fensterfront. Und da kam mir ein Gedanke, wohin ich mich vielleicht vor ihm retten könnte. Im Dunkeln kroch ich auf allen Vieren auf den riesigen Flügel zu, der direkt vor den Schiebetüren stand, die auf den Balkon hinausführten.

Ich kam bis unter den Flügel und zog an einer der Türen, aber sie bewegte sich nicht. Im Dunkeln flatterten meine Finger hektisch über den Türrahmen, um das Schloß zu finden. Vielleicht handelte es sich dabei ja um irgend so einen High-Tech-Mechanismus, der von einem Büro tief drunten im Hotel ausgelöst werden mußte. Aber nein, ich fand das Schloß – es war eine ganz einfache Drehmechanik. Und genau in dem Moment gingen alle Lichter im Raum grell und blendend an.

»Ich seh' Sie«, sagte Marshall Zander.

Unter dem Flügel hervor sah ich seine großen Füße auf mich zutorkeln. Ich drehte das Türschloß auf, so schnell ich konnte, wobei ich meinen Hosenboden vor lauter Blut immer nasser und wärmer werden fühlte. Ich merkte, daß ich schnell Blut verlor. Als ich gerade das Schloß geöffnet hatte, packte mich Marshall an den Füßen.

Instinktiv trat ich nach ihm, und er zog sich zurück, so daß ihn meine wie wild um sich tretenden Füße nicht erwischten. Ich zog an der Schiebetür, bis sie weit genug offen war, daß ich mich hindurchquetschen konnte. Die Luft draußen blies mir ins Gesicht. Gleich wäre ich gerettet!

Doch im selben Moment merkte ich, daß der Flügel über mir sich bewegte. Marshall schob das schwere Instrument, bis er es beiseitegerollt und mich jeden Schutzes beraubt hatte. Verzweifelt drückte ich mich durch die halboffene Tür, aber nicht schnell genug. Marshall war schon wieder über mir. Er holte wild aus, und der Dolch zischte vor meinem Gesicht durch die Luft. Ich packte sein Handgelenk, um das Messer von mir fernzuhalten, aber einen einzigen Augenblick verlor ich ihn aus dem Griff und spürte auch schon, wie mir die Klinge in die Schulter fuhr. Dann erwischte ich sein Handgelenk wieder. Ich spürte keinen Schmerz, noch nicht. Die Klinge war so scharf, daß sie ihr Werk gnädig verrichtet hatte, ohne das Fleisch zu zerreißen. Ich bemerkte, daß ich mit unbegreiflicher Kälte dachte: »Jetzt bringt er mich um.«

Aber ich würde mich nicht geschlagen geben, ohne noch einmal mein slawisches Erbe zu bemühen, meine außerordentlich kräftigen Beine. In meiner gebückten Haltung sammelte ich alle Kräfte, die noch in meinem Körper verblieben waren, in meinen Schenkeln und Knien. Ich kauerte meinen ganzen Körper womöglich noch enger zusammen, zog jede Zelle zusammen, die noch Bewegungsfähigkeit besaß, und ließ dann alles in einem einzigen übermenschlichen Stoß gegen den Boden heraus. Ich schoß empor wie ein Killerwal, der weit über die Wasseroberfläche hinausspringt. Marshall Zander wurde bis zum Flügel zurückgeworfen, wodurch ich immerhin soviel Zeit gewann, daß ich auf den Balkon hinausstolpern konnte.

Die kühle Nachtluft tat meinem Körper gut. Außer den funkelnden Lichtern der Stadt weit da unten war es hier draußen dunkel, aber gerade diese Dunkelheit bedeutete für mich Sicherheit. Ich betete, daß die Restaurierungsarbeiten auf dem Balkon noch nicht so weit fortgeschritten seien, daß man die Lampen bereits wieder angeschlossen habe. Vorsichtig humpelte ich auf einen großen Baum in einem Pflanzenkübel zu, der sich inmitten der aufgestapelten Marmorplatten und Messinggeländer, die auf dem ganzen Balkon herumlagen, gegen den Nachthimmel abhob. Ich hatte zumindest eine schwache Hoffnung, hier draußen zu überleben, denn ich erinnerte mich an Marshall Zanders Höhenangst. Es war möglich, daß er mir nicht hier heraus folgen würde, vor allem bei Dunkelheit. Nur stand ich vor der Schwierigkeit, wie ich mir Hilfe herbeirufen sollte? Durch Winkzeichen? Ich konnte also hier draußen auf dem Balkon bleiben und verbluten, oder aber wieder hineingehen und mir die Kehle durchschneiden lassen. Was für eine Wahl! Unglücklicherweise hatte ich aber nicht einmal diese Wahl, denn Marshall Zander erschien jetzt in der Türe, die auf den Balkon führte.

»Ich weiß, daß Sie hier sind«, sagte er. »Ich rieche Ihr Blut.«

Wie jedes gute Raubtier wußte er, daß er mich verwundet hatte, und erkannte seinen eindeutigen Vorteil trotz seiner Phobie.

»Ich brauche nur Ihrer Spur zu folgen.«

Mein Blut strömte stark, doch seine Stimme klang ein wenig unsicher. Lähmte ihn seine Angst nun doch allmählich? Oder hoffte ich da nur auf ein Wunder?

»Es tut mir leid«, sagte er. »Das wollte ich nicht, daß es so ausgeht. Ich wollte doch nur Ihren Körper spüren. Ich bin kein Mörder. Es ist nur alles schiefgegangen. So sollte es gar nicht ausgehen.«

Er bewegte sich langsam dorthin vorwärts, wo ich mich hinter dem großen Betontrog verbarg. Er kroch tief am Boden des Balkons dahin, als könne ihn das davor schützen, 45 Stockwerk tief auf die Erde hinunter zu fallen. Er kroch wie ein Krebs, wobei er sich mit einer Hand immer irgendwo festklammerte, um sein bebendes Vorwärtskommen zu stabilisieren.

In größerer Entfernung zu ihm, ganz nahe am Geländer auf der rechten Seite des Balkons, sah ich einen weiteren Baum in einem Kübel. Er würde ganz schön viel Mut aufbringen müssen, und ich betete, daß er den nicht besaß, um mir so nahe an den Rand des Gebäudes zu folgen. Ich setzte mich auf den Baum zu in Bewegung, aber mein Po machte mir einen Strich durch die Rechnung. Der kräftige Absprung, den ich meinen Beinen zugemutet hatte, um Marshall Zander von mir abzuschütteln, hatte neues Blut in meine Muskeln da unten geschickt, und nun war eben dieses Blut herausgetropft und auf die glänzenden Marmorfliesen gespritzt, die überall auf dem Balkon herumlagen. Mein Versuch, mich schnell und leise in Sicherheit zu bringen, wurde zu einem fürchterlich komischen Hinken und Ziehen, das anzeigte, daß ich leichte Beute war.

Marshall sah, daß ich mich der Kante des Balkons näherte. »Kommen Sie zurück da«, sagte er. »Das ist gefährlich.«

»Für wen?« sagte ich.

Er änderte die Richtung und kam auf mich zu. Ich schleppte mich auf den großen Pflanzkübel dicht am Rand zu, aber bis dorthin würde ich es nicht mehr schaffen. Ich sah, daß er aufstand und auf mich zu kam, noch immer mit dem Messer herumfuchtelnd. Ich zog mich in die Höhe und stakste auf das Balkongeländer zu. Dabei spürte ich, daß das Blut jetzt geradezu aus mir herausströmte. Er stürzte sich auf mich, und ich verlor fast das Bewußtsein und fiel um. Und dann hörte ich die Geräusche – und zwar drei, eins nach dem anderen und alle innerhalb einer halben Sekunde. Zuerst einen Laut des Gleitens und Rutschens, wie von einer Ledersohle, die auf einer nassen Marmorfliese keinen Halt mehr findet. Dann das hohe musikalische Klingen von englischem geschmiedeten Stahl, der auf polierten Marmor prallt. Und dann das schwere Flattern eines riesigen verzweifelten Gegenstandes, der sich nicht zum Fliegen eignet.

Mit meinem einen benutzbaren Arm hievte ich mich hoch und schaute über das Geländer. Marshall Zander flog durch die Luft, und ich war Fay Wray, die zusieht, wie ihr wilder Verfolger vom Empire State Building hinunterstürzt. Der täppische Gorilla schrumpfte auf die Größe eines pathetischen Äffchens, was als Ende gut paßte für einen Mann, der Höhenangst hatte, aber trotzdem im höchstgelegenen und größten Penthaus von Boston zu wohnen wagte.

War es ein Unfall gewesen? Oder war er absichtlich gesprungen?

War das alles Wirklichkeit?

Ich brauchte lange, um mich wieder nach drinnen zu schleppen. Ich besaß immerhin noch so viel Klarheit, um mich darüber zu ängstigen, daß ich soviel Blut verlor. Das wäre ja die letzte Ironie, jetzt doch noch zu sterben. Ich wählte den Notruf, und man sagte mir, der Unfall sei schon gemeldet worden und die Polizei unterwegs.

»Ich brauche einen Rettungswagen«, sagte ich, aber da war schon aufgelegt.

Ich ging auf den Lift zu, stolperte aber und stürzte, bevor ich ihn erreichte. Es kam mir vor, als wären Stunden vergangen. Warum kam bloß niemand, um mich zu retten? Dann fiel mir ein, daß ich unten an der Pforte um Hilfe hätte bitten sollen. Was würde der arrogante Pförtner wohl jetzt sagen?

Endlich schleppte ich mich doch noch in den Aufzug und fuhr hinunter in die Haupteingangshalle. Ich vertropfte überall Blut, während ich auf dem Weg nach draußen zwischen lauter kreischenden Hotelgästen hindurchstakste. Ich mußte hinaus auf den Gehsteig, um zu sehen, was geschehen war.

Die Polizei war schon da mit ihrem üblichen Chaos von Lichtern und Lärm. Ein Polizist in Zivil hob sich von all den anderen uniformierten ab. Es war Lieutenant Branco, der sich über Marshall Zanders zerschmetterten Körper auf dem Gehsteig gebeugt hatte. Er drehte sich um und sah mich dastehen wie einen in der Schlacht verwundeten Soldaten.

»Das hätte ich mir ja denken können«, sagte er. »Sie hatten mir ja gesagt, daß Sie ihn kriegen würden.«

»Ich habe ihn nicht getötet, Lieutenant.«

»Wer dann?«

Ich brauchte meine ganze verbliebene Kraft dazu, den Satz mit unbewegtem Gesicht zu sagen.

»Die Schöne, Lieutenant. Die Schöne hat das Biest getötet.«

Und dann fiel ich in Ohnmacht.

20. Schlußakkord

Drei Tage später war ich wieder bei der Arbeit und der Held des Salon Snips. Hinterteil und Schulter genäht und den Arm in der Schlinge, unterhielt ich unsere Kunden mit meinen Heldentaten und verschwieg auch nicht, daß ich eine Blutspende von niemand anderem als Lieutenant Branco selbst erhalten hatte. Er war mit mir im Krankenwagen zur Notaufnahme gefahren, und als sich herausstellte, daß ich Blut brauchte, bot er sich dazu an. Wer hätte aber auch gedacht, daß der kernige Polyp und ich genau dieselbe Blutgruppe hatten, sogar mit dem seltenen Rhesus-Negativ-Faktor? In all meinen Phantasien über Lieutenant Branco hätte ich mir diese Art von Blutsverwandtschaft nie träumen lassen.

In den folgenden Tagen benachrichtigte mich ein Anwalt, daß Rico ein Testament verfaßt und mich zum Erben seiner gesamten Küchenausrüstung und der Gerätschaften, die er von Max Harkey geerbt hatte, bestimmt habe. Ich glaube, er hatte vor seinem Tod gar keine Gelegenheit mehr, sie zu benutzen. In meinem Leben jedenfalls rief das eine große Veränderung hervor. Ich erklärte mich einverstanden, mit Rafik eine gemeinsame Wohnung zu suchen, und sei es nur, um Max Harkeys Bösendorfer Glanzstück und Ricos Vermächtnis an Haushaltsgegenständen unterzubringen.

Im Snips plauderte ich gerade mit einer von Ramons Kundinnen, als Nicole mir einen großen Luftpostbrief aushändigte.

»Das ist gerade für dich gekommen, Schätzchen«, sagte sie. »Ich dachte, ich helf' dir schon mal beim Aufmachen.«

»Na klar, Herzchen«, sagte ich. »Zwischen uns gibt es keine Geheimnisse mehr.«

»Sagt wer?« antwortete sie.

Aus dem Umschlag fiel ein American Express Barscheck über 500 Dollar und zwei Hin- und Rückflug-Tickets erster Klasse nach Italien.

Im Umschlag steckte ein Brief von La Duchessa, alias Sharleen McChannel. Darin stand: Ich danke Ihnen, daß Sie mir getraut und überdies an meinem Haar wahre Wunder vollbracht haben. Sie sind ein echter Gentleman, wie es wenige gibt. Der geringfügige Scheck ist für Ihre großartige Arbeit, und die Tickets sind für Ihren Urlaub. Sie müssen mich unbedingt in Florenz besuchen. Meine Villa gehört ganz Ihnen.

Nicole hob eine Augenbraue. »Eine Villa, ach nee«, sagte sie.

Ich sagte: »Vielleicht stimmen ihre Behauptungen ja doch.«

Nach Ladenschluß gingen Nicole und ich nach hinten in mein Büro. Wir hatten uns beide Kleidung zum Wechseln mitgebracht, weil heute ein großer Abend bevorstand, die erste Premiere der Frühjahrssaison des Balletts. Wir legten beide unsere glanzvollsten Klamotten an – Nicole verhüllte meine Armschlinge mit einem Halstuch von Hermès – und setzten uns dann auf einen Cocktail hin, während wir auf unseren Fahrer warteten.

Nicole sagte: »Bist du sicher, daß du nicht doch schon eher ins Theater willst?«

»Nein, Herzchen. Rafik hat mir mit Nachdruck gesagt, daß er mich heute abend nicht hinter der Bühne will. Er besteht darauf, daß ich sein neues Stück beim ersten Mal vom Zuschauerraum aus sehe. Und ich tue alles, was er will.«

»Ich bin gespannt, wie lange das gehen wird.«

»Solange wie bei Vito und dir«, sagte ich.

»Das ist doch ganz was anderes.«

»Es ist genau dasselbe«, gab ich zurück.

Ein kräftiges Klopfen an der rückwärtigen Tür zeigte uns die Ankunft unseres Fahrers an, der kein anderer als Lieutenant Branco selbst war. Es gibt nichts Besseres als eine Polizeieskorte zu einem Gala-Abend im Ballett – solange es sich nicht um die Grüne Minna handelt.

Branco betrat den Laden in einer regelrechten Woge von Energie; er sah gut aus in seinem Zweireiher aus nachtblauer Wolle mit feinem grauen Nadelstreifen. Er und Nicole begrüßten sich höflich.

Ich sagte: »Schon gut, ihr zwei. Nur los. Ich fall' schon nicht in Ohnmacht.«

Nicole konterte: »Ich weiß gar nicht, was du meinst, Stanley?«

»Ihr könnt euch ruhig vor mir küssen. Das ist schon in Ordnung.«

»Aber warum sollten wir denn?« fragte sie.

Branco sah mich an und sagte dann zu Nicole: »Nimmt er immer noch diese Schmerztabletten?«

Nicole antwortete ihm: »Er läßt sich einfach nicht davon abbringen, daß wir Romeo und Julia sind.«

Branco grinste und zeigte dabei seine großen weißen Zähne.

»Reines Wunschdenken«, sagte er.

»Von wem?« fragte ich.

Nicole antwortete: »Du kannst der Wahrheit einfach nicht ins Auge sehen.«

Branco wechselte ganz plötzlich das Thema und sagte zu mir: »Raten Sie mal, was als Schnellsendung der British Air auf meinem Schreibtisch gelandet ist?«

»Max Harkeys Tagebuch«, sagte ich.

Branco grunzte. »Woher wissen Sie denn das?«

»Es konnte ja eigentlich nur noch verlorengegangen sein, oder, Lieutenant?«

»Also, da haben Sie tatsächlich recht«, sagte Branco. »Wie sich herausstellt, hat Max Harkey das Tagebuch im Flugzeug vergessen, als er nach Boston zurückkehrte. Da die British Air ihn nicht erreichen konnte, haben sie es schließlich an uns geschickt.«

»Kann ich es sehen?« fragte ich.

»Bis dieser Fall offiziell abgeschlossen ist, muß ich darauf mit Nein antworten, Stan.«

Nicole sprach: »Ich verstehe noch immer nicht, warum Max Harkey bei all den Telefongesprächen nie gesagt hat, wer der Mörder ist.«

»Er hat ja kein einziges Telefongespräch geführt, Nikki. Er ging von der Bewußtlosigkeit in den Tod hinüber, ohne zu erfahren, wer ihn ermordet hat.«

Branco nickte zustimmend.

Nicole sagte: »Aber wer hat denn dann angerufen?«

»Na wer wohl, Herzchen? Marshall Zander wußte, daß die Polizei jedes Telefongespräch zurückverfolgen kann, das sie erhält, deshalb machte er den ersten Notruf von Max Harkeys Penthaus aus und tat so, als sei er Max, und zwar gleich, nachdem er ihn umgebracht hatte. Dann rief er von seinem Autotelefon aus wieder an, diesmal als er selber, kurz nachdem er Max' Wohnung verlassen hatte, und tat so, als habe er da Max' dringenden Hilferuf erhalten.«

Branco sagte: »Ich hätte mir Zanders Alibi genauer anschauen sollen. Genau zu dem Zeitpunkt, als Max getötet wurde, in der Stadt herumzufahren, das wirkte eigentlich schon verdächtig, aber wir hatten nichts Ernstliches gegen ihn vorliegen. So wie es für uns aussah, hatte Max Harkey uns selber angerufen.«

»Also sind auch Telefonfallen nicht narrensicher«, sagte ich.

Branco grunzte.

»Und was war mit der Eingangstüre des Appleton?«

Branco erwiderte: »Wahrscheinlich hat Zander damit zu suggerieren versucht, daß der Mörder ein Gewaltverbrecher sei.«

Wir gingen alle drei durch die Hintertür und stiegen in die große dunkle Limousine, die Branco da geparkt hatte. Auf der Fahrt ins Theater streckte ich mich auf dem Rücksitz aus, was den Druck in meinem schmerzenden Körper etwas linderte.

Das Boston Performance Center glitzerte in all dem Glanz und der Aufregung einer Ballett-Premiere. Wir hatten Ehrengastplätze in der Orchesterloge, und glücklicherweise saß ich am Rande, so daß ich mein Bein ausstrecken und meine verwundete Hinterbacke entlasten konnte. Als ich das Programm las, begriff ich erst, was für eine Bedeutung dieser Abend für Rafik hatte. Es war sein erstes Auftragswerk für das Boston City Ballet, ein abendfüllendes Stück, das er eigens für dieses Ballett geschaffen hatte. Obwohl Rafik viele seiner anderen Werke mit dieser Company wiederaufgeführt hatte, handelte es sich heute abend um eine Weltpremiere, und noch dazu vor einem äußerst kritischen Publikum.

In seinen Programmanmerkungen beschrieb Rafik das Stück *Uomo giocoso* als einen Lobgesang auf das Abenteuer der Liebe, das er und ich miteinander teilten. Er schrieb, er wolle all die Herausforderungen und Belohnungen darstellen, die das Leben mit mir beinhalte, und ich wand mich in meinem Sitz, da ich eine rührselige Zurschaustellung meines Lebens auf der Bühne befürchtete.

Nicole, die neben mir saß, fragte: »Hast du wieder Schmerzen, Schätzchen?«

»Herzklopfen«, erwiderte ich.

Uomo giocoso wurde nach George Gershwins Concerto in F-Dur getanzt. Das Stück war mir gewidmet. Da stand tatsächlich mein Name, Stan Kraychik, hier im Programm. Die erste Aufführung geschah in memoriam Max Harkey. *Der Phoenix* würde in dieser Saison nicht aufgeführt werden und vielleicht sogar nie mehr. Vielleicht war seine Ära vorbei. Die Zeiten ändern sich schließlich, und mit nichts kann man diese Veränderung so vorantreiben wie mit neuer Kunst. Ergo, *Uomo giocoso*.

Es gab drei Solisten. Scott Molloy stellte auf der Bühne mich dar, und ich verstand jetzt endlich, warum er im wirklichen Leben immer so aufmerksam meine Bewegungen und Gesten studiert hatte. Rafik stellte sich selbst dar, in einer Rolle, die mehr Dramatik als ballettechnisches Können verlangte, und ich verliebte mich gleich wieder in ihn, ganz wie am Anfang. Alissa Kortland spielte die dritte Rolle, eine metaphorische Rolle, nämlich die der Eifersucht und des Geheimnisses in unserer Liebe. Rafik gestand sogar seinen eigenen Anteil an unseren Konflikten und Lösungen. Der bewegendste Teil war das traurige Trompetensolo im zweiten Akt. Es war ein wunderschöner *pas de trois* für alle drei – oder uns drei – Rafik, Stan, und die äußeren Kräfte, die auf uns einwirkten.

In *Uomo giocoso* hatte Rafik alle seine schwierigen Erfahrungen mit mir verarbeitet und sie zu einem Kunstwerk umgeformt, das sich auf den Kern dessen, warum wir zusammen waren, konzentrierte. Durch den Tanz versuchte er zu zeigen, daß die Schwierigkeiten zwischen uns nur äußerlich seien gegenüber den Kräften, die uns zusammenhielten.

Das corps de ballet hatte in allen drei Akten schwierige Ensemble-Arbeit zu leisten, da einige der Corpsmitglieder die drei Solisten zeitlich leicht versetzt nachahmen mußten. Ihr Tanz sollte wohl die Kräfte und weitreichenden Wirkungen symbolisieren, die all unsere Handlungen auf andere haben, die Wellen, die von der unbedeutendsten Handlung eines Menschen ausgehen können.

Jason Sears spielte den Flügel mit Bravour, Toni di Natale leitete das Orchester großspurig, und die Liebe siegte über alles. Rafiks Schöpferkraft hatte endlich doch meinen Zynismus bezwungen.

Der Beifall dauerte 15 Minuten. *Uomo giocoso* wurde, wie Rafik später sagte, *un succès fou* – ein wilder, unvernünftiger, geradezu lächerlicher Erfolg. Natürlich spielte es auch eine entscheidende Rolle, daß die Premiere sehr stark von Schwulen besucht war. Aber selbst Branco war aufgestanden und klatschte mit den anderen.

Nach der Aufführung eilten Nicole und Branco und ich hinter die Bühne, um Rafik zu gratulieren. Er war von Leuten umlagert, aber Branco bahnte mir einen Weg und schirmte meinen Arm in der Schlinge ab, während ich mich zu Rafik durchkämpfte. Ich bemerkte, daß Madame Rubinskaya neben ihm stand. Sie sah vor Freude ganz benommen aus.

Als ich bei Rafik war, hob er seine langen Arme, um das viele Volk zum Schweigen zu bringen. Dann legte er mir einen Arm um die Schultern und verkündete allen: »Da ist meine Inspiration.«

Und da vor allen Leuten, vor Tänzern und Zuschauern, Musikern und Bühnenpersonal, Polizei und zivilen Leuten, Schwulen und nicht Homosexuellen, umarmten Rafik und ich uns und küßten uns schamlos auf den Mund, einen langen, liebenden Kuß. Applaus von allen folgte. Ja, sogar von Lieutenant Branco.

Nicole fragte Rafik: »Und was kommt nach dieser wundervollen Premiere?«

Rafik antwortete: »Stani und ich gehen *en vacances.*«

»Woher weißt du das?« sagte ich.

Aber bevor er mir antworten konnte, machte Madame Rubinskaya ein finsteres Gesicht zu seiner Bemerkung. »Was sagst du da? Kannst du nicht gehen in Urlaub. Hast du morgen früh Unterricht.«

Ich sagte: »Aber das wäre doch erst im Sommer.«

»Oh«, erwiderte Madame. Dann milderte ein Lächeln

ihren Gesichtsausdruck, als wolle sie damit ihr erstes überstürztes Urteil vergessen machen. »Bis dahin ihr werdet haben nötig Urlaub vielleicht beide.«

Aber wie hatte Rafik von dem Flug erfahren? Ich hatte ihn doch erst später am Abend mit den Tickets überraschen wollen. Hatte La Duchessa ihm bereits eine spiritistische Botschaft zukommen lassen?

»Woher hast du das gewußt?« fragte ich ihn noch einmal.

Rafik zwinkerte mir zu und flüsterte mir ins Ohr:

»Ich weiß doch immer, wie ich kann eine verwundete Held wieder aufrichten.«